무 국 적 자

KB058961

무국적자

PASSPORT

작가의 말

　2007년, 외인부대원을 주인공으로 한 시나리오를 써보겠다고
무작정 파리로 날아가서 두 달을 헤매고 다녔다.
　당시 외인부대에 대한 정보가 너무도 빈약했기에 결과는 실패
였다.
　게다가 사람들은 친절하지 않았다.

　2014년, 『검은 모래』로 소설가라는 직업을 얻은 뒤 다시 파리
로 갔다.
　예상했던 것보다 더 많은 정보를 얻었고, 15년 이상 외인부대
에서 잔뼈가 굵어진 현역 두 사람을 소개받았다.
　그리고 사람들은 친절했다.

　열 손가락 깨물어 안 아픈 손가락 없다지만, 유독 아픈 손가락

이 있다.

나에게는 『무국적자』가 그렇다.

원고가 내 손을 떠나면 끝이겠거니 했다.

오롯이 독자의 몫이려니 했다.

아니었다.

어느 부모가 자식을 낳아줬으니 이제부터는 알아서 살라고 하겠는가.

살아가는 동안 책임을 지는 것이 부모의 마음이다.

처음 계약한 출판사에서 계약을 불이행하는 바람에 『무국적자』는 말 그대로 국적상실의 미아가 되어버렸다.

집념 하나로 발품을 팔아가며 고생을 고생으로 여기지 않았고, 계산기를 두드리기 겁날 정도로 많은 경비가 깨졌다. 들인 노력이 아까워 나는 서둘러 출판 비용의 절반을 떠안는 조건으로 신생 출판사를 찾아 계약을 서둘렀다.

그리하여 2018년에 책이 나왔지만, 영세한 출판사의 도움을 제대로 받지 못한 『무국적자』의 홍보는 너무도 미미했다.

머리에 이고 등에 업고 손을 잡아 끌면서라도 이게 내 자식이라며 독자들에게 보여주고 싶었다.

그러나 역부족이었다.

홍보에 거의 손을 놓고 있는 출판사를 대신하여 나라도 나서지 않으면 그대로 사장되어 책 무덤 속으로 묻혀버릴 것 같았다.

바쁜 마음에 시작한 SNS, 거기에서 독자들을 만났다.

길거나 짧거나 감상문을 써준 독자들의 도움으로 책이 소문을 타기 시작했다.

그러다가 계약 종료로 『검은 모래』와 함께 절판의 위기를 맞았다.

한숨도 얼어버렸는지 나오지 않았다.

천만다행으로 절판 8개월 만에 『무국적자』는 다시 빛을 보게 되었다. 얼었던 한숨이 녹아내렸다.

앞서 내놓았던 책은 교정이 허술했던 탓에 손봐야 할 데가 곳곳에서 눈에 띄었다.

첫 원고를 쓰는 마음으로 꼼꼼히 수정해 나갔다.

『파란 방』을 계기로 나의 전작 소설들이 한 집에서 기거하게 되었다.

새 옷으로 갈아입고 독자들 앞에 수줍게 고개 내미는 『무국적자』를 마주하자니 작품을 기획하고 자료를 수집해 가며 독일과 프랑스 땅을 헤매고 다녔던 지난 시간이 주마등처럼 스쳐 간다. 감회가 깊고 남다르다.

시간, 참으로 용한 녀석이다.

나는 책상머리에 앉아 자료와 의욕과 생각만으로 글을 쓰지 않는다.

그것들에 더해 온몸으로 쓴다.

땀과 눈물이 짤수록 내 글은 탄탄해지리라 믿기에…….

하고픈 말 참 많기도 하다.

하지만 여기까지도 충분히 길었다.

새 주인 만나 사랑 많이 받기를 바라며, 하고픈 말 접는다.

2021년 7월

차례

냇물아 흘러 흘러 어디로 가니
강물 따라가고 싶어 강으로 간다.
강물아 흘러 흘러 어디로 가니
넓은 세상 보고 싶어 바다로 간다.

냇물이 냇물인지 몰랐고 강물이 강물인지 모르고 살았다. 그러다가 어느 순간, 망망대해에서 나 홀로 종이배를 타고 항해하고 있다는 것을 깨달았다. 종이배가 젖는 것도 모른 채. 다시는 강물로 냇물로 거슬러 올라갈 수 없다는 사실에 온몸이 시렸다.

인생의 주인공은 바로 자기 자신이라고 말들 하지만, 나는 내 인생의 주인공이 아니었다. 조연으로 살아가는 삶, 거기에 불만은 없다. 그런 삶도 있기 마련이다.

나를 낳은 아버지는 단 한 번도 나를 아들이라 부르지 않았고, 나를 낳은 어머니에게 나는 단 한 번도 어머니라 부르지 못했다.

기회라는 녀석은 좀처럼 몸통을 다 보여주지 않는다. 꼬리만 살랑거리며 숨바꼭질하다가 내 손이 닿으려 하면 뱀장어처럼 미끄러워 잡을 수가 없다. 내 손에 잡힌 것은 의미 잃은 후회뿐.

해서 후회되는 일이 있고 하지 않아서 후회되는 일이 있는데, 나의 경우는 후자가 훨씬 많았다. 후회란 아무리 빨라도 늦은 것이라고 한다. 반성이냐 미련이냐의 차이일 뿐이다.

삶에 점철되어 있는 타이밍들, 그 타이밍을 놓쳐버린 자의 한숨은 텁텁하다.

답안지가 있는 퍼즐이라도 흩뜨려놓은 것을 짜 맞추기는 쉬운 일이 아니다. 하물며 힌트조차 없는 퍼즐을 맞춰나간다는 것은 말할 필요도 없다. 인생이라는 모자이크에 조각이 몇 개 모자란다고 해서 그림이 안 되는 건 아니지만, 뭐랄까…… 생일 케이크에 초를 빠뜨리고 축가를 부르는 그런 기분이다.

아인슈타인은 상대성이론이라는 위대하고도 난해한 업적을 만들었으나, 아주 쉽고 간단하게 자신이 창설한 이론을 설명했다. '예쁜 여자에게 구애를 할 때는 한 시간도 마치 1초처럼 흘러가지만, 뜨거운 난로 위에 앉아 있을 때는 1초가 마치 한 시간처럼 흘러간다. 이것이 상대성이다.' 이보다 더 쉽게 요약해줄 과학자는 없을 것 같다.

프랑스를 떠나온 뒤 한국에서 보낸 시간들은 쏜살같이 지나갔다. 그러나 지금 프랑스행 비행기 속에서 보내는 시간은 뜨거운 가시방석에 앉은 기분이다. 겨우 한 시간 남짓 지났을까, 비행기는 중국의 톈징 인근 하늘을 날고 있다. 고도 10,368미터, 시속 896킬로미터로 날아가지만 아직 도착지까지는 5,138마일, 즉 8,268킬로미터의 거리가 남았다. 어마어마한 거리다.

좌석 밑에 두었던 가방을 꺼내고 그 속으로 손을 넣어 편지 한 통을 집어낸다. 프랑스 우표 옆에 1981년 소인이 찍힌 어머니의 편지다. 그 편지를 다시 가방 속에 넣고 다른 한 통을 꺼낸다. 독일에서 어머니가 엄마에게 보내온 편지다. 다시 넣기와 꺼내기를 반복한다. 이번에는 반대로 1989년에 엄마가 프랑스로 보낸 편지가 집혀 나온다.

어머니가 췌장암으로 돌아가셨다는 비보와 함께 그녀의 남편인 아르노 르네가 보내온 상자 속에서 몇 안 되는 유품이 나왔다. 거기에는 엄마가 어머니에게 보낸 편지들과 아주 오래된 낡고 닳은 사진들이 몇 장 들어 있었다. 또 어머니가 보냈다가 어떤 연유인지는 모르겠지만 반송된 당신의 편지도 있었다. 그리고 만년필과 나의 훈장들도.

두 여인이 주고받은 편지들을 얼마나 읽어댔는지 이제 조사까지 빼먹지 않고 달달 외울 정도다. 내가 태어난 이듬해부터 시작하여 아버지의 사업 실패로 집안이 풍비박산 나던 고3 때까지 주고받았던 열 통 남짓 되는 편지다.

엄마의 편지를 다시 가방 속에 넣고 여권을 꺼낸다. 내 가방 속에는 두 개의 여권이 들어 있다. 와인색 여권 대신 암녹색 여권을 꺼내 커버를 펼쳐서 내 이름을 확인한다. 그리고 대한민국 출국 도장이 찍힌 페이지를 연다. 동그랗게 찍혀 있는 소인이 낯설다.

여권 커버 뒷면에 끼워두었던 사진들을 꺼낸다. 손바닥의 3분의 1 정도 사이즈밖에 안 되는 나의 첫돌 사진과 초등학교 입학 사진이다. 엄마가 어머니한테 보낸 것들이다. 사진을 한참 들여다보고 있자니 외삼촌과 어머니가 오버랩되어 뿌연 화면을 만든다. 그렇다. 피는 못 속인다.

나에게는 낳아준 부모와 길러준 부모, 그렇게 두 부모가 계신다. 그걸 행운이라 해야 할지 불운이라 해야 할지는 잘 모르겠다. 어느 쪽이 되었든 중요하지는 않다. 어차피 그 둘은 이름만 다를 뿐 공간이동이 자유로운 감정과 크게 다르지 않다.

운명은 우리의 양손에 행복과 불행을 하나씩 올려놓았다. 그 둘은 크기와 무게가 똑같다. 그러나 사람들은 다르다고 느낀다. 검은 바탕에 놓인 하얀 공과 하얀 바탕에 놓아둔 검은 공의 크기가 다르게 보이는 것과 같은 이치다. 하얀 공과 검은 공의 크기가 똑같음에도 불구하고 때때로 우리의 감각은 진실을 왜곡한다.

가슴으로만 불러봤던 나의 어머니.

불러보고 싶고, 부를 수 있을 것 같았는데, 기회는 완전히 사라져버렸다. 내가 다시는 강물로 냇물로 거슬러 올라갈 수 없는 것처럼 영원히 부를 수 없게 되어버린 나의 어머니.

모든 일에는 때가 있다고 한다. 어머니라 부를 수 있었던 때가 있었다. 지금 알고 있는 것을 그때도 알았더라면 하고 변명해도 소용없다. 그것을 이제야 알았다고 해서는 안 된다. 그때도 이미 알고 있었다. 그리고 그 순간을 놓치면 반드시 후회하게 된다는 것도.

기억회로가 고장 났던 지난날, 발광하다가 진짜로 미쳐버릴 것 같았던 시간들. 그 끝에 어머니가 있었다. 그리고 나는 회복되었고, 그녀의 곁에서 난생처음 행복이란 아마도 이런 느낌이 아닌가 생각했던 적이 있었다.

나는 지금 비행기를 타고 파리로 가고 있다. 나를 낳은 어머니를 만나기 위해. 그녀에게 꽃 한 송이 바치기 위해. 어떻게 펼쳐질지 모를 또 다른 생을 위해.

1부

1.

가내 두루 평안하신지요.

제가 직접 찾아뵙고 감사드려야 마땅하지만, 몸이 이국만리 먼 곳에 있어 그 핑계로 감히 서한으로나마 인사드림을 양해해 주십시오.

김포공항을 떠나 서독의 뒤셀도르프까지 장장 스무 시간 가까운 비행 끝에 도착한 타국의 냄새가 아직도 코끝에 남아 있건만, 어느덧 시간은 흘러 삼 년이라는 세월을 만들어 놓았습니다.

이념 때문에 나라가 둘로 나눠진 것은 독일과 매한가지라 그런지 이곳 사람들도 한국에서 온 저희들에게 동병상련을 느끼는 것 같아요. 환자들에게 지극정성으로 간호한다는 소문이 돌면서 파독 간호사들에 대한 인식이 많이 좋아졌고, 무엇보다도 주사를 안 아프게 놓는다고 인기가 좋답니다. 병원 생활도 처음에 비해 많이 수월해졌어요. 다들 최선을 다해 열심히 일을 하니 그들도 그 점을 인정해주고, 병원마다 차이는 있겠지만 제가 있는 곳에서는 대우도 괜찮은 편이에요. 오히려 한국에서의 간호 업무보다 전문적이지 않고 더 쉬운 일들이라고 할 수도 있겠으나, 허드렛일이라고 속상해하는 동료들도 꽤 있답니다.

처음에는 저 역시 환자들의 간호 외에 병실을 청소한다거나 쓰레기를 치우는 등 여러 잡일까지 간호사가 해야 한다는 사실에 적이 당황하고 자존심도 상했지만, 여기서는 당연한 업무로 여기기 때문에 시간이 지나면서 차츰 익숙해졌답니다. 어떤 병원에서는 간호사들이 시체의 몸을 닦는 일도 해야 한다는 얘기를 들었습니다. 그녀들의 고충을 생각하면 저는 아주 운이 좋은 편이 아닌가 싶어요.

흔히들 시간이 약이라는 말을 하지요. 저도 그 시간에 편승하여 이제 이곳 생활에 많이 익숙해졌고 별문제가 없습니다. 그러나 최근에 새로 들어온 간호사들은 무엇보다 언어의 문제에 가로막혀 많이 힘들어하고 있어요. 문화도 다르고 사고방식과 환경, 생활습관이며 음식도 다 달라서 모든 것에 적응하기가 힘들지만, 그런 것보다 더 힘들게 만드는 것이 의사소통이 아닌가 싶어요. 저도 처음에는 무척이나 갈등하고 힘들어했었던 기억이 떠오르네요. 그들이 하는 말을 못 알아듣고 큰 의료 실수를 할 뻔했던 일들을 생각하면 지금도 아찔하답니다. 그 많은 의료장비들의 이름을 외우느라 밤을 지새우며 사전과 씨름했던 시절이 엊그제 같은데……

그녀들의 모습이 마치 초창기의 저를 보는 것 같아 안타까웠어요. 우리 간호사들은 친자매처럼 서로 돕고 의지하면서 지내기 때문에 그녀들도 곧 익숙해질 거라 생각합니다.

제 나라를 떠나 있으면 고국에서 들려오는 소식에 아주 민감하게 반응하는 것 같더군요. 저 또한 좋은 소식에는 힘이 솟고 슬픈 소식에는 낙담하면서 지내는데, 최근에는 이렇다 할 소식들이 별로 없어 같은 병원에서 근무하는 간호사들은 이구동성으로 무소식이 희소식이라 여기고 있답니다.

이곳 서독은 안개가 많은 편이에요. 가끔 새벽잠에서 깨어 잔잔한 호수처럼 지면에 깔려 있는 희끄무레한 안개를 보고 있노라면 그 안개 사이로 고국의 추억들이 물안개처럼 피어오릅니다. 그럴 때면 내 나라로 돌아가고 싶다는 충동을 느끼기도 하지요. 어디 저만 그렇겠습니까. 모든 동료들의 마음이 저와 다르지 않을 것이라 생각됩니다.

이 나라는 평지에 숲이 형성되어 있는 곳이 아주 많더군요. 오래된 큰 나무들이 많고 봄에는 우리나라에서 보지 못했던 꽃들이 눈을 즐겁게 해준답니다.

최근에 간호사들과 어울려 기숙사 근처 숲으로 고사리를 따러 갔어요. 지천으로 자라기 시작한 고사리를 여기 사람들은 잡초 보듯 하므로 저희들은 눈치 볼 것 없이 고사리를 따다가 국이며 나물이며 비빔밥을 만들어 오랜만에 고사리 잔치를 했어요. 한국 간호사들이 하도 고사리를 따는 바람에 고사리 채취를 금지

시키는 곳이 있을 정도랍니다.

제가 쓸데없는 말을 너무 많이 하여 누님의 마음을 흐트러뜨리지 않았나 모르겠군요. 고국과 가족에 대한 그리움과 외로움을 달래는 철없는 여자의 넋두리로 여기고 읽어주시면 고맙겠습니다.

지난번 염치없는 편지에 답장도 해주시고, 이렇게라도 편지를 보낼 수 있게 허락을 해주셔서 얼마나 감사했는지 모르실 겁니다. 두고두고 은혜를 잊지 않도록 하겠습니다.

혹시나 아이의 안부를 묻는 것이 도리를 벗어나는 결례가 아닐까 염려가 되지만, 배 아파 낳은 자식에게 젖도 다 물리지 못하고 떠나보낸 어미의 심정을 이해해주십시오. 더불어 제가 복이 영 없는 여자가 아니라는 생각이 듭니다. 아이를 사랑과 정성으로 건강하게 키워주시는 누님이 계시니 제가 무슨 걱정을 하겠습니까. 참으로 아량이 넓은 분을 만난 것은 하늘이 선사해준 복이 아니고 뭐겠습니까.

제가 아이의 생일을 챙길 자격이 있는지 모르겠습니다. 그러나 태어나서 처음 맞는 돌이다 보니 마음이 자꾸 쓰이는군요. 그래서 아이의 옷 한 벌과 자그마한 선물을 함께 보내니 부담을 갖지 않으셨으면 합니다.

바쁘신 와중에 틈나는 대로 간단하게나마 답장을 보내주신다면 그보다 더 큰 기쁨은 없을 거예요.

항상 건강하시고 행복하시기를 멀리서 기도 올립니다.

그러면 이만 글을 줄이겠습니다.

안녕히 계세요.

1974년 5월

이숙희 올림

답장이 늦었군요.

건강하게 잘 지내고 있겠지요?

멀고 먼 타국에서 서러운 일이 어디 한두 가지일까만, 무엇보다 몸이 아프면 제일 힘들고 서러운 법이라는 것쯤이야 겪어보지 않아도 알 일이지요.

다행히 병원에서 일하는 간호사이니 건강을 챙기는 것은 그리 걱정이 되지 않는군요. 병원과 기숙사에 한국인 동료들도 여럿 있으니 서로 의지 삼아 외로움을 덜 수 있어 잘된 일이 아닐 수 없고요.

우리 식구들은 잘 지내고 있어요. 어린 나이에 돈 벌러 멀고 먼 타국으로 떠나 고생하는 숙희 씨에 비하면 저희들이야 아주 편안한 생활을 하고 있는 셈이지요. 애들 아버지가 수년간 서독에서 벌어온 돈으로 비교적 호의호식하며 살았어요. 남편이 귀국하여 시작한 일이 처음에는 시행착오를 겪긴 했지만 지금은 차차 순탄하게 풀리고 있으니 큰 걱정은 없어요.

다만 우리나라에는 좋지 못한 사건이 생겨서 나라 분위기가 뒤숭숭해요.

거기서도 아마 소식은 들었겠지만, 광복절에 국립중앙극장에서 열린 기념식에서 육영수 여사님이 문세광이라는 자의 총을 맞고 돌아가셨답니다. 한동안 나라 안이 초상집 분위기였지요.

항간에는 일본인이 공범이라는 소문도 돌고 그자가 조총련 사람이라 북한의 사주를 받고 저지른 짓이라고도 하고요. 나는 말이죠, 이런 사건들이 터지면 또 전쟁이 나지 않을까 심히 걱정이 되는군요.

나는 전쟁을 겪어본 사람이라 그 참상이 아직도 머릿속에 뚜렷이 남아 있거든요. 내 나이 열 살에 전쟁이 터져서 부모님을 잃고 내 동생 동호와 둘이서 참 힘겹게 살아왔던 기억이 생생해요. 아무리 힘들었어도 옆에서 잘 자라준 동호가 대한민국 최고의 대학에 입학하고 교수가 되는 꿈을 가졌을 때는 만천하를 얻은 기분이었어요. 그러나 시대는 한시도 평화롭지 못하고 동생이 꿈을 이루도록 허락하지 않더군요. 불행은 엎친 데 덮쳐서 결국은 동호가 머나먼 타국으로 간다고 했을 때, 말리지 못했던 일이 내 일생에 있어 가장 뼈아픈 후회로 남아 있어요.

지금도 그때 일을 생각하면 자다가도 벌떡 일어나서 가슴을 쓸어내린답니다.

한 점 혈육인 동생이 돈 벌겠다고 졸지에 광부가 되어 서독으로 떠나고 거기서 사고가 생겼다는 소식을 들었을 때는 정말이지 하늘이 무너지고 땅이 꺼지는 줄 알았어요.

동호가 아직도 마음을 못 잡고 일 년이 넘도록 방황하는 것을 보면 시간이 약이라고 생각하며 살아가는 숙희 씨의 말처럼 그 시간을 믿고 기다리는 수밖에 없는 것 같아요. 옆에서 아무리 달래고 말려도 듣지를 않으니 그 수밖에 더 있을까 싶고요.

안주 없는 술로 곡기를 대신하다 보니 장골 같던 몸은 검불처럼 물기 없이 말라가는데, 그 모습을 지켜보는 것도 못할 지경이었어요. 이제는 저도 지치는지 서서히 술에 진저리를 치는 것 같아요. 아마도 숙희 씨가 멀리서나마 열심히 기도해주는 덕분이 아닌가 싶군요.

내가 이곳의 슬픈 소식만을 전한 것 같네요. 그러다 보니 그만 숙희 씨의 마음을 아프게 만들지나 않았는지 모르겠군요. 동생에게 닥친 불행 때문에 그만 속이 상한 누나의 한 맺힌 소리려니 생각해주면 고맙겠어요.

아무쪼록 여기 일은 걱정 말고 숙희 씨의 일에 매진하여 꿈을 이루도록 하세요.

여자들도 이제는 사회에 참여를 많이 하는 세상이니 숙희 씨도 아프고 힘든 사람들에게 큰 힘이 되는 훌륭한 간호사가 되기를 바랍니다. 서독에서 일하고 있는 광부나 간호사들 그리고 월남전에 참전한 장병들 덕분에 나라의 살림이 좋아져 간다고 하더군요. 나라의 경제를 살리는 종잣돈을 벌어주니 애국자가 달리 애국자겠어요?

참, 반가운 소식도 있어요. 얼마 전에는 관광호가 새마을호라는 새 이름으로 바꾸고 더 빨라졌다는군요. 전국으로 새마을운동이 한창이라 이름도 그렇게 바꾼 것 같아요. 이제는 서울에서 부산까지 단숨에 내려갈 수 있다고 하니 식구들과 내년 여름에는 부산으로 피서를 갈까 궁리 중이에요. 서울에는 땅속으로 다니는 지하철도 개통이 되었고요.

정말이지 하루가 다르게 세상이 살기 편하게 변하는 것 같아요. 이게 다 외로움과 고통을 참아가며 먼 외국에서 피땀 흘려 일해서 외화를 벌어주는 숙희 씨와 같은 사람들이 있으니 가능한 일이라고 생각해요.

그리고 지난번에 보내준 선물은 아주 고맙게 잘 받았어요.

아이의 이름은 기수라고 해요. 김기수!

돌잔치에 한복을 입히고 사진을 찍었고, 중간에 숙희 씨가 보내준 옷으로 갈아입히고 사진을 또 찍었답니다. 궁금해할 것 같아서 돌잔치 때 찍은 사진을 보내요. 아이가 제 아비의 뼈대를 그대로 닮은 것 같아요. 그리고 숙희 씨를 실제로 보지는 못했지만 예전에 동호가 독일에서 보내준 사진으로 짐작건대 얼굴은 숙희 씨를 닮은 것 같더군요. 숙희 씨처럼 눈이 참 예쁘고 속눈썹이 길어요. 아주 튼튼하게 잘 자라고 있으니 아무 염려 말아요.

여자의 몸으로 그 멀리까지 가서 일을 하기로 결심했을 때에는 보통의 각오가 아니었겠지요. 그 각오를 잊지 말고 더욱 강해지도록 하세요.

그럼 이만 글을 마치도록 하지요. 모쪼록 건강하게 잘 지내기를 바라며.

1974년 11월 6일
장신자

2.

사람들의 첫 기억은 보통 몇 살 때부터 시작되는 것일까?

내 기억의 시작은 여섯 살이다. 좀 늦은 편이다. 다섯 살이나 네 살 때를 기억하는 사람들을 부러워한 적은 없지만, 조금 더 태엽을 앞으로 돌릴 수 있다면 어떨까, 그런 생각은 해봤다.

아버지와 외삼촌은 만났다 하면 술 한잔 걸치는 것으로 이야기를 시작했다가 먹구름을 잔뜩 드리운 채 막을 내리곤 했다. 엄마가 자고 가라고 붙잡아도 외삼촌은 엄마의 손을 뿌리치고는 통행금지 전에 돌아가겠다며 삐거덕거리는 몸을 일으켰다. 거나하게 마셨어도 정신은 꽤 멀쩡해 보였다. 자신의 거처로 돌아가는 외삼촌은 노래를 흥얼거렸다.

냇물아 흘러 흘러 어디로 가니, 강물 따라가고 싶어 강으로 간다. 강물아 흘러 흘러 어디로 가니, 넓은 세상 보고 싶어 바다로 간다.

다 큰 어른이 동요를 불렀다. 그 노래의 제목은 〈시냇물〉이었고 나는 자연스럽게 노래를 익혀갔다.

외삼촌은 술 생각이 나면 그의 구멍가게에서 파는 출처가 불분명한 과자 부스러기를 들고 우리 집으로 왔다. 입 안에 넣으면 좀체 녹지 않는 알사탕도 있었는데 누나들은 그것을 눈깔사탕이라 했다. 아주 가끔은 라면땅이나 다 녹아 흐물거리는 쭈쭈바, 더 뜸하게는 캐러멜이나 초코파이가 봉지에 들어 있었다. 그 봉지를 항상 나를 불러 내 손에 들려주면서 누나들과 동생에게 나눠주라고 했다. 단 한 번도 누나들이나 동생 기태의 손에 쥐여주는 법이 없었다. 하긴 누나들과 기태는 외삼촌을 무서워했고 여간해서는 그의 근처에 가려 하지 않았다. 과자봉지를 넘겨줄 때 잠깐 오고 간 몇 마디가 외삼촌과 나와의 유일한 대화였다. 그는 더 이상 나를 안중에 두지 않았고 술에 취해 집을 나갈 때도 내 인사 따위에 빈말로라도 대응해준 적이 없었다.

나보다 네 살 위인 작은누나는 나와 나보다 두 살 아래인 기태의 귀에 번갈아가며 외삼촌의 작태를 고자질해주었다. 작은누나에 의하면 외삼촌은 괴물과 동급이었다. 괴팍한 성격도 원인이었지만 무엇보다 형제들을 두렵게 만든 것은 다름 아닌 외삼촌의 다리였다. 양다리가 불편한 외삼촌은 무릎을 잘 굽힐 수가 없어 늘 두 다리를 쭉 뻗은 자세로 마루에 걸터앉거나 방바닥에 앉았다. 그의 두 무릎 아래는 의족이 대신했다. 그 의족이 전문가의 손이 아니라 사이비의 손에 의해 만들어진 것이다 보니 연결

부위가 잘 맞지 않아서 고생을 했다.

하루는 버스로 일곱 정거장 거리의 구멍가게와 우리 집 사이를 외삼촌은 떨그럭거리는 다리로 걸어서 왔다. 그런 큰 해프닝이 내 기억에는 없지만 누나들은 또렷이 기억하고 있었다. 그날은 고상돈이 한국인으로서는 처음으로 에베레스트산을 정복했다는 소식이 전해진 날이었다. 그 뉴스에 고무된 외삼촌은 일곱 정거장이 대수냐면서 떨그럭거리는 다리로 걸어왔던 거다. 그러고는 마루에 앉자마자 바지를 걷고 의족을 쥐어 뽑아 마당으로 냅다 던져버렸다. 의족이 뽑힌 자리에 생살들이 짓물러 피가 흘렀다. 그런 모습을 본 누나들이 기겁하여 자지러지게 울었다 하니 당연한 일이었다.

그 일이 있고 난 뒤, 아버지와 엄마가 합심하여 당장 새 의족을 맞추자며 외삼촌을 강제로 끌고 갔다. 지금까지 별 탈이 없는 걸 보면 새 의족은 전문가가 만든 게 분명했다.

아버지와 외삼촌이 나누는 대화도 알고 보면 모두 현실이나 미래의 것이 아니라 대부분이 과거의 한풀이 내지는 울분에 지나지 않았다. 한풀이는 아버지의 몫이고 울분은 어김없이 외삼촌의 것이었다. 그래도 아버지는 비교적 긍정적인 사람이라 늘 마무리도 긍정적이었다. 반면에 소주가 줄어들고 빈 소주병이 늘어갈수록 평소에는 말을 아끼던 외삼촌은 울분에 부정적인 감정을 더 얹어서 거의 발악에 가깝게 고함을 지르곤 했다.

그때마다 엄마는 부엌에서 입에 대는 둥 마는 둥 하는 안줏거리를 만들면서 길고 깊은 한숨을 쉬었다. 피부가 까무잡잡한 엄마의 얼굴이 더 검게 보이는 순간들이었다. 두 누나는 잔뜩 주눅이 들어 일찌감치 숙제를 접고 저희들 방으로 동생을 데리고 건너가서 자는 척 이불을 뒤집어썼다. 반면에 나는 안방 한쪽 구석에서 딱지를 접으며 아버지와 외삼촌의 이야기에 촉수를 세웠다. 그렇다고 여섯 살짜리가 그들의 술내 나는 이야기를 이해했을 리 만무했다.

희한하게도 외삼촌을 떠올릴 때면 유독 '씨발'로 시작하는 이야기부터 기억났다. 이야기 내용이야 어린 나에게는 하등 중요하지 않았지만, 그 '씨발'이 나오는 순간부터 외삼촌은 말이 많아지고 빨라졌다.

"씨발, 애국 좋아하시네. 애국? 그게 뭐요?"

"뭐, 애국이 별건가? 우리처럼 외화벌이 나가서 안 먹고 안 입고 꼬박꼬박 마르크를 송금해준 것도 다 애국 아니겠어?"

파독 광부로 서독에 갔던 이야기가 나올라치면 외삼촌은 얼굴까지 벌게지며 목소리가 커지고 말 한마디 한마디에 심을 박았다. 반대로 아버지는 말에서 힘을 뺐다.

"말은 바로 합시다. 애국하려고 서독 갔어요? 식구들 굶겨 죽이지 않으려고 간 거지. 나라가 거지면 국민도 거지죠. 거지가 뭐 하겠어요? 동냥이나 하는 거지."

"우리 임금을 담보로 해서 차관을 제공받은 걸로 알고 있는 사람들이 있더라고."

"파독 광부나 간호사로 간 사람들을 마치 볼모로 끌려간 것처럼 말하는 사람들도 있는데, 우리가 솔직히 강제로 간 건 아니잖습니까. 우리 발로 갔지."

"나야 뭐 정치적인 건 전혀 모르지. 그냥 돈 벌러 간 거였으니까. 세부적인 문제야 알 턱이 있나."

"찢어지게 가난한 나라에 차관을 주겠다는 나라가 어딨겠습니까? 당시 미국도 우리나라에 원조를 끊으려 했던 판국이었잖아요. 그러니 정부가 다른 데 손을 벌려야 할 처지가 되었던 거죠. 무상 원조도 아니었고, 서독에 필요한 노동 인력을 제공해주는 조건으로 돈을 빌린 거라고 저는 알고 있습니다."

"결국 누이 좋고 매부 좋은 거였네 뭐."

"개인은 광부나 간호사로 서독까지 나가서 돈 벌었고, 정부는 그 덕에 차관을 얻었으니 도랑 치고 가재 잡은 셈이죠."

"어쨌든 결과적으로는 나라 경제에 주춧돌이 된 건 사실이잖아."

"그 돈이 다 나라 경제에만 쓰였다고 생각하십니까? 누구의 뒷주머니로 들어간 돈도 만만치는 않을 겁니다. 정치자금이 재벌들한테서만 나오는 거라고 생각하면 오산이에요."

"그 돈이 어떻게 쓰였는지 우리 같은 사람들이 어찌 알겠냐만, 그래도 그 시절에 비하면 지금은 살기 좋아졌잖은가?"

"살기 좋아졌다고요? 하루 열다섯 시간 이상 노동을 해도 최저생계비를 겨우 웃도는 저임금으로 팍팍하게 살아가는 사람들이 지천에 깔렸어요. 자고 나면 오르는 물가는 또 어떻고요."

잠시 목소리가 차분해지는가 싶었는데 외삼촌은 다시 핏대를 올리기 시작했다.

"내 말은 그런 뜻이 아니라……"

"나라 경제만 좋으면 나머지는 어찌 되든 상관없어요? 그 경제의 혜택은 누가 받고 있답니까? 비굴한 한일협정에다가 인혁당사건이며 유신헌법은 다 어떡하고요? 삼선 개헌안 변칙 통과시켜서 독재를 하는 것도 상관없어요? 배는 힘 있는 놈이 다 채우고 서민은 그저 입에 풀칠만 하면 뭐가 어찌 되었건 좋다는 겁니까?"

"그런 뜻이 아니라니깐. 어이 처남, 목소리 좀 낮추게. 누가 들을라."

"들으라고 하세요. 겁나는 거 하나 없습니다. 잘살아보세 노래 부르고, 나도 하면 된다, 나도 노력하면 잘살 수 있다, 그런 구호 아래 국민을 노예로 만들었으면 진짜 잘살게 해줘야지. 기득권자들만 계속 고공행진하고 서민들은 뼈 빠지게 일해도 추락만 하는 세상인데 더 이상 뭘 노력하라고. 씨발."

이쯤 되면 외삼촌의 목소리는 점점 톤이 올라가서 우렁우렁해졌고, 아버지의 목소리는 점점 느려지면서 바닥으로 착 깔렸다.

"정부도 시행착오라는 것을 하지 않겠어? 아직도 경제개발이 진행 중이니까 기다리다 보면 언젠가는 답이 나오겠지, 안 그래?"

"매형도 참 답답한 사람이요. 정부는 시행착오를 해서는 안 돼요. 정부가 시행착오하면 그 피해는 고스란히 힘없는 국민들 차지입니다. 정부에 속아서 광주로 이주해갔던 때를 잊었어요? 천막 쳐놓고 피난민들보다 더 비참하게 살던 때를 설마 잊진 않았겠죠? 씨발, 새로운 정책이라고 내놓고는 서민들의 피를 뽑아 먹었던 적이 한두 번입니까?"

광주 이야기만 나오면 아버지는 담배 한 대를 입에 물고 말을 아꼈다. 대신 물끄러미 천장을 바라보며 뻐끔 담배를 피웠다.

아버지와 외삼촌의 젊은 시절은 암울했다. 아버지와 외삼촌만 그랬던 것은 아니다. 일부 특권층을 제외하고 대부분의 사람들이 암울한 시절을 살았다. 아버지가 광부로 돈을 벌겠다고 서독으로 간 것도, 아버지의 뒤를 이어 외삼촌까지 그 먼 곳으로 떠나게 된 것도 알고 보면 암울한 시절을 탓해야 했다.

1960년대 후반, 서울시는 빈민가를 정비하고 신흥 위성도시를 건설한다는 명분을 내세워 경기도 광주에 대규모의 단지를 조성하여 그곳으로 서울의 가난한 사람들을 이주시켰다. 말이 좋아 이주였지 막무가내로 내몰았다고 하는 편이 정확했다. 이주민들을 내몰기에 앞서 그들에게 토지분양과 일자리를 철석같이 약속하고는 거의 강제로 이주를 시켰는데, 이주 단지는 계획만 있고 실행은 없는 허허벌판이었다. 그리고 정부는 약속을 이행하지 않았다.

청계천 근방에서 살던 아버지와 엄마는 정부의 약속을 믿고 잘살아보겠다는 꿈에 부풀어 누추한 살림을 끌고 서둘러 광주로 옮겨갔다. 정부가 하는 일이니 일말의 의심도 없었다. 그러나 그곳은 사람 살 곳이 아니었다. 겨우 비바람을 피할 수 있을 정도의 누더기 천막촌에 교통편은 고사하고 수돗물도 없을뿐더러 변변한 화장실조차 없었다. 정부의 공약은 공수표나 마찬가지였다.

이주 전에 청계천에서 노점상을 하며 어려워도 남의 손 빌리지 않고 살아가던 아버지는 졸지에 일자리마저 잃어버렸다. 이듬해부터 난민촌으로 전락한 이주촌에는 국가의 혜택을 받지 못한 노약자들이 병들어 죽거나 굶어 죽는 일이 생겨났고 사방 천지로 오물이 넘쳐났다.

불행 중 다행으로 아버지는 배를 곯는 큰딸과 갓난쟁이 둘째 딸을 엄마에게 맡기고 온갖 연줄을 총동원하여 서독행 비행기를 탈 수 있었다. 그나마 운이 좋았기에 망정이지 연줄을 댄다고 해서 다 갈 수 있는 곳이 아니었다. 없는 살림에 어렵사리 빚을 내어 뒷돈을 마련하지 않았더라면 그런 운은 언감생심이었다. 운은 하늘에서 정하는 것이 아니라 공무원들이 정해주는 시대였다. 파독 광부가 되어 돈벌이에 나서겠다는 사람 수가 기하급수적으로 늘어나는 바람에 그 경쟁률이 사법고시보다 높았다. 그럴 수밖에 없었다. 파독 광부로 겪는 고생이야 이루 말로 다 할 수 없다지만 한 달 일해서 손에 들어오는 마르크는 우리나라 은행원의 일 년치 봉급과 맞먹었으니 기를 쓰고 서독으로 가겠다는 사람들로 장사진을 이루었다.

"내가 없더라도 애들하고 무조건 건강하게 잘 지내야 해."

"그런 걱정일랑 말고 당신이나 무조건 건강하게 지내다 돌아오세요."

"내가 만들어준 통장으로 다달이 입금시킬 테니까 당신과 애들 필요한 거며 먹고 싶은 거, 아끼지 말고 써. 알았지?"

"아이고 무슨 소릴 그렇게 해요? 당신이 어떻게 버는 돈인데 그 돈을 물 쓰듯 쓸 수 있어요? 내가 알아서 저축도 하고, 애들 안 굶기고 헐벗지 않게 할 테니 그런 거 하나도 걱정 말아요. 그저 당신 몸 성히 돌아와서 번듯한 집도 장만하고 장사 밑천이라도 만들 수 있다면 더 바랄 것도 없죠 뭐."

"서독에서 삼 년 일하면 그 정도는 마련될 것 같아."

"어쨌든 가서 몸 아프지 말고 잘 챙겨 드세요. 참, 사람 조심하는 것도 잊어선 안 돼요. 전에 왜 동백림사건이라는 것이 있었잖아요. 아차 하면 빨갱이로 몰려 패가망신하는 세상이잖아요."

"알았어. 조심하고 또 조심할 테니 염려 마. 거기 도착하는 대로 편지 보낼게."

아버지와 엄마는 누가 들을세라 목소리를 최대한 낮췄고, 그렇게 대화를 매듭지었다.

김포공항에서의 이별은 쉽지 않았다. 삐져나오는 눈물을 참는 것도 한계가 있었던지 결국 아버지와 엄마는 서로를 부둥켜안고 흐느껴 울었다. 눈물 많은 아버지는 엄마보다 더 울었지만, 부끄럽지 않은 눈물이었다. 그날 김포공항 로비는 서독으로 떠나는 파독 광부들과 그 가족 또는 연인들로 북적댔다. 엄마는 그날을 회상할 때마다 양복 한 벌 빼입고 떠나는 아버지가 무척 멋지고 자랑스러웠다고 했다. 솔직히 말해서 아버지는 외관상 멋진 사람은 아니었다. 왜소한 체구에 한 번 봐서는 사람들이 잘 기억하지 못하는 아주 평범한 인상이었다. 반면에 성격이 유순하고 성실해서 사람들이 좋아하는 타입이었다.

아버지가 돈 벌러 떠난 자리에 육군 최전방에서 보초를 서다가 제대를 하고도 일자리를 구하지 못한 외삼촌이 들어왔다.

외삼촌은 뒤로 넘어져도 코가 깨지는 팔자를 타고난 것 같았다. 1966년 대한민국 간호사 128명이 서독으로 첫 파견을 나가던 날, 그러니까 국군의 날 다음 날에 외삼촌은 육군에 입대했다. 당시에는 육군 복무 기간이 30개월이었는데 1968년 1월 21일, 김신조를 비롯한 31명의 북한 무장공비가 청와대를 기습하려다 미수로 끝난 사건이 발생했다. 그 바람에 육군은 복무기간을 36개월로 연장하게 되었다. 때문에 한 번 더 한여름의 땡볕에 군사분계선 철조망을 오락가락했고, 계란을 올려놓으면 익을 것 같이 뜨거운 철모 아래 구릿빛 얼굴은 비지땀으로 쉴 새 없이 세수를 해댔다. 게다가 그해 11월 2일에는 울진과 삼척에 또다시 무장공비가 침투하는 사건이 터지는 통에 영영 제대를 못하는 것이 아닌가, 가슴을 쓸어내려야 했다. 다행히 그런 일은 일어나지 않았다. 그래도 해군과 공군의 39개월 복무에 비하면 그게 어던가 싶었다. 군대에서의 3개월 차이란 하늘과 땅 차이만큼 큰 것이었다.

그에 앞서 외삼촌의 더 젊었던 시절, 그러니까 군 입대 전의 파란만장했던 삶을 건너뛸 수는 없다.

1963년 외삼촌은 대학생이 되었다. 엄마의 피눈물 나는 뒷바라지와 외삼촌의 살을 깎는 면학으로 우리나라 최고의 대학에 입학했을 때, 갓 결혼한 엄마와 아버지는 마치 친자식이 과거에 급제한 것마냥 얼싸안고 좋아했다.

외삼촌이 대학생이 된 이후로도 나라 안은 조용한 날이 없었다. 학생들은 삼삼오오 모였다 하면 학교 공부보다는 나랏일을 걱정했다. 대학교 2학년생이 된 외삼촌은 한일 굴욕외교 반대집회가 열리는 곳이면 어디고 빠지지 않고 참가했다. 데모를 한 학생들의 구속영장이 기각되자 그 일이 부당하다고 여긴 공수특전단 군인들은 완전무장을 한 채 법원 청사로 쳐들어가 검사와 판사에게 폭언을 하고 행패를 부리며 압력을 행사하는 사건이 발생했다. 군인이 나라를 장악하여 정권을 잡자 일부 몰지각하고 교만한 군인들은 저희들도 덩달아 위세를 떨치려 들었다. 그 사건에 이어 서울대학교 문리대의 단식농성에 고무된 각 대학교 학생들은 거리로 뛰쳐나와 박정희 군사정권을 타도하자는 시위를 벌였다. 거기에 외삼촌이 빠질 리 없었다.

간단하게 조사를 받고 풀려나기는 했지만 몇 차례 경찰에 연행된 경험이 있는 외삼촌이었기에 엄마는 늘 살얼음판에 서 있는 기분이었다.

"나야 살림하고 장사밖에 모르는 사람이라 이 나라가 어떻게 돌아가고 있는지 잘 모르겠다만, 주워들은 것은 있어서 너처럼 똑똑한 사람들이 무슨 일을 하는지는 알아. 그리고 분명 옳은 일이라고 생각해. 하지만, 난 네가 이제 그런 일보다는 공부에 더 매달렸으면 좋겠어."

엄마는 외삼촌을 살살 달래도 보고 눈물로 걱정을 앞세우기도 했다. 그렇다고 외삼촌이 뒤로 물러나 앉을 사람은 아니었기에 엄마는 모든 시름을 제자리로 돌려놓고는 한숨만 지었다.

유월이 되자 한일협상 반대운동이 대대적으로 일어났다. 이에 군사정권은 계엄령을 선포하여 한일국교정상화 회담에 반대하는 학생과 시민들을 무력으로 진압했다. 계엄령을 선포한 대통령의 선언문에는 일본과의 굴욕적인 외교에 대항하여 반대를 부르짖었던 학생들과 각계의 시민들을 '실로 국가의 기본을 흔들고 망국의 씨를 뿌리는 철없고 한탄스러운' 사람들로 매도했다. 과연 무엇이 망국인지 애매모호한 일이 아닐 수 없었다.

그때 맺어진 한일외교의 결과는 훗날 우리 국민과 나라에 어떤 불이익을 초래하게 될 것인지는 그 당시로는 결코 모를 일이었다. 책임질 당사자들이 없으니 피해는 고스란히 국민의 몫이 될 수밖에.

한일기본조약의 부속 조약으로 한일어업협정도 체결되었다. 그 조약에는 일본의 독도 소유권 주장을 인정함으로써 기존의

평화선을 무력화했고, 독도 인근 바다를 공동어로구역으로 설정한다는 내용이 담겨 있었다.

각계의 반대에도 불구하고 결국 한일기본조약이 조인되자 나라 안은 그야말로 기름이 바글바글 끓는 튀김 냄비였고 물 한 방울만 튀어도 화상을 입을 지경이었다. 한일협정 조인에 반대하는 국회의원들은 사퇴서를 썼고, 사퇴서를 쓰든 말든 국회는 야당 의원들의 불참 속에 한일협정 비준 동의안을 가결시켰다. 그참에 월남 파병 동의안까지 가결시켜 대한의 건아들로부터 헌혈받아 산업화라는 위대한 업적에 수혈했다. 최상위의 국가적 과업인 경제발전은 당위적 이유가 되었다. 따라서 산업화와 민주화의 공존은 점점 불투명한 숙제로 남게 되었다.

월남 파병의 조건으로 미국에서 받은 거액의 보조금 상당수가 어느 누군가의 뒷주머니로 새어 나갔어도 공개되지 못한 숫자를 헤아리는 사람은 없었다. 대한민국 파월 장병의 월급이 미국 참전군인과 똑같이 지급된다는 조건이었으나 실제로는 미군의 5분의 1 수준이었음을 감안하면 상당한 숫자가 증발한 셈이었다.

한일협정 비준 무효화를 요구하며 또다시 전국의 고등학생과 대학생들이 의기투합하여 시위를 벌였다. 그러자 정부는 시위 확산을 막겠다고 대학교에 무장군인을 투입시키는 등, 위수령을 발동했다. 학생들은 연행되어 취조당하고 더러 고문을 당했지만 대다수가 뜻을 굽히지 않았다.

외삼촌도 그 속에 끼어 연행과 취조와 고문이라는 수순을 제대로 밟았다. 풀려나면 또다시 시위대에 앞장서서 뜻을 관철시키려다가 결국 전국 수배자 명단에 들어가는 신세가 되었다. 그는 반년 넘게 몸을 숨겼고 급기야 강제로 퇴학 조치를 당했다. 속이 숯덩이가 된 엄마는 그때부터 피부까지 까매졌다고 했다. 이 사회에서 살아가려면 명예회복이라도 해야 한다는 엄마의 한마디에 외삼촌은 일언반구도 없이 병무청으로 향했다.

제대를 하자마자 외삼촌은 도보로 전국 일주를 감행했다. 첫 번째 목표는 해안선을 따라 전국을 돌아보겠다는 것이었고, 두 번째는 내륙을 동서남북으로 종횡하는 것이었다. 외삼촌이 믿을 만한 것은 튼튼한 두 다리였다. 강원도 고성에서 시작된 도보여행은 때마침 알맞게 물들어가던 단풍들이 눈을 간질이던 계절이었다. 외삼촌은 마치 자신이 김삿갓이라도 된 양 유랑의 멋에 빠져들어 단풍이 농후해져 가는 계절을 즐겼다. 쉬엄쉬엄 동해를 타고 내려왔다가 남해의 중간쯤을 지날 때는 찬바람에 손이 곱는 냉기를 느꼈다. 추위를 걷어 내려고 외삼촌은 묵직한 배낭을 멘 채 마라톤 선수처럼 힘차게 뛰어 몸을 데웠다. 그러다가 여수에 도착하기 전에 천만뜻밖의 흉보를 들었다.

제주에서 부산으로 향한 '남영호'의 침몰로 300명이 훨씬 웃도는 승객과 선원이 불귀의 객이 되었다. 정원을 초과한 인원과 과적 화물이 원인이었다. 그 소식을 접하자 외삼촌은 전국 일주를 단념했다. 그길로 엄마와 누나들이 살고 있던 광주 대단지 이주촌으로 달려왔다. 그러고는 일 년 전부터 파독 광부가 된 아버지의 빈자리를 차고 들어앉았다.

그곳은 유형지나 다름없었다. 극빈의 한탄과 오물이 넘쳐나듯 실업자도 넘쳐났다. 엄동설한에는 빨래할 엄두조차 내지 못해 한 철이 다 가도록 모두가 때에 절어 서로의 군내를 맡았다. 장마철에는 썩고 찌든 악취가 사람들 뼛속까지 배어들었으며, 푹푹 찌는 삼복더위에는 증발하지 못한 온갖 부패한 냄새들과 땀이 뒤범벅되어 몸을 더럽혔다. 정부에 최소한의 기본권과 생계수단을 마련해달라고 아무리 진정서를 써 올려도 그들의 절절한 탄원은 매번 묵살되었다. 오히려 행정당국은 이주민들에게 사용하고 있는 토지대금을 일시불로 납입하라는 통지를 보내왔다. 처음에 약속한 평당 이백 원의 분양가를 최소 40배, 많게는 80배 올린 땅값으로 돈을 내라고 하니 당장 저녁에 먹을 것을 걱정하는 사람들에게는 목숨을 내놓으라는 소리와 마찬가지였다. 그러니 주민들의 불만과 분노가 폭발하는 것은 지극히 당연한 일이었다.

삶이 곪을 대로 곪은 곳으로 스스로 걸어 들어온 외삼촌은 반년을 얌전히 지냈다. 얌전히 지냈다기보다는 한 달에 보름 정도를 빈손으로 나갔다가 주머니에 지폐를 담아 돌아오곤 했다. 어디서 막노동이라도 했는지 그의 손은 차츰 거칠어져 갔지만 몸에는 근육이 붙어났다. 천막집으로 돌아오면 일장연설의 달인이었던 외삼촌은 말없이 책만 읽었다. 알고 보니 이주촌의 돌아가는 분위기를 파악하느라 입을 다물고 있었던 것이다. 외삼촌은 불의를 옆에서 지켜보는 성미가 못되었다. 아니나 다를까 그는 주민들의 권익을 위해 발 벗고 나서기 시작했다.

그 꼴을 지켜보던 엄마는 덜컥 겁이 났다. 대학생 신분으로 시위에 가담했다가 어렵게 들어간 대학까지 포기해야 했던 때가 엊그제 같았다. 그런데 또다시 정부의 반대편에 선다고 하니 엄마의 가슴에는 숯덩이까지 다 타고 그을음만 남았다.

정부와 서울시의 일방적인 행정에 멍들고 생채기 난 이주민들은 분연히 일어섰다. 그러나 정부는 그들의 저항을 폭동으로 규정하여 공권력을 투입했다. 국민의 폭력은 불법이지만 국가의 폭력은 이유를 불문하고 늘 합법이었다.

"동호야, 이제 그만 이 일에서 발을 빼. 이 누나 피가 다 말라버리겠어. 내가 이렇게 부탁하마."

"누나, 여기서 인간 이하의 삶을 살아가는 사람들을 어떻게 모른 체해?"

"네가 나선다고 안 될 일이 되고, 될 일이 안 되는 것도 아니잖아."

"누나가 뭘 염려하는지는 알아. 하지만 내가 지금 하는 일은 학생 때 시위하던 것과는 달라. 여기 사는 사람들 전부가 사회적 약자들이야. 아무리 호소를 해도 들어주기는커녕 아예 외면만 할 뿐이잖아. 그러니 뭉쳐야지. 뭉쳐서 큰 덩어리를 만들어야 그나마 힘을 얻을 수 있어."

"내가 그걸 왜 모르겠니? 행여나 네가 다칠까 걱정되어서 그러지."

"걱정 마. 그럴 일은 없을 거야. 군중의 힘이 얼마나 무서운가를 반드시 보여줄 거야. 정부도 이번만은 절대 자기들 뜻대로는 못해."

외삼촌은 단호했다. 얼마 지나지 않아 그의 단언은 현실이 되었다.

1971년 8월 10일, 광주에서 시작된 대규모 시위는 서울까지 밀고 올라갔다. 걷잡을 수 없이 큰 덩어리가 되어버린 시위대에 정부는 속수무책이었다. 그러고는 서둘러 주민들의 요구사항을 무조건 수용하겠다고 약속했고, 그 약속을 받아낸 수만 명의 시위대는 단 3일 만에 자진 해산했다.

장기투쟁도 불사하겠다던 외삼촌은 정부가 의외로 일찍 손을 들어버리는 바람에 몹시 허탈했다. 학생 시절의 그 투쟁들은 길고도 험난했지만 결과는 어느 모로 보나 패배였다. 공부까지 포기해 가며 민주화에 앞장섰지만, 정부는 학생들과 사회 각계 인사들과 시민들이 던지는 짱돌에는 끄떡도 않는 거대한 골리앗이었다.

외삼촌은 특별한 기술도 없지, 공부는 중도 포기했고 나이는 들어가겠다, 결혼은 감히 꿈도 꿀 수 없는 강 저편의 축제였다. 늘어나는 실업자들 속에 포함되는 것도 참을 수 없는 노릇이었다. 그러던 어느 날, 외삼촌은 난데없이 서독을 가겠다고 선언했다.

"나도 매형처럼 일단 광부로 갈 생각이야."

"그건 말도 안 돼. 네가 어떻게 그 험한 일을 하겠다는 거니?"

"왜 못해. 매형도 하잖아."

"매형이야 온갖 잡일에 이골이 난 사람이지만, 너같이 공부만 하던 사람은 어림없어. 광부는 아무나 하는 줄 알아?"

"대학을 졸업하고도 취직자리가 없어 파독 광부로 나선 사람도 있더라고."

"그렇지만……"

"남들도 하는 일, 나라고 못하겠어? 일이야 배우면 되고, 매형이 거기 있으니까 연락하거나 찾아가서 도움을 받을 수도 있잖아."

"그렇기는 하지만, 아무래도 난 네가 여기에서 뭐라도 해보는 게 나을 것 같은데."

"일단 광부로 가서 돈을 번 다음, 거기에 있는 대학에서 공부를 계속하고 싶어."

공부를 계속하겠다는 외삼촌의 말에 엄마의 입은 그대로 붙어 버렸다. 그리하여 외삼촌도 아버지의 뒤를 따라 서독행 비행기를 타게 되었다.

3.

안녕하셨습니까?

누님과 가족 모두 건강하게 잘 지내시는지 궁금합니다.

지난번 편지는 잘 받으셨는지 모르겠어요. 오래도록 답장이 없어서 혹시 전달이 잘못되었거나 집안에 무슨 일이 생긴 것은 아닌지 걱정이 됩니다. 군걱정이기를 간절히 바라며 이렇게 또 염치불구하고 펜을 들었어요.

이맘때면 한국도 기온이 떨어져서 제법 추운 날씨일 거라 생각됩니다.

여기도 마찬가지랍니다. 며칠 전 불어닥친 쌀쌀한 바람에 나뭇잎이 몽땅 떨어지고 황량한 풍경만 눈앞에 남았더군요. 겨울을 예고하는 바람에 온몸이 시려 오는 계절입니다.

제가 서독에서 간호사로 일한 지가 벌써 6년이 지났고, 병원 측의 도움으로 계약 연장을 할 수 있어서 이제 곧 일곱 번째의 겨울을 맞게 되었어요. 세월의 흐름에 놀라움을 금할 수가 없고 지난날들의 추억들이 새삼스럽게 떠오르네요.

몬트리올 올림픽에서 양정모 선수가 레슬링으로 첫 금메달을 따서 목에 거는 장면을 텔레비전으로 보며 동료들과 얼싸안고 환호했던 기억이 엊그제 같은데, 마오쩌둥이 사망했다는 소식이 이곳 신문에 대서특필한 것이 벌써 지난해 여름의 일이었다는 게 믿기지 않아요.

기수는 많이 자랐겠지요? 한창 개구쟁이 짓을 할 때라 혹시라도 누님의 속을 썩이지나 않는지 모르겠군요. 부디 그런 일이 없기를 바랄 뿐입니다.

자라나는 아이들은 시시각각으로 얼굴이 변한다고 하던데 돌사진으로 본 모습과는 많이 달라졌겠지요? 단 한 번만이라도 아이를 볼 수 있다면 얼마나 좋을까요. 이런 말씀을 드린다고 달리 생각지는 마십시오. 언감생심 제가 어떻게 아이를 볼 수 있겠습니까. 그저 꿈에서나 불러보고 그려볼 허망한 바람이지요.

동호 씨가 사고만 당하지 않았어도, 아니 사고를 당했지만 저를 받아 주기만 했어도, 지금쯤 저희들은 단란한 가족을 이루고 살지 않았을까 하는 생각도 해보았습니다. 그런 생각을 문득문득 하다 보면 어떨 때는 동호 씨가 원망스럽기도 하답니다. 다 부질없는 원망이고 생각인 줄이야 알지만 한 가정을 이루어 알콩달콩 살아보고 싶은 마음이 저라고 왜 없겠습니까. 나이가 들어갈수록 아쉬움도 쌓여가는지 자꾸 뒤돌아보게 되는 제 심정을 십분 이해해주시리라 봅니다.

그래도 자나 깨나 살뜰한 보살핌으로 무럭무럭 자라나는 아이와 누님의 노고를 생각하면 저절로 힘이 난답니다.

제 주변에는 광부로 왔던 분들과 간호사들이 귀국을 포기하고 아예 서독에 정착하여 살림을 꾸리거나 새로이 공부를 시작하는 사람들이 많습니다. 저 역시 지난해부터 대학에 입학하여 사회복지학을 공부하고 있기 때문에 병원에서는 야간근무만 하고 있어요. 몸이 지칠 때도 더러 있지만 쉽게 가질 수 없는 배움의 기회이기에 피곤함보다는 즐거움이 더 크답니다.

나라마다 인종차별로 크고 작은 갈등이야 있겠지만, 그래도 이 나라의 근로기준법에 따라 임금뿐만 아니라 여러 사회복지 혜택을 자국민들과 동등하게 받고 누릴 수 있는 것은 큰 장점이라고 생각해요. 개인의 능력에 차별을 두지 않고 연줄이나 뒷돈 등 편법을 허용하지 않는 것을 보면 역시 서독은 진정한 선진국이라는 느낌이 듭니다.

며칠 전에 뮌헨에서 오신 의과대학 교수님이 저희 병원에 근무하는 파독 간호사들을 점심 식사에 초청해주셨어요. 그분도 한국인이고 이곳 대학의 교수님이 되어 학생들을 지도하고 계시니 무척 자랑스럽고 존경스러웠습니다. 우리들은 그분을 통해 고국의 이런저런 소식을 전해 들었어요. 그러다가 점심 식사를 다 끝낸 자리에서 이틀 전에 한국에서 일어났던 침통한 소식도 한 가지 전해주셨답니다. 전라도의 이리역에서 다이너마이트를 실은 열차가 폭발하는 대형사고로 엄청난 인명피해와 재산피해를 입었다는 내용이었어요. 그분은 일 관계로 한국에 전화했다가 그 소식을 들었다고 하시더군요. 저희들은 너무도 놀라 서로의 얼굴만 바라보며 아무 말도 못하고 양손을 가슴에 얹은 채 연거푸 한숨만 내쉬었답니다.

일전에도 편지에 적었듯이 고국에서 들려오는 소식에 민감한 저희들이다 보니 작은 기쁨에도 쉽게 흥분하고, 조금 슬픈 일에도 실의에 빠져서는 눈물바다를 이루곤 하지요.

저희 병원 소아과 병동에 근무하는 간호사 언니의 친정 식구들이 이리에 산다고 했어요. 그 언니는 기숙사에 돌아오자마자 얼굴이 백짓장처럼 하얘져서는 까무러치고 말았어요. 저희들이 별일이야 있겠냐며 그 언니를 아무리 달래도 집과 연락이 닿기 전에는 절대 안심하지 못할 것 같아요. 얼마나 걱정을 했으면 하룻밤 새 그 언니 얼굴은 반쪽이 되어 있었어요. 왜 안 그렇겠어요. 저라도 그랬겠지요. 한편으로는 굉장히 이기적이지만 저희 가족이나 가까운 지인들이 사는 곳이 아니었다는 사실에 안도했습니다. 그러고는 저 역시 별수 없는 속물이라는 생각이 들어 종일 우울했었답니다.

서독에서도 대형 사고가 있었어요. 우리나라에서 뉴스로 보도가 되었는지는 모르겠으나, 지난달 시월 중순경에 루프트한자 여객기가 아랍국가의 게릴라들에게 납치당하는 사건이었지요.

프랑스의 항구도시인 마르세유 상공에서 납치된 서독 비행기가 아프리카의 소말리아라는 나라에 착륙을 했다더군요. 그런데 안타깝게도 기장은 살해를 당하고 말았어요. 그렇지만 독일 국경 수비대의 활약으로 인질로 잡혀 있던 사람들은 모두 구출되었고요. 반면에 여객기 납치범 중 세 명은 사살되었고 한 명은 생포를 했답니다. 약 닷새 동안의 일이었지만 그 긴장감은 참 대단했었어요.

세상에는 분명 감동을 주는 일이나 함께 즐거워하며 축하할 일들도 많겠지만, 왠지 슬프고 무섭고 잔인하고 분노할 일들이 훨씬 더 많이 일어나는 것 같아요. 그렇더라도 나와 우리 주변은 불행보다는 행복한 일들이 더 많기를 바라는 것이 인지상정이겠지요.

저는 무엇보다 누님과 누님의 가정이 평안하고 자녀분들이 건강하게 자라 좋은 교육을 받고 잘 살아가기를 바랍니다. 바람이기 이전에 반드시 그렇게 되리라는 믿음을 먼저 가져야겠지요. 네, 저는 믿습니다. 모두가 건강하고 행복하게 살아갈 것을요.

저도 지금 하고 있는 학업과 일에 최선을 다해 좋은 결과가 오기를 고대합니다.

횡설수설이나 다름없는 제 편지를 읽어주셔서 감사합니다. 이번에는 짧게나마 답장을 주신다면 무한한 기쁨으로 여길 것입니다.

점점 추워져 가는 날씨에 감기 걸리지 않게 조심하십시오.

그럼 이만 글을 끝맺습니다.

안녕히 계세요.

1977년 11월

이숙희 올림

잘 지내고 있나요?

제때 답장을 못 줘서 미안해요.

숙희 씨가 내 편지를 많이 기다릴 거라 생각하지만, 살림에 치여 살다 보니 마음처럼 되지 않는 일들이 늘어가는군요. 그러다 보니 편지를 쓴다 쓴다 하면서도 자꾸 미루게 되었어요.

시간이 벌써 이만큼 흘러갔는지도 최근에야 새삼 깨달았어요. 시간은 발이 달린 것이 아니라 날개가 달려 있는 게 분명한가 봐요. 그렇지 않고서야 숙희 씨의 편지를 받은 것이 얼마 안 된 것 같았는데 또 6개월을 넘겼으니 말이에요.

예전에 동호가 서독에 있을 때 보내줬었던 사진 속의 숙희 씨는 참 앳되고 예뻤어요. 이번에 숙희 씨가 보내준 사진을 보니까 성숙미가 풍기면서 더 아름다워졌더군요.

얼마나 애타게 소식을 기다렸을까 생각하니 정말 미안하지만, 염려하는 것처럼 집안에 불상사가 생긴 것은 아니랍니다. 애들 아버지가 하는 일이 날로 번창하고 있어서 살림살이도 많이 나아졌고 속 썩이는 애들도 없어 걱정거리랄 게 없어요.

숙희 씨가 대학에서 공부를 하고 있다니 참으로 반가운 희소식이었어요. 낮에는 공부하고 밤에는 병원에서 야간근무를 하는 그 어려운 여건 속에서도 벌써 졸업반이 되었군요. 열심히 공부해서 석사도 하고 박사도 되었으면 좋겠어요. 동호가 이루지 못한 꿈을 숙희 씨가 이루고 있네요. 진심으로 축하해요.

동생은 아직도 울분을 못다 풀었는지 집에 와서 술을 마셨다 하면 언성이 높아지지만 그것도 예전 같지는 않아요. 차차 줄어들고 있으니 언젠가는 억지로라도 잊을 날이 있겠지요.

금년 한 해는 간담을 서늘하게 만든 일들이 무척 많았어요.

나라 안은 너무도 어수선하고 착잡해서 연말연시를 앞두고 있지만 들뜬 분위기라고는 눈을 씻고 봐도 찾아볼 수가 없어요.

숙희 씨도 이미 소식을 들어 알고 있겠지만, 10월 26일에 박정희 대통령이 한때는 오른팔이라고 했던 부하 김재규의 총에 맞아 돌아가셨답니다.

영부인도 총에 맞아 돌아가셨는데 대통령마저 그렇게 가고 보니 별생각이 다 들었어요. 부부는 살아가면서 닮는다더니 죽는 방법도 닮는 것일까 하는 생각을 하다가, 그 집안이 윗대에 묏자리를 잘못 썼나 하는 생각도 들었고, 살아생전에 우리가 다 모르는 나쁜 짓을 많이도 했었나 하는 몹쓸 생각까지 해봤답니다.

정치라는 것은 위험한 사람들이 하는 위험한 일이구나 싶은 생각밖에 안 들더군요.

부산과 마산에서는 정치탄압을 규탄하고 유신정권을 반대하는 대규모 시위가 벌어져서 계엄령이 내려졌고 많은 학생과 시민들이 잡혀가는 등 난리도 아니었어요. 그런 뉴스를 들을 때마다 오금이 저려 일손을 놓기 일쑤였지요.

배움이 모자란 여자가 별의별 생각을 다 한다고 비웃지는 마세요. 그 당시에는 내 마음이 원체 뒤숭숭했거든요.

이왕 소식 전하는 김에 한 가지 더 보태면, 올여름에는 쥬디라는 태풍이 몰아닥쳐 영남 지역이 쑥대밭이 되었답니다. 사람도 많이 죽고 피해도 엄청나게 많았어요. 주민들을 대피시키던 군인도 여덟 명이나 희생되었다더군요. 내 생각에 인재도 무섭지만 자연재해는 속수무책으로 당하니 더 무서운 것 같아요.

이런저런 이야기를 하고 보니 모두가 아찔하고 어두운 소식밖에 없었네요. 참으로 다사다난했던 해였어요. 그 와중에 다행인 것은 그저께 최규하 씨가 대통령에 취임하셨지요. 여전히 분위기는 살벌하지만 하루속히 안정을 찾아 평화로운 나라가 되면 좋겠어요. 그래야 외국 나가서 고생하는 숙희 씨나 동포들이 마음 졸이며 살지 않을 테니까요.

어쨌든 어지러운 세상이 얼른 끝나고 새해에는 좋은 일들이 많아서 모두의 가슴이 훈훈해지는 기사들로 가득하기를 바랍시다.

숙희 씨가 올봄에 동료들과 같이 이태리로 여행을 다녀왔다는 이야기를 읽고 나 혼자서 상상을 해봤어요. 달력이나 텔레비전에서만 봐온 유럽 여러 나라들의 유적지와 아름다운 풍광들을 머릿속에 그려보면서 한편으로는 숙희 씨의 자유가 무척 부러웠어요.

만약 전쟁으로 부모님을 잃지 않았다면, 나도 평범한 가정에서 자랄 수 있지 않았을까 하는 부질없는 생각에서부터, 어쩌면 숙희 씨처럼 간호사가 되어 독일로 떠나고 거기서 공부도 하고, 가끔은 이웃 나라로 여행을 하지 않았을까 등등.

잠시나마 그런 생각을 했지만 이내 접고 말았답니다. 부모님이 살아계셨어도 아마 나는 지금의 내 모습으로 살아가고 있을 것 같아요. 운명이라는 말이 참 강하게 와 닿더군요. 나는 운명을 믿어요. 운명을 바꿀 수는 없지만 믿음은 좋게 가질 수가 있잖아요. 그러다 보면 운명도 내 편이 되어줄 것 같은 느낌이 들어요.

내가 너무 감상적인 얘기를 하는 건 아니겠죠? 아무리 나이를 먹어도 마음은 철부지 시절의 유치함을 그대로 간직하고 있나 봐요. 그러니 사람들이 말하기를, 늙으면 애가 된다고 하잖아요.

총총히 커가는 애들이 넷이라 그 뒤치다꺼리가 보통이 아니에요. 큰 애들은 유치원을 보내지 않고 바로 학교에 입학시켰지만, 재작년부터는 남편의 수입이 좋아졌기 때문에 기수는 유치원을 다니게 했어요. 머지않아 해가 바뀌면 국민학교에 입학을 하게 된답니다.

최근에는 키도 부쩍 컸어요. 무던하고 심성이 고운 아이지요. 얼마 전에 기수의 동생인 기태가 이불에 오줌을 쌌답니다. 그런데 제 동생이 혼날까 봐 자기가 이불에 지도를 그렸다고 하더군요. 일부러 꾸짖는 척은 했지만 저도 아직 어리면서 동생을 감싸는 마음이 참 대견하여 가슴이 찡했어요. 이런 일뿐만 아니라 평소에도 착하고 기특한 아이라 이웃들에게 귀염을 받고 있지요.

동호는 내색을 하진 않지만 가끔 집에 놀러 오면, 물론 술 마시러 오는 거지만, 속으로는 제 혈육이라고 믿음직스러워하는 게 내 눈에는 보이더군요. 기수가 술에 물 탄 듯 물에 술 탄 듯 사내애가 줏대 없이 순해 빠져서 큰일이라고 말로는 타박을 해도, 동호의 속내는 전혀 그렇지 않다는 걸 난 느낄 수 있답니다.

겨우 짬을 내어 펜을 들었더니 온갖 이야기가 다 나오네요. 이렇게 편지를 쓰는 동안 어느새 켜켜이 쌓였던 체증이 가시는 것 같아요.

벌써 밤이 많이 깊었군요. 아이들 모두 재우고 출장 갔다 늦게 돌아올 남편을 기다리면서 혼자의 시간을 만끽하고 있어요.

숙희 씨의 편지에 꼬박꼬박 답장을 못하더라도 너무 서운해하지는 말아요. 우리 여섯 식구에 가끔 다니러 오는 동호까지 챙기려니 시간을 내기가 여간 어렵지 않네요.

대신 숙희 씨의 편지는 틈나는 대로 읽고 또 읽으면서 대리만족을 하고 있답니다. 아무튼 항상 건강하고, 일도 공부도 열심히 하니까 반드시 좋은 결과가 있을 거라 믿어요.

좋은 소식 있기를 기다리면서 이만 글을 줄이도록 할게요.

1979년 12월 8일

장신자

4.

내 기억 속에는 날짜까지 생생하게 떠오르는 특별한 날들이 있다.

1980년 3월 3일은 그런 날 중의 하나다. 헌법 제16조에 따라 '모든 국민은 균등하게 교육을 받을 권리'가 내게 주어진 날이었다.

3월 1일은 삼일절이면서 정월 대보름이었고 토요일이었다. 나의 입학식을 이틀 앞두고 우리 식구는 1박 2일의 연휴를 온양온천에서 보냈다. 외삼촌은 대중탕과 담을 쌓은 사람이니 당연히 제외되었다. 온천장을 찾은 사람이 얼마나 많았던지 뿌연 김 속에서 나는 여러 번 아버지를 잃어버렸고 오랜 목욕으로 거의 탈진상태가 되었다. 여섯 살 된 기태는 엄마와 누나들을 따라 여탕으로 갔다. 그 시절 유난히 키가 작은 남자아이는 초등학생이라도 얼마든지 여탕 출입이 가능했다. 거기서 같은 반 여자아이를 만나는 날이 여탕 출입의 마지막 날이 되곤 했지만 말이다.

그날 저녁 우리 식구의 외식 메뉴는 불고기였다. 소고기라니, 언제 먹어봤었는지 기억도 나지 않았다. 고기가 입 안에서 살살 녹는 것이 평생을 두고 못 잊을 맛이었다. 가끔은 고기를 먹었지만 주로 돼지고기나 생선이었고 우리 남매들 생일이면 어김없이 통닭을 사오는 외삼촌 덕에 일 년에 최소한 네 번은 닭고기를 먹었다. 장장 세 시간의 온천욕을 끝내고 소고기를 먹었던 까닭일까, 식구들 얼굴은 하나같이 반들반들 윤기가 흘렀다.

식구 모두가 총출동하는 바람에 나의 초등학교 입학식은 대학교 졸업식을 방불케 할 정도로 장관이었다. 엄마의 손에는 꽃다발이, 누나들과 동생 손에도 각각 크고 작은 선물 꾸러미가 들려 있었다. 그것은 공책들과 필기도구 그리고 스케치북과 크레파스 등이었다. 일찌감치 사두었던 것들이고, 구경만이라도 하자고 애걸했지만 끝끝내 공개하지 않은 것들이었다.

꽃샘추위가 기승을 부렸지만 식구들 얼굴에는 이틀 전의 윤기가 남아 있었다. 유일하게 얼굴이 푸석한 외삼촌은 앞으로 내 것이 될 책가방을 한쪽 어깨에 메고 있었고, 아버지는 자신의 보물 1호인 라이카 카메라의 셔터를 연방 눌러댔다. 가족 모두의 입에 함박웃음이 걸려 있었다. 그것은 우리 식구만이 아니라 그 자리에 참석했던 사람들의 공통점이기도 했다.

입학식이 있던 날, 외삼촌과 아버지는 저녁상을 물리자마자 오랜만에 술상을 차리게 해서는 늦도록 잔을 기울였다.

"기수야, 인제 학교도 들어갔으니 너는 공부만 열심히 하면 돼. 이 아버지가 돈 많이 벌어서 대학도 보내주고 네가 원하면 유학도 보내줄 거니까."

"야 인마, 너는 좋겠다."

외삼촌에게는 나의 이름이 '야 인마'였다. 그가 내 이름을 온전히 부르기 시작한 것은 내가 고등학교 3학년 졸업을 앞두고 있을 무렵이었다.

"아빠, 나는요?"

작은누나가 끼어들었다.

"너도 공부만 잘하면 대학이 대수냐, 까짓것 유학도 보내주지 뭐."

"나는요?"

이번에는 큰누나가 질세라 물었다.

"언니는 공부나 열심히 해. 작년에 반에서 이십일 등 했잖아. 그게 뭐야."

"야, 십육 등 한 적도 있어."

"십육 등이 자랑이야?"

"영어가 얼마나 어려운 건지 네가 몰라서 그래."

"영어만 못하나? 수학도 엉망이던데."

"야, 너도 중학생이 돼봐. 넌 반에서 꼴찌나 안 하면 다행이야."

"난 일등 할 거야."

두 누나는 성적으로 입씨름을 해댔다.

"됐다, 그만들 해. 지금부터라도 열심히 공부하면 되는 거야. 어쨌든 오늘은 기수가 국민학교 입학한 날이니까 기분 좋게 지내야지. 어라, 처남 잔이 비었구먼."

아버지는 벌써 불콰해진 얼굴로 누나들을 평정시키고 외삼촌의 잔에 술을 따랐다.

처음에는 나의 입학을 축하하는 덕담이 오가더니 차차 분위기가 가라앉으면서 아니나 다를까 원래의 아버지와 외삼촌으로 돌아갔다.

예의상 술상 옆에 앉아 있던 누나 둘과 기태는 으레 그렇듯 슬금슬금 방을 빠져나갔다. 나는 늘 하던 대로 두 사람의 술상 근처에서 동그랗게 몸을 말고 앉아 지난달 달력 뒷면에 작은누나가 써준 한글 자음과 모음을 따라 쓰며 놀았다.

"이래저래 매형한테 늘 빚을 지고 삽니다."

"자네가 왜 나한테 빚을 져?"

외삼촌은 나를 힐긋 쳐다보고는 말을 이었다.

"애들이 반듯하게 잘 커가고 있는 걸 보면 문득 그런 생각이 듭디다. 매형은 딴 게 재산이 아니라 자식들이 다 재산 아니겠어요."

"내가 뭐 한 게 있다고. 고생은 집사람이 다 하고 있지. 처남이 옆에서 지켜봐 주니 든든하기도 하고."

"난 있으나 마나 한 사람이죠."

"무슨 소리. 우리가 일가친척이 많기를 하나, 그렇다고 탄탄한 연고가 있길 하나. 서로 가까이서 의지하면서 사는 게 얼마나 든든한가."

엄마와 외삼촌은 전쟁 통에 고아가 되었다. 너나 할 것 없이 모두가 가난하고 수상한 시절을 살다 보니 몇몇 있는 친척들은 아무런 도움이 되어주지 못했다. 황해도가 고향인 아버지는 열두 살 나이에 쇠꼴을 뜯으러 나갔다가 밀고 내려오는 인민군에 반강제로 어영부영 딸려 남쪽으로 내려왔다. 폭격을 피해 다니다 길을 잃고 오도 가도 못하는 신세로 전락했다. 소위 삼팔따라지가 된 것이다.

외삼촌은 변하고 있었다. 나에게 말을 걸어오는 횟수가 차차 늘어나기 시작했고 말의 길이가 길어질 때도 있었다. 술을 마셨다 하면 레퍼토리로 따라 나오던 비판과 울분이 차츰 사그라졌고, 오히려 아버지가 언성을 높여갔다.

"이승만은 물러날 줄을 알았지만 박정희는 절대 물러날 위인이 아니었지. 그러니 스스로 무덤을 판 거야."

"참 허탈합니다. 씨발, 죽어도 국민의 심판을 받고 죽었어야지 최측근이라 하던 부하의 손에 죽을 줄 누가 알았겠어요."

변함없이 짤막한 욕은 했지만 격한 감정이 빠져버린 외삼촌의 목소리가 오히려 낯설었다.

"어느 나라를 봐도 독재자의 말로는 비참하더구먼. 해 먹어도 적당히 해 먹어야지. 죽을 때까지 할 줄 알았나? 욕심이 과하면 탈이 나게 되어 있어. 그게 진리 아니던가?"

"그래도 매형이 좋아하는 경제발전에 기여하긴 했잖아요."

아버지가 전에 같지 않게 비판의 목소리를 높이자 외삼촌은 의외라는 듯 살짝 비꼬는 말투였다.

"그야 그랬지. 그래도 자기한테 걸림돌이 된다 싶은 사람은 무슨 죄를 엮어서라도 제거해버렸으니 원성을 사고도 남을 만해."

"장기집권을 위해서 온 국민을 산업근대화라는 거대한 목표와 이념 아래 노동 인력으로 만들었잖습니까. 게다가 투철한 반공 정신으로 무장시켰으니 독재가 수월했던 거고요. 자기가 아니면 나라가 안 돌아갈 거라는 오만한 생각을 했던 거겠죠. 국민들은 세뇌를 당하는지도 몰랐던 거고."

"영국이나 태국의 왕처럼 화폐에 자기 얼굴 안 찍어 넣은 것만 해도 다행이지."

"근데 문제는 차기 정권이 아니겠어요?"

"그렇지. 최규하 대통령은 힘이 없어. 없어도 너무 없어."

"그래서 문젭니다. 이름뿐인 대통령이죠. 실권은 전두환이가 가지고 있잖아요. 그자가 아무래도 일을 낼 것 같단 말이에요."

"그렇지? 아주 위험한 인물인 것 같아. 내 주변 사람들도 하나같이 그러더구먼."

"매형, 박정희는 죽었지만 그의 힘은 아직도 살아있어요. 전두환이 누굽니까? 박정희의 부하였어요. 그자도 똑같거나 더하면 더했지 덜하지는 않을 겁니다. 그리고 박정희의 망령은 꽤나 오래 살아서 정치판을 흔들 것 같은 느낌이 들어요."

1980년의 변화가 시작되었다. 그 바람이 순풍인지 돌개바람인지는 나중에 판가름이 났다.

"아무리 꼭두각시였다 해도 그런 식으로 대통령을 하야시키는 법이 어딨냐고. 민주화는 이미 물 건너갔어. 우리나라 미래가 참 암담하구먼, 암담해."

"글쎄 말이야. 군사정권에 이어 또 군부가 장악을 하니 나 원 참."

"인간 백정이 따로 없지."

"정치판에 발을 들여놓는 순간부터 양의 탈을 쓴 이리로 변한다니까."

"정말 무서운 사람들이야."

"천인공노할 일이지."

사람들은 모였다 하면 목소리를 낮춰 정부의 작태를 비난했지만, 돌아서서는 자신도 혹시 불의지변을 당하지 않을까 몸을 사렸다. 쥐도 새도 믿을 수 없으니 조심하는 수밖에 없는 노릇이었다. 국가보안법은 박정희 정권에 이어 여전히 유효한 법이었고, 그 법은 모든 법 위에 군림했다.

나라 안이 온통 최루탄 냄새로 몸살을 앓았고 일촉즉발의 위기는 도처에 산재했다. 전국 대학에 휴교령이 내려지고 비상계엄이 선포되는 등 신군부의 활약 시대가 도래했다.

5월 18일 전라남도 광주에서 벌어졌던 희대의 참사 소식이 바람을 타고 날아와 사람들의 폐부에 새겨졌다. 외부의 접근을 적극 차단했지만 쉬쉬한다고 감춰지지는 않았다. 유언비어처럼 떠돌던 무자비한 대학살은 낱낱이 공개되었다.

지난해 12·12 사태로 정권을 찬탈한 전두환이 그 시나리오를 짰건만, 책임은 실권이 없던 최규하 대통령이 짊어지고 물러났다. 형식상 물러난 것이지 끌려 내려왔다는 표현이 정확했다.

새 역사는 신군부의 각본대로 착착 진행되었고, 유신체제의 대물림은 계속되었다. 전두환은 대장으로 전역하고 통일주체국민회의에서 대통령으로 당선되었다. 쿠데타로 실권을 장악하는 모양새가 박정희 정권과 판박이였다.

삼청계획이라는 희한한 계획이 발표되지를 않나, 야당 지도자인 김대중에게는 내란음모 혐의를 붙여 사형선고가 내려지지를 않나, 언론 통폐합이라는 반민주 조치가 발표되기까지 했다. 공포정치는 새 공포정치를 낳았다.

불의와 악을 근절하고 사회정화라는 명분 아래 실시된 삼청교육대는 합법화된 폭력을 휘둘렀다. 무고하게 희생당하는 사람들이 속출했고, 이유도 모르고 끌려가서 보신탕집 개보다 못한 야만적이고 혹독한 가혹행위에 만신창이가 되어 죽어 나갔다. 악법도 법이라더니, 경우에 따라서 악도 정의로 탈바꿈할 수 있는 세상이었다.

참나무 몽둥이를 휘두르던 삼청교육대의 조교들은 집에서는 착한 아들, 좋은 남편, 멋진 아빠였을 것이다. 그러나 삶의 현장에서는 악마로 변신했다. 천사와 악마는 원래 샴쌍둥이였던 게 분명하다.

박정희에게 총알 세례를 퍼부었던 김재규에 대한 사형집행은 너무도 빨랐다. 사람들은 제대로 된 조사가 이루어졌을까 하는 의문을 품었다. 법정에서 그가 한 말처럼 나라를 위한 거사였는지, 미국의 사주를 받았는지, 그것도 아니면 차지철과의 권력다툼에서 밀려난 개인적 원한이었는지에 대한 가장 정확한 범행동기는 본인만이 알 일이었다. 그런 그가 사형을 당했으니 진실은 김재규와 함께 무덤에 묻혀버리고 말았다. 그래도 언젠가는 무덤을 파헤치는 누군가가 나타나지 않을까.

여의도에 63빌딩이 착공되고 컬러텔레비전이 나오고 조오련이 대한해협을 건넜다는 멋진 소식들은 반짝 뉴스로 사람들의 귓바퀴에만 살짝 걸렸다 사라졌고, 아이들의 이야깃거리로 그나마 명맥을 유지했다.

그렇게 제5공화국은 핏빛으로 탄생했다.

나는 어른들이 쏙닥이는 이야기에 귀를 쫑긋 세우고 들어봤지만 도무지 이해할 수 없는 내용들뿐이었다. 다만 내가 좋은 시대를 살고 있지 않다는 것만은 분명히 알았고, 어디서든 입을 조심해야 하고 바른생활 교과서에 나오는 대로만 하면 문제가 없다는 것 정도였다.

'나는 자랑스러운 태극기 앞에 조국과 민족의 무궁한 영광을 위하여 몸과 마음을 바쳐 충성을 다할 것을 굳게 다짐합니다.'

볕 좋은 가을날이었다. 빨래를 널고 있는 엄마 앞에서 위풍당

당하게 오른손을 왼쪽 가슴에 얹고 그날 외운 '국기에 대한 맹세'를 읊고 있을 때였다. 마침 집에 다니러 왔던 외삼촌이 나를 보고는 오만상을 찡그리며 물었다.

"야 인마, 너 지금 외우고 있는 게 무슨 뜻인지는 알고 외우냐?"

"잘 모르는데요."

"그럼 내일 학교 가서 선생님한테 물어봐."

"그냥 외우라고 하던데요."

"됐어. 물어보긴 뭘 물어봐? 학생은 학교에서 시키는 대로 해야지 뭐. 근데 넌 지금 이 시간에 웬일이냐?"

엄마는 마지막 빨래를 탈탈 털어 널고는 마루에 걸터앉는 외삼촌을 뜬금없다는 듯 쳐다보며 물었다. 외삼촌은 엄마의 질문에는 아랑곳없고 마당 한가운데 엉거주춤 서 있던 나를 손짓으로 불렀다. 아무래도 긴 설교가 기다리고 있을 것 같았다. 외삼촌의 부름을 못 본 척하며 미적거리다가 그만 불호령을 맞았다.

"야 인마, 빨리 안 와?"

나는 냉큼 달려가 외삼촌 앞에 차렷 자세로 섰다.

"잘 들어라. 맨 먼저 몸과 마음을 바쳐 충성을 해야 할 상대는 조국과 민족의 무궁한 영광을 위해서가 아니라, 바로 너 자신에게 충성을 해야 된다 이 말이다. 알겠냐?"

"…… 잘 모르겠는데요."

"사람은 말이다, 모름지기 올바른 생각을 해야 하고 그다음에는 올바른 행동을 해야 하고, 그런 다음 올바른 말을 해야 한다

이거야. 거기에서 중요한 것은 행동과 말의 순서가 바뀌면 안 돼. 더 쉽게 말해주지. 먼저 생각이 있고 그런 다음 행동이 따르고 말은 맨 나중에 하는 거야. 어떤 경우에는 말을 안 해도 돼. 이건 아주 중요하니까 꼭 명심해라. 말 먼저 하고 행동이 따르지 않으면 올바른 생각은 의미가 없어. 올바른 생각이 곧 신념이 되어야 한다, 이 말이야. 제일 먼저 세워야 할 것은 바로 이 신념이다. 알겠냐?"

모르겠다. 그렇지만 나는 고개를 끄덕였다.

"그러니까 넌 너의 신념을 위해 너 자신에게 충성하라 이 말이다. 알겠냐?"

더욱더 모르겠다. 이번에는 고개를 더 크게 끄덕거렸다.

더 이상의 설교를 해봤자 쇠귀에 경 읽기라는 것을 알아챘는지 외삼촌은 말없이 내 눈을 지그시 쳐다보았다. 뭔가를 떠올리는 듯한 그의 눈빛이 따가운 것도 아니고 간지러운 것도 아니고 그냥 부끄러웠다.

"이제 보니 이 녀석 속눈썹이 꽤 기네."

외삼촌은 그답지 않게 엉뚱한 소리를 했다. 이제까지 나를 이렇게 오래 쳐다본 적도 없었다.

"가게는 어떡하고 지금 이 시간에 왔냐니까?"

엄마가 마루에 앉으면서 재차 묻는 바람에 나는 외삼촌에게서 놓여날 수 있었다. 그는 자신이 왜 왔는지를 잠시 잊은 사람마냥 엄마를 생뚱맞게 쳐다보다가 우리 집에 왜 왔는지 기억을 더듬어냈다.

"아 그렇지, 내가 왜 왔냐면, 이거 주려고. 은행 들렀다 오는 길이야."

외삼촌은 잠바 안주머니를 뒤져 꺼낸 것을 엄마에게 내밀었다.

"그게 뭔데?"

"받아둬. 매달 적금을 붓고 있는데, 은행이 머니까 날짜에 맞춰 가기가 쉽지 않네. 또 어떤 때는 너무 오래 기다리니까 가게를 비워두기도 그렇고."

엄마는 외삼촌에게서 건네받은 통장을 펼쳐 보고는 의아한 표정을 지었다. 그러자 외삼촌은 쑥스러운 듯 머리를 긁적이며 멋쩍게 웃었다.

"애가 커가니까 돈도 많이 들 거잖아. 얼마 안 되지만 저 녀석 앞으로 하나 들었어. 돈이 되는 대로 누나한테 줄 테니까 알아서 넣어줘."

외삼촌으로부터 자유의 몸이 된 나는 잽싸게 창고로 달려갔다. 그러고는 지난여름 내내 휘둘러댔던 잠자리채를 꺼내와 마당 귀퉁이에 볼품없이 자리를 잡고 있는 모과나무 아래로 쪼르르 옮겨갔다. 작년에 비해 모과가 적게 열렸지만 알은 더 굵었다. 해마다 엄마는 모과에 설탕을 절여두었다가 겨울이면 식구들에게 모과차를 끓여주었다. 제일 잘 익은 녀석은 내 키의 두 배가 더 되는 높이에 매달려 있었다.

"이러지 않아도 되는데……"

엄마는 펼쳤던 통장을 덮으며 말끝을 흐렸다.

"나도 사람 구실은 해야 되잖아."

"무슨 말을 그렇게 해. 네가 뭐 어때서?"

"그렇지 뭐. 잘난 척하다가 늘 깨지기만 하고. 술 처마시고 험한 소리나 하고. 쥐뿔도 없는 주제에 시간만 죽이고 있었잖아. 이제 정신 좀 차려야지."

"시대를 잘못 만났던 것뿐이야. 넌 열심히 살았어. 그리고 난 네가 항상 옳았다고 생각해. 다 운이 없어서 그렇지. 시대만 좋았어도 네가 이렇게 살았겠니? 좋은 머리로 좋은 교육 그대로 받았으면 지금쯤 분명 대학교수가 되었을 거야."

"교수는 무슨. 다 지난 일이야. 어쨌든 통장이나 잘 관리해줘. 가게 너무 오래 비워두면 안 되니까 이만 가봐야겠다."

외삼촌은 한 손으로 마루에 힘을 주어 그 반동으로 몸을 일으켰고, 엄마는 통장에 뭐라도 묻었는지 계속 손으로 쓸어내리는 동작만 반복했다. 나는 잠자리채로 모과 꼭지 부분을 톡톡 치면서 엄마와 외삼촌을 힐끔힐끔 훔쳐보는 바람에 그만 머리가 쪼개지는 줄 알았다. 떨어지는 모과에 머리를 된통 얻어맞았다. 내 머리에는 혹이 생겼지만 내 머리를 강타하고 땅바닥으로 떨어진 모과는 멍도 들지 않았다.

내가 지독한 감기몸살을 앓는 통에 부모님 방에서 며칠 잘잘 때의 일이었다. 약을 먹고 곯아떨어졌다고 생각했는지 부모님은 그들의 대화가 필터 없이 내 귀에 속속 흘러들어오고 있다는 걸 눈치채지 못했다. 그날 밤, 나는 외삼촌이 왜 두 다리를 잃었는지를 알게 되었다. 그리고 뭔가 또 다른 사연이 있다는 것을 느꼈지만 아직 어린아이에 불과했던 내 상상력으로 그 내막을 파악하는 데에는 한계가 있었다.

우리 집에서는 그동안 외삼촌의 다리에 대해서 말하는 것은 금기 사항이었다. 우리 형제들은 외삼촌이 교통사고를 당해서 두 무릎 아래를 잃은 것으로 알았다. 그런데 그게 아니었다.

"동호가 그런 사고만 당하지 않았어도 지금 저 고생은 하지 않았을 텐데, 생각하면 할수록 속이 상해요."

"우리도 그런데 당사자인 처남은 얼마나 힘들었겠어? 만신창이가 되도록 술을 마셔댔으니 몸도 많이 축났고."

"이제 술도 줄이고 제대로 살아보겠다고 용을 쓰는데, 그 모습이 왜 더 측은하고 안쓰러운지 모르겠어요."

"그런 내색은 처남 앞에서 절대 하지 마. 그래도 달동네에서 구멍가게 하다가 밑으로 내려와서 슈퍼를 차리게 됐으니 참 잘됐지."

"그동안 까탈스러운 동호를 상대하느라 당신이 고생 많았어요."

"고생은 무슨. 오히려 내가 처남 덕에 많이 배웠지."

"슈퍼 개업하는 날에 돼지머리는 내가 사가지고 갈까 싶어요."

"암, 그래야지."

불편한 다리로 산동네를 오르락내리락하는 외삼촌을 늘 걱정하던 엄마였다. 엄마는 외삼촌이 구멍가게를 정리하고 우리 집으로부터 그다지 멀지 않은 아파트 단지 초입에서 슈퍼마켓을 열게 되었다고 얼마나 반가워했는지 모른다.

"어디 혼처라도 있으면 얼마나 좋을까? 당신이 좀 알아봐요, 네?"

"나야 그러고 싶지. 그런데 처남이 말도 못 꺼내게 하는 걸 어떡해."

"독일에 있는 숙희 씨도 아직 혼잔데……"

"그러고 보면 둘 다 정말 안됐어."

"그렇다고 편지로 물어볼 수도 없고. 어떻게 운이라도 한번 띄워볼까요?"

"그건 아무래도…… 너무 속 보이는 거 아닐까? 독일에서 사고 난 후에도 계속 거기서 치료받고 지냈더라면 아마도 둘이 결혼했을지도 몰라. 그런데 처남이 귀국하겠다고 어찌나 생떼를 쓰던지 달리 방도가 없더라고."

"아휴, 어디 짝이라도 있어야 내가 맘을 놓지."

"조금만 더 기다려보자고. 본인이 내켜야 하지, 우리가 아무리 힘쓴다고 될 일은 아니잖아."

"중이 제 머리 못 깎는다잖아요. 우리가 나서야지 쟤 저러다 평생 혼자 살다 늙어 죽어요."

"거참, 쉽지는 않을 텐데. 그럼 내가 여기저기 좀 알아볼 테니까 당신은 처남 맘이나 돌려봐."

아버지의 말이 떨어지기가 무섭게 엄마는 아버지가 가득 따라

됐던 소주잔을 들어 단숨에 마셔버렸다. 나는 그때까지 엄마가 술을 마시는 걸 한 번도 본 적이 없었다. 엄마의 속이 어지간히 탔었나 보다.

"여보, 고마워요."

"허 참, 이 사람이 못 먹는 술 마시더니 금세 취했나, 별소리를 다 하네."

"별소리가 아니에요. 진짜 고맙죠. 파독 광부로 갔다가 거기서 휴가 받아 이웃 나라에 여행도 좀 다니고 총각 행세 하면서 몰래 연애하는 사람도 있었다잖아요. 근데 당신은 오로지 식구밖에 모르고 돈 아끼려고 여행 한 번 못했잖아요. 지금 생각하면 그때 그곳에 있으면서 다른 나라 구경도 좀 하고 그랬으면 얼마나 좋았을까 싶어요. 지금은 가고 싶어도 너무 멀고 시간도 없으니 꼼짝 못하잖아요."

"혼자 하는 여행이 무슨 재미라고. 식구들이랑 해운대 해수욕장에도 가고 설악산이며 온천도 다니고 좀 좋아. 그래도 독일 구경은 좀 했지. 우리나라 사람 중에 독일 구경한 사람이 얼마나 된다고. 그러고 보니 땅속 천 미터가 넘는 곳에서 고생하던 때가 엊그제 같은데 세월이 벌써 이만큼 흘렀구먼."

그 뒤, 아버지는 당신의 파독 광부 시절을 추억했다. 이어서 외삼촌의 이야기가 나왔고, 나는 그 이야기를 들으며 잠결에 몸을 뒤척이는 척, 등 돌리고 누워 소리 죽여 울었다.

파독 광부가 되기 위해서는 필요한 조건이 있었다. 군대를 제대하고 건강한 신체를 가졌으며 광산에서 일했다는 일 년짜리 이상의 경력증명서가 있어야 했다. 그 증명서를 사기 위해 쌀 한 가마니에 해당하는 뒷돈을 넣었고, 1차 2차 시험을 거쳐 합격한 자는 소정의 교육을 받고 서독으로 떠났다.

광부는 천한 직업이었다. 우리나라도 그랬고 독일도 마찬가지였다. 독일 남자들이 떠난 일터에 일본인들이 가서 대신 일했고, 또 그들이 떠난 자리에 한국 남성들이 들어갔다. 한국뿐만 아니라 터키나 북아프리카의 가난한 나라에서 남자들이 몰려들었다. 모두가 꺼리는 직업이었지만 독일 탄광에서 한 달 일하고 받는 봉급이 우리나라 은행원의 일 년치 봉급과 맞먹었다. 그러니 너도나도 기를 쓰고 파독 광부로 가겠다고 줄을 섰다. 실업자가 넘쳐나던 시절이었다. 그런 판에 아버지는 한 번의 시도에 합격했으니 운이 좋은 사람이었다.

내가 태어나기 전에 아버지는 식구들을 데리고 광주 대단지로 이주했다가 정부의 약속위반으로 크게 상심했고, 진퇴양난에 빠졌다. 그렇다고 분개만 하고 있을 수는 없었다. 목구멍이 포도청이라고, 먹고살기 위해 서둘러 빚을 내어 파독 광부가 될 수 있었다.

아무리 막일로 몸이 다져지고 잡일로 뼈가 굵어졌어도 광부라는 직업은 천고만난을 무릅쓰지 않는다면 배겨낼 일이 못되었다. 가족의 생계를 위해 아버지는 꿈에도 없던 광부가 되어 서독의 루르 지방 탄광촌으로 갔다.

그곳에서 기본적인 교육을 마치고 땅속으로 들어갔다. 램프가 달린 안전모를 쓰고 작업복에 안경과 마스크를 착용한 후 갱도로 들어갔지만, 지열로 데워진 뜨거운 바람 때문에 이내 땀범벅이 되었다. 숨쉬기조차 어려웠다. 온도가 섭씨 40도에 육박했으니 옷을 벗고 있어도 더워 죽을 지경인데 중무장을 하고 들어간 사람들에게는 그곳이 생지옥이나 다름없었다. 사방으로 날리는 석탄가루 때문에 답답하고 더워도 마스크를 벗을 수 없었다. 안경에 석탄가루가 더께로 쌓여 눈앞을 흐리게 했지만 이미 장갑도 땀으로 흠뻑 젖어 있어서 안경을 닦을 수도 없는 노릇이었다. 땀과 석탄으로 범벅된 사람들의 몰골은 가관이었다. 누렇던 치아들이 새하얗게 보일 정도였다.

첫날, 작업이 종료되어 밖으로 나왔을 때 아버지는 지금까지 살아오던 세상이 천국이라 생각했다. 신선한 공기를 마시자 죽지 않고 살아 나왔구나 싶었다. 아버지뿐만 아니라 동료 광부들의 얼굴에서는 눈물인지 땀인지 모를 액체가 희끄무레한 선을 그어댔다.

지옥도 시간이 지나면 익숙해지는 모양이었다. 뜨거운 열기에 나중에는 마스크며 작업복 웃통까지 벗어던지고 입 안에서 자글자글 씹히는 석탄가루를 뱉어가며 탄을 실어 날랐다. 아버지는 점점 이골이 났다. 휴가를 반납해가며 일했고, 비번일 때도 병가를 낸 동료를 대신하여 석탄을 캤다. 나중에는 발파작업을 하고 동바리를 세우는 위험한 작업에 참가했다. 여덟 시간 근무에 더러 연장근무까지 자청했으니 그만큼 수입이 늘었다. 그 수입 중에 아버지는 자신의 생계를 위한 최소한의 돈만 남기고 고스란히 어머니 통장으로 송금했다.

아버지가 독일 생활에서 가장 힘들어했던 것은 음식문화에 적응하는 일이었다. 그에 비하면 언어 문제는 차라리 나았다. 그날그날 할당된 일을 규정대로 하면 되었기에 필요한 기본적인 단어들과 최소한의 의사소통만으로도 충분했다. 아버지는 그 나라의 음식에 익숙해지기까지 약 반년의 시간이 걸렸다. 허구한 날 막장에서 소낙비 같은 땀을 흘리고 나면 아무리 덩치가 좋던 사람도 몸이 깡말라갔다. 하물며 원래 왜소한 체구였던 아버지는 말할 필요도 없었다. 아버지는 몸피가 더 줄어들자 대신 강단으로 일을 해나갔다. 그러나 거기에는 한계가 있었고, 하루는 핑하니 어지럼증을 느끼고 막장 바닥에 주저앉아버렸다. 그 일이 있고 난 뒤, 아버지는 구토를 할망정 자기 앞에 있는 음식은 닥치는 대로 입에 쑤셔 넣었고, 그러다 보니 어느샌가 차차 음식에 적응되어갔다. 몸도 원래대로 돌아왔고, 귀국할 당시에는 제법 살집이 좋아졌다.

파독 광부 중에는 아버지처럼 죽어라 일해서 송금한 돈을 흥청망청 탕진해버린 가족들도 있었나 보다. 어떤 아내는 남편의 눈물과 땀에 젖은 돈을 가지고 새 인생을 살겠다고 도망가버린 경우도 있단다.

엄마는 통장의 잔고가 불어날수록 알뜰하게 살림을 키워나갔다. 사채를 돌려 얻은 이익까지 보탠 덕분에 광주 천막촌에서 서울 변두리이기는 하나 마당 너른 집을 사서 옮겨갈 수 있었다. 귀국한 뒤 아버지는 자동차부품 판매점을 열었고, 초창기에는 거래처를 뚫지 못해 고전했으나 지금은 단골이 생겨 먹고사는 데는 아무 지장이 없었다. 고생한 보람이 있었다.

그러나 외삼촌은 그렇지를 못했다.

광주 대단지 사건이 있던 그해, 외삼촌은 큰 결심을 하고 엄마를 설득시킨 뒤 파독 광부가 되어 서독의 아헨이라는 곳으로 갔다. 아버지와는 반대로 외삼촌은 그곳 생활에 빨리 적응했다. 음식문화도 별 어려움 없이 금방 익숙해졌다. 머리가 좋아서인지 독일어도 남들보다 빨리 익혀 동료들의 간단한 통역도 도맡았다. 그러나 탄광에서의 일만큼은 익숙해지지 않았다.

비번이거나 휴일일 때를 제외하면 하루하루가 무간지옥이었다. 그럴수록 그는 독일어 공부에 매달렸다. 독일어가 유창하면 석탄을 캐는 대신에 드물지만 행정 일로 대체될 수 있다는 소리를 들었다. 나날이 눈에 띄게 늘어가는 독일어 실력과 한국에서 최고 대학을 중퇴했다는 소문 때문일까. 일하는 것이 시원찮아 외삼촌을 눈엣가시처럼 여기던 감독관이 오히려 발 벗고 나서주었다. 그는 행정 쪽에 자리가 나는 대로 외삼촌을 추천해주겠다고 약속했다. 하루속히 막장에서 벗어나 행정 일을 하다가 3년 계약이 끝난 뒤 독일의 대학에 들어가서 공부를 한다는 목표가 없었더라면, 아마도 외삼촌은 일찌감치 포기하고 귀국했을지도 몰랐다.

하루는 중고차를 구입한 동료의 차를 타고 외삼촌과 몇몇은 쾰른으로 향했다. 외삼촌은 간만에 바람을 쐬려는 것이 목적이었지만, 함께 간 동료들은 한국간호사들과의 미팅이 목적이었다. 뜻하지 않게 거기서 외삼촌은 일 년 정도 먼저 파독 간호사로 온 아리따운 아가씨를 만났고, 둘은 이내 서로에게 호감을 가지게 되었다. 그녀는 스물아홉 살 외삼촌보다 여섯 살 아래였고 얌전하면서도 당찬 아가씨였다. 미팅이 있던 그날 이후 두 사람은 전화를 하거나 편지를 주고받았다. 휴일이 겹치는 날이면 중간지점인 뒤셀도르프에서 만나 정을 쌓았는데, 만난 지 석 달 만에 장래를 약속하는 사이로 발전했다.

1972년 7월, 외삼촌은 같은 탄광에서 일하는 동료 몇 명과 아버지를 초대해 뒤셀도르프의 한 식당에서 조촐한 약혼식을 올렸다. 결혼식은 외삼촌이 행정직으로 발령받는 시월에 하기로 약속했다. 그러나 행복은 오래가지 않았다. 약혼식이 있고 얼마 후, 앞으로 뻗어가던 외삼촌의 희망이 완전히 역행하여 절망의 나락으로 내동댕이쳐졌다.

결혼 준비로 돈이 필요했던 외삼촌은 돈을 더 받기 위해 어려운 굴진작업에 끼어들었다. 발파작업이 끝나면 새로 생긴 갱도에 스탬펠이라는 쇠기둥을 세웠다. 쇠기둥의 무게는 한 개당 30킬로그램짜리가 있는가 하면 50킬로그램이나 나가는 것도 있었다. 그 쇠기둥을 지탱하기 위해 길이가 1미터에서 1.3미터 정도에다 무게가 20킬로그램이 넘는 동바리를 연결했다.

그것을 하루 동안 삼사십 개를 세운다는 것은 엄청난 중노동이었다. 외삼촌은 겨우 하루 일하고 사나흘 뻗어버렸다. 머리에서 발끝까지 안 아픈 곳이 없었다. 그래도 그 작업으로 들어오는 수입의 유혹을 뿌리칠 수 없어 다시 굴진작업에 참여했고, 세 번째까지는 성공했다.

문제가 생긴 것은 다음번 작업에서였다.

그 작업에서 여덟 번째의 쇠기둥을 세우고 난 뒤 다시 동바리 작업을 할 때였다. 외삼촌은 한 팀을 이룬 광부와 동바리를 천장에 걸고 있었다. 그는 앞사람이 연결 작업을 하는 것을 도와 뒤에서 쇳덩이를 떠받치고 있었는데, 앞에서 망치질하던 광부가 그만 연장을 떨어뜨리면서 몸을 휘청거리는 바람에 외삼촌도 중심을 잃고 넘어졌다. 제대로 걸리지 못한 쇳덩어리가 무게를 감당하지 못하여 그대로 떨어졌고, 스탬펠이 쓰러지면서 외삼촌을 덮쳤다. 다행히 외삼촌은 얼른 몸을 돌려 동바리가 가슴으로 떨어지는 것은 피했지만, 스탬펠은 그의 두 다리 위에 얹히고 말았다. 만약 그 무지막지한 쇳덩이가 가슴 위로 떨어졌더라면 갈비뼈가 몽땅 부러지고 장기가 파열되어 즉사했을 것이다.

갱도가 무너져서 죽어 나가는 사람, 갱도에 가득 찬 가스가 폭발하여 죽는 사람이 있는가 하면, 쇠기둥이 쓰러지는 바람에 머리를 크게 다쳐 죽는 사람, 심지어 채굴 기계에 말려들어 죽는 사람도 있었다. 그렇다고 두 다리를 잃은 게 천만다행이라고 위로할 수도 없었다.

당시 독일은 뮌헨올림픽을 치르느라 나라 전체가 들썩였고, 올림픽 선수촌에 난입한 검은 9월단 테러범들은 이스라엘 선수들과 코치 등 열한 명을 살해하여 독일인들을 분노 속으로 몰아넣었다. 휴가를 내고 병실을 지키는 아버지와 외삼촌의 약혼녀에게는 올림픽이며 테러 사건 등은 남의 나라 일이었다. 예전 같았으면 독일 국민들처럼 올림픽을 즐기고 덩달아 테러가 일으킨 끔찍한 사건을 규탄했겠지만, 그 두 사람의 안중에는 외삼촌뿐이었다.

탄광의 막장은 외삼촌 인생의 막장이었으며, 그가 살아온 삶을 통틀어 최악의 아포리아였다. 그는 병원에서 양 무릎 아래를 절단하는 수술을 받고 3개월 동안 병원 신세를 지다가 귀국을 결심했다. 약혼녀의 눈물도 그의 자포자기를 막을 수 없었다.

5.

안녕하신지요?

지난번 편지는 잘 받았습니다. 편지지가 닳도록 읽고 또 읽었답니다. 이곳에서 전해 듣지 못한 고국의 소식들을 소상히 알려주셔서 감사합니다.

졸업을 앞두고 학교 공부가 산더미같이 쌓여 있었고, 또 다른 개인적인 일로 차일피일하다가 이제야 겨우 펜을 들었어요.

저는 지금 독일을 떠나 프랑스 파리에 와 있습니다.

대학을 졸업하고 바로 왔으니 파리에 정착한 지도 벌써 일 년이 지났어요. 그 소식을 바로 알려드리지 못해 죄송해요. 여기에서 새 직장을 얻기 위해 프랑스어를 배우고 이곳의 환경과 문화를 익히느라 많은 시간을 보냈답니다.

지금은 파리에 있는 국군병원에서 계약직 간호군무원 자격으로 근무하고 있어요. 이곳 국군병원의 간호사들은 간호사관학교를 졸업한 간호장교이거나 하사관으로 군 생활을 하면서 따로 간호교육을 이수한 뒤에 간호사로 일하는 경우가 많아요.

저는 독일에서 일한 경력과 대학에서 사회복지를 전공한 학위로 그리 어렵지 않게 취직을 했어요. 아직 프랑스어가 서툰 편이지만 숙련된 직업이라 그런지 일하는 데 큰 어려움은 없답니다.

참, 우리나라에 좋은 소식이 있더군요.

최근 독일의 바덴바덴에서 열린 IOC 총회에서 제24회 올림픽을 대한민국 서울에서 개최한다고 발표를 했으니 나라 안은 온통 축제 분위기일 거라 생각됩니다. 우리나라도 얼른 독일이나 프랑스 같은 선진국이 될 수 있다면 얼마나 좋을까요.

프랑스도 독일 못지않게 사회복지가 잘 되어 있는 나라예요. 선진국은 그냥 잘사는 나라가 아니라 국민에게 복지라는 형태로 세금을 되돌려주는 것이 진정한 선진국이 아닌가 싶어요.

알고 계시겠지만 금년 여름에 영국의 찰스 왕세자가 다이애나 스펜서와 성대한 결혼식을 올렸어요. 그들이 결혼한 세인트 폴 대성당에 60여만 명의 인파가 모였다니, 가히 세기적인 결혼이 아닐까 생각해요. 텔레비전에서 그 장면을 봤거든요. 참 대단했죠. 이 두 사람의 결혼을 놓고 항간에는 수많은 소문들이 떠돌았답니다. 찰스 왕세자에게는 아직도 만나고 있는 연인이 있다네요. 아름다운 새신부에 대한 왕세자의 처신이 저는 마음에 들지 않아요.

그런 것보다 더 저를 놀라게 한 것은 프랑스의 정당 중에 공산당도 있다는 사실이었어요. 이것이 과연 있을 수 있는 일일까요?

우리나라에서 공산당이라면 단어조차 입에 담기 두려운 말이잖아요. 금년에는 새 대통령을 선출했는데 그는 사회당 출신이랍니다. 사회당이라는 말도 참 낯설었어요. 이념의 자유를 보장해주는 이런 곳이 진짜 민주주의 국가가 아닐까 싶어요.

이탈리아, 독일, 영국에 이어 프랑스에서도 사형제도가 폐지되었어요. 텔레비전에서 보여준 각양각색의 사형 도구들을 보며 얼마나 치를 떨었는지 몰라요. 사람을 고문하고 죽이는 방법도 무궁무진한 것 같아 경악을 금치 못했답니다.

그리고 단두대라는 사형 도구는 옛날에 마리 앙투아네트 왕비를 처형할 때도 사용되었던 도구인데, 글쎄 그 단두대가 4년 전인 1977년까지 사용되었다고 해요.

금년 유월에 프랑스 전역을 떠들썩하게 만든 희대의 살인 사건이 파리에서 발생했어요. 사가와 잇세이라는 일본 남자가 저지른 사건이었는데, 지금도 그 생각을 하면 온몸이 떨리고 소름이 돋아요. 그런 인간이라면 단두대에 세워도 될 것 같다는 생각이 들 정도로 끔찍한 살인을 저질렀거든요. 짝사랑하던 여자 친구를 죽인 뒤 사체를 훼손했고 그 시신의 일부를 먹었다고 해요. 인간의 탈을 쓰고 어떻게 그같은 범행을 저지를 수 있는지 모르겠어요. 세상에서 제일 무서운 건 사람이라는 말이 맞는 것 같아요.

프랑스어가 독일어와는 아주 많이 다르더군요. 말이 입 안에서 부드럽게 구르는 느낌이 들고, 사람들이 말을 빠르게 할 때는 마치 노래를 부르는 것 같아요. 이 나라 사람들은 표정이 풍부하고 몸짓도 많이 하는 편이에요. 가끔 그들의 말이 너무 빨라 이해가 부족해도 표정이나 몸짓 그리고 억양의 정도로 무슨 뜻인지 대충 짐작하고 넘어간답니다.

가장 최근에는 TGV라는 고속열차가 운행을 시작했어요. 첫 운행에 미테랑 대통령이 탑승을 했대요. 그 빠르기가 우리나라의 새마을열차에 견줄 바가 아니랍니다. 서울과 부산 정도의 거리를 2시간 40분 만에 주파한다고 해요.

성실과 근면, 근검절약과 실용성을 생활화하며 사는 독일인들에 비하면 프랑스인들은 더욱 자유롭고 낭만적이에요. 파티를 즐기고, 바캉스를 여유 있게 보내려고 돈을 저축한다고 하네요. 게다가 프랑스인들은 변덕이 좀 많은 것 같기도 하고 감정의 기복도 심한 편이라는 느낌이 들었어요. 약간 수다스럽기도 하고요. 물론 제 생각이지만요.

아직도 많은 것이 낯설지만 또 흥미롭기도 하답니다. 처음 이곳에 와서 프랑스어를 배우는 동안 에펠탑, 개선문, 샹젤리제 거리, 몽마르트르 언덕, 센 강, 루브르며 크고 작은 성들을 구경하고 다니느라 다리가 퉁퉁 부은 적이 한두 번이 아니었어요. 마음으로 느끼기에 앞서 눈에 보이는 것만으로도 충분히 로맨틱해질 수 있었지요. 그동안 잊고 지냈던 낭만이라는 단어가 너무 좋게 느껴지던 순간들이었어요.

오래전 독일 뒤셀도르프에서 보냈던 시간들이 저에게는 낭만이었어요. 라인 강가의 풀밭에서 장밋빛이 될 거라 믿었던 장래를 꿈꾸며 엉성하게 싸가지고 간 김밥을 먹던 일, 수로를 따라 뻗어 나간 가로수 길을 산책하던 기억, 조명이 어두운 술집에서 씁쓸한 흑맥주 한 잔에 얼굴이 붉어져서 고국을 추억하던 시간들, 너무도 많은 종류의 맥주 중에서 무엇을 고를까 고민하던 길고 긴 순간들, 호프가르텐 공원에서 새들에게 모이를 주던 사소한 행동들이 모두 추억으로 남았어요.

지금은 마로니에 나무가 많은 파리의 공원들이 가을빛으로 물들고 있어요.

유럽 국가들은 도심에 공원이 많아서 휴식을 취하기에 아주 좋은 것 같아요. 파리에도 크고 작은 공원들이 많은데, 날씨가 화창하면 점심때나 휴일에 풀밭에서 자리를 차지하고 일광욕을 즐기는 사람들로 북적인답니다. 그들처럼 저도 파리지엔느의 분위기를 느껴보고 싶지만, 아직 쑥스러움이 많아 선뜻 사람들 틈에 끼지 못하고 있어요. 지금쯤 우리나라도 단풍이 곱게 물들어 그 어디고 아름다운 풍경을 연출해내고 있으리라 생각됩니다.

언제쯤에나 고국 나들이를 할 수 있을지 모르겠군요. 고향을 떠나온 지도 벌써 11년이 되었어요. 거리가 너무 멀어 비행기를 갈아타가며 가야 하니 시간도 엄청나게 걸려서 긴 휴가를 받아야만 가능하지 않을까 싶어요.

안부를 묻는다는 것이 그만 이곳 이야기와 제 이야기만 줄줄이 나열하고 말았습니다.

살림하시랴 가족을 챙기시랴 몸이 모자랄 누님을 생각하면 저의 일상은 일도 아니라는 생각이 들어요. 모쪼록 누님이 누구보다 건강해야 할 것 같아요.

아이들 모두가 반듯하게 잘 커가고 있다니 얼마나 많은 노력과 정성을 쏟으셨을지, 보지 않아도 충분히 상상할 수 있답니다.

기수가 벌써 국민학교 2학년이군요. 하루하루를 정신없이 살아가다 보면 세월의 흐름에 무심해질 때가 있는데, 아이들이 커가는 것을 보면 반대로 속절없이 흘러가는 세월이 야속하게 느껴집니다.

거듭 감사드리지만 누님의 고마움을 이루 말로는 다 표현할수가 없어요. 또 죄송한 마음 금할 길이 없고요.

모쪼록 가내 두루 평안하시고 행복하시길 멀리서 항상 기원합니다.

그럼 환절기에 몸조심하시고 안녕히 계세요.

1981년 10월
이숙희 올림

잘 지내죠?

전번 편지에서 깊은 감동을 받았어요.

숙희 씨는 참 대단한 사람이에요. 독일에서 간호사로 힘들게 일하고 대학 공부까지 마치는 것도 보통 일이 아닐 텐데, 어떤 연유인지는 모르겠으나 지금은 프랑스까지 가서 그곳의 낯선 언어를 배우고 간호사로 취직을 했다니 상상도 못했던 일이에요.

숙희 씨의 편지를 읽노라면 시간 가는 줄을 모른답니다. 그곳의 소식과 생활상을 소상히 적어줘서 마치 내가 직접 파리에 가 있는 기분까지 들었어요. 프랑스는 내가 세상에서 가장 가보고 싶은 나라거든요.

숙희 씨가 부럽고 또 자랑스러워요. 어쨌든 축하할 일인 것 같네요.

우리나라는 금년 초부터 찬반이 엇갈리는 가운데 야간통행금지가 해제되었어요. 자정을 기해 울리던 사이렌 소리가 멈췄답니다. 일각에서는 범죄가 만연해질까 우려하는 목소리도 들리지만, 모든 일의 시작에는 우려와 장려가 따르기 마련이지요.

작년 말에 우리 집에도 컬러텔레비전을 들여놨어요. 흑백으로 보던 것과 천지 차가 있더군요. 아이들이 텔레비전 앞에 너무 붙어 있으려 해서 최근까지도 실랑이를 하느라 진을 뺐어요.

작년부터 기수는 야구에 빠져 있답니다. 지난해에 프로야구가 창설되었거든요. 나중에 야구선수가 되겠다고 해요. 하루에도 몇 번씩 장래 희망이 바뀌는 나이라 그냥 두고 볼 수밖에요. 야구선수가 되고 싶다고 말하기 전에는 학교 선생이 되겠다고 하더니 고새 꿈이 바뀌네요. 예전에는 판사에서부터 화가에 이르기까지 다양한 직업을 망라하더니, 이다음에는 무엇이 되고 싶어 할지 내심 궁금하기도 해요.

요즘은 야구공과 글러브를 갖고 싶다고 무언의 시위를 하는 중이에요. 어지간해서는 고집을 부리는 아이가 아닌데 말이죠. 애들 아버지가 다음 달 기수의 생일에 선물로 사줄 계획이에요. 비밀에 부치고 있으니 선물을 받게 되면 얼마나 기뻐할지 내 마음이 다 설레는군요.

요즘은 사는 일이 바쁘고 지칠 때도 있어 몸은 좀 고달프지만 마음은 즐겁답니다. 동호가 많이 달라졌거든요. 사고를 당하고 난 이후부터는 모든 일에 부정적이고 비판적이었는데, 이제는 세상을 보는 시선이 변하고 있어요. 받아들일 건 받아들이고 체념할 건 또 체념하더군요.

자포자기의 심정으로 자신을 돌보지 않아 걱정이 이만저만이 아니었는데, 십 년이면 강산도 변한다더니 사람도 변하네요. 세월 앞에 장사 없다더니 역시 그 말이 딱 맞아요.

동호가 산동네에 있던 콧구멍만 한 가게를 정리하고 우리 집 근처 새로 생긴 아파트 입구에서 제법 규모가 큰 슈퍼를 운영한 지도 일 년이 다 됐어요. 단골이 생기고 매출도 늘어나다 보니 얼굴 표정도 많이 밝아지더군요. 꾀죄죄한 잠바때기만 입고 다녀 속상했는데 언제부턴가 입성도 달라졌지요. 아이들은 외삼촌을 무서운 사람으로 여겼었는데 이젠 조금씩 친근감을 가지고 다가가는 분위기예요.

　숙희 씨의 편지에서 고국에 대한 애틋한 그리움이 느껴졌어요. 왜 안 그렇겠어요. 오랜 세월을 타국에서 보냈는데 그 마음이 어떨지는 나가서 살아본 적이 없어도 충분히 이해할 수 있답니다.

　언제 한번 다녀갈 수 있다면 얼마나 좋을까요. 그런 날이 곧 있기를 바라고, 그렇게 된다면 한달음에 공항으로 달려가 숙희 씨의 손이라도 잡아보고 싶군요.

　금년에 숙희 씨의 나이가 얼마나 되었을까 계산해보니 벌써 서른셋이더군요. 혼기를 놓치고 가족과 떨어져 멀고 먼 나라에서 혼자 외로움과 싸우고 있을 숙희 씨를 생각하면 안쓰럽다가도 한편으로는 굳세게 살아가는 용기에 박수를 보냅니다. 그렇지만 이제 가족을 이루고 살아야 하지 않을까요?

　동생도 예전의 동호로 돌아가고 있답니다. 두 사람의 기구한 인연이 안타까워 가끔은 천생연분을 마다하고 살아가는 것이 아닌가 하는 노파심이 들어요.

　동호에게 짝을 만들어줄 생각도 해봤지만 말도 못 꺼내게 한답니다. 오래전부터 우리가 편지를 주고받는 걸 알면서도 가타부타 말이 없는 걸 보면, 동호의 마음속에 여전히 숙희 씨를 담고 있는 것 같다는 느낌이 들었어요.

　계속 외국에서 살 생각이 아니라면, 독신으로 지낼 생각이 아니라면, 한 번쯤 신중하게 생각해주길 바랍니다. 주제넘게 이런 말을 한다고 달리 생각지는 마세요. 지금의 동호에게 견주면 숙희 씨는 너무 과분한 사람이니까요.

누나의 입장에서는 하도 속이 타서 별의별 궁리를 하게 되는군요. 그러니 이런 소리도 서슴없이 하게 되고요. 숙희 씨의 사정도 잘 모르면서 마음에 짐을 얹혀주지나 않았는지 모르겠군요. 그랬다면 정말 미안해요.

오늘은 마당 한쪽에 묻어두었던 독에서 묵은김치를 꺼내 고등어조림을 했어요. 사다 놓은 배추 다섯 포기는 내일 또 김치를 담가야 하고요. 입이 여럿이다 보니 김치를 담가도 표가 나질 않네요. 김치뿐만 아니라 그 어떤 음식을 만들어도 한 끼 이상 가지를 않아요. 주부가 바지런을 떨지 않으면 금방 티가 난답니다.

봄이 왔다고는 해도 그동안 날씨 변덕이 심해서 아직 겨울 살림들을 다 정리하지도 못했어요. 할 일이 태산이에요.

꽃샘추위 속에서도 개나리 진달래 목련은 누가 먼저랄 것도 없이 피어나 눈을 즐겁게 해주더니 어느샌가 꽃들은 자취를 감추고 연초록의 잎들이 앞다투어 나오기 시작해요.

프랑스 파리의 가을은 숙희 씨의 편지에서 읽어 상상이 가능했지만 봄은 어떤 색깔로 어떤 향기로 오는지 궁금하군요. 다양한 소식을 기대하고 있을게요.

다음번 숙희 씨의 편지를 기다리면서 이만 글을 마무리해야 할 것 같아요.

　　항상 건강에 유념하고 즐겁게 지내세요.

1982년 4월 12일

장신자

6.

친구 따라 강남 간다는 말이 있다.

사실이다. 나는 진짜로 친구 따라 강남 갔다가 난생처음으로 되지게 혼났다. 그것도 내 생일날에.

아주 오래전, 강남 지역이 밭이었던 시절에 사둔 땅값이 천정부지로 치솟아 졸지에 부자가 된 부모를 따라 강남으로 전학 간 급우가 있었다. 그 녀석 집에 구경 가자고 단짝 녀석이 꼬드기는 바람에 쫄래쫄래 따라갔다가 사달이 났던 것이다.

나는 강남이 이웃 동네쯤 되는 줄 알았다. 돈 한 푼 없는 단짝 녀석이 내 용돈을 탈탈 털어 오류동에서 1호선 전철표 두 장을 끊었다. 우리는 신도림역에서 내려 버스로 갈아타고 강남고속버스터미널까지 갔다. 문제는 그때부터 시작되었다.

우리는 온통 똑같이 생겨 먹은 고층아파트들 때문에 머리가 어지러웠고, 텔레비전에서만 보던 아파트 대단지에 주눅이 들었다. 아파트 이름만 알고 있던 단짝 녀석은 친구 집에 전화를 해 보겠다며 내 동전을 공중전화기에 쑤셔 넣더니 두 번이나 번호를 잘못 눌러 돈만 날렸다. 돌아갈 차비만 남았기 때문에 친구 집에 놀러 가는 것은 포기할 수밖에 없었다. 그러나 단짝 녀석은 포기를 몰랐다. 키는 짜리몽땅해도 똥고집이 센 녀석이었다. 한 번만 더 전화를 해보겠다는 거였다. 결국 전화를 걸었고 통화가 되었다.

부모덕에 부자가 된 친구는 잠깐의 짬도 낼 수 없을 만큼 바빠서 우리를 만날 수 없다고 했다. 검도학원에 가야 했고, 검도가 끝나면 곧바로 피아노학원에 갈 거라고 했다. 학생이 바빠 봤자 얼마나 바쁘다고 그 친구는 앓는 소리를 해댔다. 게다가 피아노학원이라니. 얼마 전까지 학교 운동장에서 먼지를 뒤집어 써가며 우리와 놀던 그 녀석은 너무도 짧은 시간에 별나라 주민이 되어 있었다.

목적을 잃어버린 나와 단짝 녀석은 일단 버스를 타고 신도림역까지 왔던 길을 되돌아갔다. 그러나 전철을 탈 돈이 공중전화한 통화 요금만큼 모자랐다. 억울했다. 나쁜 짓인 줄은 알지만 달리 방법이 없었다. 우리는 무임승차를 시도했고, 지하철 선로 앞까지 들어가는 데 성공했다. 그러나 지하철이 도착하기 일보 직전에 역무원이 우리 쪽으로 다가왔다.

그때까지 본 적이 없었던 공군 군복인지라 그가 군인이라고는 상상도 못 했고, 지하철 역무원이라 믿어 의심치 않았다. 둘 다

바짝 졸아서 초긴장을 했다. 그러고는 누가 뭐라고 말을 꺼내기도 전에 일심동체로 전속력을 다해 역 밖으로 내뺐다.

거기서부터 집까지 걸어왔다. 내 발바닥이 곰 발바닥만큼 부풀었고, 집에서는 엄마의 불똥 튀는 눈과 작은누나의 째진 눈이 나를 기다렸다. 반대로 나를 잘 따르는 기태는 나만큼이나 겁을 먹고 똥그랗게 커진 눈을 굴렸다.

"머리가 좀 컸다고 이제 네 마음대로 해도 된다는 거야? 왜 안 하던 짓을 하고 그래?"

"잘못했어요."

징징 짜면서 엄마에게 손이 발이 되도록 빌었지만, 엄마의 화는 좀처럼 가라앉지 않았다.

"거기가 어디라고 아직 머리에 피도 안 마른 게 겁도 없이 말야, 말도 없이 나가서 밥때가 훨씬 지나도록 안 나타나니 몹쓸 인간한테 유괴당하지나 않았나, 어디 가서 사고나 안 당했나, 별별 생각이 다 들었어. 알겠냐?"

"너 진짜 혼나야 돼."

엄마의 뜨거운 냄비에 작은누나는 기름까지 쳤다.

"또 그럴래, 안 그럴래?"

"다신 안 그럴게요."

"진짜지? 약속해라, 다시는 엄마 허락 안 받고 돌아다녔다가는 국물도 없을 줄 알아."

"너 때문에 우린 아직까지 밥도 못 먹었어."

작은누나는 기름을 치는 게 모자랐는지 물까지 부었다.

"꼬라지가 그게 뭐야, 얼른 가서 씻고 와."

나의 몰골은 학교 앞에서 파는 라면상자 속의 시들시들한 병아리보다 나을 게 없었다. 몸 고생 마음고생을 한꺼번에 하느라 혼꾸멍났으니 내 꼬락서니는 볼만했을 것이다.

그날 늦은 생일상을 받았다. 미역국에 팥밥과 잡채, 그리고 돼지불고기에 외삼촌이 사다 놓고 간 통닭까지 상 위에 올랐다. 양초 맛이 나는 장미꽃 세 송이를 얹은 생일케이크가 다음 차례를 기다렸다. 작은누나의 작은 눈이 더 째져 보인 것도 다 이유가 있었던 것이다. 허기진 배로 냄새만 맡고 있었으니 오죽했으랴.

따뜻한 미역국이 입으로 들어가자 몸에 피가 돌면서 경직된 다리가 노글노글하니 풀어졌다. 그대로 뻗어 자고 싶었다. 그러나 생일날 케이크의 피날레를 장식할 사람은 나였다.

때맞춰 귀가한 아버지의 손에 제법 묵직해 보이는 쇼핑백이 들려 있었다. 거기에서 나온 것은 꿈에 그리던 야구공과 야구 글러브였다. 그것들은 끔찍했던 경험을 내 머릿속에서 한 방에 날려버려 준 굉장한 위력을 가진 선물이었다.

이런 생일날은 영원히 기억에 남는 법이다.

세상에서 제일 리드미컬한 스포츠가 야구 경기라고 생각했던 적이 있다.

홈런 볼이 포물선을 그리며 넘어가는 장면은 안단테칸타빌레,

강속구에 잘못 맞아 튀는 땅볼은 스타카토다. 짧게 쳐낸 볼에 승부를 걸고 죽을힘을 다해 뛰다가 베이스를 향해 슬라이딩으로 몸을 날리는 선수들을 보면 내 몸이 오그라들었다.

1981년에 여섯 개 팀으로 구성된 한국 프로야구가 창설되었고, 이듬해 동대문야구장에서 MBC 청룡과 삼성 라이온즈의 개막 경기를 선두로 장대한 프로야구의 역사가 시작되었다. 전두환 대통령이 시구한 개막전에서 두 팀은 승부를 내지 못하고 연장전으로 돌입했다. 그러다 10회 말에서 MBC 청룡의 이종도가 끝내기 만루홈런을 날려 팀에게 11대7로 승리의 기쁨을 선사했다.

"야 인마, 넌 어느 팀이냐?"

의외이긴 하지만 외삼촌도 야구에 흥미를 보였다.

"엠비시 청룡이요."

"왜 엠비시냐?"

"잘하잖아요. 그리고 서울이잖아요."

"오류동은 인천이 더 가까우니까 넌 삼미 슈퍼스타즈를 해야지. 거긴 슈퍼맨이 마스코튼데? 원더 빤스 누나도 있는데?"

외삼촌은 어울리지도 않는 우스갯소리를 해가며 나를 꼬드겼다.

"암만 그래도 어쩔 수 없어요. 이미 엠비시 청룡으로 정했으니까요."

"난 슈퍼스타즈다. 허 참, 고집이라고는 없는 녀석인 줄 알았더니 은근히 고집이 세군."

야구장에는 못 갔지만 텔레비전으로 보는 경기도 현장 못지않게 짜릿했다.

프로야구가 출범하던 그해 대한민국에서 열린 제27회 세계야구선수권대회에서 우리나라가 우승했다. 차차 야구에 열광하는 사람들이 늘어났고, 방과 후 동네 공터에서 놀던 내 또래의 무리들은 하나둘씩 놀던 방식을 바꿔나갔다. 축구공에서 야구공으로 갈아탄 것이다.

야구 경기의 열기가 뜨거워질수록 외삼촌은 좌절했다. 삼미 슈퍼스타즈의 성적이 나날이 하강했기 때문이다. 그러다가 한국시리즈가 개막될 무렵부터 외삼촌은 야구와 아예 담을 쌓았다.

내가 야구에 빠져 사는 동안 세상은 여러 가지 사건으로 시끄러웠다.

"소식 들었어?"

퇴근한 아버지가 마루로 올라오면서 대뜸 질문부터 했다.

"매형도 참, 뜬금없이 무슨 소식을 들었냐는 거예요?"

마루에 앉아 저녁상을 기다리며 석간신문을 뒤적이던 외삼촌이 되물었다.

"의령에서 발생한 사건 말야."

"아, 그 미친놈 얘기요?"

"시골 마을이 온통 쑥대밭이 되었겠구먼."

경상남도 의령에서 발생한 연쇄살인 사건을 두고 하는 말이었다. 해병대 특등사수 출신의 우범곤 순경이 동거녀와의 말다툼

끝에 카빈소총과 수류탄으로 우발적인 살인을 저질렀다. 우발적이라고 하기에는 너무 많은 사람을 죽였고 부상자도 상당수였다. 단독범행으로 60명이 넘는 목숨을 앗아갔으니 분명 제정신은 아니었다. 범인은 수류탄으로 자폭했고 그의 정신을 감정해 볼 단초를 남기지 않았다. 사법기관은 세계 곳곳에서 일어난 연쇄살인 사건 중에서 최단기간에 최다의 희생자를 낸 사건으로 기록했다.

1975년에 김대두는 17명을 살해해서 희대의 살인마가 되었는데, 7년 만에 그 자리를 우범곤에게 넘겨주었다.

경악을 금치 못할 사건으로 나라 안이 뒤숭숭한 데 이어 전직 국회의원을 지냈고 중앙정보부 차장이었던 이철희와 그의 처이자 전두환 대통령의 먼 인척뻘인 장영자가 건국 이래 최대 규모라고 하는 수백억의 금융사기 사건을 일으켰다. 온 국민을 억하게 만드는 일이 아닐 수 없었다.

그런 사건들과 상관없이 그해의 기억 중에서 내가 기뻐했던 일은 딱 두 가지다. 하나는 생일날 선물 받은 야구공과 글러브였고, 다음은 오백 원짜리 주화였다. 그해 처음으로 오백 원짜리 주화가 발행되었지만 쉽게 볼 수가 없었다. 슈퍼에서 돈을 많이 만지는 외삼촌은 추석날 반짝거리는 동전 세 개를 내 손에 살짝 쥐여주었다. 얼마나 기뻤던지 동전에 찍혀 있는 학처럼 날고 싶었다.

외삼촌은 슈퍼마켓을 개업하고 얼마 지나지 않아 우리 가족과 동거를 시작했다. 몇 동 되지는 않지만, 외삼촌은 아파트 단지 초입의 슈퍼마켓 주인이 되었다. 그전에는 달동네 구멍가게 주인이었고, 가게에 딸린 방 하나가 그의 숙소였다. 그 방구석에 작은 부탄가스 버너 놓인 자리가 주방인 셈이었다. 주식은 거의가 외삼촌의 가게에서 팔던 유효기간이 지난 라면이거나 당일에 다 팔지 못한 콩나물로 지은 콩나물밥과 콩나물무침에 콩나물국이었다.

나는 외삼촌의 구멍가게에 엄마를 따라 딱 두 번 가봤다. 가게는 숨이 턱까지 차오르는 산동네 중간지점에 있었다. 요상한 냄새들이 짬뽕이 되어 희한한 군내를 피우는 방이지만 나름대로 깔끔하게 정리되어 있었다. 엄마가 제일 걱정하는 것은 역시 외삼촌의 식사 문제였다. 엄마는 기능이 의심스러운 작은 냉장고를 열고 꾸덕꾸덕 말라가는 정체 모를 것들을 몽땅 꺼내 비닐봉지에 둘둘 말아 쓰레기통에 버렸다. 대신 바리바리 싸간 반찬들로 다시 속을 채웠다.

우리 집에는 안방과 누나 둘이 함께 쓰는 방, 그리고 나와 동생이 같이 쓰는 방에 잡동사니를 넣어둔 문간방이 있었다. 창고가 따로 있었지만 손쉽게 찾을 수 있는 자질구레한 것들을 넣어둔 문간방에 큰누나는 눈독을 들였다. 입빠르고 촉빠른 작은누나의 등쌀 때문에 독방을 갖고 싶어 허구한 날 엄마에게 매달려 안달복달했는데 엄마는 다른 꿍꿍이가 있었던지 오랫동안 그 방을 치워주지 않았다.

그러던 어느 날, 엄마가 부산스럽게 문간방을 말끔히 청소했다. 큰누나는 감개무량하여 온 얼굴에 희색을 띠고 고등학생이라는 것도 잊은 채 우리들 앞에서 채신머리없이 호들갑을 떨며 폴짝폴짝 뛰었다. 그러나 뒤이어 큰누나의 실망은 이만저만이 아니었다.

외삼촌은 그의 누추한 이삿짐을 우리 집 문간방에 부려놓았다. 문간방이 그의 거처가 되었고 그렇게 시작된 외삼촌과의 동거는 거의 십 년을 이어 갔다.

대한항공 여객기가 소련 상공인 사할린 인근에서 실종되었다. 뉴욕을 출발하여 김포공항으로 돌아오던 대한항공 007기가 소련 공군이 쏜 미사일에 의해 격추당했던 것이다. 소련은 자신들의 소행을 숨기려 했으나, 미국은 도청한 소련 공군의 음성 교신 내용을 공개함으로써 만천하에 소련의 만행을 알리고 규탄했다.

사건이 대서특필되고 서방 국가들은 소련 항공기에 대한 운항 중지와 모스크바 취항 거부라는 제재 조치를 가했다. 이 사건으로 자본주의와 공산주의 양 진영의 관계는 더욱 악화되었다. 우리나라에서는 관공서와 가정에 조기가 내걸리고 사흘의 애도 기간을 가졌다.

다양한 음모론이 나왔지만 가장 확실한 것은 대한민국 국적을 가진 사람 외에도 15개국의 탑승자까지 포함한 269명 전원이 냉전시대의 희생양이 되고 말았다는 사실이다. 국민들의 슬픔과 분노가 삭기도 전에 또 다른 사건이 꼬리를 물고 일어났다. 공교롭게도 그날은 한글날이었다.

버마의 정치지도자였던 아웅산의 묘역을 참배하러 갔던 대한민국의 각료들과 수행원들 열여섯 명, 그리고 현지인 네 명이 북한의 지령에 의한 폭탄테러로 현장에서 사망했고 수십 명이 부상당했다. 부상으로 치료를 받던 재무차관이 사망하여 순직자는 총 열일곱 명으로 늘어났다. 부총리와 장관들 그리고 수행원들을 대동한 전두환 대통령의 동남아 5개국 공식 순방길에 생긴 사건이었다. 교통정체로 공식 석상에 30분가량 늦게 도착한 대통령은 무사했고, 모든 일정을 취소하고 급히 귀국했다. 순직자의 유해는 온 국민의 애도 속에서 국민장으로 치러져 국립묘지에 안장되었다. 한 해에 굵직한 참사를 연달아 겪은 국민들은 국제적 냉전뿐만 아니라 언제 끝날지 모르는 동족 간의 냉전에 치를 떨었다.

유독 미국문화원에 가해지는 방화사건이나 폭발사건도 많았다. 반미주의가 만연해가는 가운데 여기저기 대도시에서 일어나는 사건들을 바라보는 시선도 각양각색이었다. 일부에서는 북한의 사주를 받은 사건이라고 했다. 반미주의를 표방한 대학생들은 목표물을 대사관이 아닌 문화원으로 정했다. 지난해 부산에서 일어났던 미문화원 방화사건에 이어 강원대생은 성조기를 공개 소각했고, 대구에서도 반미주의를 내세운 대학생이 미문화원에 폭탄을 투척했다. 1980년 5월 18일 광주에서 일어났던 유혈

사태를 사실상 묵인함으로써 전두환 정권을 암암리에 인정하고 지지하는 미국의 태도에 대한 반감이 사건을 일으킨 동기였다.

크고 작은 사건들이 일어났어도 대망의 88올림픽을 위한 준비는 꾸준히 진행되었다. 그러나 그날이 오면 모를까, 막상 실감하는 사람은 별로 없었다. 우리 집 식구들도 마찬가지였다. 5년이나 남은 올림픽보다는 그날그날의 뉴스에 촉각을 곤두세웠다.

조지 오웰이 1948년에 쓴 소설 〈1984〉의 제목처럼 1984년이 왔다.

소설 속 주인공들이 살고 있는 디스토피아적 세계까지는 아니더라도 여전히 살벌한 전체주의 사상은 엄연히 존재하고 있었다. 대한민국은 민주주의를 표방하고 있으나 실제로는 전체주의를 대물림하고 있는 나라였다.

국가는 언론을 통제하고, 개인의 사생활보다는 단체생활을 중시하며, 독재를 지속하기 위한 수단의 하나로 온 국민에게 투철한 반공정신을 세뇌시켰다. 날조된 유언비어를 퍼뜨리고 개인의 사상을 검열했다. 국가에 대항하는 자는 불온한 사상자나 반사회적 인물로 낙인찍혀 쥐도 새도 모르게 고문실로 끌려갔다. 금서가 되어버린 책들도 수두룩했다. 언제 끝날지 모르는 시나리오에 민주주의의 가치는 곤두박질쳤다.

국가는 가족계획이라는 명분 아래 산아제한을 요구했다. 전국 방방곡곡에 계몽적 포스터와 표어가 내걸렸다.

'덮어놓고 낳다 보면 거지꼴을 못 면한다.' 3명의 자녀를 3년

터울로 35세 이전에 단산하자는 캐치프레이즈가 바람에 나부꼈다. '아들딸 구별 말고 둘만 낳아 잘 기르자.' '내 힘으로 피임하여 자랑스러운 부모 되자.' '하루 앞선 가족계획, 십 년 앞선 생활 안정' 천 불 국민소득을 향해 가는 길은 아들딸 구별 말고 둘만 낳아 잘 기르는 것이라고 대대적인 인구정책을 펼쳤다. '잘 키운 딸 하나 열 아들 안 부럽다.' '둘도 많다. 하나만 낳아도 삼천리는 초만원' '신혼부부 첫 약속은 웃으면서 가족계획부터'라는 표어와 포스터까지 등장했다.

오랜만에 아버지와 외삼촌이 세상 돌아가는 이야기를 안주 삼아 술상을 앞에 놓고 이러쿵저러쿵 대화를 나누었다. 노상 하던 식으로 처음에는 뭐가 좋네, 뭐는 싫네 하면서 먹고사는 일에 대해 이야기를 나누다가 조금씩 방향을 틀어갔다.

"사회주의나 공산주의가 나쁜 건가요? 민주주의는 항상 옳은가요? 내 생각은 이래요. 사회주의나 공산주의의 이론만 간단하게 따져보면 온 국민이 재산을 공유화해서 공평하게 나누고 다 같이 잘 살자는 겁니다. 내용은 좋죠. 그런데 권력의 단맛을 본 최고권자가 독재를 종속시키기 위해 잘못된 정치를 펴니까 문제가 되는 거죠. 권력자의 독재지수가 상승한다는 것은 민중의 고통지수도 올라간다는 의미니까요. 민주주의는 어떤가요? 이것도 내용은 비길 데 없이 참 좋아요. 그렇지만 현실은 빈부의 격차만 점점 커져가고 있잖습니까. 돈이 돈을 번다고 하잖아요. 있는 자는 계속 풍요로워지고, 없는 사람은 죽어라 뼈 빠지게 일해도 가난의 굴레를 벗어나지 못해요. 노력하면 잘살 수 있다지만, 노력해도 못사는 사람들이 천지예요. 정경유착은 더 단단해졌고, 게다가 범죄는 늘어만 가고요. 좋은 점도 많지만 부작용도 만만찮죠."

아니나 다를까 다시금 외삼촌의 장황한 연설이 시작되었다.

"그러게나 말일세. 세상이 어떻게 돌아가는지 정말 말세야 말세. 이런 우라질 같으니라고."

"욕을 왜 해요? 요즘 부쩍 그러네요."

엄마는 아버지를 째려봤다. 언제부터 외삼촌의 입에서 '씨발'이 사라졌는지는 모르겠다. 대신 아버지의 입이 차차 거칠어졌다.

"미안해. 하도 답답해서 나도 모르게 그만…… 근데 우라질도 욕인가?"

"굳이 따지자면 욕이죠. 근데 매형한테는 그런 말들이 안 어울려요. 나라면 모를까."

"얘, 너도 욕하지 마. 애들이 듣고 배운다."

"애들도 알 건 다 안다고. 욕을 몰라서 안 하나? 알아도 안 하는 거지."

"외삼촌, 시부랄이 무슨 뜻이에요?"

"이 녀석이 어디서 그런 말을 해."

나는 진짜로 궁금해서 물어본 것뿐인데, 엄마는 내가 마치 심한 욕이라도 한 것 마냥 노기충천하여 까무잡잡한 얼굴을 더 까맣게 만들었다.

"전에 아버지가……"

"여보오!"

움찔하는 아버지에게 미안했다. 맹세컨대 나는 아버지를 곤경에 빠뜨릴 의도가 전혀 없었다. 정말이지 그 뜻이 궁금해서 물었다가 쨍쨍하게 갈라지는 엄마의 목소리에 화들짝 놀랐다.

"야 인마, 너는 욕하면 못써. 어른들이 한다고 따라 하면 안돼. 옳고 그른 것쯤은 판단할 나이잖아, 안 그래?"

외삼촌까지 나를 타박했다.

텔레비전 앞에 앉아 가족오락관을 보면서 키득대던 누나들과 동생은 이미 빠져나갔고, 그들을 대표하여 나만 애꿎은 소리를 들었다. 도대체 내가 뭘 어쨌다고 이 야단인지, 외삼촌이 살짝 얄미웠다.

"누나, 욕을 너무 나쁘게만 생각하지 마. 욕은 말이지 일종의 카타르시스 작용도 한단 말야. 스트레스 해소를 위해 가끔은……"

"너도 시끄러."

"우리 누님 단단히 화나셨네. 아 참, 잘 익었다는 모과주는 언제 맛보여줄 거요?"

능청을 부릴 줄 알게 되었다는 것도 외삼촌의 변화 중의 하나였다.

교황 요한 바오로 2세가 우리나라를 방문했다. 그는 비행기에서 내리자마자 엎드려 땅에 입을 맞추었다. 교황의 겸허한 모습이 뇌리에서 사라질 즈음, 그의 뒤를 이어 이스라엘 출신의 마술사 유리 겔러도 우리나라에 왔다 갔다. 아이들은 교황보다 유리 겔러에 더 환호했다. 그의 묘기 중에 단연 으뜸인 것은 숟가락을 구부리는 것이었다. 아이들은 저마다 숟가락 몽둥이를 구부려보겠다고 사팔뜨기 눈을 만들어가며 숟가락을 뚫어져라 노려봤다. 2교시를 끝내자마자 도시락을 후딱 까먹은 아이들은 점심시간에 밥풀떼기와 고춧가루가 말라붙은 숟가락들을 들고 눈이 시뻘게지도록 또 노려봤다. 그러나 우리들 중에서 제2의 유리 겔러는 나오지 않았다.

광우병이라는 말이 사람들 사이를 돌아다니기 시작했다.

"광우병이 뭐래요?"

"소가 미쳐서 날뛰는 것이 광우병이지."

"소의 뇌세포에 구멍이 생겨서 이상증세를 보이는 거랍니다."

엄마의 질문에 아버지가 대충 대답하자 외삼촌이 정정해 주었다.

"뇌세포에 왜 구멍이 뚫렸을까?"

"그야 잘못된 사료를 먹어서 그렇죠. 공수병이라고 있잖아요, 보통 광견병이라고 하는 거요. 개가 미쳐서 침을 질질 흘리고 공격적으로 변해 사람을 물잖아요. 사람도 공수병에 걸리면 죽을 확률이 거의 백 퍼센트거든요. 이 광우병도 그래요. 전문용어로는 소해면상뇌증이라고 하는데, 광견병 걸린 개처럼 이 병에 걸린 소도 침을 질질 흘리고 난폭해진다고 하네요. 그러다 결국엔 죽고요. 그래도 개처럼 사람을 물진 않죠. 그런데 이 광우병에 걸린 소를 잡아먹으면 인간도 광우병에 전염될 수 있다더군요.”

역시 외삼촌은 우리 집에서 제일 똑똑한 사람이었다.

“아이고 무서워라. 앞으로 소고기는 먹으면 안 되겠네.”

“소고기 같은 소리 하네. 돼지 불고기라도 배 터지게 먹어봤으면 소원이 없겠네.”

누나들이 한 마디씩 거들었다.

“이 일을 어쩌면 좋을까? 오늘은 이 엄마가 소불고기를 만들었는데, 너희들은 못 먹겠구나.”

오랜만에 집안이 웃음바다가 되었다. 그날 저녁상에는 꽁치구이가 올라왔다. 엄마도 드물지만 농담을 할 줄 아는 사람이었다.

조지 오웰의 1984년처럼 무시무시한 세상은 아니었지만, 부산에 있는 대아관광호텔의 화재로 서른여덟 명이 사망한 사건을 제외하면 다른 해보다 그럭저럭 큰 사건 사고 없이 지나갔다.

우리 집에서는 큰누나가 학력고사를 치르는 중대사가 있었다. 영어에 자신이 없었던 큰누나는 영어 대신 제2외국어로 독어를 선택했었다. 영어가 필수과목이 아니고 외국어 선택과목이었기 때문이다. 외삼촌이 충실한 가정교사 역할을 해준 덕분에 큰누나의 독어 성적은 아주 좋았다. 그러나 다른 과목들의 성적이 신통치 않아 그녀의 대학 진학은 불투명했다.

이듬해, 격동의 봄이 왔다.

작은누나는 고등학생이 되고 나는 6학년 졸업반이 되었다. 다시금 학원가는 술렁이기 시작했고 학생운동은 가열되어갔다.

전두환 대통령의 경호실장으로서 그림자 역할을 충실히 수행하던 장세동이 국가안전기획부장의 자리에 앉았다. 1981년에 중앙정보부를 폐지하고 국가안전기획부를 신설했지만 이름만 바뀌었을 뿐 그들이 하는 일은 그대로 인수인계되었다.

장세동은 아웅산 참사에서도 살아남았고, 정권 유지를 위한 정치공작과 없는 간첩도 만들어내는 탁월한 재주를 가진 인물이었다. 그는 동백림사건의 제조자였던 김형욱의 배턴을 물려받았다.

안기부는 민청련 초대 의장을 했던 김근태를 국가보안법 및 집회와 시위에 관한 법률 위반 혐의로 구속하여 남영동에 있는 대공분실의 한 밀실로 끌고 갔다. 그곳에서 김근태는 안기부의 고문 기술자 이근안에 의해 전기고문과 물고문을 번갈아 가며 당했다. 하루만 더 버티면 고문에서 벗어날 수 있었건만 더 이상 버틸 수 없었던 김근태는 그들이 시키는 대로 조서를 작성했고, 그들이 시키는 대로 알몸으로 바닥을 기어 다니며 살려달라고 애원했다. 사람이 사람을 고문하기 위해서는 상당한 기술이 필요했다. 악마는 누구라도 될 수 있지만 아무나 되는 것은 아니다.

안기부는 구미 유학생 학원 침투 간첩단 사건의 시나리오를 만들었다. 반공 이데올로기는 역대 정권에 이어 여전히 써먹기 편한 효율적인 정치적 선동이었다. 유학생 출신이었던 학생들과 연루자라는 올가미에 엮인 사람들은 영문도 모른 채 정의도 인권도 없는 안기부 밀실로 끌려가서 모진 고문을 받았고, 허위자

백을 강요당했다.

고문자들의 머리는 잘 돌아갔다. 고문으로 인한 불의의 죽음이 있을 수 있으므로 그들에게는 미연의 방지책이 필요했다. 그래서 불의의 죽음을 자살로 위장하기 위해 미리 유서까지 쓰게 만들었다. 타살을 자살로 둔갑하는 것쯤이야 그들에게는 누워서 식은 죽 먹기였다.

헌법 제1조 1항의 '대한민국은 민주공화국이다.'라는 규정이 무색하게 사상의 자유는 배제되었다. 정부가 임의로 정한 불온 서적을 읽는 것만으로도 독서자의 사상은 빨간 색칠을 당했으며, 사상적 범죄자가 되었다. 군인이 쿠데타를 일으켜 권력을 장악하고, 민주화를 향한 염원으로 시위하는 학생과 시민들에게 발포하는 나라를 민주공화국이라고 하기에는 모자람이 많았다.

헌법 제1조 2항은 '대한민국 주권은 국민에게 있고 모든 권력은 국민으로부터 나온다.'라고 되어 있다. 대한민국의 주권은 최고 통치자에게 있고 모든 권력도 통치자에게서 비롯된다면 이 조항도 엉터리인 셈이다.

제11조 1항은 '모든 국민은 법 앞에 평등하다.' 이 조항에 공감하는 국민은 과연 얼마나 될까. 진리와 현실의 괴리를 피부로 느끼는 사람이 의외로 많았다.

국가안전기획부는 헌법을 함부로 무시하고 위반하는 단체이며 이름에 걸맞지 않게 국가의 안전보다는 국가폭력의 피해자들을 양산해내는 기관이 아닌가 의심스러웠다.

"시부랄, 걸핏하면 간첩이군."

"그래 봤자 손바닥으로 하늘 가리기죠."

"헌법을 폼으로 만들었나, 제대로 된 것이 없어. 에이, 시부랄."

아버지의 시부랄 타령이 시작되었다. 방 한쪽 구석에 엎드려 숙제를 하던 나는 놀란 토끼 눈으로 아버지를 쳐다보았고, 아버지도 나를 힐끗 쳐다봤다. 눈이 마주치자 아버지는 오른쪽 검지로 자신의 입을 봉했다. 천만다행으로 엄마는 싸우고 있는 누나들을 혼내러 나가고 없었다.

1983년, 이산가족 찾기 방송이 시작되었을 때 눈물 쓰나미가 전국을 강타했었다. 방송을 보고 울지 않은 사람이 없었을 거다. 우리 집에서도 남자들은 소리 없이 눈물을 닦았고, 여자들은 코를 풀어가며 흐느꼈다. 특히 눈물 많은 아버지는 여자들보다 더 자주 코를 풀었다.

2년이 지나서도 눈물의 얼룩이 가시지 않은 가운데 남북 이산가족 찾기가 연일 방송 매체를 뜨겁게 달구는 주요 이슈가 되었다.

"매형도 일찌감치 신청을 했었더라면 좋았잖아요."

"이제 시작이니까 다음 기회에 신청을 해봐야지."

"고향이 개성이라고 했죠?"

"개성 시내는 아니고, 개성 북쪽에 있는 금천이야. 시골이지. 아마 많이 변했을 거야."

"고향 식구들은 어떻게 됩니까?"

"내가 우리 집에서 셋째야. 위로 형님 하나 누님 하나, 밑으로 여동생 둘이 더 있었고. 그때 부모님은 농사를 지으셨어. 아직까지 살아 계실지 어떨지 모르겠구먼."

"살아 계실 겁니다. 힘내시고 다음에 꼭 신청하셔서 가족들 만나야죠."

"서로 알아볼 수나 있을는지……"

얼마 전까지 시부랄 타령을 하던 아버지의 목소리가 극도로 침울해졌다. 뻐끔 담배를 입에 물고 천장을 바라보는 아버지의 이마에 난 두 줄 주름이 더 깊어 보였다. 언제 저렇게 주름 골이 생겼는지 마음이 찡했다.

"모습이야 변했겠지만 핏줄이 어디 가나요. 바로 알아볼 수 있을 겁니다."

"그러고 보니 우리 모친이 살아 계시다면 금년에 칠순이시구먼."

연기에 가려지긴 했지만 아버지의 눈시울이 붉어지는 것을 눈치챈 나는 얼른 고개를 돌렸다. 왜냐하면 내 눈에서는 벌써 눈물 한 방울이 떨어졌기 때문이다.

1971년부터 끊임없이 제기된 남북 이산가족 찾기는 정치적인 문제로 질질 끌기만 했었다. 그러다가 수차례의 회담 끝에 마침내 1985년 9월 20일부터 23일까지 극적인 상봉이 이루어졌다. 서울과 평양에서 예술 공연단과 이산가족의 동시 교환 방문이 성사되었고, 이 역시 눈물 없이는 볼 수 없는 동족상잔의 비극이었다.

드디어 63빌딩이 준공되었다. 일본의 60층짜리 선샤인빌딩을 제치고 아시아에서 최고 높은 빌딩이 되었다. 우리는 별 게 다 자랑스러웠다. 그중에서도 일본을 제치는 것이 가장 좋았다.

아버지가 자동차를 샀다. 그 이름도 앙증맞은 '포니'였다. 비록 중고차이긴 하나 아버지의 가게에서 파는 자동차 부속품으로 갈아치워 완전 새 차나 다름없었다. 어지간해서는 자랑을 하지 않는 나였지만 이런 일은 그냥 지나칠 수 없었다. 우리 반에서 차가 있는 집은 고작 서너 명뿐이었다. 반에서 제일 잘사는 반장은 자기 아버지가 시판을 앞두고 있는 쏘나타를 예약했다며 으스댔다. 반장과 나는 공공연히 앙숙이었다. 나는 반장을 단 한 번도 적수라 생각했던 적이 없었지만 그 녀석은 사사건건 나를 걸고 넘어졌다. 자기가 좋아하는 부반장 여자애가 나를 좋아한다는 소문이 돈 뒤부터였다. 나는 그 부반장 여자애에게 별 관심이 없었는데도 말이다.

3학년 때 나를 끌고 강남으로 갔던 단짝 녀석이 6학년에서도 같은 반이 되어 우리는 다시금 단짝이 되었다. 이 녀석은 3년 전의 빚을 잊지 않았는지 걸핏하면 핏대를 올리며 내 편을 들었다. 편을 들어주는 것이 늘 고마운 일은 아니었다. 가끔은 성가신 일을 자초하여 나를 곤경에 빠뜨리기도 했다. 그렇다고 단짝에게 싫은 소리는 하지 않았다. 그 녀석에게 결코 나쁜 의도가 있지 않다는 것을 잘 알기 때문이었다.

"쏘나타는 소나 타는 거라면서?"

단짝 녀석이 으스대는 반장에게 빈정거렸다.

"그럼 포니는 말이 타는 거냐?"

낯빛이 변한 반장이 내 단짝을 쏘아보며 따져 물었다.

"웃기고 있네, 말은 그냥 마크니까 붙여놓은 거지."

"무식한 놈. 포니가 영어로 말이라는 뜻이야. 그것도 아주 쬐끄만 말. 영어도 모르는 주제에 까불기는……"

약간 머쓱해진 단짝 녀석은 그래도 질세라 말대꾸를 했다.

"어쨌든 포니가 쏘나타보다 빨라."

"야, 똥차가 빠르냐, 새 차가 빠르냐?"

반장은 똥차를 발음할 때 나를 쳐다보았다.

"그럼 소가 빠르냐 말이 빠르냐? 아무리 쬐끄만 말이라도 소보다는 빨라."

"무식한 놈하고 더 말해서 뭣하겠어."

때맞춰 수업을 알리는 차임벨이 울리자 키가 작은 반장은 제자리로 돌아가면서 어깨로 내 단짝의 가슴을 밀쳤다. 단짝 녀석은 가슴을 제대로 맞았는지 움찔했고, 그 반응과 동시에 앞으로 나가던 반장을 돌려세워 확 떠밀어버렸다. 엉덩방아를 찧은 채 잠시 상황판단을 하던 반장은 씩씩대며 발딱 일어서더니 내 단짝에게 달려들었다. 간만에 신난 구경거리가 생기자 반 애들이 우르르 몰려들었다. 어느새 난쟁이 똥자루만 한 두 녀석은 교실 바닥에 드러누워 이리 뒹굴고 저리 뒹굴며 쌈박질을 했다.

그 결과는 단짝 녀석의 참패였다. 싸움 자체는 내 단짝이 일방적으로 우세했다. 그러나 판가름은 담임선생님이 내리는 거였다. 덩달아 나도 벌을 섰다. 단짝 녀석과 나는 교실 뒤에서 각자의 의자를 번쩍 든 채 꿇어앉았고, 반장은 머리칼이 헝클어진 채 제자리에 얌전히 앉아 있었다. 나는 둘의 싸움을 말린 죄밖에 없었는데, 너무도 억울했다.

담임선생님의 사랑은 학부모들이 몰래 쥐여주는 돈 봉투의 두께 순이었다. 거기에다가 성적까지 좋으면 두말할 필요도 없었다.

7.

안녕하셨습니까?

오랫동안 편지를 드리지 못한 점 깊이 사과드립니다. 여러 번 편지를 쓰려고 했지만 차마 어떻게 글을 써야 할지 갈피를 잡을 수 없었답니다.

그러는 사이에 계절이 여러 번 바뀌고 말았습니다. 마음의 짐이 무거워 차일피일 미루다가 이렇게 시간만 속절없이 보내게 되었어요.

지난 편지에 알려드리지 못했던 사정이 하나 있었어요. 용기를 내어 말씀드리지 못했던 것을 두고두고 후회했습니다. 그때 솔직히 말씀드렸다면 누님께서도 지난번 편지를 달리 쓰셨을 텐데 말입니다. 아무리 생각을 해봐도 제 불찰이 너무 크다는 것을 뼈저리게 느끼고 있어요.

막상 솔직한 고백을 하려고 펜을 들었으나 도무지 입이 떨어지지 않고 손이 말을 듣지 않습니다. 입이 열 개라도 할 말이 없고 용서 받기도 어렵겠지만, 이제라도 용기를 내어 말씀드릴게요.

오해가 없으시길 바라는 마음에 일의 자초지종을 상세히 적어 올리겠습니다.

제가 독일에서 대학을 다니며 간호사로 일할 때였어요. 아마 그 당시 누님께 드린 편지에도 썼을 것으로 압니다만, 동료들과 함께 이태리로 여행을 갔었지요. 거기서 휴가를 나왔다가 부상 당한 프랑스인을 만났습니다. 나중에 알았지만 그는 프랑스 장교였어요. 길에서 소매치기 강도를 만나 몸싸움하던 끝에 강도의 칼에 찔려 팔을 크게 다치고 말았어요. 마침 우리들은 그 근처를 지나가던 중이었죠. 그는 독일어를 조금 할 줄 알았어요. 저희들은 직업의식인지는 몰라도 평소 가방에 약간의 비상 의료 도구를 넣어 다니는 것이 버릇이 되었답니다. 일단 제가 가지고 있던 약품과 붕대로 응급처치를 해주었어요. 동료 중에서 외과 근무를 하던 사람은 저 혼자였었거든요.

그 프랑스인은 반드시 은혜를 갚겠다며 한사코 우리의 연락처를 받아내려 했는데, 설마 독일까지 찾아오겠는가 싶기도 하고 귀찮기도 해서 그만 근무하는 병원을 알려주었답니다.

그런데 몇 달 뒤에 그 프랑스인이 저희 병원으로 찾아왔어요. 프랑스산 포도주와 값나가는 선물들을 들고 말입니다. 그것으로 끝이려니 생각했는데 그 뒤로 편지를 보내왔고, 그 편지에 답장을 하다 보니 친구 사이로 발전하게 되었습니다.

그 사람은 휴가를 받으면 독일로 왔고 저에게 아주 친절히 대해주었어요. 독일과 프랑스는 가까운 이웃 나라라 마음만 먹으면 언제든 왕래가 쉬운 편이니까요. 그렇게 편지를 주고받고 만나다 보니 차츰 정이 들고 말았습니다.

약 일 년 뒤, 제가 졸업을 앞두고 있었을 때 그 사람이 저에게 청혼을 했어요. 그리고 프랑스에서 계속 공부를 하거나 간호사로 일을 해보는 것이 어떻겠느냐는 제안을 했답니다. 저는 그 제안에 무척 솔깃했어요.

그 당시 앞날에 대한 막연한 두려움이 커져가고 있었고, 또 외로움도 깊어진 상태였기에 한참을 고민하다가 그 사람의 제안을 받아들였어요.

한국에 있는 저의 가족들의 반대에 부딪혔지만, 저는 졸업을 하고 바로 프랑스로 옮겨가서 결혼식을 올렸습니다. 그 사람은 하객이 없는 저를 위해 그의 가족만 초청했는데 고맙게도 독일의 같은 병원에서 근무하던 동료 몇몇이 휴가를 내어 저의 결혼식에 참석해주었어요. 그때 참 많이도 울었답니다.

그 뒤의 일은 지난번 편지에 썼던 것처럼 프랑스어를 배우고 지리를 익히고 남편이 힘을 써준 관계로 병원에서 근무하게 되었지요. 그렇게 눈코 뜰 새 없이 하루하루가 바쁘게 지나가는 삶이었어요.

이러한 사정을 진작 말씀드렸어야 했는데, 사려가 부족한 저를 용서해주십시오.

자기 자신에게 속아서 하는 것이 결혼이라고 하더군요. 저에게는 인화하지 못하고 필름 속에만 갇혀 있는 추억들이 있건만, 이제는 그 추억들을 펼쳐내지도 못한 채 그대로 가슴에 묻고 살아야 합니다. 제가 선택한 인생이니까요. 그리고 그 인생이 결코 노글노글하지만은 않을 것 같은 예감이 듭니다.

제 선택에 대하여 너무 노여워 마시길 바랍니다.

그리고 지금까지 그랬던 것처럼 제가 편지를 보낼 수 있도록 허락해주세요.

저는 어미 자격이라고는 눈곱만큼도 없는 여자입니다. 그러나 죽는 날까지 아이를 보지 못할지라도, 멀리서나마 소식을 듣게 해주신다면 그 은혜 결코 잊지 않겠습니다.

모든 관계를 떠나서 누님을 친언니처럼 생각하는 저의 마음을 이해해 주십사고 감히 말씀드립니다.

혹여 제가 괘씸하여 분한 마음이 드실 수도 있겠지요. 어떤 비난도 감수하겠습니다. 당장 답장을 주지 않으셔도 괜찮습니다. 누님의 용서를 언제까지라도 기다리고 있을게요. 마음이 풀리시면 아주 간단하게라도 몇 자 적어서 보내주시길 간절히 애원합니다.

그럼 여기서 글을 마치고 인사드립니다.

안녕히 계십시오.

부디 내내 건강하시고 누님의 가정에 항상 행복이 가득하기를
바라며.

1984년 9월

이숙희 올림

오랜만이군요.

숙희 씨는 잘 지내고 있으리라 생각해요.

저희 집안은 두루 무고하고 애들 아버지가 하는 일이 날로 번
창하고 있어 형편도 많이 좋아지고 있어요.

이런저런 안부를 전해봤자 이야기만 길어질 뿐, 본론부터 말
하는 것이 나을 것 같군요.

먼저 솔직한 내 심정을 말해야겠지요. 그래요, 숙희 씨의 편지
를 받고 당황하지 않을 수 없었어요. 오랜 외국 생활에 당연히
있을 수 있는 일이었지만, 내 짧은 소견으로 전혀 예상하지 못했
으니 나의 잘못도 크다고 생각해요. 그러니 나에게 미안해하거
나 용서받을 일은 아니랍니다. 숙희 씨의 인생을 위해 숙희 씨가
그 어떤 선택을 해도 그것은 숙희 씨의 권리니까요.

그러나 원망의 마음도 많이 들더군요.

내가 지난번에 보냈던 편지가 두고두고 후회가 되어 여러 날

을 잠도 못 잤답니다. 일찌감치 숙희 씨의 사정을 말해줬더라면 그런 편지를 쓰지는 않았을 텐데, 주책없이 나의 속내를 드러낸 것이 미안하고 또 부끄러웠어요.

희소식을 기대하며 숙희 씨의 답장을 학수고대하였으나 오랫동안 답장이 없어서 혹시 내가 숙희 씨의 마음에 무거운 짐을 얹어주지 않았을까, 내심 불안하기도 했어요. 하지만 숙희 씨의 편지를 기다리며 약간의 희망은 남겨두고 있었지요. 그랬는데 막상 편지를 받고 보니 내가 착각을 많이 했었구나 싶네요.

이제 우리의 인연이 다했다는 생각이 들어요. 원망의 마음이야 들었었지만, 한편으로는 숙희 씨가 결혼해서 잘 살고 있는 것 같아 마음이 놓이는군요. 사람의 마음이 간사하다는 것은 익히 알고 있었지만, 나도 예외가 아니라는 것을 깨달았어요.

우리가 만난 적은 없으나 서신으로 안부를 전하고 고충을 나눴던 시간이 어언 십 년의 세월을 쌓았다는 게 새삼스럽군요.

숙희 씨는 나를 누님이라 불러주었고, 나는 숙희 씨를 친동생 동호와 매한가지라는 느낌으로 지내왔어요. 비록 길지 않은 시간이었다 해도 깊은 인연을 맺고 장래를 함께하기로 했던 두 사람에게 덮친 불행을 탓할 수밖에 없겠지요. 그 불행을 감당하지 못해 헤어진 두 사람을 생각하면 가슴이 무너지지만, 어쩌겠어요. 거기까지가 인연이었던 것을요.

동호가 사고를 당해 자포자기의 심정으로 독일을 떠나왔어도 끝까지 아이를 포기하지 않았던 숙희 씨의 비운에 같은 여자로서 크나큰 아픔을 느꼈어요. 숙희 씨는 자신이 아이를 키우겠다고 고집했지만 먼 타국에서 간호사로 일하는 것만도 어려운데 거기에 아이까지 키운다는 것은 얼마나 엄청난 시련이 되었겠어요.

결국 우리 부부의 끈질긴 설득으로 어린 핏덩이를 숙희 씨의 가슴에 제대로 품어보지도 못하고 애들 아버지에게 맡겨 고국으로 보내야 했던 그 심정을 누가 다 이해할 수 있겠어요.

하지만 다 지난 일이 되었군요. 이제 숙희 씨가 새 출발을 했으니 지난 과거는 말끔히 잊고 행복하게 사세요.

우리 부부는 지금도 그때 숙희 씨를 설득시킨 일이 최선의 선택이었다고 생각한답니다. 동호를 생각하면 안타까운 마음이 줄어들 리 없지요. 그래도 자신의 인생을 돌보며 살아갈 준비를 하고 있으니 다행이 아닐 수 없어요. 제 핏줄이라 그런지 동생이 기수를 대하는 마음이 남다르다는 것을 나는 느껴요.

동호와 기수가 한 울 안에 살 수 있게 해준 숙희 씨에게 우리 부부는 마음을 다해 감사드려요.

우리 부부를 믿고 소중한 기수를 맡겨주었으니 힘닿는 대로 잘 키울게요. 그러니 숙희 씨는 아무 염려 말고 새롭게 시작한 인생을 펼쳐나가길 바랍니다.

오늘 하루 일도 벅찬데 앞으로 다가올 인생을 생각하며 살기에는 세상이 너무 바쁘게 돌아가는 것 같아요. 우리 모두 기뻤던 추억도 슬펐던 기억도 과거지사로 묻고 내일을 준비하며 살아요.

　모쪼록 건강하고 행복하게 지내세요.

1985년 12월 6일

장신자

8.

꽃샘추위가 면도날보다 날카롭던 날, 중학생이 된 나는 교복을 맞췄다.

1983년에 시행된 두발 자율화와 교복 자율화가 3년 만에 폐지되었다. 대신 옛날처럼 일률적인 교복이 아니라 각 학교장의 재량에 따르도록 했기 때문에 학교마다 제각각의 교복 패션이 등장했다. 교복을 입지 않는 학교도 있었지만 내가 추첨된 중학교 교장은 연세가 지긋하고 고지식한 위인이라 문교부의 공문이 하달되자마자 얼씨구나 좋다 하고 곧바로 전교생에게 교복 착용을 명했다.

교복 자율화의 혜택을 본 큰누나와 작은누나는 아침마다 옷 싸움으로 시작해서 엄마의 호통을 끝으로 등교하곤 했었다. 교복 자율화에 적극 반대했던 엄마는 딸년들 옷값으로 나가는 돈이 만만치 않다며 가계부를 정리할 때마다 푸념을 늘어놓았었다.

큰누나는 대입시험에 떨어졌고 부모님이 권하는 재수를 포기했다. 일 년 더 고생할 자신이 없다고 했다. 탁월한 선택이었다. 큰누나는 고생할 자신이 아니라 공부할 자신이 없다고 말해야 옳았다. 내가 봤을 때 고3 시절의 큰누나가 과연 공부하느라 고생을 했었는지 의심스러웠다. 그녀는 아버지가 주선해준 자동차 부품을 만드는 회사에 취직했다.

큰누나가 스스로 일해서 번 돈으로 옷을 사 입자 엄마의 역정이 줄어들었고, 교복 자율화가 폐지되니 작은누나의 불만은 자글자글 끓어 넘쳤다.

"학생은 교복을 입어야지, 사복에다가 머리까지 산발하고 다니니 어떤 녀석들은 학생인지 건달인지 구분도 안 가고 말이야. 몸뚱이는 말만 해도 어딜 보나 학생인데, 길거리에서 담배를 피우질 않나 술을 처마시질 않나. 교복을 입혀놔야 그런 짓을 쉽게는 못하지."

"아휴 신경질 나. 이 년 동안 어떻게 이런 교복을 입고 다녀?"

"예쁘기만 한데 뭘."

"우리 학교 교복이 제일 촌스럽단 말예요."

"시끄럽다, 교복 타령 그만해. 교복이 성적을 올려준다니? 그리고 눈꺼풀에 테이프 좀 그만 붙여. 보기 싫으니까. 그런다고 없는 쌍꺼풀이 생긴다든?"

"대학교 들어가면 쌍꺼풀 수술 시켜주세요."

작은누나는 한마디도 지지 않고 말대꾸를 했다.

"쌍꺼풀 수술 같은 소리 하고 있네. 네 눈이 어때서? 넌 지금 이 딱 좋아. 얘가 뭘 모르네."

"싫어요, 난 쌍꺼풀 수술 할 거야."

"대학이나 들어가고 나서 말해."

아침마다 엄마와 작은누나의 실랑이가 여러 날을 반복했지만 승부를 가릴 일이 아니었다. 차츰 작은누나의 불만이 사그라졌다. 죽어도 입기 싫은 교복을 안 입으려면 학교를 때려치우든가, 죽어도 대학은 갈 거라고 벼르고 있었으니 학교도 다녀야 하고 학교를 다니려면 교복도 입어야 하는 법. 셈이 빠른 작은누나는 후자를 택했다.

소련 체르노빌에서 원자력발전소의 폭발 사고로 엄청난 양의 방사성 물질이 방출되어 수많은 사람들이 피폭당했다. 1945년 일본을 패망의 지름길로 보낸 히로시마 원폭 때보다 훨씬 더 많은 죽음의 재를 뿌렸고, 이 사고로 반경 32킬로미터 이내의 토양과 지하수가 심각한 수준으로 오염되었다. 인명피해는 이루 말할 수 없었다. 무수한 사람들이 암으로 사망할 것이고 많은 기형아가 출산될 것이며 환경파괴도 심각할 것이라고 전문가들은 진단했다. 과학과 기술의 발달은 인류에게 편리를 제공하는 동시에 대량 살상이라는 폐단을 덤으로 주었다.

세계 각지에서 일어나는 재앙을 뉴스로 접할 때는 오만상을 짓고 잠시나마 인류애에 불타 인도주의적 연민을 느끼지만, 아무래도 남의 나라 이야기라 잊히는 것도 순식간이었다. 내 코가

석 자인 경우가 더 많았기 때문이기도 했다.

예상 진로를 벗어난 태풍 베라가 한반도를 강타하는 바람에 전국 방방곡곡이 홍수로 몸살을 앓았다. 전답이며 가옥이 침수되는 사태가 벌어졌고 서울도 물난리를 피하지 못했다.

학교는 일찍 수업을 끝내고 학생들을 귀가시켰고, 나는 무릎까지 차오른 물을 가르며 집으로 돌아갔다. 자기 집 가재도구가 물에 잠겨 쓰레기가 될 판국에 물장구치며 장난질하는 철부지들도 있었다. 뉴스는 강남 곳곳에도 홍수 피해가 속출하여 이재민이 발생했다는 소식을 전했다. 강남에는 부자들만 사는 줄 알았는데 거기에도 반지하에서 하루하루를 걱정하며 살아가는 가난한 사람들이 생각보다 훨씬 많다는 것을 알게 되었다.

물난리의 뒷수습이 다 끝나지도 않았는데 제10회 서울 아시안게임을 6일 앞두고 김포공항에서 폭발물 테러가 발생하여 사람들의 간담을 서늘하게 만들었다. 국제선 대합실 밖 쓰레기통에 숨겨져 있던 고성능 사제 시한폭탄이 터져 다섯 명이 숨지고 서른 명이 넘는 부상자를 낸 사고였다. 백여 건이 넘는 시민들의 제보가 빗발쳤지만 별의별 추정만 난무할 뿐 검찰과 경찰은 뚜렷한 단서를 찾지 못했다.

폭탄테러가 있었던 다음 날 화성에서 살인 사건이 발생하여 일부 신문의 사회면에 작은 기사로 났다. 그것이 일명 화성 연쇄살인 사건의 첫 번째 사건임을 누가 알았겠는가.

김포공항 폭탄테러의 범인을 색출하는 데 실패했지만 보름간의 서울 아시안게임은 무사히 치러졌다. 총 메달 수는 우리나라가 두 개 더 많았으나 금메달 수가 하나 부족한 바람에 중국에 이어 대한민국은 2위를 차지했다. 일본은 3위였다.

정부는 국민들이 잊을 만하면 호시탐탐 남한을 겨냥한 북한의 만행을 알리고 경각심을 고취시켜주었다.

"평화의 댐을 만든다고 국민 성금을 내라는데, 도대체 얼마짜리 공사를 하기에 국민에게 부담을 시켜?"

"북한이 금강산댐을 만들겠다고 하니 우리는 더 크고 단단한 댐을 만들겠다는 거죠 뭐."

외삼촌은 세상만사에 별 흥미가 없는지 시큰둥하게 대답했다. 그와 반대로 아버지는 의구심을 품었다.

"북한이 금강산댐을 방류하면 육삼빌딩의 중간까지 물이 차오를 수 있다는 게 진짜로 가능한 일이야?"

"내 생각에는 말이죠, 그게 불가능합니다. 아무리 북쪽에서 남한을 위협하기 위해 금강산댐을 만든다 해도 서울을 물바다로 만들려면 상상하기 어려울 정도로 어마어마한 양의 물이어야 하는데, 아무래도 정부가 위화감을 조성하려고 과장을 해도 너무 심하게 한다는 생각이 들어요."

"그렇겠지? 나도 그런 생각이 들더라고. 상가 사람들 생각도 비슷하더구먼."

"박통의 뒤를 이어 오공도 조작질만 해대니 이젠 정부가 무슨 발표를 해도 긴가민가하는 사람이 많은 거죠. 택시기사들이 하는 얘길 들어보면 하나같이 믿는 사람이 없어요. 우리나라 택시 기사들은 정치에 도가 텄다니까요."

"천년만년 그 자리를 차고 앉아 권력을 휘두를 수 있다고 착각하나 본데, 언젠가는 반드시 역사의 심판을 받을 거야. 암, 반드시 받아야지."

"금년 봄에 전국적으로 대통령 직선제 개헌을 요구하는 시위가 끊이질 않았죠. 한 달 전에는 건국대 항쟁도 있었고요. 학생들이 전두환 정권을 규탄하고 군사독재 타도를 부르짖었잖아요. 아마도 역사상 가장 많이 구속된 사건이 아닌가 싶네요. 사상 초유의 사태가 아닐 수 없죠. 거기다가 부산 산업대 학생이 분신했으니 정부는 진퇴양난에 빠진 거고요. 운이 좋게도 그럴 때마다 북한에서는 올챙이를 한 마리씩 던져주니 얼씨구나 좋다 하고 덥석 물 수밖에요. 심각한 건, 올챙이를 던져줬는데 개구리를 물었다고 야단법석 떠는 거고요. 제가 의심하는 건 말이죠. 북한이 진짜로 올챙이를 던져줬냐는 거죠. 정부가 하는 작태를 봐서는 우리가 던져놓고 북한이 그랬다고 하는지도 모르겠어요. 워낙 조작질의 달인들이 많아서."

외삼촌은 장황설을 뽑아낸 사람답지 않게 무덤덤한 표정이었지만 목소리에는 힘이 잔뜩 들어 있었다.

"정국이 불안정하니까 또 서울이 물바다가 되네 마네 하면서 국민들을 불안하게 만들려는 게로군. 어지간하면 그만 우려먹지. 지겹다 지겨워."

"국민을 우민화시키려면 초강력 최면요법이 필요한데, 그럴 때마다 내놓기 딱 좋은 마약이 바로 북한의 위협설 아니겠어요? 팔 들어라 하면 팔 들고 우향우하면 우향우하고 누우라 하면 눕고. 생각보다 중독자가 많다는 게 문제죠."

"약발이 떨어졌나 보군."

"그렇죠. 시국은 불안정하지 국민의 민주화는 식을 줄 모르지, 그걸 어떻게 차단하려고 하니 늘 써먹던 방법이 제일 빠르다고 생각하는 거죠 뭐. 팔팔올림픽도 다가오니까 시기적으로 딱 맞아 떨어지잖아요. 올림픽을 방해하기 위한 북한의 대남공작이라고 하면 얼마나 잘 먹히겠어요? 약효가 있으니 늘 우려먹는 거고요."

"북한을 경계해서 만드는 댐이라면 국가 예산으로 댐을 만들든지 국방비로 하든지 해야 할 것 아냐? 왜 국민들에게 반강제로 성금을 내라고 하는 건지 도통 모르겠군."

"매형의 성금이 진짜로 댐을 만드는 데 들어갈지, 어느 정치 협잡꾼의 주머니로 들어갈지는 모르죠. 공공연한 횡령을 밥 먹듯이 하는 인간들이니 눈먼 돈이라 생각하면 뭔 짓을 못하겠어요? 미덥지 않으면 눈 딱 감아버려요. 애국한다고 줄 서서 성금 내는 사람도 많으니까 너무 열 받지 마시고요."

"기업들도 울며 겨자 먹기 식으로 많이 뜯기겠구먼."

"당연한 일 아니겠어요? 근데 국민들 보는 눈이 있으니까 오백만 원 내고 뒤로 오억을 챙겨 먹는 게 또 기업들이 하는 짓거리죠."

"평화의 댐은 안기부장 장세동이가 기획했다는 소리가 들리던데?"

"죽어서도 충성할 위인이잖습니까."

박종철 학생이 고문을 받다가 죽었다. 최루탄을 맞고 이한열도 죽었다.

공부해야 할 학생들에게서 면학의 분위기를 앗아가고, 날밤 새워가며 일하는 산업 역군들에게 주어진 밥그릇은 작고, 재야 인사들을 감옥의 좁은 독방에 앉혔다. 자유를 찾는 길이 멀고 먼 가시밭길이라 해도, 그 길을 걷는 사람들은 늘 있어왔다. 그들의 손에 들린 깃발은 시대를 이어 나부꼈다.

독일의 반나치 운동가이자 신학자였던 디트리히 본회퍼는 그의 시 〈자유를 찾는 길〉에서 이렇게 말했다.

하고 싶은 일을 하려고 하지 말고 옳은 일을 하려고 하라.

가능한 것 속에 떠 있지 말고 용감하게 현실적인 것을 붙잡으라.

자유는 사고의 도피 속에 있지 않으니 그것은 행동 속에만 있다.

소심한 망설임에서 삶의 풍파 속으로 나오라.

새해 벽두부터 참담한 소식을 전하더니 전두환 대통령은 국민들의 염원에 반하여 개헌을 유보하겠다는 특별담화를 발표했다.

뒤이어 제1야당인 신한민주당을 탈당한 의원들이 통일민주당 창당을 추진하자 이를 방해하기 위해 조직폭력배를 동원하여 통일민주당 지구당을 쑥대밭으로 만들었다. 바지 속에 회칼을 두 개씩이나 차고 다니는 용팔이의 지휘하에 조폭들은 물불 안 가리고 난동을 부렸고, 통일민주당의 의원들과 당원들은 인근 식당과 길거리에서 창당대회를 치렀다.

독재 타도를 외치던 한 노동자가 부산에서 분신한 다음 날, 5·18 광주 민주항쟁 7주년 미사를 올리던 신부가 박종철 고문 살인이 은폐 조작되었음을 폭로하자 국민의 분노는 산불처럼 타올랐다. 학생과 노동자, 회사원, 재야단체와 종교계까지 호헌조치 철회와 직선제 개헌을 요구하는 대회를 열고 시위에 나섰다.

1987년 6월, 전국에서 대대적인 민주항쟁이 들불처럼 일어났다. 반정부 시위가 일어나는 가운데 잠실체육관에서는 민주정의당 전당대회가 열려 노태우를 대통령 후보로 선출했다. 택시들은 경적을 울리고 시민들은 흰 손수건을 흔들었다. 여고생들까지 참여한 시위는 일파만파로 퍼져나갔다.

전국적인 시위를 수습하기 위한 방편으로 노태우는 특별선언을 통해 8개 항의 시국수습방안을 발표했다. 대통령선거가 맞물린 해답게 위기를 모면하려는 그들의 발 빠른 조치가 그저 놀라울 따름이었다. 그러나 대통령직선제를 제외하면 민주화를 위한 진정한 개혁은 이루어지지 않았다.

정부만이 진실을 왜곡하는 것은 아니었다. 기상청까지 덩달아 같은 짓을 했다. 그 대표적인 예가 태풍 셀마였다. 코앞까지 닥쳐온 초대형 슈퍼 태풍이건만 기상예측은 한참을 빗나갔다. 한반도에는 영향이 없을 것이라고 보도한 기상청을 비웃으며 셀마는 하루 만에 한반도에 상륙하여 345명의 사망과 실종자를 냈다. 이재민은 10만 명이 넘었다. 기상청은 실수를 덮기 위해 태풍의 이동 경로까지 조작하여 많은 인명피해와 경제적 손실을 안겨주었다.

정초부터 홍콩에서 날아든 소식은 참으로 기가 막혔다. 여간첩이 남편을 납북 기도했다는 대공 사건이었다. 경제적인 문제로 부부싸움 끝에 일어난 살인 사건인 것을 무슨 꿍꿍이로 안기부는 이 사건을 얼토당토않게 대공 사건으로 규정하여 살해당한 수지 김을 북한 공작원으로 만들었을까. 죽은 자는 말이 없기로서니 해도 해도 너무했다. 이 사건으로 수지 김의 한국 가족은 사회로부터 처참하게 매장당했다. 수지 김을 살해한 남편이란 자의 천인공노할 거짓말과 안기부의 합동작전으로 활극 하나가 탄생한 셈이었다.

연말이 다 되어 갈 즈음에는 여간첩 김현희가 대한항공 여객기를 폭파해버렸다. 1987년은 가짜 간첩 사건으로 시작해서 진짜 간첩 사건으로 막을 내렸다.

정부의 발표를 액면 그대로 받아들이기가 쉽지 않았다. 나는 묻고 싶었다. 그렇다고 외삼촌에게 물어보지는 못했다. 그의 장황설을 피하고 싶었기 때문이었다. 비행기 한 대를 날려버리고

115명 승객 전원을 비명에 보낸다고 해도 88서울올림픽의 막은 오를 텐데, 그것을 모를 리 없는 북한은 왜 올림픽 방해 공작을 하는 걸까. 북한의 대한항공기 858편 폭파는 대한민국 내 대정부 불신을 조장하겠다는 목적이 있었다고 한다. 대정부 불신 역시 북한이 거들지 않아도 이미 남한 내에서는 일 년 내내 대정부 불신으로 시국 선언과 시위가 끊이질 않았다. 중학교 2학년의 머리로는 참 모를 일이었다.

스탈린은 말했다. '한 사람의 죽음은 비극이요, 백만 명의 죽음은 통계다.' 라고. 맞는 말이다. 누가 죽었다가 아니라 모두 몇 명이 죽었다, 라는 숫자에 안타까운 목숨들이 묻혀버렸다.

여기저기서 사건의 의혹들이 툭툭 불거져 나오는 가운데 제13대 대통령에 '나, 이 사람, 보통사람입니다. 믿어주세요.'라고 유세하던 노태우가 당선됨으로써 1987년은 종결되었다. 육군 대장까지 지냈으니 그도 군부 출신이긴 하나 1981년에 예편하고 민간인 차림으로 정치에 입문했으니 그의 말대로 보통사람인지도 몰랐다.

헤일 수 없이 수많은 밤을 내 가슴 도려내는 아픔에 겨워 얼마나 울었던가 동백 아가씨 그리움에 지쳐서 울다 지쳐서 꽃잎은 빨갛게 멍이 들었소.

엄마는 자주 〈동백 아가씨〉를 흥얼거렸다. 부엌에서 음식을 만들 때도, 마당에서 이불을 널어 말릴 때도 그 노래를 불렀다. 동백 아가씨가 수많은 시간 동안 누명을 쓰고 갇혔다가 세상 빛을 보게 된 까닭이었다.

나이를 먹고 머리가 커져갈수록 이해 못할 것들이 줄어들기는 커녕 오히려 늘어만 갔다. 그중 하나를 꼽으라면, 그것은 가요를 금지시키는 조치였다. 왜 노래를 못 부르게 하는 것일까. 금지곡으로 만든 사유를 들여다보면 하나같이 사리에 맞지 않았다.

〈동백 아가씨〉는 왜색이 짙다고 했다가 가사가 저속하다고도 했다가 급기야는 꽃잎은 빨갛게 멍이 들었네, 라는 부분에서 군사정권의 색깔 논쟁까지 들먹였다. 하긴 금지곡을 선정하는 심의위원회 구성원 열 명 중에 클래식 음악 전공자가 절반 이상이었으니 그들의 대중가요에 대한 천시와 몰이해 그리고 군사정권에 비위 맞추기를 굳이 탓할 수는 없겠다.

키가 작은 박정희 대통령의 심기를 불편하게 한다는 이유로 〈키다리 미스터김〉이 금지곡에 선정되었다. 〈아침 이슬〉 역시 레드 콤플렉스에 희생당했다. 그 노래 가사의 일부에 까탈을 부렸는데, '태양은 묘지 위에 붉게 타오르고'에서 붉은색이 그들의 심기를 건드린 것이다. 〈내일은 해가 뜬다〉는 현실부정이라는 이유가 붙었다. '내일'을 '오늘'로 바꿨다면 괜찮았을까. 김추자가 부른 〈거짓말이야〉는 불신을 조장한다는 까닭에 금지곡이 되었으며, 물고문을 연상시킨다고 해서 한대수의 〈물 좀 주소〉가 사라졌고, 퇴폐적이라는 이유가 붙은 노래 중에는 유독 신중현의 것이 많았다. 〈미인〉이 그랬고 〈아름다운 강산〉이 그랬다.

그중에서도 가장 이해되지 않았던 것은 1983년에 〈독도는 우리 땅〉이 금지곡이 되었다는 거다. 반일 감정이 생기면 안 되고, 일본 정부를 자극하면 안 된다는 사유가 붙었다.

서슬이 시퍼런 군사정권에 기가 질린 사람들은 좋아하는 노래를 부르지도 듣지도 못했다. 엄마는 그런 시절이 빨리 바뀌기를 바랐고, 마침내 〈동백 아가씨〉를 언제든지 부를 수 있는 시절을 맞아 날이면 날마다 목청을 가다듬었다.

88서울올림픽의 성화가 잠실종합운동장을 환하게 밝혔다. 화려한 개막식이 열렸고, 올림픽 기간 내내 집집마다 텔레비전이 열을 뿜어댔다.

대한민국 여자핸드볼 대표선수들이 금메달을 땄다. 올림픽 구기 사상 우리에게 안겨준 첫 금메달이었기에 국민의 열광과 환호는 좀처럼 식지 않았다. 반면에 육상 100미터 단거리 경기에서 우승한 세계에서 가장 빠른 사나이 벤 존슨은 도핑테스트에서 약물을 복용한 사실이 드러나 기록은 취소되고 금메달은 박탈당했다. 그 금메달은 칼 루이스에게로 넘어갔다.

아이러니하게도 권좌에서 물러난 전두환은 노벨평화상 후보자의 한 사람으로 추천되었다. 도대체 누가 그를 추천했을까.

대통령직에서 퇴임한 후로도 정치적 영향력을 행사하려던 전두환은 제13대 대한민국 총선에서 여당을 누르고 야당이 승리하는 바람에 제5공화국의 청문회를 비켜 갈 수 없었다. 그는 광주민주화운동과 5공 비리 문제로 책임추궁을 당했다. 11월 19일,

약 1만 명의 학생들이 서울 시내에서 전두환을 구속시키라는 궐기대회를 열자, 노태우 대통령은 전두환 당사자는 사면시키고 비리에 깊숙이 연루된 그의 형제들을 구속시켰다. 전두환은 언론에 대국민 사과와 함께 재산 헌납을 발표하고 국가원로 자문회의 의장직과 민주정의당 명예총재직을 사퇴한 뒤 탈당했다. 그는 부인을 대동하고 강원도 백담사에 들어가 은둔생활을 시작했다.

보통사람 노태우 대통령은 시국사범을 석방하는 등 야당의 주장을 수용하여 민주화 6개 항을 발표했다. 전국언론노조가 창립되었으니 진짜 민주화의 바람이 불어오는 것 같았고, 꽁꽁 얼었던 나라가 조금씩 해동되는 분위기였다.

중3이었던 나에게는 이렇다 할 변화가 없었다. 약간의 변화라면 태권도 도복에 검은색 띠를 매게 되었다는 정도였다. 초등학교 4학년 때부터 쉬엄쉬엄 배우기 시작한 태권도가 벌써 5년째로 접어들었고, 관장으로부터 내 발차기는 수준급이라는 칭찬을 들었다. 야구 사랑은 여전했다. 단지 내가 응원하던 MBC 청룡이 점점 성적 부진으로 매각설이 나돌자 마음이 아팠을 뿐이다.

야구를 좋아한다고 해서 야구를 잘하는 것과는 별개라는 것을 알았다. 중학교 2학년 때부터 나는 우리 학교에 신설된 야구부에 입단했다. 나는 투수가 되고 싶었다. 어깨의 힘은 좋았지만 테스트 결과 투수의 자질이 없다고 판단한 감독은 나를 외야수로 세웠다. 나는 발이 빨랐다. 강타를 날리지는 못해도 도루는 끝내주게 잘했다. 나의 도루 덕분에 득점을 올린 적도 있었다.

그러다 엄마의 단호한 훈계를 받아들여 고등학생이 되면 야구를 그만두겠다고 약속했다. 엄마는 내가 어설프게 운동을 하다가 이도 저도 아닌 사람이 되는 꼴은 못 본다고 했다. 대학에 들어가고 사회로 진출해서 남들처럼 가정을 꾸려 평탄하게 살기 위해서는 공부에 전념하라고 했다. 속으로는 의문이 생겼다. 운동선수가 되면 평탄한 생활을 못하는 것일까 하고. 그래도 질문이나 대꾸 한 마디 없이 넘어갔다. 엄마가 너무 걱정하는 것 같아 나는 각서까지 써서 내 확고한 결심을 보여주었다.

나는 그다지 말썽을 부리지 않는, 엄마의 착한 아들이었다.

9.

안녕하셨습니까?

저는 이곳 생활이 8년째가 되다 보니 불편함 없이 잘 지내고 있습니다.

지금 쓰고 있는 편지에 앞서 두 차례 서신을 보냈는데 답장이 없어서 슬그머니 걱정이 되었어요. 무소식이 희소식이라 생각하며 연락 오기만을 간절히 기다리고 있답니다.

저를 뻔뻔하다고 나무라셔도 좋습니다. 그렇더라도 간단한 안부 몇 자만이라도 적어 보내주신다면 이루 말로 다 할 수 없는 기쁨일 것입니다.

얼마 전에 끝난 88서울올림픽 경기를 텔레비전에서 봤어요. 개막식도 폐막식도 참 잘 준비했더군요. 프랑스인 동료들의 찬사를 들을 때마다 얼마나 기쁘던지 화장실에서 몰래 눈물을 훔치기도 했어요.

금년 봄에 한국을 다녀왔습니다. 아버지의 부음을 듣고 모든 일을 팽개치고 갔었지요. 제가 얼마나 무심한 인간이었는지를 깨달았어요. 일이 바쁘다는 핑계로, 가족들에 대한 서운함으로, 게다가 거리가 너무 멀다는 이유로 등한시했던 지난날을 뼈저리게 후회했습니다.

가족들과 서신으로, 가끔은 국제전화 통화로 고작 안부만 주고받다가 결국 아버지를 뵙지 못하고 산소에 엎드려 통곡을 하고 말았답니다.

저희 집은 남의 땅을 빌려 농사를 짓던 가난한 집이었어요. 제가 집안의 장녀라 파독 간호사로 일하는 동안 가족에게 다달이 송금을 했습니다. 그 돈으로 땅뙈기도 장만하고 동생들 공부도 시킬 수 있었다며 좋아하시던 아버지의 편지를 새삼 꺼내 보면서 가슴에 안고 얼마나 울었는지 모릅니다.

살아가면서 후회할 일은 적게 만들어야겠다는 생각을 했어요.

이번에 다녀가면서 굉장히 놀란 것은 제가 떠나올 때의 서울과 얼마 전에 눈으로 확인한 서울은 너무도 달라졌다는 겁니다. 자동차도 많아졌고 길도 넓고 도심의 고층빌딩은 얼마나 높던지 어지럼증이 일 정도였어요. 우리나라의 눈부신 발전에 가슴이 뿌듯했어요.

제가 한국에서 살 당시에는 먹을 것이 턱없이 모자랐는데, 지금은 어딜 가도 먹을거리가 넘쳐나는 것 같았습니다. 사람들의 표정에는 자신감이 넘치고 옷차림도 멋있고 세련됐더군요. 패션의 본고장이라고 하는 프랑스 파리에 사는 제가 오히려 촌스럽게 느껴졌어요.

이곳 사람들은 이웃끼리 옷을 물려주거나 헌 옷을 사 입기도 하는데 그것을 부끄럽게 여기는 사람이 별로 없답니다. 자기 취향을 중시하는 것 같아요. 유행이 지나면 옷을 고쳐서 입는 사람도 많거든요. 저도 한국에 가면서 거의 10년을 입은 트렌치코트를 약간 고쳐서 입고 갔더니 동생들이 놀라더군요. 궁상맞다는 소리까지 들었어요.

한국에서 보낸 보름의 시간이 어찌나 빨리 지나가던지 못내 아쉬웠습니다. 떠나오기 전에 오류동엘 한 번 갔었습니다. 누님의 전화번호를 몰라 편지 봉투에 쓰여 있는 주소만 가지고 반나절을 헤맸었지요. 다행히 누님의 집은 찾았지만 걸음을 돌릴 수밖에 없었습니다.

제가 무슨 낯으로 누님의 집에 갈 수 있겠습니까. 연락도 없이 불쑥 찾아갈 수 있는 곳이 아니기에, 낮이라 가족들이 모두 일터로 또는 학교로 가 있을 시간일 것 같았지만, 두려웠습니다. 혹시라도 식구 중에 한 분이라도 계셨다면, 제 출현이 얼마나 황당하고 놀라울까 생각하니 한 걸음도 더 나아갈 수 없었어요.

그냥 누님의 손이라도 한 번 잡아보고 싶었고, 대문 안에 맴돌고 있을 사람 사는 냄새만이라도 맡고 싶은 마음이 간절했어요. 그러나 못나게도 발걸음을 돌려버렸습니다. 누님의 집 담장 밖에서 체념의 숨을 고르고 눈을 감은 채 손의 감촉과 체취를 상상하는 것만으로 만족을 해야 했지요.

지금에 와서 생각해봐도 그게 잘한 짓인지 잘못한 짓인지 판단이 서질 않네요.

다음번 고향 방문에 찾아봬도 될는지 아니면 지금처럼 편지로 만족하며 살아야 하는지 가르쳐주세요. 누님께서 저에게 전화번호를 주신다면 저와의 만남을 허락하는 것으로 여길게요.

기수가 많이 컸을 거라 짐작됩니다. 내년에는 고등학교 학생이 되겠지요? 누님 덕분에 반듯하게 잘 자라 있을 그 아이를 생각하면 마음이 흐뭇해집니다. 아이들이 성장하는 것을 지켜보노라면 어느새 흘러버린 세월에 격세지감을 느껴요.

저는 지금 두 아이의 엄마가 되었답니다. 주부가 되고 보니 누님께서 얼마나 수고를 많이 하시는지, 자신은 뒷전이고 가족들을 위해 얼마나 희생을 하시는지 알게 되었어요. 저는 아이 둘을 키우면서도 쩔쩔매는데, 누님께서는 넷을 돌보시니 몸이 열이라도 모자란다는 표현을 이해하게 되었어요.

저는 누님을 사랑하고 존경합니다. 뵌 적은 없어도 편지를 통해 누님의 마음씨가 곱고 알뜰하며 강인하다는 걸 알았답니다. 우리가 친자매였더라면 얼마나 좋았을까, 그런 생각도 했었지요.

외람되게도 이 편지를 보시고 이번에는 꼭 답장을 해주시면 고맙겠습니다. 간절히 부탁드립니다.

모든 것에서 저보다 앞선 분이시니 너그러이 이해해주실 거라 믿으며 이만 글을 마치겠습니다.

가내 평안하시길 바랍니다.
그럼 안녕히 계십시오.

1988년 10월
이숙희

오랜만이군요.

아버님께서 돌아가셨다는 소식에 숙희 씨의 마음이 얼마나 많이 아팠을지 짐작이 됩니다.

늦었지만 삼가 고인의 명복을 빕니다.

숙희 씨가 이제는 프랑스 사람이 다 되었겠다 싶네요. 불어도 능숙할 것이고 오랜 간호사 생활에 베테랑이 되어 있을 것 같군요.

우리 식구는 모두 무탈하게 잘 지내고 있어요. 큰딸은 직장생활을 하고 둘째 딸은 대학생이지요. 밑으로 큰아들은 금년에 고등학생이 되었고 막내도 중학생이라 뒷바라지하는 일이 만만치 않아요. 이른 아침마다 도시락을 네 개나 싼답니다. 게다가 낮에는 집안일에 장을 봐다 나르고, 잠깐 쉬려고 하면 저녁을 준비해야 하니 일곱 식구의 뒤치다꺼리가 여간 힘들지 않아요.

몸이 천근만근 무거워도 제대로 쉴 수가 없지요. 그것이 대한민국 어머니들의 현주소랍니다.

숙희 씨도 두 아이의 엄마가 되었다니 축하하고, 지금은 주부의 고충을 직접 몸으로 느끼고 있겠군요. 게다가 직장 일까지 하고 있으니 어쩌면 나보다 훨씬 바쁘고 힘든 나날을 보내고 있을 것 같다는 생각이 드네요. 강직한 사람이라 잘 해나갈 거라 믿어요.

한국을 다녀갔다는 소식에 적이 놀라긴 했어요. 하지만 만나지 않았던 것이 잘된 일이라고 생각해요. 서로 무슨 말을 하겠어요? 잠깐 눈인사라도 나눴다면 두고두고 마음에 남아 미련만 더하지 않았을까 싶어요.

우리는 어떤 관계일까요? 단 한 번을 만난 적이 없어도 편지 왕래를 통해 가족 같은 느낌을 가졌더랬지요. 그러나 과거의 아픔을 간직한 사람들끼리 드러내놓을 수도 없는 상처만 바라보지 않았을까요?

한 치 앞도 모르는 인생이라지만, 우리가 살아서 만나는 일은 없을 것 같군요.

숙희 씨가 나를 사랑하고 존경한다니, 태어나서 그런 말은 처음 들어봤어요. 가슴이 찡하고 고맙지만 나는 그렇게 마음씨가 고운 사람이 아니랍니다. 세파를 겪다 보면 사람이 변하게 마련이죠. 알뜰하게 살려고 노력하다 보니 사람이 모질게 변하더군요.

내가 숙희 씨에게 모질게 구는 걸 보면 살아온 세월에 회의를 느끼기도 해요. 내가 이런 사람으로 변해 있구나 싶으니 숙희 씨에게 미안한 마음이 생기네요.

동호가 하루속히 좋은 인연을 만나 남들처럼 살기를 바라는 마음에 숙희 씨의 결혼 소식을 전해주었답니다. 나의 노파심인지 모르겠지만, 동생은 무덤덤한 척을 해도 내 눈에는 무척 쓸쓸해 보였어요. 매일같이 제 핏줄을 보면서 아비라고 내세우지 못하고 살아가는 그 마음이 오죽할까 싶기도 하고요.

편지까지 보내지 말라고는 차마 냉정하게 말하지 못하겠어요. 하지만 나의 답장을 기다리지는 마세요. 숙희 씨도 가족 챙기랴 병원 일 하랴 여유가 없을 거예요.

그러니 여기 일은 걱정하지 말고 궁금해하지도 말았으면 좋겠어요. 이제는 숙희 씨의 마음에서 우리들을 떠나보내세요.

많이 서운하겠지만 이것이 현실이랍니다. 우리의 인연이 너무도 기구했던 것 같네요.

숙희 씨, 늘 건강하고 가족들과 행복하게 살기를 바라면서 이만 작별을 해야겠어요.

그럼…….

1989년 6월 12일
장신자

10.

고등학생이 되었다.

우리 학교에는 야구부가 없었다. 홀가분했다. 엄마와 약속은 했지만 야구를 그만두자니 미련이 남아서 속이 아팠고, 공부만 하자니 슬슬 좀이 쑤셨다. 책상에 붙박이로 앉아 있다 해서 성적이 오를 리 없었다. 소위 사춘기를 나라고 피해갈 수 있는 건 아니었다. 사람들이 흔히 말하는 정체성이 정확하게 무슨 뜻인지도 모른 채 나는 정체성앓이를 했다. 그렇다고 두드러지게 가슴앓이를 하지는 않았다. 그나마 친구들도 매한가지였다는 사실에 위안을 받았다.

어떤 녀석들은 몰래 숨어서 담배를 피워댔고 밤거리를 쏘다녔다. 호기심에 몇 번 어울린 것을 끝으로 다시는 그들 무리에 합류하지 않았다. 친구들이 피워댄 담배 연기가 교복에 배어 엄마에게 의심받고 추궁당하느라 몇 차례 진을 빼고 났더니 그 짓도 길게 할 것이 못된다는 걸 깨달았다.

　"박통이 한 일 중에서 덕혜옹주와 이방자 여사를 한국으로 귀
국시킨 건 참 잘 한 일이었어."
　"그렇죠. 아무리 조선왕조와 대한제국이 몰락했기로서니 그래
도 마지막 황녀와 황태자비를 일본 땅에서 죽게 해서는 안 되는
거죠."
　새해가 되자마자 일본의 히로히토가 사망하고 아들인 아키히토
가 새 왕이 되었다. 같은 해 봄에 창덕궁 낙선재는 두 번의 눈물을
뿌렸다. 마지막 황녀 덕혜옹주와 의민 황태자비였던 이방자 여사
가 며칠의 간격을 두고 나란히 운명하여 홍유릉에 묻혔다.
　아버지와 외삼촌의 대화는 두 여성의 죽음에 대한 것이었다.
　"이승만이는 의민 태자가 복권될까 봐 두려워서 귀국을 방해
했잖아."
　"두려웠겠죠. 자기가 왕처럼 최고 권좌에 군림하고 싶은데 다
시 옛 왕조의 후손이 나타나서 민심을 쥐고 흔들까 봐 걱정을 했
겠죠. 덕혜옹주는 대한민국 국적자이면서도 재일한국인으로 살
아가면서 서러움도 많았고 고생도 무지했었다지만, 그래도 마지
막에는 고국에서 눈을 감았으니 다행이요."
　"이방자 여사는 살아생전 좋은 일도 많이 했다더군."
　"네, 사회봉사활동을 참 많이 한 걸로 알고 있어요."
　"근데 말이야, 일본 왕이 죽고 난 뒤에 두 분이 나란히 돌아가

셨다는 게 참 신기해. 일왕이 죽기 전에는 눈을 감을 수가 없었던가 봐."

"그들에게는 철천지원수라고 해도 과언이 아니죠. 나라에 권위에 인생까지 송두리째 빼앗긴 거나 마찬가지잖아요."

"시대를 탓해야 하나, 운명을 탓해야 하나……"

"히로히토는 죽어서도 괴로울 겁니다."

"하긴 잔혹한 역사를 기록했으니까."

"이토 히로부미가 우리 민족의 원흉이었다면 히로히토는 전쟁의 원흉이라 해야겠죠. 일본 제국주의가 죽인 사람의 수는 통계를 내기도 쉽지 않을 겁니다."

통계가 엇갈리는 사건이 중국에서도 벌어졌다. 우리나라에 6월 항쟁이 있었다면, 중국에서는 6월에 천안문 일대에서 유혈사태가 벌어져 많은 사람들이 죽고 다쳤다.

기말고사 준비가 한창일 때였다. 벼락치기로 공부를 하느라 눈은 충혈되었고, 작은누나가 태워주는 커피를 연거푸 석 잔을 마셔가며 쏟아지는 잠과 싸우느라 세상 돌아가는 소식에 둔감한 때였다. 그래도 워낙 이슈가 된 사건이라 영 모른 척할 수는 없었다.

임수경이 나라의 허락도 안 받고 북한으로 갔단다. 참 간이 큰 여자구나 싶었다. 그녀가 방북한 것은 평양에서 열리는 세계청년학생축전에 참가하기 위해서였다. 하기야 허락해달라고 해도 허락할 리 만무했으니 밤손님 마냥 몰래 돌고 돌아서 갔을 것이다. 젊음의 치기였는지 용기였는지는 잘 모르겠다. 그것은 고등학교 1학년생인 내가 판단할 영역 밖의 일이었다. 임수경이 아니더라도 다른 누군가가 갔을 테니까.

그녀는 삼팔선을 넘어 판문점을 통해 귀환했다가 국가보안법으로 구속되었고, 삼팔선에 대한 나의 편견은 무너져 내렸다. 나에게 있어서 삼팔선은 생명을 위협하는 금단의 선 그 이상도 이하도 아니었다. 아버지와 그의 가족들이 생이별하여 만나지 못하는 것도 삼팔선 때문이었다. 그랬는데, 그 삼팔선을 그렇게 사뿐히 넘어오다니.

나라면 어땠을까. 아무리 강력한 힘이 내 등을 떠밀어도 나는 절대로 평양에는 안 갔을 것 같다. 무엇보다 나는 이념에 관심이 없었고, 엄마의 억장을 무너뜨릴 자신이 없었다. 나는 오랜 시간 외삼촌의 절규와 연설을 듣고 자랐지만 그의 영향권 안에 들지 못했다.

삼팔선의 철조망이 휘어진 반면, 베를린 장벽은 붕괴되었다. 냉전 이데올로기의 두텁고 높은 벽에 금이 갔고, 역사는 새로운 패러다임을 기록할 준비를 했다.

의문의 변사체가 두 건이나 발견되는 일이 벌어지자 학원가는 다시 술렁이기 시작했다. 5월과 8월에 각각 변사체로 발견된 두 사람의 공통점은 대학생이었다는 것과 민주화운동에 가담했다는 거다. 거기에다가 두 사람 다 물에 빠진 시신으로 발견되었다는 점이 똑같았다. 한 사람은 저수지, 다른 한 사람은 바다라는 차이점은 있었지만.

정부는 어이없게도 두 죽음을 놓고 단순한 실족사건이거나 또는 자살일 가능성을 배제하지 않는다는 선에서 사건을 종결지었다. 두 사건에 대한 진상을 더 이상 밝혀내기 어렵다는 것이었다. 세상에는 내가 생각했던 것보다 미제 사건이 훨씬 많은 것 같았다.

교황 요한 바오로 2세가 5년 만에 다시 한국을 찾았다. 그는 어마어마한 인파가 몰린 여의도광장에서 남북한 화해를 촉구하는 평화의 메시지를 낭독했다. 티베트의 정신적 지도자인 달라이 라마는 노벨평화상을 받았다.

교황은 두 번씩이나 다녀가는데 왜 달라이 라마는 우리나라에 올 수 없는지 궁금했다. 국내에서 가장 많은 종교 인구를 가진 것은 불교다. 기독교에도 장로교, 침례교, 감리교, 순복음교 등등 계파가 조금씩 다르듯, 불교도 대승이니 소승이니 조계종이다 천태종이다 원불교다 하면서 약간의 차이를 두고 있다. 사이비 종교가 흔해 빠져서 들도 보도 못한 단체도 많은 판국에, 2년 전에는 오대양인지 뭔지 하는 사이비 종교단체에서 집단자살을 하는 바람에 나라가 시끄러웠던 판국에, 달라이 라마가 티베트 라마교의 지도자라는 이유로 우리나라를 방문할 수 없는 건 아닐 테다. 헌법에는 종교의 자유를 보장한다고 쓰여 있다. 그러니까 종교와는 상관없는 민감한 이유 때문에 달라이 라마는 한국을 방문할 수가 없는 것 같았다.

나는 무교다. 샤머니즘이 아니라 종교가 없다는 뜻이다.

어렸을 때는 친구들과 어울려 일 년에 몇 번 교회를 갔다. 여름 성경공부를 듣고 나면 공책도 생겼고, 떡도 생겼다. 과자나 사탕을 받을 때도 있었지만, 겨울에 크리스마스트리를 구경하는 것이 제일 좋았다. 그랬던 내가 교회에 발을 끊은 이유는 목사가 지옥과 천국을 너무 자주 입에 올리는 바람에 짜증이 났기 때문이다. 살아온 날보다 살아갈 날이 훨씬 많은 나는 벌써부터 죽은 뒤를 걱정하고 싶지 않았다.

성당 다니는 친구를 따라 영성체라는 것도 받아먹어 봤지만, 내 입에 그다지 맞지가 않아서 성당에는 별로 걸음을 하지 않았다. 게다가 성당의 엄숙한 분위기는 나를 한껏 움츠러들게 했다. 침을 삼키기 어려울 정도였다. '내 탓이오, 내 탓이오'라고 외치며 가슴을 치는 일도 싫었다. 내 탓이라고 할 만한 것이 별로 많지 않았던 나이였다.

절에는 여러 번 갔다. 엄마를 따라 초하루나 초파일 또는 백중 같은 때에 인파에 떠밀려 줄 끝에 서서 나물 비빔밥이나 국수를 얻어먹었고, 동지에는 팥죽을 먹었다. 그 재미로 다녔지만 나중에는 입맛이 변했는지 절밥도 내 입에 물렸다. 법당에서 방석을 깔고 백팔배를 따라 하는 것은 그다지 어렵지 않았다. 무릎이나 허리가 안 좋은 할머니들보다 더 빨리 끝내고는 가만히 서서 부처님의 머리에 무수히 나 있는 혹인지 돌기인지를 눈으로 세었다.

중학생이 되면서부터 엄마는 나를 끌고 절에 갈 생각을 접었다. 엄마가 생각하기에도 다 큰 녀석을 치마폭에 끼고 다닌다는 소리를 듣고 싶지는 않았던 것이리라.

"독재자의 말로는 거의가 비슷하군."

루마니아의 독재자가 그의 아내와 함께 총살된 소식을 신문에서 읽은 아버지의 말이었다.

"총으로 시작했으니 총으로 끝난 거죠 뭐."

외삼촌의 반응은 싱거웠다.

"권력 맛이 그렇게 좋은가?"

"글쎄요, 안 먹어봐서 모르겠는데요."

외삼촌은 썰렁한 농담까지 했다.

"공산주의든 사회주의든 무너지는 것도 이제 시간문제 같군. 안 그런가, 처남?"

"베를린 장벽도 무너졌겠다, 동구권에서도 자본주의의 맛을 알아버리면 그 체제를 유지하기가 어려울 겁니다."

"소련도 그렇겠지?"

"머잖아 큰 변화가 오지 않을까 생각합니다만, 글쎄요……"

"소련까지 무너지면 북한에도 새바람이 불겠지?"

"글쎄요……"

외삼촌답지 않게 '글쎄요' 타령이 잦았다.

"우리도 얼른 통일이 돼야 할 텐데."

시선을 멀리 던져놓은 아버지의 눈에는 북에 두고 온 가족에 대한 그리움이 가득 차 있었다.

1989년 12월 25일 루마니아의 독재자가 총살을 당한 그날, 나는 크리스마스카드 한 장을 받았다. 곱게 쓰려고 노력한 흔적이 군데군데 묻어 있는 여학생의 카드였다.

여학생의 이름은 미정이었다. 같은 중학교에 다녔다는데 나는 그 애를 알지 못했다. 그 애는 야구부에서 연습하는 나를 종종 보았다고 했다. 중학교를 졸업한 지가 언젠데, 아직까지 잊지 않고 이런 카드를 보내다니 놀랍고 신기했다. 그런데 어떻게 우리 집 주소와 전화번호를 알았을까, 하는 것이 그 애의 크리스마스카드를 받고 제일 먼저 든 생각이었다. 카드에는 우리 집 전화번호를 알고 있지만 당돌하게 전화를 걸어 실례를 끼치고 싶지 않으니 자기 집으로 연락을 해주면 고맙겠다고 적혀 있었다.

엄밀히 따지면 그것은 크리스마스카드라기보다는 사귀자는 통보의 메시지였다. 세상에는 당돌한 여자가 생각보다 많았다. 멀리서 찾을 것도 없이 작은누나를 보면 알 수 있었다.

작은누나는 대학 합격 소식이 날아들자마자 쌍꺼풀 수술을 해서 숙원을 이루었다. 대학생이 된 뒤에는 공부는 뒷전이고 미팅에 열을 올렸는데, 다니는 흑석동의 대학에서 신촌으로 구두 굽이 닳도록 뻔질나게 원정을 갔다. 엄마는 속이 터져 잔소리를 해댔지만 작은누나에게 대학은 시집갈 때 필요한 혼수에 지나지 않았다. 옥신각신하는 사이에 작은누나의 화장 기술은 몰라보게 발전했다. 돈과 시간을 투자한 덕분에 작은누나는 신촌에 있는 대학교 신문방송학과에 복학한 남학생을 물었다. 그러자 엄마의 태도가 바뀌었다. 그 대학 그 학과를 나오면 방송국 앵커가 되는 걸로 생각했다. 작은누나의 호들갑을 엄마는 철석같이 믿었고, 작은누나에 대한 대우가 일변하여 용돈을 인상해주었다.

해가 바뀌자마자 나는 크리스마스카드의 주인공과 영등포 지하철역 입구에서 만났다. 미정이라는 여학생이 행여 집으로 전화를 걸어와서 엄마의 오해를 살까 봐 걱정이 이만저만 아니었다. 한편으로는 그 애에 대한 호기심이 영 없지는 않았다.

만나서 제일 먼저 물어본 것이 어떻게 우리 집 주소와 전화번호를 알았느냐, 였다. 미정은 중학교 시절 나와 같은 반이었던 애를 알고 있다고 말했지만, 그가 누구인지 묻는 내 질문에 대답은 않고 배시시 웃음만 흘렸다. 나에 대해서 제법 많이 알고 있는 눈치였다. 첫 데이트의 기분은 묘했다.

이후 우리는 교복 차림으로 패스트푸드점에서 만나 패스트푸드점에서 헤어지곤 했다. 아주 가끔 영화 구경을 했고 윈도쇼핑을 하며 시간을 때웠다.

어쨌거나 우리의 만남은 반년 가까이 지속되었고, 주로 토요일 방과 후에 만났다. 난생처음 엄마와 나 사이에 비밀을 만들고 말았다는 죄책감이 들었던 반면, 비밀 하나 정도는 있을 나이가 되었다는 자만심도 생겼다.

미정은 외딸이었으며 키가 크지도 작지도 않았고, 몸은 살이 찌지도 마르지도 않았다. 얼굴은 보는 사람에 따라 다르겠지만, 예쁜 것 같기도 하고 아닌 것 같기도 한 생김새였다. 쉽게 말하면 겉모습에는 이렇다 할 특징이 없었다. 나로 말할 것 같으면, 키만 좀 컸다 뿐이지 특징이 없기는 매한가지였다. 그런 밋밋함이 통해서인지도 모르겠다. 그 애와의 만남이 부담스럽지 않았다. 그러나 미정과 몇 마디 나누다 보면 그 애가 나보다 세상 이치에 더 밝았고 훨씬 성숙했다.

나는 우리 집이 지극히 평범한 가정이라 생각해왔다. 잘사는 것도 아니고 그렇다고 가난하지도 않았으며, 아버지는 직원이 모두 세 명인 자동차부품 판매업체를 운영하는 사장이었다. 우리 식구는 마당 있는 단독주택에 살았다. 어릴 때는 꽤나 넓어 보였던 마당이었지만 크고 보니 그다지 넓은 편은 아니었다. 집 안에 모과나무가 있고 작은 화단이 있으며 장독대도 있었다. 나는 강남의 닭장 같은 아파트가 아무리 살기 좋다 해도 정감이 넘쳐나는 우리 집이 좋았다. 게다가 포니에서 쏘나타로 갈아탄 승용차도 있었다. 포니와는 달리 쏘나타는 신차로 뽑은 거였다.

엄마는 전업주부로서 알뜰하게 살림을 키워나갔고, 하나뿐인 외삼촌도 불만들을 던져놓고 생업에 집중해가는 수수 무탈형 인간으로 변해갔다.

우리 집에서 제일 문제라면 그건 내 동생이었다. 기태는 중학교에 들어가고부터는 전교 3등 밖으로 밀려난 적이 단 한 번도 없는 우등생이었다. 그러나 늘 골골거려서 엄마의 마음을 덩달아 아프게 만들었다. 순하고 착한 녀석이지만 입이 짧아 먹는 것도 까다로운 편이었고 환절기면 어김없이 감기로 콜록거렸다. 체육 시간에 달리기하다가 발목이 골절되어 깁스를 하질 않나, 동네 건달들한테 용돈도 부족하여 신고 있던 운동화까지 다 빼앗기질 않나, 기태는 내 속도 여러 번 태웠다. 태권도 사범이 인정해준 나의 발차기와 야구선수로 갈고닦은 도루 실력은 종종 동생을 위해 유감없이 발휘했다.

반면에 미정이네 가정은 특이했다. 그 애의 어머니는 아무도 알아주지 않는 밤무대 가수였고, 그 애의 아버지는 시인이었다. 아무도 알아주는 사람이 없는 시를 쓴다고 했다. 밤무대 가수인 그 애의 어머니가 어렵사리 돈을 대어 아버지의 시집을 한 권 낸 적은 있었으나 팔리지 않는 시집 무덤은 골방에서 먼지를 뒤집어쓴 채 서서히 퇴색되어 간다고 했다. 미정은 내게 그 시집 한 권을 선물로 줬고, 나는 고마운 마음에 그날 그 애가 먹은 돈가스 값을 치렀다. 그 시집은 내 수준에 너무 난해하여 단 한 편도 못 읽었지만.

아무도 알아주지 않는 부모를 둔 까닭일까. 미정은 튀고 싶어했다. 아니면 특징 없는 외모가 그 애에게는 콤플렉스였을까. 우리가 만난 지 넉 달이 지날 때쯤 작은 변화가 일어났다. 미정은 옅은 화장을 하기 시작했다. 어색했다. 그러나 나는 아무런 내색도 하지 않았다.

유월 초순이었다. 사복 차림으로 나타난 미정은 친구 하나를 달고 나왔다. 한눈에 봐도 불량기가 좔좔 흐르는 그 친구는 미정보다 더 성숙해 보였고 화장도 더 진했다. 내 또래라기보다는 누나 같았다.

"정말 고 이가 맞아요? 키는 큰데, 너무 숙맥 같애."

나를 위아래로 훑어보고는 미정의 친구가 내뱉은 첫마디였다. 나는 너무 어이가 없고 속이 부글부글 끓었지만 참을 수밖에 없었다. 성숙한 척하고 껄렁하게 보여도 동갑에다가 여자였다. 더 기가 막힌 것은, 친구의 말에 맞장구치며 킥킥거리는 미정의 입에서 술 냄새가 살짝 풍겼다.

둘은 나를 끌고 영등포 뒷골목을 굽이굽이 돌아 다세대주택 반지하 원룸으로 데려갔다. 집으로 돌아가야겠다고 마음먹었으면서도 알 수 없는 호기심에 이끌려 거기까지 갔다가 보지 말아야 할 것을 보고 말았다.

반지하 원룸 안에는 너구리처럼 담배를 피워대는 남학생 셋과 여학생 하나가 있었다. 그들의 나이가 나와 엇비슷해 보였지만, 학생인지 아닌지는 알 수 없었다. 초저녁이라 밖은 아직 훤한데 반지하 원룸은 담배 연기와 오징어 냄새와 어둠이 뒤엉켜 있었다. 일곱 명이 앉으니 원룸은 꽉 찼고 실내는 유월이어도 한여름 찜통 못지않게 끈끈하고 더웠다. 현관 입구에 붙은 코딱지만 한 싱크대 위에는 빈 소주병들과 짜부라진 맥주 깡통들이 함부로 나뒹굴었다.

남학생 하나가 내 눈에 들어왔다. 단박에 알아봤다. 미정에게 나의 주소와 전화번호를 가르쳐줬다는 녀석임에 분명했다. 그는 중학교 때 같은 반이었던 녀석이었고, 그 시절부터 비행 청소년 으로 낙인이 찍혀 있던 놈이었다.

그들은 내가 보든 말든 전혀 거리낌 없이 술을 마셨으며 담배를 피웠고, 서로의 몸을 주물럭거리며 장난을 쳤다. 녀석 중에 하나가 미정의 앞가슴으로 손을 뻗자 그 애는 앙탈을 부리며 녀석의 손을 물리쳤다. 그러고는 술내가 폴폴 풍기는 입으로 내 입술을 덮쳤다. 순식간에 벌어진 일이었다. 머리를 해머로 맞은 것처럼 아뜩해지면서 눈앞이 아찔했다. 심장이 부풀어 오를 것 같은 은밀한 설렘이나 짜릿함, 기억에 아로새겨질 아련한 향기와는 거리가 너무도 먼 악취로 오염되고 황폐한 첫 키스라니……억울했다.

녀석들의 키득대는 소리에 정신을 차린 나는 미정을 냅다 떠밀어버린 뒤 그 칙칙한 소굴을 박차고 나왔다. 그런 뒤 얼마를 뛰었는지 모른다. 발이 빠른 나는 전속력으로 뛰고 뛰었다. 숨이 턱까지 차올라 색색 소리가 날 때까지 달렸다. 버려진 검정 비닐봉지가 내 발에 차여 휘리릭 날아올랐다. 내 몸에 배어 있을 혼탁한 냄새와 내 머리에 새겨질 어두운 기록들을 다 날려버리고 싶었다. 어느 먼 훗날, 철없던 시절의 씁쓸한 에피소드로도 남기고 싶지 않은 자괴감에 몸서리쳤다. 날아올랐다가 다시 떨어져 내 발에 밟힌 검정 비닐봉지처럼 볼품없는 청춘이 시작될까 봐

겁났다.

30만 병력을 이끌고 이라크가 쿠웨이트를 침공했다. 3만의 군사로 맞서던 쿠웨이트의 함락이 눈앞에 보일 즈음 미국은 다국적군을 합류시켜 이라크를 쿠웨이트에서 쓸어내기로 했다.

석유 의존도가 높은 대한민국은 불안했다. 유가가 국내 경제에 미치는 파급효과는 엄청났다. 물가의 고공행진, 경제의 마이너스 성장으로 가장 심한 타격을 받는 것은 역시 서민들이었다. 수출 둔화로 이어지는 경상수지의 적자, 내수경기의 위축과 소비침체의 장기화는 반드시 피해가야 할 국가적 과제였다.

"문간방만 바꿀 걸 그랬어요."

엄마는 집 안의 난방을 기름보일러로 바꾼 것을 후회했다. 지난 1월에 문간방을 쓰던 외삼촌이 연탄가스를 마시고 두통과 구토를 호소하며 동치미 국물을 두 사발이나 단숨에 마시는 해프닝이 있었다. 그러자 추운 겨울임에도 불구하고 엄마는 봄에 공사를 하자는 아버지의 만류를 뿌리치고 서둘러 연탄보일러에서 기름보일러로 교체해버렸다.

"이왕 이렇게 된 거, 좀 아끼면서 살지 뭐. 추우면 옷 많이 껴입으면 되고."

"더 오르기 전에 미리 사재기라도 해둘 걸 그랬네요."

네 귀퉁이가 나달거리는 가계부를 옆에 끼고 알뜰하게 살아왔던 엄마는 자신의 성마른 결정을 탓했다.

"소용없어. 기름집도 돈 벌어먹으려고 전에 사 둔 거 안 내놓잖아. 오르면 팔려고 말이지."

"양심 없는 사람들 같으니라고."

"어제오늘 일인가 뭐, 그러려니 해. 어이쿠 춥긴 춥다. 여보, 기름 좀 때자고. 다 이럴 때 쓰자고 돈 버는 거 아니겠어?"

1, 2차 오일쇼크를 겪었지만 대책은 항상 미비했다.

아버지와 외삼촌의 예상대로 사회주의 국가들이 앞다투어 붕괴되었다. 분단 41년 만에 독일은 하나의 국가로 통일했고, 소련의 움직임도 급물살을 탔다. 소련의 개방정책인 페레스트로이카를 추진했던 미하일 고르바초프가 노벨평화상을 받았다.

바야흐로 세계는 탈냉전의 시대를 맞아 긴장 완화와 군축 정책을 내세우는 반면, 남한과 북한은 냉전시대의 막을 걷어내지 않겠다고 똥고집을 부렸다.

게다가 한술 더 떠서 국내의 냉전은 살벌하기까지 했다.

국군 보안사령부에 근무하던 윤 이병의 폭로로 다시금 나라 안이 발칵 뒤집혔다. 보안사령부는 정계와 노동계뿐 아니라 종교계에 이르기까지 손을 뻗쳐 민간인 사찰을 해왔고, 그 사실에 국민들은 분노했다.

학생들과 야당, 재야단체들은 노태우 정권의 퇴진을 요구하며 단식농성과 집회를 열었다. 그러자 정부는 시민들의 눈과 귀를 다른 곳으로 돌리고 싶었는지 난데없이 특별선언이라며 범죄와의 전쟁을 선포했다.

범죄를 소탕해서 안전한 사회를 만드는 것은 반드시 필요한 일이지만, 매번 발등의 불을 끄기 위한 방편으로 급조해내는 정부의 정책은 그다지 미덥지가 못했다.

이런저런 사건을 떠나서 1990년은 18년을 살아온 나에게 우울한 해로 기억되었다. 미정과의 관계도 그랬고, 그 일로 엄마와 나 사이에 비밀을 가지고 말았다는 것도 그렇고, 무엇보다 내가 좋아하는 가수 셋의 죽음이 나를 슬프게 만들었다. '현이와 덕이'의 동생 장덕은 약물 과다복용으로 사망했고 오빠 장현은 설암으로 죽었으며, 김현식은 간경화로 우리 곁을 떠났다.

크리스마스이브에 나는 방구석에 박혀서 목이 쉬도록 그들의 노래를 불렀다.

11.

그동안 안녕하셨습니까?

어떻게 지내시는지 무척 궁금하여 다시 펜을 들었습니다.

두 번의 편지가 반송되어 제게로 돌아왔더군요. 까닭에 주제넘지만 걱정되는 마음을 숨길 수가 없습니다. 저와의 인연을 완전히 끊으시려고 답장을 하지 않으신다면 납득이 가지만, 편지가 되돌아온다는 것은 필히 다른 사연이 있지 않을까 생각합니다.

이번에는 편지가 누님의 손에 닿기를 바랍니다.

저는 잘 지내고 있어요.

가정과 직장을 오가며 사는 일에 간혹 염증을 느낄 때도 있지만, 그건 누구나 살아가면서 겪는 감기 같은 거겠지요.

지난 몇 년 사이에 유럽에는, 특히 동구권에 속해 있던 나라들에 큰 변화가 있었어요. 소련의 붕괴에 이어 소비에트 연방에 예속되었던 나라들이 독립을 하고, 그 과정에서 보스니아는 내전이 발발했고, 프랑스의 뉴스는 연일 그런 소식들로 도배를 했답니다.

젊었던 시절에 느끼지 못했던 시간의 흐름이 중년이 된 지금은 왜 이다지도 절절히 느껴질까요. 화살보다 빠르게 지나가는 시간을 따라잡기가 힘들 정도랍니다.

세상은 쉬지 않고 크고 작은 문제들을 생산해내고, 우리네 삶은 그런 사건들에 면역이 되었는지 무덤덤하게 받아들이게 되네요.

작년에는 시간이 날 때마다 바르셀로나 올림픽을 보았답니다. 제가 프랑스 국적자로 살아간다고 해서 프랑스인이 될 수는 없잖아요. 저의 뿌리는 한국이고 한국인의 피는 변할 수 없으니까요. 프랑스와 한국의 대결에서도 내놓고 한국을 응원하게 되더군요. 우리나라 선수가 마라톤에서 금메달을 따는 쾌거를 올리는 장면은 가슴에 찡한 울림을 오래도록 안겨주었어요.

프랑스의 미테랑 대통령이 한국을 방문한 뉴스가 톱으로 장식될 때에도 흐뭇한 마음을 감출 수가 없었답니다. 저기가 대한민국이라는 나라야, 저기가 엄마가 태어난 나라야, 그렇게 아이들에게 자랑을 하지요. 아이들은 엄마가 한국인이니까 대한민국이라는 나라를 어느 정도는 알고 있지만, 학교에서는 대한민국을 아는 아이가 거의 없다고 해요. 중국과 일본 어디쯤에 붙은 나라이겠거니 생각하는 아이도 있다고 하네요. 아직 아이들이라 그럴 수도 있겠다 싶지만, 그런 얘기를 들을 때면 왠지 마음이 씁쓸해지더군요.

가끔 택시를 탈 때가 있고 택시기사 중에는 종종 말을 걸어오는 사람이 있는데, 일단 그들은 제가 어느 나라 사람인지를 물어요. 중국이나 일본, 혹은 다른 아시아 국가 출신이려니 생각을 하나 봐요. 제가 한국인이라고 하면 대개가 의외라는 반응을 보이고 북한이냐 남한이냐, 하고 묻는답니다. 대한민국을 아느냐고 물어보면 그들은 어깨를 으쓱하며 모른다고, 88서울올림픽은 안다고 말해요.

대한민국의 위상은 올라가고 있는 것 같은데, 아직도 우리나라를 모르고 관심조차 없는 사람들이 많다는 것이 참 서운하고 속상했어요.

언젠가는 달라지겠지요. 한국 사람이라고 하면 아주 반갑게 맞아주는 날이 있을 거라 믿어요.

지난해에 인공위성인 우리별 1호가 프랑스령 기아나에서 발사 성공을 거둔 데 이어 어제는 우리별 2호가 같은 장소에서 발사되었다는 뉴스를 신문에서 읽었어요.

대한민국이 눈부시게 발전하고 있다는 소식에 더없는 기쁨을 느껴요.

나라가 잘살아야 멀리서 살아가는 동포들의 어깨에 힘이 솟고 자긍심도 가지게 되는 거라고 생각합니다.

기수는 이제 어엿한 대학생이 되었겠지요?

얼마나 변해 있을지 궁금합니다. 저에게는 잠시나마 품어봤던 갓난쟁이 때와 사진으로 본 어릴 때의 모습만 간직되어 있을 뿐, 혹시라도 길을 가다가 마주쳐도 알아보지 못하겠지요.

저의 큰딸은 얼마 전에 열한 살이 되었고 내년에는 중학교에 입학해요. 요즘은 집안일을 많이 도와줘서 역시 큰딸은 살림 밑천이구나, 라는 생각까지 들게 하네요. 둘째인 아들은 여덟 살인데 아직도 개구쟁이 짓을 해서 속을 썩이지만, 사내애들이란 원래 그렇게 자라는 거잖아요. 기수는 무던하고 속이 깊은 아이라던 누님의 편지가 생각납니다. 저희 둘째와 무척 비교되는 아이였었나 봅니다. 아들 녀석을 최대한 이해하려고 노력하고 커갈수록 차차 좋아지겠지 싶어 심한 경우를 제외하고는 눈감아 주고 있어요.

그러나 애들 아빠는 자상한 면이 있는 반면에 아이들 교육에는 좀 엄한 편이에요. 아이 둘 다 성적이 좋은 편인데도 남편은 양에 차질 않나 봐요. 우리 부부가 다투는 것은 거의가 다 애들 문제랍니다. 저는 아이들이 자유로운 분위기에서 자기들의 세계를 스스로 만들면서 살기를 바라거든요. 남편의 직업이 군인이라 그럴 수 있겠거니 이해하다가도, 스파르타식에 가까운 교육 방식이 영 마음에 안 들 때가 많답니다.

제가 두서없이 쓰다 보니 별 쓸데없는 여러 소리를 적은 것 같습니다. 편지를 쓰고 있는 이 순간도 혹시 편지가 누님에게 닿지 못하고 저에게로 되돌아오지나 않을지 무척 마음이 쓰여요. 그래서 불안함을 떨쳐내려고 별별 이야기들을 나열하지 않았나 싶습니다.

간곡히 부탁드릴게요.

단 한 줄이라도 좋으니 안부를 전해주시면 고맙겠습니다.

무엇보다도 이 편지가 꼭 누님에게 도착할 수 있기를 두 손 모아 기도드립니다.

부디 가내 평안하시길 기원하면서 글을 마치겠습니다.

안녕히 계십시오.

1993년 9월의 끝자락에서

이숙희 올림

12.

모퉁이를 돌면 무엇이 나올까.

인생은 산동네를 오르내리는 긴 골목길 같다. 매 순간 만나는 골목 굽이는 기대와 똑같은 양의 불안감을 준다.

나는 대입을 앞둔 수험생이 되었다.

살아온 날들 중에서 가장 우울하고 큰 위기를 맞은 해였다. 그 위기는 내 것이면서 내 가족 모두의 것이 되어 우리 집안을 잘게 부수었다.

가파른 비탈길은 올라가는 것보다 내려가는 것이 더 힘들다. 오르막길은 비록 숨은 차지만 한 발짝씩 내딛다 보면 언젠가는 목적지에 다다를 수 있다. 그러나 가파른 내리막길은 한 발짝씩이 통하지 않는다. 다다다다…… 의지와 상관없이 내달리게 된다. 가속도까지 붙게 되면 통제 불능이 된다. 자칫 심한 부상을 당할 수도 있다. 가장 효과적인 방법은 공벌레처럼 최대한 몸을 말고 데굴데굴 구르는 것이다. 어차피 내려갈 거라면 빨리 도달하는 게 낫다.

걸프전이 끝났다. 다국적군의 승리였다. 미국의 계획대로 전쟁은 조기 종결되었고 세계가 심란해할 정도의 오일쇼크는 없었다.

그러나 우리 식구들은 심란했다. 대구에서 도롱뇽 알을 주우러 집을 나갔던 아이들 다섯 모두가 실종되었다는 소식이 연일 보도되었지만, 우리 집에서는 아버지와 외삼촌의 전 재산을 가져간 아버지의 친구가 실종되는 사건이 발생했다.

유신체제 때 효력이 정지되었던 지방자치제가 부활된다는 소식을 비롯하여 세상의 모든 소식이 우리 식구들에게는 강 건너일이 되고 말았다.

지난해 말부터 아버지는 친구가 제안하는 자동차운전학원을 운영해보겠다는 야심 찬 사업 구상을 하고 있었다. 하루는 아버지의 친구가 우리 집으로 초대받아 거나한 술상을 받았다. 그날 아버지의 친구는 강남 끄트머리에 자기 사촌이 소유한 땅이라며 지적도를 펼쳐 보였다.

"이보래이, 김석천. 얼마 안 있으믄 마이카 시대가 온다카이. 하루라도 빨리 사업을 시작하는 기 좋은 기라."

경상도 말씨에 인상이 수더분하게 생긴 사람이었다.

아버지가 독일에서 고생해가며 번 돈으로 자동차부품 도매업을 시작했을 때 거래처를 알선해주는 등 도움을 준 친구라고 했다.

"우리 사촌 형이 저거 식구들 데리고 미국으로 이민을 갔다 아이가. 그란데 거서 살라니까 돈이 좀 급한가 보더라고. 그래서 급매로 내놓은 땅인데, 내가 그 땅을 사믄 시세의 반값에 내놓겠다는 기라. 이런 기회는 아무나 못 가지지."

"그 정도 규모면 자본이 많이 들 텐데…… 내가 가진 것 다 해도 한참 모자랄 텐데……"

아버지는 친구의 사업 구상에 구미는 당겼지만 거기에 드는 자본금을 따져보고는 혀를 내둘렀다.

"어차피 동업하는 기니까 석천이 자네가 투자할 수 있는 거에 내가 맞추면 되는 기라. 나머지는 내가 잘 아는 신용금고가 있으니까네 신경 안 써도 된다카이. 마, 투자 비율하고 상관없이 이윤을 반반씩 나누는 조건으로 하자꼬."

"땅은 그렇다 치고, 자동차운전학원을 운영하려면 정부의 허가나 뭐 여러 가지 조건이 있는 거 아닌가?"

"그거야 당연하제. 쪼매 까다롭다고는 하는데, 허가받는 거 하고 기준에 맞게 시설하는 거는 아무 걱정 안 해도 된다카이. 내가 그동안 이 일 할라꼬 발이 닳도록 알아보고 댕기면서 구청이고 시청이고 연줄을 쫘악 깔아 놨다 아이가. 술값 마이 뿌렸제."

"그랬을 것 같구먼."

몇 잔의 양주로 불콰해진 아버지의 얼굴에 어느새 자신감이 깃들어 있었다.

"이거는 확실한 사업이니까 석천이 자네는 나만 믿어라. 어데 가서 떠벌리지나 말고. 참새가 방앗간을 그냥 지나가는 법이 읎다 아이가. 니도 나도 달라붙어가 운전학원 하겠다고 설쳐대쁘면 우리 몫이 줄어든다 아이가."

"알았어. 그런 걱정은 접어둬. 일단 투자금을 최대한 마련할 수 있는 쪽으로 생각 좀 해보겠네."

"이런 절호의 기회를 놓치믄 팽생 후회하는 기라꼬."

"그 땅을 좀 볼 수 있을까요?"

술상 앞에 앉아 수수방관하며 아버지와 아버지 친구의 대화를 듣고만 있는 줄 알았던 외삼촌이 물었다.

"하모, 당연히 봐야제. 등기부등본도 떼서 보여줄 수 있다꼬. 거기 순서 아이가. 그라고 보이 자네도 구미가 땡기나 보제?"

그랬던 것이 사달이 나고 말았다.

아버지는 집을 잡혀 은행 돈을 빌렸고, 규모는 작지만 알차게 꾸려가던 사업체도 십수 년을 곁에서 수족 같이 일해오던 직원에게 넘겼다. 거기에 외삼촌까지 슈퍼를 담보로 대출을 받아 보탰다. 엄마도 오래전부터 외삼촌이 다달이 적금을 넣어줘서 제법 두둑해진 통장을 내놓았다. 우리 집 어른들은 모두 도깨비불에 홀린 사람처럼 돈을 긁어모았다.

그 전에 아버지와 외삼촌은 아버지의 친구를 따라가서 눈으로 직접 땅을 봤고, 등기부등본도 확인했다. 토지매매계약서에 꼼꼼히 이름을 대조해가며 도장을 찍었다. 하지만 모든 것이 말짱 헛것이었다. 아버지 친구의 사촌 형의 명의로 되어 있다던 땅은 사촌 형의 것이 아니었고, 당연히 등기부등본도 다른 사람의 것이었다. 실종되어버린 동업자를 찾으러 사방팔방으로 수소문하고 수배를 해보았지만 그 역시 헛일이었다. 일의 터전과 전 재산을 잃은 아버지는 종이 인형처럼 당장이라도 구겨질 것 같았다.

외삼촌의 자책도 만만치 않았다.

운명의 칼자루는 누가 쥐고 있는 것일까. 나는 신이 쥐고 있는 것이 아니라면 내 손아귀에 있다고 믿었다. 비록 내 손의 힘이 아직은 미약하여도 분명 내 것일 터였다. 그러나 아니었다. 칼의 주인은 사기꾼의 것이었다. 그것도 나 하나만의 것이 아니라 우리 식구 모두의 운명을 그는 단칼에 갈라버렸다.

세 계절이 자리바꿈을 하는 동안, 두꺼운 암막에 갇혀버린 우리 집에는 빛 한줄기 들어오지 않았고, 급기야 은행에서 경매를 하기 전에 급매로 집을 내놓는 지경에 이르렀다.

석기시대의 사람으로 추정되는 미라가 알프스산맥 빙하지대에서 발견되었다. 발견된 지역의 이름을 따서 미라의 이름도 외치가 되었다. 과학자들은 5천 3백 년 전의 사람이라고 하는데 무엇을 근거로 그렇게 단정을 짓는지 궁금했지만, 해박한 외삼촌에게 물어볼 수는 없었다. 그의 가슴에도 심연을 알 수 없는 커다란 구멍이 뚫려 있었다.

우리 식구들에게는 남과 북이 국제연합에 동시 가입을 했든 말든, 국군의날과 한글날이 법정공휴일에서 제외되었든 말든, 관심 밖의 일이었다. 급우들이 환장하는 마이클 잭슨의 노랫소리가 나에게는 잡음으로 들렸다.

소비에트 연방이 붕괴되어 나라 이름을 '러시아'로 바꿨다. 우리 집도 붕괴되어 주소지를 바꿨다.

아버지와 엄마는 말을 잃어버린 반면 누나들은 징징대는 울음소리를 그치지 않았다. 나와 기태로 말할 것 같으면 식구들 앞에서는 침묵을 지켰고, 둘이서 방에 나란히 누워 잠을 청하기 전까지는 암담한 미래를 점치면서 각자의 머릿속을 두리번거렸다. 우리 둘의 생각을 나누고 보태봤지만 그 결과는 참담한 현실에서 한 발자국도 벗어날 수 없었다.

은행잎으로 노랗게 물든 가을날, 알뜰살뜰한 엄마의 손때가 묻은 집을 새 주인에게 넘겼다. 빨래 널기 좋았고 엄마가 간장 된장을 담고 해마다 김장철이면 이웃집 아주머니들의 웃음소리와 농담 소리로 와자지껄했던 볕 잘 드는 마당이 나는 좋았다. 나와 기태는 그 마당에서 세발자전거를 탔고, 딱지를 만들었으며, 자치기를 하다가 유리창을 깨는 바람에 혼나기도 했었는데. 우리 가족의 추억들이 첩첩이 쌓여 있는 정든 집을 말끔히 비워야 했다.

아버지와 엄마는 눈물과 피땀으로 마련한 집에서 우리 사남매를 키워냈다. 그런 둥지를 떠나야 하는 부모님의 마음은 살점을 뚝뚝 뜯어내는 것보다 아팠겠지만, 그때까지도 나는 덜 성숙했기에 내 마음을 먼저 들여다봤다. 아버지의 친구가 저주스러웠고, 한편으로는 귀가 얇은 부모님과 외삼촌이 야속했다.

이삿짐은 최대한으로 줄였다. 우리가 옮겨갈 집에 맞추다 보니 모조리 다 버리고 가야 할 판이었다. 엄마가 자식만큼이나 애지중지하던 자개장롱까지 이웃에게 헐값으로 팔았다.

나는 엄마가 버리려고 마당에 내놓은 물건들을 노끈으로 묶고, 더러는 포대에 담았다. 예전에 엄마가 사다 준 나이키 운동화 박스가 눈에 들어왔다. 나이키가 한창 유행하던 시절에 있는 집 자식들에게 꿀려서는 안 된다며 당장 백화점에 가서 사다 주었던 운동화. 친구들 중 상당수는 상표를 도용한 가짜를 신었고, 가끔 진짜 나이키 운동화가 분실되는 사건이 생기던 시절. 한동안 아끼느라 못 신었던 신발이 담겨 있었던 박스. 그 박스에 제법 묵직한 내용물이 들어 있었다. 서둘러 이삿짐을 꾸리고 그날 안으로 집을 비워줘야 했으니 나에게는 박스 앞에서 상념에 빠져 있을 시간이 없었다. 그러나 속에 든 것이 궁금하여 상자의 뚜껑을 열었다.

누렇게 바랜 신문지와 잡지에서 오려낸 화보들, 기사들이 대부분이었다. 그다지 일관성은 없어 보였지만, 엄마가 나름대로 수집하여 정리를 해 놓은 것 같았다. 한때는 엄마의 소일거리였거나 취미였을 거라고 생각하니 마음 한구석이 아렸다. 대충 뒤적이다가 뚜껑을 닫기 전에 제일 밑바닥에 무엇이 들었는지 일별이라도 하자 싶어 내용물들 아래로 손을 넣었다.

뜻밖에 편지들이 나왔다. 그것도 항공 봉투들이었다. 궁금증이 일었다. 아버지와 외삼촌이 파독 광부로 있던 시절 보내온 것들이려니 했는데, 보낸 이의 이름이 달랐다. 발신지가 프랑스인 것도 있었다. 의외였다.

"기수야, 뭐 하고 있어? 빨리 짐을 싸야지."

"네, 들어갈게요."

안방에서 들려오는 엄마의 소리에 놀라 엉겁결에 편지들만 집어서 허리춤에 숨겼다. 그러고는 박스 뚜껑을 닫고 노끈으로 묶어 콩켸팥켸 쌓인 쓸모없어진 가재도구 속으로 밀어 넣었다.

엄마는 아버지보다 강했다. 실의에 빠져 모든 것에서 손을 놓다시피 한 아버지는 자신의 존재감을 없애버리려는 사람처럼 말이 없어졌고 눈을 감아버렸다.

그런 아버지에게 엄마는 싫은 소리 한마디 하지 않았고, 앞으로 우리들을 어떻게 뒷바라지할 것인가로 고민했다. 큰누나는 오래전부터 제 벌이를 하고 있었고 작은누나도 대학 졸업반이니 큰 걱정은 아니었지만, 문제는 고3인 나와 고1인 기태였다.

우리 식구는 두 번 다시 엄마의 동백 아가씨를 듣지 못했다.

엄마는 이른 아침에 우리 형제의 도시락을 싸자마자 빌딩을 청소하러 나갔다. 나는 아르바이트로 하루 몇 시간만이라도 일하겠다고 말했다가 엄마의 호된 꾸지람을 들었다.

"내일모레가 학력고산데 지금 네가 제정신으로 하는 소리니?"

"그래도 어떻게 나 몰라라 할 수가 있어요? 어차피 지금 공부한다고 해서 성적이 크게 달라지는 것도 아니란 말예요. 그리고 내가 우리 집 장남이잖아요."

"장남 값은 이담에 해도 돼. 아르바이트를 해도 대학 들어가서해. 지금은 우리 집 장남으로서 공부를 해야 할 때고. 지금이라도 영어단어 하나 더 외우고 수학 문제 하나 더 풀면 그게 다 성적을 올리는 거지. 그 아까운 시간에 뭘 하겠다는 거야. 잔말 말고 하던 공부나 더 열심히 하는 게 엄마와 아버지를 돕는 거야, 알겠니?"

답답했다. 방 두 칸짜리 반지하 월세 집에서 여자들과 남자들로 나뉘어 비좁은 방을 사용하는 것도 답답했지만, 책상 앞에 앉아도 머릿속이 잡다한 것으로 꽉 차서 글 한 자 박힐 자리가 없다는 것이 더 답답했다.

가장 답답했던 것은 아버지의 변화였다. 아버지는 자주 말술을 마셨고, 술기운으로 잠들었다. 배가 고프면 부엌에서 김치 쪼가리에다 소주로 허기를 채웠고, 다시 이불에 돌돌 말려 꼼짝도하지 않은 채 시체처럼 잠을 잤다.

아버지를 바라보는 외삼촌도 나 못지않게 답답하고 난감했을 것이다.

"매형, 그렇게 혼자 술 마시는 법이 어딨어요, 나랑 마셔야지. 이건 반칙입니다."

아버지는 술이 깨지 않아 초점 흐린 눈길을 외삼촌의 손등에 걸쳐놓고는 달팽이 뚜껑 덮은 듯 입을 꼭 다물고 고개만 주억거렸다.

"내가 담에 올 때, 그때 같이 마십시다. 그때까지 금주하시고 몸 좀 챙기세요. 지금 매형이 어떤지 아세요? 툭 치면 부러질 마른 수숫대 같다고요."

아버지는 그 말에 희미하게나마 피식 웃었다.

"여기 약을 좀 사다 놨으니까 잊지 말고 꼭 챙겨 드세요."

외삼촌은 다시 홀로서기로 방향전환을 했다. 서둘러 슈퍼를 정리하여 대출금을 갚고, 남은 돈은 옥신각신하던 끝에 엄마의 손에 떠넘겼다.

"말 되는 소리를 해야지. 도대체 그 몸으로 과수원 일을 어떻게 한다고 그래?"

"걱정 말라니까. 이까짓 몸이 대수야? 아픈 데도 없고, 불편한 것도 없어. 이런 몸으로 어디 한두 해 살았나? 아직 한 살이라도 더 젊었을 때 일을 배워야지. 나도 떼돈 좀 벌어봐야 안 되겠어?"

"일도 일 나름이야. 과수원 농사는 아무나 하니?"

"못할 것도 없지. 농사짓는 사람은 뭐 따로 태어나나? 다 눈으로 보고 배워서 하는 거지. 나도 그렇게 할 테니까 걱정 마쇼."

"그래도……"

엄마는 말끝을 흐렸다. 외삼촌의 고집을 꺾을 수 있는 사람은 이 세상에 아무도 없다는 것을 알기 때문이었고, 지금 그를 붙잡는다고 해서 뚜렷한 대책이 있는 것도 아님을 알았다.

"어이, 김기수."

깜짝 놀랐다. 외삼촌이 내 이름을 불렀다. 그의 입에서 내 이름이 고스란히 다 불리기는 처음이었다. 그에게 나는 늘 '야 인마'나 '너' 또는 '어이'로 통했고, 그보다는 호칭도 없이 바로 본론으로 들어가기가 다반사였다. 아무리 하늘이 무너지고 억장이 무너지는 일을 겪었기로서니 외삼촌의 변화는 나를 충분히 당황시켰다. 대답도 못하고 우물쭈물 망설이자 그가 내 어깨를 툭 치며 말했다.

"기수야, 이제부터는 네가 이 집안의 가장이야. 알겠냐?"

나는 대답 대신 고개만 살짝 끄덕였다.

"사내 녀석이 왜 그렇게 박력이 없어, 큰 소리로 대답해야지."

"네, 잘 알고 있어요."

"학력고사 시험이 코앞이다. 그러니 딴생각 말고 지금은 공부만 해. 시험 봐서 대학에 들어가야지. 그런 다음에 집안을 다시 일으켜 세우는 거야. 시간이야 좀 걸리겠지만, 마음먹고 달려들면 못할 일도 없어. 내가 전에도 말했지, 신념이 중요한 거라고. 반드시 행동이 뒤따르는 그런 신념을 가지란 말이야. 세상에서 가장 믿어야 하는 건 바로 너 자신이야. 알아들었냐?"

"네, 알아들었어요. 잘 할게요."

"김기수, 너만 믿는다."

"네, 잘 할게요."

자신이 없었다. 억지로 짜낸 다짐의 말 외에 내가 할 수 있는 대답은 없었다.

"이건 너한테 미리 주는 졸업 선물이야. 졸업식 날 주려고 미리 사다 뒀는데, 아마도 그날 내가 참석하기 어려울 것 같아서 주는 거니까 지금 풀어보지 말고 졸업식 날 봐라."

외삼촌은 크기는 작았지만 포장에 정성을 들인 케이스를 내밀었다. 나는 그것을 받으며 어리석은 질문을 하고 말았다.

"이게 뭔데요?"

"야 인마, 그걸 지금 물어보면 내가 가르쳐주냐? 궁금해도 꾹 참았다가 졸업식 날 풀어보라고 했잖아. 내가 너의 인내심을 테스트하는 거니까 두고 보겠어!"

외삼촌은 다시 내 이름을 '야 인마'로 되돌려버렸다. 그러고는 노루 꼬리만 한 겨울 해가 지기 전에 잘 굽혀지지도 펴지지도 않는 무릎을 세우고 집을 나갔다. 고흥에서 제법 큰 규모로 과수원 농사를 짓는 친구의 집에서 일을 배우고 돈을 벌겠다면서.

나의 학력고사 점수는 그저 그랬다. 예상 점수를 크게 벗어나지는 않았어도 엄마가 지망하는 대학의 경제학과를 가기에는 불안했다. 눈높이를 낮춘다면 합격할 자신이 있는 대학은 몇 군데 있었다. 그러나 나는 대학에 가고 싶지 않았다. 그래서 엄마가 원하는 대학에 원서를 넣어서 보기 좋게 떨어지기로 결심했다.

그런데 엄마가 오히려 반대를 하고 나섰다. 성적에 맞는 대학을 찾아서 원서를 넣으라고 나를 설득시키는 게 아닌가. 나는 엄마를 이기고 싶은 생각이 전혀 없었다. 그래 본 적도 없었으니까.

시험을 보고 난 뒤 나의 시간은 주체할 수 없을 만큼 널널했다. 남은 것은 합격자 발표와 졸업밖에 없으니 학교에서도 구태여 학생들을 잡아두지 않았다. 대학 입학 때까지만 아르바이트를 하기로 엄마에게 허락받았다. 편의점에서 하루 여섯 시간을 일했다. 그래도 시간이 남아돌았다.

그러던 어느 날, 새까맣게 잊고 있었던 프랑스발 국제 편지가 떠올랐다. 엄마 눈에 띄지 않게 참고서와 교과서 사이사이에 하나씩 끼워뒀었는데, 모두 그대로 있었다. 엄마와 나 사이에 두 번째 비밀이 생겼다.

편지를 읽고 또 읽고 다시 읽었다. 그리고 몰래 울었다.

엄마는 동백 아가씨를 멀리 유배 보냈지만, 나는 드문드문 허밍으로 노래를 불렀다. 물론 혼자 있을 때만 흥얼거렸다. 정확하게 언제부터 왜 부르기 시작했는지는 기억에 없다. 그러나 내 유년기 시절에 가장 먼저 머리에 입력되었던 노래였기에 자연스레 흘러나온 것이 아닌가 싶다.

외삼촌이 거나하게 술이 오른 날이면 불러 젖히던 〈시냇물〉을 나도 부르기 시작했다.

그는 나를 낳은 아버지였다.

13.

나는 엄마의 우는 모습을 처음 봤다.

설마 단 한 번도 울지 않았을까만, 내 기억 속에 엄마의 눈물은 없었다. 오래전 이산가족 찾기 방송을 볼 때도 몇 번 코만 훌쩍거렸을 뿐인 엄마는 우리 식구 중에서 가장 강한 사람이었다. 아버지가 사기를 당해 전 재산을 탕진했을 때도 엄마는 눈물을 보이지 않았다. 오히려 목에 힘을 잔뜩 넣고 고개를 들었다. 그 모습이 우는 것보다 더 힘들어 보였다.

넝마가 되어버린 교복에 하얀 밀가루를 유령처럼 뒤집어쓴 졸업식 날, 엄마는 손수건으로 연방 눈자위를 누르며 미안하다는 말을 수없이 했다.

대학 진학을 포기했다. 내 성적은 중위권을 맴맴 돌다가 가뭄에 콩 나듯이 어쩌다 상위권으로 진입은 했지만, 그 횟수는 별로 많지 않았다. 점수에 맞춰 서울 사대문 안에 있는 별 인기 없는

4년제 사립대학에 합격했으나 그 학비를 댈 능력이 우리 집에는 남아 있지 않았다. 입학금은 그럭저럭 맞출 수 있었지만, 대학 입학을 했다 해서 한 학기 마치면 그다음은 또 넘어야 할 산이 버티고 있을 터, 그때마다 엄마의 눈물을 보게 될 것이 뻔했다. 그것만큼은 피하고 싶었다. 대신 나는 엄마에게 내 힘으로 돈을 번 뒤 대학에 가겠노라 약속했다.

한 가지 가슴 뭉클한 일도 있었다. 그것은 외삼촌이 나에게 멋진 파카만년필을 졸업 선물로 준 것이다. 대학 진학을 포기한 나에게 그 만년필의 필요성이 얼마나 될지는 몰라도 어쨌든 나는 짧은 순간이나마 진심으로 감격했다.

밀가루를 대충 털어내고 엄마와 나는 한참을 말없이 걷다가 중화반점으로 들어갔다. 학교 근처 중국 요릿집들은 초만원이었기에 우리는 집 방향으로 꽤나 걸어야 했다. 졸업식 날 마지막 행사는 대부분 자장면이나 돈가스로 막을 내렸다. 일반인들은 중화반점으로, 돈이 좀 있는 사람들은 분위기 좋은 레스토랑으로. 아무것도 없는 녀석들은 저들끼리 모여 명동이나 영등포로 나갔다. 몸에 받지도 않는 강소주에 담배를 꼬나문 채 더도 덜도 말고 꼭 저들 같은 여자들을 꾀었다.

엄마와 나는 남들처럼 자장면과 탕수육을 시켰다. 엄마의 비상금이 죄다 털려 나왔다. 그러나 모른 척했다. 그것이 엄마에 대한 예의라는 것을 알았기에 곱빼기 자장면은 양파 하나 남기지 않았으며 탕수육은 달짝지근한 소스 한 방울 남김없이 핥아

먹었다. 그날 저녁 더부룩한 나의 위는 그것들을 삭히느라 트림을 얼마나 해댔는지 모른다.

작은누나는 큰누나를 제치고 대학교 2학년 때 미팅에서 답삭물었던 남자에게로 시집갔다. 엄마의 기대를 저버리고 그 남자는 방송국 앵커가 아니라 제약회사의 홍보과 직원이 되어 있었다. 혹시라도 집안의 몰락으로 그 남자를 잃을까 봐 작은누나는 대학을 졸업하기도 전에 임신했고 서서히 배가 불러오자 이실직고하고 서둘러 엄동설한에 결혼식을 올렸다.

보스니아에서 전쟁이 터지고 신행주대교가 내려앉았다. 황영조 선수가 바르셀로나 올림픽에서 마라톤으로 금메달을 딸 때 나는 자장면을 배달하고, 호프집에서 설거지를 했으며, 야간에는 편의점에서 일했다. 다미선교회라는 듣도 보도 못한 신흥 사이비 종교는 10월 28일이 지구의 종말이라고 외쳤다. 그러고는 천국 가고 싶어 발악하던 신도들의 재산을 싹쓸이했건만 정작 그날은 다른 때보다 평온하게 지나갔다.

지구 여기저기서 전쟁이 발발하고 구소련의 영향권에 있던 동유럽 국가들의 공산정권이 붕괴되기 시작했다. 우리나라는 큰 사건 없이 연말까지 비교적 조용했고, 민주자유당에서 새 대통령이 당선되었다.

일 년이라는 시간이 말 그대로 쏜 화살처럼 지나갔다. 과녁은 없었다. 우리 집안은 여러 가지로 어수선한 해였다. 나는 고등학교를 졸업하고 입영통지서를 받을 때까지 제법 길어진 머리카락을 바람에 날리며 마이클 잭슨과 서태지와 아이들의 리듬에 맞춰 스쿠터를 몰았다.

해가 바뀌자 문민정부가 시작되고 한 달여 만에 열차가 전복되는 인명사고가 발생했다. 이어서 아시아나 항공기가 추락하여 63명이 사망했다. 프랑스령 기아나 쿠루 우주기지에서 '우리별 2호'가 발사 성공을 거두었다는 뉴스를 흘려들었다. 기니도 아니고 가나도 아니고 기아나라니, 그런 나라가 어디쯤에 붙어 있는지도 몰랐지만, 훗날 나와 깊은 연관이 있는 나라가 될 줄은 더더군다나 알지 못했다.

가을이 저 홀로 익어가던 날, 입영통지서가 날아들었다. 나라의 부름을 거역할 용기가 없었다. 아등바등 살기에도 시간이 모자라고 힘든 판국이었지만 병역의 의무를 피할 수는 없는 노릇이었다. 미꾸라지보다 더 매끄럽게 빠져나가는 것도 힘 있는 자들에게만 허락된 특권이었다. 믿던 친구에게 사기를 당한 아버지는 반지하 월세방 구석 자리에서 누에고치처럼 이불에 몸을 돌돌 말고는 점점 무기력해져 갔다.

아버지를 대신하여 엄마는 빌딩 청소부로, 파출부로 나섰다. 큰누나는 직장 다니면서 들었던 적금을 집안이 무너져도 깨지 않더니 만기가 되자 목돈을 찾아서는 질세라 작은누나 뒤를 따라 거래처 남자에게 시집을 가버렸다. 엄마는 이래저래 도움이 못될 바에는 입이라도 하나 덜어내는 것이 낫다고 했고, 둘 다

연애결혼이라 다행이라고 말했다. 큰누나까지 떠나자 집안이 퍽 단출해진 느낌이 들었다.

기태는 공부를 잘했다. 고3이 된 뒤로는 전교 5등 밖으로 밀려난 적이 없었다. 전교 1등도 두세 차례 했으니 그런 녀석에게 대학 진학을 포기시킨다는 것은 가문의 영광을 포기한다는 뜻이며 하늘도 용서하지 못할 죄였다.

이왕 병역의 의무를 짊어질 바에는 돈을 벌면서 하는 편이 나았다. 나는 특전사에 지원하기로 결심하고 모든 아르바이트를 마무리 지었다.

외삼촌은 추석과 구정이면 역귀성으로 서울에 올라왔다. 추석이 대전엑스포와 맞물려 있는 바람에 고속도로에서 시간을 너무 허비했다고 집에 오자마자 불만부터 쏟아냈다. 그나마 역귀성이었기에 망정이지 서울에서 부산까지는 열다섯 시간이 넘게 걸렸다. 과수원 일에 재미를 붙인 외삼촌은 그사이 몸이 제법 다부져 보였다. 세상 돌아가는 이야기가 우리 집에서는 마치 금기 사항인 양 사흘 동안 외삼촌은 과수원 이야기만 했다. 그는 내가 특전사에 지원한 것을 축하하며 응원해주었다.

나는 4년 8개월간 특전사로 복무했다. 하루는 느려 터지게 지나가지만 한 묶음의 4년 8개월은 후딱 지나갔다. 시간의 길이에도 원근법이 적용되었다.

입대 이듬해 여름은 무지무지 더웠다. 대한민국 건국 이래 최고로 덥다며 다들 난리였다. 하긴 나도 쪄 죽는 게 아닐까 겁이 났었다. 그 정도로 빡세게 훈련을 받았다.

군 생활은 절대 녹록지가 않았다. 구역질을 참아가며 똥 먹는 시늉을 해야 했고, 남들처럼 얻어맞고, 남들처럼 기고, 남들처럼 계급을 달았다. 그러다가 남들이 했던 것처럼 나도 때리고, 남들이 했던 것처럼 기게 만들었다. 그리고 똥 대신 치약을 먹었다. 신병 시절 우리들 앞에서 고참병은 자신의 허벅지를 담뱃불로 지지는 객기를 부렸다. 자신의 손등뼈가 부러질 정도로 신병들의 배와 턱주가리를 갈겼다. 나중에 내 밑으로도 신병들이 꽤 들어왔지만 나는 내 몸이 상하는 짓은 하지 않았다. 군 생활이라는 것이 다 그랬고, 악순환도 세상의 이치가 되어갔다.

차곡차곡 들어오는 월급은 전부 엄마에게 보냈고, 그리 많은 액수는 아니었지만 기태의 대학교 등록금에 적잖은 보탬이 되었다. 아마 일부는 아버지의 소줏값으로 들어갔을 거다. 나는 부족한 실력으로 엄마의 기대를 저버렸지만, 동생은 외삼촌이 다니던 대학에 합격하는 것으로 엄마의 노고에 보답했다.

남아프리카 공화국에서는 넬슨 만델라가 첫 흑인 대통령으로 취임했고, 콜롬비아의 축구 선수는 자책골을 넣었다고 해서 괴한에게 총을 맞고 죽었다. 지존파라는 이름에 걸맞지 않은 녀석들이 연쇄살인을 저지르고 체포되었다가 이듬해에 사형을 선고받고 지구를 떠났다. 성수대교가 무너지고 도시가스가 폭발하고, 일본에서는 고베 대지진으로 많은 사람들이 죽고 다쳤다. 어디에도 기생하는 사이비 종교는 일본에서도 예외가 아니어서 옴

진리교라는 신생 교파에 의해 도쿄 지하철에서 사린가스가 살포되어 이 또한 사람들의 생명을 앗아갔다.

우리나라 서해에서는 어선이 납치당하는가 하면, 삼풍백화점이 붕괴되어 또 엄청난 인명피해와 재산피해를 입었다. 그리고 국제적으로 쪽팔리게 전직 대통령 두 사람이 구속수감되었다.

해가 바뀌면 사건 사고가 모양만 바꾸어 여기저기서 툭툭 불거져 나왔다. 복제 양 돌리의 생일이 7월 5일이 되었고, 지존파가 사라진 자리에 막가파가 들어앉아서 못된 짓을 하다가 잡혔다. 영국의 왕세자 부부가 이혼을 했다는 소식이 있고 일 년 뒤 다이애나 전 황태자비는 교통사고로 세상을 떠났다. 우리나라는 IMF에 구제금융을 요청했고, 기업들은 줄줄이 도산했다. 이것은 최악의 소식이었다.

기업은 망해도 기업주는 제 밥그릇을 튼튼하게 챙겼다. 대신 대다수의 국민들은 허리띠를 졸라매고 자발적으로 금을 내놓았으며 재미교포들은 모국에 달러 보내기 운동을 했다. 반란과 내란수괴죄 등으로 각각 사형과 무기징역을 선고받은 두 전직 대통령이 특별사면복권으로 석방되었다.

햇볕정책을 표방한 대통령이 취임했다. 바야흐로 문민정부가 순탄하게 계주봉을 이어 나갔다. 반면 경제는 꽁꽁 얼어서 언제 해동될지 예측하기 어려웠다.

초여름, 기업들이 줄도산, 줄파산하는 와중에 나는 특전사를 제대했다. 운이 좋게도 제대하고 오래지 않아 공항 특수경비원 자리를 얻었다. 특수경비원이라는 직업은 제법 거창하고 묵직해 보이지만 실제로는 그다지 할 일이 많지 않았다. 집안을 다시 일으켜 세우기에는 월급도 시원찮았다.

사회 일원이 되어 받은 첫 월급으로 나는 부모님께 내의를 사 드렸다. 속옷가게를 세 군데나 전전한 끝에 겨우 내의를 살 수 있었다. 멋쩍게도 삼복더위라 내의를 내미는 나의 손에 땀이 배었지만, 두 분은 신줏단지처럼 잘 보관하셨다가 겨울이 오면 따뜻하게 입겠다고 했다.

엄마는 그때까지도 내가 다시 공부해서 대학에 들어가기를 원하는 눈치였으나 나는 추호도 그럴 생각이 없었다.

마침내 금강호가 출항했다.

산수화로만 보고 노래로만 듣던 금강산을 갈 수 있게 되었다. 민족의 정기가 어린 산, 사계절마다 금강, 봉래, 풍악, 개골이라는 각각의 이름을 가지고 있는 산, 금강산을 관광할 수 있는 뱃길이 열렸다니 오래 살고 볼 일이었다. 나도 얼른 돈을 벌어서 부모님께 금강산 관광 티켓을 선물하고 싶었다. 아버지에게 헤어진 가족을 만나기 전에 우선 북녘땅이라도 밟게 해드리고 싶었다.

특수경비원으로 일한 지 일 년이 채 못 되어 아르바이트하던 시절부터 알고 지내던 선배의 권유로 새로운 일자리를 얻었다. 그다지 내세울 자리는 못되지만 특수경비원의 박봉에 비하면 거의 두 배가 되는 월급은 충분히 매력적이었다.

6월 15일, 서해안 연평도 부근에서 남한의 고속정과 초계함, 북한의 경비정과 어뢰정 간에 총격전이 벌어져 국민들의 간담을 서늘하게 만들었다. 엄마는 저녁을 먹다가 뉴스 속보를 듣고 사레들려 눈물 콧물을 쏟아내더니 두루마리 화장지를 절반이나 없앴다. 대한민국 해군은 NLL을 침범한 북한 해군을 퇴각시키기 위해 반격을 가했다. 우리 군의 피해는 부상자 일곱 명을 내는데에 그쳤지만, 북한은 어뢰정이 침몰하고 경비정이 여러 대 파손되었는가 하면 다수의 사상자까지 발생하는 결과를 가져왔다.

한 달 뒤 탈주범 신창원이 잡혔다. 탈옥한 지 2년여 만에 검거되었는데 그가 당시 입고 있던 알록달록한 쫄티가 유행하는 웃지 못할 일이 벌어졌다. 그 쫄티가 예뻐서라기보다는 사람들의 가슴에 좀처럼 해소되지 않는 사회적 스트레스가 인플루엔자처럼 퍼져나간 까닭인 것 같았다.

특수경비원에서 개인 경호원으로 갈아탄 일자리는 결코 수월하지 않았다. 일의 경중은 누구를 경호하느냐에 달려 있었는데, 내가 경호하는 사람은 지하경제계의 보스였다. 나는 그를 회장님이라 불렀다. 말이 좋아 지하경제계지 실제는 사채와 유흥업소를 주무르는 암흑가라고 하는 것이 더 정확했다.

보스의 정확한 나이는 모르겠다만 내 눈에는 그가 육십 대 중반은 됨직했다. 작은 체구에 도수 높은 안경을 쓴 보스는 소위 주먹이라고 하는 건달들을 곁에 두고 싶어 하지 않았다. 모양새가 빠진다는 것도 이유였지만 사채업, 즉 지하금융계에서 지상 금융계로 탈바꿈하여 신분을 격상시키고 싶은 강한 욕망이 주된 이유였다.

욕망이 강하면 사람의 외모와 행동거지까지 변화시킬 수 있나 보다. 그런 면에서 보스는 성공한 케이스였다. 처음 보스를 소개 받았을 때, 나는 그가 중견 기업체의 사장 정도는 되겠거니 생각 했다. 보스를 따라다니는 전설에 의하면, 그도 한때는 시라소니 뺨치게 날렵했고 이소룡을 능가할 정도로 무예가 뛰어났다고 하 는데, 어디까지나 그것은 전설이기에 내가 확인할 길은 없었다.

보스에게는 어느 모로 보나 그를 닮지 않은 아들이 하나 있었 다. 그림자까지도 건달의 조건을 골고루 갖춘 아들은 보스가 운 영하는 몇 개의 유흥업소를 관리했다. 보스의 아들을 그림자처 럼 따라다니는 똘마니들도 하나같이 제 주인을 닮아 있었다.

보스는 아들을 탐탁지 않게 여겼다. 머리가 나쁘다는 것이 첫 째 이유였고, 자신을 전혀 닮지 않았다는 것이 둘째 이유였다. 보스는 살찐 사람을 싫어했는데, 그의 아들은 그 조건에서도 보 스를 만족시키지 못했다. 무슨 이유에선지 보스에게는 아내가 없었다. 반면 아들에게는 진한 화장품과 향수 냄새를 풍기는 여 자가 많았다. 특히 그 점이 보스의 인상을 구기게 만들었다.

이러나저러나 나와는 하등 상관없는 것들이라 신경을 끄고 싶 었지만 갈수록 신경 쓰이는 일들이 생겨났다. 보스의 눈 밖에 난 아들은 보스의 그림자 같은 나를 눈엣가시처럼 여겼다. 마주칠

때마다 내 어깨를 고의로 부딪치고는 쌍심지 켠 눈으로 노려보
며 쌍스러운 욕을 뱉어댔다.

"야 이 씨발놈아, 눈깔은 얻다 두고 다니는 거야?"

늘 듣는 레퍼토리였다. 다음은 똘마니들의 액션이 나왔다. 제
주인을 제치고 두어 녀석이 험악한 낯바닥을 내 앞에 들이밀었
다. 그러면 아들은 두리뭉실한 팔을 뻗어 수족들을 너그럽게 제
지했다.

"어쭈, 쳐다보면 어쩔 건데? 씨발, 눈깔에 힘 안 빼? 눈깔 먹
물을 좌아악 빼줘?"

"죄송합니다."

"씨발, 사내새끼가 키만 커가지고⋯⋯"

씨발, 그 욕을 들을 때마다 나는 외삼촌 생각이 났다. 외삼촌 생
각을 하면 우울해지고, 우울한 모습을 들키지 않으려고 내가 고개
를 숙이면 보스의 아들은 그 작은 행동을 항복으로 오인하고는 내
어깨를 툭 친 뒤 한마디 찍 내뱉으며 건들건들 사라져줬다.

"피 안 보려면 적당히 길 줄도 알아야지."

1대1로 붙으면 10초 안에 먹물 뺀 오징어처럼 쭉 뻗게 만들 자
신이 있었지만, 그는 보스의 아들이었다. 그리고 6대1로 붙어서
좋은 결과가 나올 거라는 보장도 없었다.

개인 경호원이 되었을 때 보스로부터 휴대폰을 받았다. 날아갈
듯이 기뻤지만 내색은 안 했다. 가지고 싶었으나 내 생활수준으로
는 워낙 고가의 물건이라 군침만 삼켰지 엄두를 내지 못했던 것이

다. 난생처음 가져보는 휴대폰의 촉감이 묵직하니 좋았다. 허리춤에 차고 다니던 무선호출기 삐삐가 가소롭게 느껴졌다.

늘 골골거리고 비실대던 기태는 병역이 면제되거나 단기사병으로 빠질 줄 알았었는데 육군 만기제대를 하고 3학년으로 복학했다. 엄마의 고생을 그 시간만큼 줄여보겠다는 것이 군 입대를 선택했던 이유였다. 나는 막내아들의 마음을 돌리려 엄마가 당연히 말릴 거라 생각했는데 반전이 일어났다. 엄마는 기특하다고, 가서 잘 하고 오라고, 건강해져서 오라고, 막내아들의 등을 두드려주었다. 은근히 깡다구가 센 녀석이라는 것은 익히 알았지만, 육군에 자원입대하여 당당한 대한의 건아임을 증명해 보일 줄은 진짜 예상 못했다.

세계는 새천년을 맞이할 준비로 분주했다.

1999년과 2000년의 차이가 뭔지 한참을 생각했다. 2000년이 되면 뭔가 흥미진진한 일이 생기는 것처럼 어수선한 분위기가 연출되었다. 한쪽에서는 세기말에 뒤따르는 대중적인 미신과 심리적 불안감을 빌미로 종말론적 그림자들이 우후죽순처럼 솟아올랐다. 그래 봤자 예정된 종말론은 늘 연기되기 마련인 것을.

도대체 밀레니엄이 뭐기에 사람들을 들뜨게 만드는 것일까. 밀레니엄이 아니더라도 세계는 무수한 격변을 경험했고, 새천년이 되어도 반복될 것이라는 걸 모르는 사람이 없을 텐데.

새천년의 시작이 2000년부터인가 2001년부터인가를 놓고 천문학자와 과학자는 자신들의 주장이 옳다고 우겨댔다. 컴퓨터가 마지막 두 자리 숫자를 인식하지 못해 오류가 발생하면 대혼란이 야기될 수도 있다는 예상은 시시하게 넘어갔다.

천문학에도 과학에도 별 관심이 없는 나는 밀레니엄에 대한 결론을 내렸다. 그것은 숫자의 차이일 뿐이다. 달력을 넘기는 것이 뭐가 그렇게 대단한 일이라고 호들갑을 떠는지 이해하기 어려웠다. 새천년이 오는 것을 계기로 새로운 목표를 세우고 새롭게 결심을 다지는 사람들이 있는가 하면, 나처럼 숫자만 달라질 뿐이라고 생각하는 사람도 있는 것이다. 그렇게 2000년은 조용히 왔고 평범하게 시작되었다.

그랬다. 나에게는 원대한 꿈도 껑충껑충 뛰어오르고 싶은 뚜렷한 목표도 없었다고 해야 할 것이다. 엄마의 착한 아들로, 무너져 내린 아버지를 대신하여 집안의 가장으로 살아가는 것이 무엇보다 중요했다. 그러기 위해서 그때그때 내게 주어지는 일에 최선을 다하면 된다고 생각했다. 신념이란 이런 거라고 여겼다.

아버지는 내가 특전사를 제대할 무렵 폐결핵을 앓고 마산 국립요양소에 입원했다가 다행히 일상생활로 복귀해도 좋을 만큼 호전되어 작년부터 집에서 안정을 취하고 있었다. 술을 끊었다는 것이 가족에게는 무엇보다 큰 선물이었다.

남한과 북한이 8·15 이산가족 방문단 명단을 주고받았지만 거기에 아버지의 이름은 올라가지 못했다. 자신의 몸도 추스르기 힘들어 거기까지 신경 쓸 여력이 없었던 아버지는 다음을 기약했다. 그러나 아버지에게 다음이라는 기회는 없었다. 이북에 있는 가족들의 생사 확인이 불가하다는 통보를 받았다.

제27회 시드니올림픽에서 여자 양궁은 금, 은, 동메달을 싹쓸이하는 쾌거를 올렸고, 펜싱 남자 플뢰레 개인전에서 아시아 남자로서는 최초로 올림픽에서 금메달을 획득했다. 대한민국은 4년 전 미국 애틀랜타에서 열렸던 올림픽보다 2단계 떨어진 종합 12위였다. 88서울올림픽 때는 자국 개최라는 이점을 감안하더라도 종합 4위라는 대단한 기록을 올렸다. 게다가 1992년 바르셀로나 올림픽에서는 7위라는 성적을 냈다. 점점 성적이 떨어지고 있는 이유에 대하여 의견들이 분분했다. 체력은 국력이라는 말이 있지만 반드시 그런 것도 아니라는 생각이 들었다.

대한민국에서 최초의 노벨상 수상자가 나왔고, 김대중 대통령이 노벨평화상의 주인공이 되었다.

14.

변화, 그것도 인생의 각도를 많이 비틀어버리는 대변화는 예기치 않은 순간에 찾아온다.

그 무렵 엄마는 아침부터 낮까지 빌딩을 청소했고, 저녁에는 돼지갈비 식당의 주방에서 보조로 일했다. 저녁 일은 못하게 말려도 기태의 학비는 엄마가 벌어서 댈 거라며 고집을 꺾지 않았다. 엄마는 내 월급에서 극히 일부만 생활비로 떼어내고 나머지는 내 명의로 된 적금을 부었다. 아들이 고생해서 번 돈을 허투루 쓸 수 없다고 했다.

"자 봐라, 이게 네 적금 통장이야."

엄마가 내민 통장은 두 개였다. 하나는 공항의 특수경비원으로 취직한 둘째 달부터 넣기 시작했고, 다른 하나는 최초 납입일이 일 년 전으로 되어 있었다. 나는 통장들을 엄마에게 되돌려주며 말했다.

"엄마, 고마워요. 근데 생활비 아껴가면서 무리하게 두 개씩 들 필요가 있겠어요?"

"맨 처음에는 네 월급에 맞춰 넣다 보니 액수가 적더라고. 직장을 옮기고 나서는 급여도 괜찮으니까 조금 큰 걸로 다시 하나 더 들었던 거야."

"그래도 월세에 아버지 약값이며 기태 등록금에다가 생활비가 만만찮게 드는데 적금 두 개는 좀 그렇잖아요. 엄마가 너무 힘들게 일하는 것도 마음이 안 좋고요."

"그런 걱정은 하지 마. 아직은 할 만하니까 하는 거고. 힘들면 내가 하겠니?"

아무리 힘들어도 내색하지 않을 엄마에게서 무슨 말을 듣겠는가. 그래도 내 마음은 그게 아니었다. 아침부터 밤까지 두 가지 일을 해낸다는 것은 젊은 사람에게도 힘에 부친다. 탄 고기가 눌어붙은 불판을 닦는 건 거의 중노동이었다.

"그래도…… 그럼 두 개를 하나로 묶어서 조금 줄이면 어떨까요?"

"너도 참, 말이 되는 소리를 해라. 그러려면 둘 다 해약하고 다시 들어야 되는데, 지금까지 넣은 이자는 다 날아가는 거야."

"그럼 엄마가 알아서 하세요. 목돈이 마련되면 월세에서 전세로 바꾸면 되겠네요."

"아서라, 이 돈은 너 장가갈 때 쓸 거야."

"장가는 무슨…… 아직 그럴 생각 없어요. 관심도 없고."

"애가 무슨 소릴 그렇게 해? 좋은 여자 만나서 결혼도 하고 자식도 낳고, 그렇게 네 가정을 꾸리면서 살아야지. 자식이 짝 맞춰 예쁘게 사는 거 보는 게 부모의 낙이야."

대꾸할 말을 못 찾고 나는 꿀 먹은 벙어리가 되었다. 만나는 여자도 없을뿐더러 결혼을 생각해본 적도 없었다.

여태껏 여자가 없었던 것은 아니다. 군 입대에 앞서 어영부영 만나던 친구들은 내게 잘 마시지도 못하는 술을 권했고, 그 기운을 빌려 총각 딱지를 떼라며 창녀촌 허름한 방으로 나를 떠밀었다. 그러나 내가 총각 딱지를 뗀 것은 그로부터 여러 해가 지난 뒤였다. 제법 늦은 축에 속했다. 친구 중에 하나는 고2 시절에 옆집 유부녀에게 동정을 잃은 녀석도 있었다.

공항경비원으로 일할 때 함께 조를 이룬 동료의 소개로 나는 여자를 만났다. 백화점 의류 코너에서 근무하는 예쁘장하고 쾌활한 그녀와 몇 차례의 만남이 있은 후, 나는 그녀의 손에 이끌려 모텔로 들어갔다. 그날 이후 여자는 나를 떠났다. 어수룩했던 내가 그녀를 만족시켜주지 못했다는 말도 안 되는 이유 때문이었다. 특전사 시절에 내무반을 굴러다니던 잡지나 만화책에서 본 성행위를 흉내 내봤지만 이론과 실전은 많은 차이가 있었다. 기분이 더러웠다.

근검절약과 성실이 내 신조였고, 거기에다 조금 더 보태서 오는 사람 안 막고 가는 사람 안 잡는 것이 인간관계에 대한 내 철학이었다. 그렇지만 오는 사람 적당히 막고 가는 사람 살짝 잡는 센스가 있어야 세상을 비교적 순탄하게 사는 건지도 몰랐다.

여자에게 차인 뒤로도 가벼운 만남으로 시작해서 가볍게 헤어지는 몇몇의 그저 그렇고 그런 사귐은 있었다. 친분을 쌓을 새도 없이 여자들은 나의 경제력과 가정환경을 가늠했다. 나에게 부양해야 할 가족이 있다는 사실을 안 그녀들은 하나같이 내 곁에 머물기를 원하지 않았다. 한마디로 나는 여자 복이 없는 놈이었다. 보스의 아들이 거느리고 있는 호스티스들의 유혹을 받은 적이 있으나 거기는 내 영역이 아니라는 것을 잘 알았다.

9·11테러로 뉴욕 맨해튼에 있는 세계무역센터가 무너져 내렸다. 우리 집에서는 엄마의 사고 소식이 가족에게 또 다른 붕괴를 예고했다.

아버지와 외삼촌이 사기를 당하여 전 재산을 날려버린 사건보다 훨씬 충격이 컸다. 재산을 잃었을 때는 막막하고 암울했지만 건강한 몸으로 부지런히 일해서 다시 일어설 희망은 있었다. 재물을 잃는 것과 달리 건강을 잃는 것은 비교할 수 없을 만큼 절망적이었다.

돼지갈비 식당에서 일을 마친 늦은 밤, 집으로 돌아오던 엄마는 횡단보도를 건너던 도중에 뺑소니 교통사고를 당했다. 엄마는 뇌를 크게 다쳐 수술을 했는데도 불구하고 의식불명 상태로 중환자실에서 온갖 기계들과 연결 튜브에 의존하여 겨우 생명을 유지했다. 캐스터에 주렁주렁 매달린 링거병들까지 더해 엄마는 마치 거대한 기계의 일부처럼 보였다. 엄마는 남들이 말하는 소위 식물인간이 되어버린 것이다.

엄마가 부어주던 적금을 깼지만 수술비와 불어나는 병원비에는 역부족이었다. 외삼촌도 돈을 보내왔고, 대학원을 다니던 기태도 휴학을 하고 입시 학원에서 학생들을 가르쳤다.

아버지는 엄마가 뺑소니 사고를 당하자 엄청난 양의 눈물을 쏟아낸 뒤 정신을 차렸다. 엄마가 소속되어 있던 용역회사의 사장이 처지를 딱하게 여겨 아버지의 일자리를 알선해주었고, 아버지는 아파트 경비원이 되었다.

해가 바뀌어도 엄마는 병실 이동을 못한 채 중환자실의 산소호흡기에 의존했다.

성인 남자 셋이 지내는 방 두 칸짜리 월세 집은 허허벌판이었고 깊이를 가늠할 수 없는 수렁이었다. 엄마의 부재가 한 가정에 얼마나 큰 구멍을 낼 수 있는지를 제대로 깨달았다.

병원비가 눈덩이처럼 쌓여만 가자 마침내 나는 고개를 들지 못하고 보스 앞에 섰다.

"한 번만 도와주십시오. 그 은혜 절대 잊지 않겠습니다."

보스는 조각이 유려한 마호가니 책상 너머에 앉아 말없이 쿠바산 시가를 빨아댈 뿐이었다. 시가가 절반가량 줄어들었고 내 이마에 땀이 맺힐 때쯤 그가 입을 열었다.

"정확하게 얼마야?"

"앞으로 얼마가 더 들지는 잘 모르겠지만……"

"대충 어림잡아서 말해봐. 그래야 나도 계산을 하지."

"아마도 이천, 아니 삼천은 있어야…… 어쩌면 그보다 더……"

"이 친구 보기보다 패기가 없군. 쯧쯧쯧."

혀를 차는 보스에게 나는 '죄송합니다.'라는 말과 함께 허리를 절반으로 꺾었다.

"자네 모친이 언제 깨어날지도 모르는데, 병원비가 만만치 않을걸. 그것도 중환자실이라면 더 말할 것도 없지."

"회장님, 한 번만 살려주십시오."

"번호 불러줄 테니까 금고 열어봐라."

나는 너무 놀라 꺾었던 허리를 곧추세우고 보스를 쳐다봤다. 보스는 그답지 않게 빙그레 미소를 지었다. 그가 나를 놀리는 거라고 생각했다.

"이 년 동안 자네를 지켜보면서 느낀 건 딱 하나야. 고작 이 년밖에 안 됐는데 말이지. 그게 뭐라고 생각하나?"

"그건…… 잘 모르겠습니다."

"내 사람으로 키울 수 있겠구나, 그거지."

"감사합니다. 충성을 다하겠습니다."

내 입에서 충성이란 말이 튀어나왔다. 내가 어렸을 때 외삼촌이 했던 말이 떠올랐다. 그는 몸과 마음을 바쳐 충성을 해야 하는 대상은 바로 너 자신이라고 말했었다.

"내가 일억을 주지. 대신 그건 급료를 앞당겨 주는 가불이야."

일억이라니! 내 눈알이 튀어나가는 줄 알았다.

"감사합니다. 이 은혜 반드시 잊지 않겠습니다."

나는 바닥에 넙죽 엎드려 절했다.

"은혜랄 것까지야 없지. 말 그대로 가불이니까. 대신 기간은 정하지 않겠어. 자네가 일을 잘 하면 일 년이고, 못하면 지금 받는 급료를 고스란히 계산해서 기간이 늘어날 수도 있어."

보스는 세상을 독하게 살아온 사람이었다.

헤아릴 수 없을 만큼 많은 사람들의 눈에 피눈물을 흘리게 했고, 멀쩡한 사람을 반병신 만들었으며 자신의 영달을 위해 정치 자금이라는 명목으로 부정부패에 앞장섰다. 그러나 나에게는 둘도 없는 호인이 되어 거금을 선뜻 내놓았다.

그날 이후, 나는 사무실 금고의 육중한 문을 열고 닫았다. 보스의 명령이었다. 그것은 그가 나를 계속 주시하고 있다는 의미였다. 나는 나에게 충성하는 대신 그에게 헌신을 다하리라 매번 각오를 다졌다. 돈의 위력은 대단했다.

봄은 희망적으로 다가왔다.

엄마의 손가락 관절들이 미세하게나마 반응을 보였다고 담당 간호사가 전해주었다. 내 눈으로 확인하고 싶었지만 엄마는 나에게 확인시켜줄 준비가 되어 있지 않은 것 같았다. 엄마는 여전히 의료장비들과 복잡한 튜브와 캐스터에 매달린 링거액들 그리고 소독약 냄새와 혼연일체가 되어 미동도 없이 누워만 있었다.

어느 날 엄마가 언제 그랬냐는 듯 감은 눈을 번쩍 떠주기만 한다면, 그동안 사용하지 못했던 힘을 다 들여 내 손이 으스러지도록 잡아주기만 한다면, 나의 남은 목숨과 엄마의 남은 목숨을 바꿀 수도 있었다.

그러나 희망이 절망으로 바뀌는 것은 간밤에 내린 봄비로 동백꽃이 송이째 떨어지는 것과 같았다. 엄마의 사고와 충격에서 벗어나지도 못했는데 천지가 개벽할 일이 또 일어났다.

보스가 죽었다.

내가 보스의 육중한 금고를 열고 닫기 시작한 지 겨우 한 달쯤 되었을 때였다. 사인은 흉기에 의한 과다출혈이었다. 다시 말해 그는 살해당했다. 그리고 가장 불리한 입장에 선 사람은 다름 아닌 나였다. 아닌 밤중에 홍두깨가 따로 없었다. 내가 용의자가 된 것이다.

보스의 시신을 가장 먼저 발견한 사람은 나였다. 출퇴근 시간이 일정한 편은 아니었으나 특별한 일이 생긴 때를 제외하면 대개 오전 여덟 시에 사무실에 도착했고, 저녁 여덟 시에 퇴근했다.

보스는 일요일은 집에서 꼼짝을 하지 않았다. 내가 아는 한 그는 하나님도 부처님도 믿지 않았고, 골프도 치지 않았으며 별다른 취미도 없었다. 일요일의 보스는 어떤 사람인지 나는 전혀 알지 못했다. 운전기사에게서 지나가는 말로 들은 것이 있다면, 보스는 하나뿐인 아들에게서 난 하나뿐인 손녀를 애지중지 보살피고 있다는 거였다.

내가 출근했을 때 보스는 사무실 한중간 바닥에 누워 있었고,

바닥에 깔린 카펫은 주인의 피로 검게 얼룩져 있었다. 금고를 향해 치뜬 보스의 눈과 꽉 다문 입은 사건 당시의 분노가 그대로 굳어 있어 보는 이를 섬뜩하게 만들었다. 보스의 눈이 향하고 있는 검고 속이 깊은 금고는 활짝 열려 있었고, 가지런히 쌓여 있던 수표와 현금들은 증발하고 없었다.

전날 보스는 만날 사람이 있으니 날더러 먼저 퇴근하라고 했다. 좀처럼 없던 일이었다. 그러나 보스의 명령이었으므로 나는 퇴근했고, 버스와 지하철을 갈아타가며 엄마가 입원한 병원으로 가다가 왠지 개운치 못한 기분에 다시 사무실로 발걸음을 돌렸다. 보스의 사무실 문을 노크했더니 인기척이 없었다. 문손잡이도 돌려보았다. 그러고는 문이 잠긴 것을 확인하고 병원으로 되돌아갔다.

그런데 발견된 시신의 사망 추정 시간은 지난밤 여덟 시에서 열 시 사이라고 나왔다.

나는 조사를 받으러 경찰서를 뻔질나게 불려 다니는 신세가 되었다. 금고에는 보스와 나의 지문밖에 없었고, 보스를 저세상으로 보내는 데 사용된 흉기는 발견되지 않았다. 퇴근한 뒤에 다시 돌아와 사무실로 올라가는 나를 목격한 증인이 나타났다. 보스의 5층짜리 건물에는 감시카메라가 없었다. 운이 나쁘게도 그 시간에 나와 마주친 사람은 없었다. 만약 누군가를 만났더라면, 그랬다면 내가 빈손으로 사무실에 올라갔다 내려오는 짧은 시간을 증언해주었겠지만, 애석하게도 나를 목격한 증인은 내가 사무실로 올라가는 것만 보고 내려오는 것은 보지 못했단다. 경찰은 업무상 비밀이라며 증인이 누구인지는 알려주지 않았다.

내가 그날 사무실로 다시 갔을 때, 보스의 차는 건물 입구 주차장에 세워져 있었고, 운전기사가 보이지 않아 근처 식당에서 늦은 저녁을 먹겠거니 생각했었다. 보스도 약속한 사람과 어디서 식사를 하겠거니, 안일하게 생각했던 것이 나의 치명적인 실수였다. 나에게 경호원의 자질이 부족함을 인정할 수밖에 없었다.

나는 형사로부터 거액의 돈이 내 통장에 입금된 사실을 추궁받았다. 엄마의 병원비가 필요해서 보스로부터 가불받았다고 말했지만 형사는 나를 못 믿는 눈치였다. 하긴 누가 믿을까. 나도 너무 놀라 믿기지 않았던 일을. 형사는 몇 백만 원도 어려운데 일억이라는 거금을 가불받는다는 것이 현실적으로 가능한 일이냐고 윽박질렀다.

나에게 보스의 개인 경호원으로 일할 수 있게 추천해준 선배는 보스의 아들이 나를 범인으로 지목하여 은밀히 증거를 수집하고 있다는 사실을 알려주었다. 선배는 보스가 운영하는 성인 나이트클럽의 부지배인으로 일하고 있는데 보스의 아들과는 사이가 좋지 않았다.

그야말로 사면초가였다. 소식을 듣고 일손이 모자랄 정도로 바쁜 외삼촌은 한달음에 고흥에서 서울로 올라왔다.

"기수야, 일이 이 지경까지 왔으니 일단 피해 있는 게 좋겠다."

"숨어버리면 제가 범인이라는 걸 인정하는 꼴밖에 안 되잖아요."

"검찰의 망에 걸려서 좋을 게 없어. 증거불충분이라고 저들이 기소를 안 할 것 같으냐? 천만에. 저들은 실적을 위해서라도 빨리 사건을 종결하고 싶어 안달하는 사람들이야. 죄가 없어도 죄를 만들어 재판에 넘길 사람들이라고. 게다가 그 아들이라는 건달 녀석이 혈안이 되어 너를 범인으로 몰고 갈 생각인 것 같은데, 자칫 억울하게 당하느니 일단 피해 있어. 그자들은 증거를 날조하고도 남을 것들이니까. 우선은 기소중지를 이용하자고. 그리고 나머지는 내가 알아서 할 테니 걱정 마라. 널 그들에게 절대로 넘기지 않을 거다."

"억울해요. 전 정말 결백한데……"

"알아. 하지만 억울한 누명으로 감옥살이하는 사람들도 있다는 걸 알아야 해. 아무리 결백을 주장해도 먹혀들어가지 않는 경우가 허다하거든. 유전무죄 무전유죄라는 말이 괜히 생겼겠냐."

"그럼 어떻게 해요?"

"나가라. 어떤 방법을 동원해서라도 해외로 나가 있어. 내가 짚이는 바가 있으니까 최대한 빨리 해결하도록 할게."

"엄마는 어떡하라고요?"

"우리가 있잖아. 걱정 말고 나가 있어. 기수야, 내가 사람에게는 신념이 중요하다고 누누이 말했잖아. 그 신념을 지키기 위해서는 하고 싶은 것을 참을 줄도 알아야 하고, 싫은 것도 할 줄 알아야 한다. 알겠냐?"

"형, 내 생각에도 외삼촌 말처럼 그렇게 하는 게 나을 것 같아."

기태까지 나서서 나의 도피를 부추겼다. 외삼촌과 동생은 똑똑하고 현명한 사람들이었다. 나는 그들의 제안을 받아들이기로 했다.

성인나이트클럽에서 일하는 선배의 주선으로 나는 위조여권을 얻었다. 여권에 기록되어 있는 이름은 박희준이었다.

"엄마, 잠깐이면 돼요. 금방 돌아올게요. 그러니 제발 한 번만이라도 눈을 뜨고 절 보세요."

나는 심장박동 측정기의 집게가 꽂혀 있는 엄마의 손을 잡고 나지막이 애원했다.

"빨리 돌아올게요. 그러니까 엄마는 아무 걱정 말고 빨리 일어나기만 하면 돼요. 내가 돌아오면 꼭 안아줄 거죠?"

중환자실의 규칙적인 기계음들이 내 목소리를 파묻어버렸다. 늘 봐오던 엄마였는데, 어느샌가 엄마의 머리에는 군데군데 서리가 앉아 있었다. 내가 무심한 인간이었다는 것을 뼈저리게 느꼈다.

'엄마, 날 키워줘서 고마워요. 엄마가 날 낳지 않았다는 거, 알아요. 하지만 엄마는 나의 유일한 엄마예요. 사랑해요.' 그 말은 소리를 만들지 못하고 가슴에서만 맴맴 돌았다.

순간, 엄마의 손가락이 움찔했다. 실제로 반응이 있었는지, 아니면 나의 간절한 바람에 그런 착각을 했는지는 정확하지 않았다. 엄마의 미세한 움직임에 내 마음은 심하게 떨렸다. 그러나 아무리 기다려도 엄마는 요지부동으로 누워만 있었다.

나는 엄마에게 노래를 불러주었다.

냇물아 흘러 흘러 어디로 가니……

흐르는 눈물을 감추고 싶지 않았다. 나는 엄마의 침상에 고개를 묻고 침대 시트가 젖는 것도 모른 채 노래를 끝까지 불렀다.

박희준이 된 나는 도둑고양이처럼 태국행 비행기에 올랐다.

태국의 물가는 쌌다. 그래도 언제까지 도피 생활을 해야 할지 모르기에 가져온 돈을 함부로 낭비할 수는 없었다. 시간은 굼벵이보다 느리게 흘러갔다. 그나마 스포츠 채널에서 한일월드컵을 중계해주어 시간을 때울 수 있었다. 대한민국 국가대표팀이 승승장구해도 신이 나지 않았다. 내 발등에 떨어진 불이 너무도 뜨거워서 온몸에 단내가 나는 것 같았다.

저렴한 호텔에서 잠을 잤고 아침 겸 점심으로 샌드위치를 먹었다. 정처 없이 밤거리를 걷다가 시장통에서 길거리 음식으로 배를 채웠고, 태국산 맥주인 싱하를 마셔가며 무에타이 시합이 벌어진 야외 링을 건성으로 구경하며 돌아다녔다. 지루했다. 언제까지 이런 생활을 지탱해나갈 수 있을지 의문이었다.

얼레벌레 지내는 동안 굼벵이 같던 시간도 한 달을 채웠다. 그동안 기태에게 두 차례 전화를 걸어 돌아가는 상황을 전해 들었다. 나에 대한 체포영장이 발부된 상태였고, 전국으로 수배령이 내려졌다. 외삼촌은 내가 태국으로 온 뒤에 꼭꼭 숨어버린 보스의 운전기사를 수소문하고 다녔다. 보스가 살해당한 그날 내가 퇴근한 뒤 다시 사무실에 나타났다는 것을 목격한 증인이 바로 운전기사였다. 내가 사무실을 다시 찾아갔을 때 분명 그는 주차장에도 어디에도 없었다. 외삼촌은 그 운전기사에게 사건의 실마리가 있다고 믿었다.

한국을 떠나올 때 간단하게 짐을 꾸려 메고 온 배낭 속에는 독일과 프랑스 소인이 찍힌 나를 낳은 어머니의 편지들이 있었다. 시간을 보내기 위해 한 글자 한 글자 아껴가며 읽었고, 몇 번을 되풀이해서 읽다 보니 거의 외울 지경에 이르렀다.

아무래도 진짜 범인을 찾으려면 시간이 더 걸릴 것 같았다. 불안했다. 게다가 태국의 기후까지 합세하여 나의 진을 뺐다. 예고없이 쏟아지는 스콜에 젖고 푹푹 찌는 무더위로 땀에 젖고, 내가투숙한 호텔방은 널어놓은 빨래로 볼썽사나웠다.

프랑스에 가기로 결심했다.

살아가면서 내가 프랑스에 갈 수 있는 확률이 얼마나 될까. 지금이 나에게 주어진 단 한 번의 기회인지도 모른다는 생각이 들었다. 지금이 아니라면, 살아 있는 동안 나를 낳은 어머니를 만날 수 있는 기회는 영영 없을지도 몰랐다.

어차피 이러지도 저러지도 못하는 상황이라면 태국이나 프랑스나 마찬가지니까. 나에게 엄마는 한 사람뿐이라고 생각했지만, 나의 마음도 갈대임에는 분명했다. 프랑스에 가서 나를 낳은 어머니가 어떤 사람인지 확인하고 싶었다.

그리하여 나는 다시 도둑고양이처럼 프랑스행 비행기에 올랐다.

나의 이름은 박희준이었다.

2부

1.

7월의 파리는 화창했다.

태국의 기후에 녹초가 되었던 나는 파리의 그 어떤 유명한 상징물들보다 건조한 여름 날씨에 매료되었다. 햇볕은 따가웠지만 끈적이지 않았고, 그늘 속으로 들어가면 서늘하기까지 했다. 어쭙잖은 내 영어 실력 못지않게 프랑스인들도 신통찮았다. 태국에서도 그랬듯이 문법과 문장 따위는 무시하고 몇 개의 단어만으로도 소통에 큰 어려움이 없었다. 샹젤리제에 있는 외환은행 파리 지점에서 한인 신문을 얻었고, 거기에 실린 광고를 보고 한인 민박집을 찾아갔다. 중국에서 건너왔다는 조선족 주인 내외는 친절했고 작은 방은 혼자 지내기에 단출했다.

음식들은 맵고 짰다. 하긴 민박집 음식이 싱거우면 그 재료비를 충당하기 어려울 것이다. 다 먹고살자고 하는 일인데, 그 정도는 까탈 부리지 말고 주는 대로 먹는 것이 예의다.

점심은 주로 패스트푸드점을 이용하거나 길거리에서 파는 크레이프 또는 납작한 피자를 사 먹었다.

파리에 도착한 지 일주일 만에 웬만한 유명 관광 코스는 다 둘러봤다. 어디를 가도 밤낮 구분 없이 관광객으로 바글거렸다. 파리의 지도책을 사서 주소 찾는 방법을 민박집 주인에게 배웠다. 복잡해 보여도 알고 나면 엄청 간단했다. 깨알 같은 길 이름과 번지들이 빼곡히 인쇄된 지도책을 펼쳐놓고 눈으로 나를 낳은 어머니의 집을 찾아 돌아다녔다.

지도책 속에서 집의 위치를 확인했지만 막상 그곳을 찾아갈 수는 없었다. 자신이 없었다. 왜 찾아가야 하는지 정확한 이유도 몰랐다. 멀리서나마 어머니의 모습을 본다 하여 뭔가 달라질지도 의문이었다. 그렇게 또 일주일을 보낸 뒤, 이틀 연달아 뒤숭숭한 꿈자리가 마음에 걸려 공중전화 카드를 사서 기태에게 전화를 걸었다.

마른하늘에 날벼락이 떨어졌다. 엄마가 끝내 숨을 거두었다. 나흘 전이라고 했다. 그래서는 안 되는 일인데. 절대 그런 일만은 일어나서는 안 되는 거였는데.

"형, 엄마는 우리가 하늘나라로 잘 보내드릴 테니, 형은 무슨 일이 있어도 들어오면 안 돼. 지금 외삼촌이 그 운전기사의 행방을 쫓고 있으니까, 힘들어도 조금만 참아. 엄마도 우리와 똑같이 생각하실 거야."

심장에 대못이 박혀버렸다. 망연자실 넋 나간 사람처럼 공중

전화 부스 안에 철퍼덕 주저앉아 가슴을 쥐어뜯었다. 너무 아픈데, 눈물은 어디로 증발하였는지 단 한 방울도 나오지 않았다. 슬픔이 너무 크면 오히려 눈물을 흘릴 수 없나 보다. 나는 꺼이꺼이 소리만 하염없이 토해냈다.

가던 길을 잠시 멈추고 나를 위로할까 망설이다가 포기하고 사라져가는 사람들이 있는가 하면, 웬 미친놈이 대낮부터 술주정을 부린다고 생각했는지 오만상을 찌푸리며 지나가는 사람도 있었다.

나 대신 하늘이 울어주었다. 비가 내렸다. 파리에 내리는 여름비는 차가웠다. 점점 빗발이 굵어지자 사람들은 비를 피해 흩어졌다. 나는 비를 온몸으로 맞으며 이름도 모르는 거리를 쏘다녔고, 센 강을 따라 나 있는 다리들을 한없이 걷고 또 걸으며 미친놈처럼 〈시냇물〉을 목청껏 불렀다.

기욤 아폴리네르가 본 미라보 다리 아래에는 센 강과 더불어 사랑이 흘렀지만, 내가 서 있는 미라보 다리 아래로는 비애만 소용돌이치며 흘러갔다.

특전사로 복무하던 때였다. 구보를 마치고 부대로 복귀하던 중에 너른 파밭 옆을 지나갔었다. 늦은 봄이었다. 파도 꽃을 피운다는 것을 그때 처음 알았다. 속이 텅 빈 파가 꼿꼿이 서서 무거워 보이는 꽃을 머리에 이고 있는 모습을 보는 순간 엄마가 떠올랐다. 자식을 위해 자신의 속을 깡그리 비우고 살아가는 엄마. 자식을 위해 속을 다 비워내고도 꼿꼿이 자신을 지탱하던 엄마의 얼굴이 떠올랐다. 검은 머리가 파뿌리 되도록 살지 못하고 그토록 허무하게 떠나버리다니…….

늦은 밤 민박집으로 돌아온 나는 내리 사흘을 오한과 신열에 시달렸다. 처량한 신세였다. 어차피 한국에 있었어도 누명을 쓰고 죄인 아닌 죄인이 되어 감방에 갇힌 채 엄마의 임종을 제대로 지킬 수 없었을 것이다. 그 생각으로 다시 힘을 모았다.

사흘 만에 사람이 반쪽이 되었다며 민박집 주인은 삼계탕을 끓여 투숙객들 몰래 방으로 가져왔다. 주인에게는 미안하지만 입 안이 소태 같아서 국물 한 모금도 넘길 수가 없었다.

엄마의 부음을 들은 지 닷새째, 밖으로 나갔다. 따가운 햇살이 눈을 찔러대자 현기증이 일고 몸은 균형을 잃어 휘청거렸다. 나 자신이 가소로웠다. 노선표도 안 본 채 지하철을 탔고 목적지 없이 내렸다가 무작정 걷기를 반복했다. 그러다가 내가 멈춘 곳은 나를 낳은 어머니가 살고 있는 동네였다.

무엇에 이끌려 왔을까. 지도책을 가지고 나오지 않았는데도 내 머리는 이미 어머니의 주소와 평면상의 동네를 훤히 기억하고 있었다.

파리 13구, 단독주택들이 옹기종기 모여 있는 예쁘장한 동네였다. 집집이 등나무며 장미 덩굴, 능소화 등으로 담장을 치장했고, 파스텔톤으로 산뜻하게 칠한 외벽은 전형적인 중산층의 분위기를 자아냈다. 여름의 긴 바캉스를 떠났는지 덧문이 닫힌 집들이 많았다. 어머니의 집도 그랬다.

얼마의 시간이 흘렀을까. 시계를 보니 저녁 먹을 시간이었다. 파리의 여름 해는 길었고, 밤 열 시가 지나서야 날이 저물었다. 다음 날도 어머니의 집 앞에서 서성거렸다. 그다음 날도 마찬가지였다.

마침내 어머니가 돌아왔다. 골목 안으로 들어가는 승용차를 보자마자 까닭 없이 심장이 요동을 쳐댔다. 예감이 적중했다. 그 승용차가 어머니의 집 앞에 멈춰 서는 순간, 내 숨도 멈췄다. 나는 골목 끝에 있었지만 잽싸게 모퉁이 뒤로 몸을 숨겼다.

차에서 내린 사람은 모두 네 사람. 그들은 분명 가족이었다. 머리가 희끗한 중년 남성과 대학생으로 보이는 여학생, 그녀보다 키는 훨씬 컸지만 동생으로 보이는 남학생, 그리고 아담한 중년의 동양인 여성이 있었다. 그녀는 분명 이숙희, 나를 낳은 어머니가 틀림없었다. 웃음소리가 간간이 섞인 알아들을 수 없는 불어가 희미하게 들려왔다. 행복해 보였다.

나의 뇌보다 심장의 반응이 빨랐다. 그놈이 얼마나 요동을 치던지 땅이 흔들리는 것 같았다. 그들이 트렁크에서 꺼낸 짐을 집 안으로 옮길 때 나는 몸을 돌렸다. 그러고는 또다시 무작정 걸었다. 어느 지하철 입구까지 가서야 죽였던 숨을 뱉어냈다.

찾아오는 게 아니었다. 무엇이 알고 싶어, 무엇이 보고 싶어, 무엇을 어쩌겠다고 여기까지 왔을까. 그 이유는 나도 몰랐다.

엄마의 부재를 어머니로 채우려는 허망한 기대는 아니었을까. 그것은 아니다. 태국에서 프랑스로 날아오게 된 유일한 이유는 어머니였다. 종착역이라는 생각으로 왔다. 다만 종착역에서 무얼 어떻게 해야 하고, 어디로 가야 할지 길을 잃었을 뿐이다. 종착역에는 이정표가 없었다. 나의 무모함이 나를 낳은 어머니의 살아온 인생을 뒤흔들어 놓는다면 그건 씻지 못할 죄일 것이다.

나의 어리석음을 책망하면서 발길 닿는 대로 걷다 보니 어느새 몽마르트르 언덕까지 올라왔다.

사크르쾨르 성당 앞, 파리 시내가 한눈에 내려다보이는 넓은 계단에 앉아 머리카락만 애꿎게 쥐어뜯었다. 내 눈에는 즐비하게 늘어서 있는 지붕 위의 굴뚝들만 보였다. 머릿속은 텅 비었고 가슴은 쾡했다. 그 와중에도 배가 고파왔다. 엄마가 돌아가셨다는 비보를 듣고 한동안 먹는 것에 소홀했더니 몸이 호소를 해왔다.

나는 테르트르 광장 쪽으로 발길을 돌렸다. 앉거나 서서 그림을 그리는 화가들과 관광객들로 꽉 찬 광장은 음식점에서 흘러나오는 냄새와 화구에서 풍겨 나오는 유화용 기름 냄새, 그리고 땀 냄새에 사람들이 뿌려댄 향수 냄새까지 뒤범벅이 되어 머리가 지끈거렸다. 냄새들에 취하다 보니 속이 울렁거려 식욕은 순식간에 사라져버렸다.

사람이 덜 붐비는 샛길을 찾아 내려가려는 순간 누군가가 내 뒤에서 어깨를 심하게 부딪쳤다. 그 바람에 하마터면 나는 앞으로 꼬꾸라질 뻔했다. 정신을 차리고 보니 왼쪽 어깨에 비스듬히 걸치고 있던 작은 배낭이 없었다. 순식간에 벌어진 일이라 소매치기를 당했다는 생각도 못했다. 종일 암전 상태였던 머리에 불이 켜지자 모든 뉴런이 작동하기 시작했다. 거기에는 내 전 재산과 박희준이라는 이름의 여권이 들어 있었다.

내가 서 있는 위치에서 열 시 방향으로 내달리고 있는 한 녀석이 눈에 들어왔다. 생각하고 말고도 없이 그 녀석을 향해 냅다 뛰었다.

"야 이 도둑놈아. 거기 서."

어떤 놈이 서겠는가마는 나는 고래고래 소리치며 전속력으로 놈의 뒤를 쫓았다. 중학교 시절 야구부에서 닦아놓은 내 도루 실력은 다행히 녹슬지 않았다. 그러나 소매치기 녀석도 제법 발이 빨라서 우리 둘 사이의 거리가 쉽게 좁혀지지는 않았다.

"야 이 새끼야, 거기 서."

내리막길과 층층 계단이 많은 지역이라 뛴다기보다 날아다니는 느낌이었다. 내가 소매치기 녀석을 절반 정도 따라붙었을 때, 앞에서 죽어라 뛰던 녀석이 갑자기 계단 중간에서 날아든 물체를 다리에 맞고 꼬꾸라지며 나뒹굴었다. 소매치기 녀석의 멱살을 잡아 일으켜 세워보니 까무잡잡하고 비쩍 마른 청년이었다. 그 순간까지도 녀석은 내 배낭을 자기 것인 양 가슴에 꼭 껴안고 있었고, 그 녀석의 발아래에는 같이 나뒹군 여자 핸드백이 널브러져 있었다. 나는 소매치기 녀석의 멱살을 잡은 채 뒤돌아보았다.

계단 중간쯤에 앉아 담배를 피우는 여자가 눈에 들어왔다.

"서라고 하면 서겠어요? 나라도 안 서겠네. 그것도 한국말로."

한국말을 하는 여자는 담배를 툭, 던져버리고는 계단을 천천히 내려오면서 말했다. 그녀는 핸드백을 주워 툴툴 털고는 지퍼를 열어 안을 확인했다.

"이런, 파운데이션이 박살 났네. 아까워라."

나는 도망가려고 꼼지락거리는 소매치기 녀석의 품에서 거칠게 내 배낭을 빼냈고, 그 틈을 타 녀석은 다시 걸음아 나 살려라, 죽을힘을 다해 달아났다.

소매치기 녀석과 똑같이 나도 배낭을 가슴에 꽉 껴안은 채 그녀에게 고개와 허리를 절반으로 꺾었다.

"정말…… 감사합니다."

"여기가 어디라고 가방을 허술하게 메고 다녀요? 파리 중에서도 가장 소매치기가 많기로 소문난 곳인데. 관광객이세요?"

"아뇨, 뭐 그 비슷한…… 정말, 정말 감사합니다. 근데…… 한국인이세요? 근데…… 어떻게 녀석을……"

나는 숨이 턱까지 차올라 말도 제대로 잇지 못하고 횡설수설했다.

"한국인이냐고요? 이렇게 유창하게 한국말 잘하는 외국인 봤어요? 그리고 아까 그건 영화에서 본 거 흉내를 내봤는데, 정통으로 맞은 거죠 뭐. 그건 그렇고 내가 손해 본 거나 보상해주세요."

"네, 네, 당연히 그래야죠. 근데 뭘 어떻게……"

그녀는 핸드백에서 케이스가 깨진 파운데이션을 꺼내 내 눈앞에 흔들었다.

우리의 만남은 그렇게 시작되었다.

그녀가 사용하는 파운데이션은 최고급 브랜드였고, 그녀가 가끔 간다는 레스토랑에서 먹은 저녁 식사 값은 나의 점심값 보름치와 맞먹었다.

그녀의 이름은 유선주. 나와 동갑이고 파리에서 3년째 미술을 공부하고 있으며, 한국에서도 미술을 전공했단다. 중키에 몸은 마른 편이고 미인이랄 수는 없지만 풍기는 이미지는 화려했다.

여러 가지로 나와는 공통점이 없었다. 여러 가지가 아니라 하나도 없다고 해야 할 것이다. 재력 있는 집안 출신 같았고, 교육 수준이며 살아가는 환경이 너무도 달랐다. 그런 그녀가 나에게 호감을 보였다.

선주의 재치로 내 배낭을 무사히 찾은 지 8일째 되는 날, 즉 그녀를 세 번째 만난 날, 나는 뜻밖의 제의를 받았다. 그녀의 아파트에서 지내도 된다는 것이었다. 작은방 하나가 따로 있으니 사용해도 좋다고 했다. 고맙지만 선뜻 받아들이기가 쉽지 않아서 대답을 못하고 머뭇거렸다.

"싫으면 말고."

"싫은 게 아니라, 폐가 되지 않을까 싶어서 그러죠."

"폐 끼칠 정도로 오래 있게 놔두나요? 한국 돌아갈 때까지만 있으라는 거지."

"그런데 그게…… 정확하게 언제가 될지 몰라서……"

"여긴 비자 없이 체류할 수 있는 기간이 삼 개월이라 그 안에는 돌아갈 수밖에 없잖아요."

그랬다. 나는 프랑스로 도망 온 놈이고, 기간도 못 박혀 있다. 어리석게도 그 생각을 못 했다. 선주와의 인연이 어디까지인지는 모르지만, 모든 것을 사실대로 고백하는 수밖에 없었다. 될 대로 되라는 심정으로 내가 프랑스까지 오게 된 동기를 이실직고했다. 얼마 전에 엄마가 돌아가셨다는 것과 나를 낳은 어머니의 이야기만은 묻어두었다.

"스릴 있네."

나는 어렵사리 고백했건만 돌아온 그녀의 반응은 너무도 싱거웠다.

친절을 베풀어줬던 민박집 주인과 작별했다. 큰 배낭과 소매치기 당했다가 되찾은 작은 배낭이 짐의 전부인 나는 가볍게 거처를 옮겼다.

"그러니까 본명은 기수고 예명은 희준이다, 이거지?"

선주는 나의 위조여권을 펼쳐보며 대수롭지 않게 말했다.

"예명이 아니라, 가짜 이름이라니까요."

"그거나 이거나. 난 기수라는 이름보다 희준이 더 맘에 들어. 앞으로 희준이라 부를게."

"맘대로 하세요."

"가만히 보니까 눈이 참 예쁘다. 특히 속눈썹이 매력적이야."

내가 그녀의 아파트로 옮겨간 날부터 그녀는 적절하게 올려주던 말꼬리를 완전히 잘라먹었다.

아파트의 작은방에다 배낭을 부린 뒤, 우리는 와인을 마셨다. 선주는 스릴 있다고 느끼는 나의 과거사를 더 듣고 싶어 했고, 나는 재방송을 해주었다. 새벽 세 시까지 둘이서 와인을 세 병이나 비웠다. 나는 술에 약한 편이다. 와인 한 병이면 거의 뻗는 수준이다. 취기가 오른 나는 티를 내지 않으려고 안주 대신 얼음을 아작아작 씹으며 버텼고, 선주는 얼굴색 하나 변하지 않고 와인을 홀짝거렸다.

공교롭게도 짐을 옮긴 첫날부터 선주의 손에 이끌려 그녀와 한 이불을 덮고 잤다. 파리의 여름밤은 조금 쌀쌀했다.

선주는 어수선한 것과 아기자기한 것을 좋아하지 않았다. 그녀는 여백을 좋아한다고 했다. 그녀가 미술을 전공하는 사람이라고 느낄 수 있는 것은 이젤과 거기에 하얗게 얹혀 있는 캔버스가 전부였다. 어쩌면 아무것도 그려져 있지 않은 캔버스 전체가 그녀가 말하는 여백인지도 몰랐다. 그녀의 집에서 동거하는 동안 그 캔버스는 늘 비어 있었다. 벽에도 그림 한 점 걸려 있지 않았다. 대신 책장에는 미술과 관련된 책이나 유명 화가들의 명화집이 꽂혀 있었다. 침실에는 붙박이장과 침대 그리고 작은 화장대가 전부였고, 주방에는 꼭 필요한 것 외에는 두지 않았다. 냉장고는 덩치가 큰 장식물이었다.

선주는 밖에서만 담배를 피웠다. 집 안에 담배 냄새가 떠도는 것을 싫어했다. 나는 그녀에게 백해무익한 담배는 끊는 것이 좋지 않을까, 라고 말했다가 살벌하게 노려보는 눈빛에 찔려 찍소리 안 하기로 작정했다.

　술을 과하게 마신 날이면 선주의 몸놀림이 현란해졌고 나는 그녀를 따라잡느라 헉헉댔다. 그녀는 거리낌이 없었다. 아침에도 속옷 한 장 걸치지 않고 아파트를 돌아다녔다. 반면에 나는 널브러져 있던 옷가지를 주섬주섬 주워 챙겨 입었고, 선주는 그런 나를 볼 때마다 놀렸다.

　뭐가 그렇게 신기하고 재밌는지 모르겠지만 그녀는 종종 나의 과거사를 들려달라고 했다. 그때마다 나는 생각나는 대로 나의 어린 시절 이야기며 특전사 시절의 고생담이나 에피소드를 들려주었다. 반면 그녀는 자신의 이야기를 일절 하지 않았다. 내가 선주에 대해서 아는 거라곤 고작 내 눈앞에 보이는 그녀의 현재가 전부였다.

　아무리 늦게 잠들어도 나는 아침 여섯 시가 되면 어김없이 눈을 떴다. 몸에 밴 오랜 습관이었다. 잠들어 있는 선주를 깨우지 않으려고 깨금발을 하고는 아파트를 빠져나가 근처에 있는 공원에서 두 시간 동안 조깅을 했다. 조깅을 하면서 돌아가신 엄마를 생각했고, 실의에 빠져 있을 아버지를 생각했다. 또한 의족으로 땅을 딛고 과수원 일을 하면서 나의 누명을 벗겨주기 위해 동분서주하고 있을 나를 낳은 아버지, 외삼촌을 생각했다. 눈물을 참기 위해 이를 악물고 전속력으로 질주한 뒤에는 잔디밭에 대자로 누워 호흡을 가다듬었다.

　운동을 끝내고 크루아상과 바게트를 사서 아파트로 돌아가는 것이 일상이 되어갔다. 보름에 한 번씩 공중전화로 기태와 통화를 했다. 수화기 너머에서 희망을 가지고 조금만 더 기다리라는 답변이 지난번과 똑같이 돌아왔다.

선주와 나는 주로 날이 저물 무렵에 함께 나갔다. 마레 지구의 좁은 골목들을 누볐고, 바스티유에 즐비한 술집들 중에서 가장 어두침침한 곳을 찾아 헤밍웨이가 즐겨 마셨다는 모히또를 홀짝거렸다. 나는 한국 음식이 그리워 한인 식당에서 밥을 먹고 싶었지만 선주는 일언지하에 거절했다. 한국 음식은 거의 모두가 마늘이 들어가기 때문에, 그리고 한국 음식은 요리 과정에서 나오는 냄새가 강해서 옷과 머리카락에 잘 밴다고 했다. 특히 옆 테이블에서 구워 먹는 삼겹살 냄새가 그녀에게 묻는 것은 질색이라고 했다. 나는 어지간해서는 우기거나 고집부리는 사람이 아니었다. 그래서 선주가 추천해주는 프랑스 요리를 먹었고, 이탈리안 레스토랑에서 피자나 스파게티를 먹었다. 그리고 늦게 귀가한 우리는 사랑을 나누었다.

나른한 나날의 연속이었지만 싫지가 않았다. 내 가족과 내 처지를 생각하면 감히 있을 수 없는 비겁한 호사였다. 그러는 사이에 9월이 달아나고 있었다.

선주는 간혹 학교에 가거나 더러는 약속이 있다며 나갔다. 그녀가 아파트를 비우면 나는 밥값을 할 요량으로 티끌 하나 보이지 않게 진공청소기를 돌렸다. 두 사람의 체액으로 얼룩진 침대 시트를 세탁기에 넣고 버튼을 눌렀다. 그래도 시간이 남아돌 때가 많았다. 그럴 때는 책장에서 명화집이나 불어 회화책을 꺼내 뒤적거리다가 쪽잠에 빠져들곤 했다. 가끔은 어머니가 사는 동네로 발걸음을 했고, 운이 좋으면 어머니를 잠깐이나마 먼발치에서 훔쳐볼 수도 있었다.

그러던 어느 날, 나는 어머니와 마주치고 말았다.

그날은 어머니의 집 창문들이 모두 덧문으로 닫혀 있었다. 그 때문에 어머니의 가족들이 다시 휴가를 떠났나 싶어 나는 간 크게도 집 앞까지 가서 담장 너머를 기웃거렸다. 희미하게 페인트 냄새가 났다. 아마도 덧문을 새로 칠하느라 닫아둔 것 같았다. 집 안은 어떤 분위기일지 궁금했다. 쓸데없는 상상에 빠져 있다가 그만 누군가가 다가오는 소리를 듣지 못했다.

"누구세요?"

나의 등 뒤에서 들려온 온화한 목소리는 불어가 아니라 나의 모국어였다. 온몸이 얼어붙었다. 아마도 골목 입구에서부터 나를 보았을 것이다. 어머니 눈에는 어느 모로 보나 나는 전형적인 한국인처럼 보였을 것이다.

얼떨결에 뒤돌아서서 꾸벅 절을 하고 말았다. 그러고는 입을 꼭 다문 채 어머니의 손에 들린 토트백만 내려다봤다. 얼굴은 화끈거렸고, 등줄기를 타고 땀이 줄줄이 흘러내려 바지 속 가랑이를 거쳐 바닥으로 뚝뚝 떨어지는 느낌이 들었다.

"누굴 찾으세요?"

나는 완강하게 입을 다물고 못 알아들은 척했다. 어머니는 내

시선이 꽂힌 자신의 토트백 손잡이에 힘을 넣었다. 그러고는 불어로 말을 걸어왔다. 누구냐고, 누굴 찾아왔냐고 물었다. 선주의 책장에 있던 불어책을 틈나는 대로 공부한 보람이 있어 그 정도는 알아들었다.

그러나 그 상황에서 내가 무슨 말을 해야 했을까. 나는 어머니와 단 한 번도 눈을 못 맞춘 채 양손으로 손사래를 치고는 달아나듯이 골목을 빠져나왔다. 다시는 어머니 집 근처에 얼씬도 하지 말자고 다짐하면서. 단지 걱정이 되었던 것은, 혹시 나를 도둑이나 강도로 오인하지 않았을까, 하는 거였다.

내 뒤로 어머니의 목소리가 희미하게 들려왔다.

"집을 잘못 찾았나 보지? 한국 사람 같이 생겼는데…… 중국인인가?"

선주와 함께 한 것이 엊그제 같은데 벌써 무비자 체류 기간 90일 중에서 약 2주 정도의 시간밖에 남지 않았다.

"희준, 개구리 소년들 알지? 걔들의 유골이 발견됐대."

저녁에 돌아온 선주는 욕실로 들어가기 전에 내 앞에서 옷을 훌렁훌렁 벗어 던지며 말했다.

"그래?"

나는 서둘러 주방으로 들어가며 건성으로 대답했다.

"정말 끔찍해. 어떻게 애들을 한꺼번에 죽여서 매장했을까? 왜 그랬지?"

그것은 나에게도 똑같은 의문이었다. 나는 대답하지 않았다. 선주의 물음은 나에게 질문을 던진 것이 아니라 혼잣말이었다. 나는 그녀가 가끔씩 날라오는 한국의 소식과 사건들이 마음에 와 닿지 않았다. 범죄자로 낙인찍혀 수배자 신세가 된 나에게 코앞에 닥친 체류 기간 만기는 엄청난 고민이 아닐 수 없었다. 그러니 한국에서 일어나는 일련의 사건들에 대해서 내가 가타부타 말할 처지도 못되었다.

해결책이 필요했던 나는 선주의 무사태평이 섭섭했다. 그녀에게 바라는 것은 없었다. 다만 그녀와 헤어지고 싶지 않았다. 내가 선주에게 느끼는 감정이 사랑이라고 믿고 싶었다. 주제 파악은 천천히 하고 싶었다.

주방에서 두 사람분의 파스타를 준비하던 나는 선주에게 나의 체류 기간 만기에 대해 어떻게 말을 꺼낼까 궁리하다가 너무 삶아서 탄력 없는 파스타 요리를 만들고 말았다. 그즈음에 주방은 내 차지였고 그다지 실력 없는 요리사 역할에 충실했다.

나는 소스를 얹은 파스타를 접시에 담아 책상 겸 식탁으로 사용하는 테이블로 가져갔다. 그사이 샤워를 끝낸 선주는 맨몸 그대로 소파 위에 앉아 그녀의 은밀한 부분을 감출 생각도 없이 발톱을 깎았다. 비록 서로의 육체를 탐닉할지라도 그녀가 내 앞에서 과감하게 전부를 노출하는 것은 왠지 부담스러웠다. 나는 그녀의 맨몸을 바로 보지 못하고 일부러 회피했다. 선주가 내게 엉겨 붙을 때, 나에게 익숙하지 않은 자세를 요구할 때, 그녀에 대해 불순한 생각을 했던 적이 몇 번 있었다. 쓰잘머리 없는 생각을 머릿속에서 빨리 떨쳐내긴 했지만 개운하지는 않았다.

"어떡하지?"

"뭘?"

"체류 기간이 다 되어 가는데⋯⋯"

"그러네. 아직 한국에도 못 들어가잖아. 여기서도 기간 넘어가면 불법체류자가 되는데, 걱정이겠다."

생판 모르는 남의 이야기처럼 말하는 선주에게 서운했다.

"이웃 나라로 나갔다가 다시 들어오는 방법도 있지만, 그렇게 반복하면서 살 수는 없잖아. 돈도 다 떨어져 간다면서?"

그렇다. 내 수중의 돈이 바닥을 드러내고 있었다. 이웃 나라에 나갔다가 다시 들어올 경비도 모자랄 판이었다. 땅속으로 꺼져 버리고 싶을 만큼 암울했다.

"내가 다른 방법이 있나 한번 알아볼게."

선주의 말에 조금 전에 가졌던 나의 서운함은 모두 날아가고 그녀가 구세주로 보였다. 우리는 말없이 불어터진 파스타를 먹었다.

행운이라는 것은 낙담한 사람이 거의 모든 것을 체념하려는 순간에 불쑥 찾아오는 악취미를 가지고 있다. 그런 악취미는 늘 반갑고 고맙다. 선주가 다른 방법이 있나 알아보겠다고 말한 며칠 뒤였다.

"희준, 외인부대라는 게 있대. 거기 한번 지원해봐."

선주는 외출에서 돌아오자마자 말했다.

"외인부대?"

"응, 외인부대."

프랑스에 외인부대가 있다는 것은 특전사 시절부터 알았으나 나와는 상관없는 일로 치부했었다. 프랑스 외인부대에 지원한 특전사 출신이 여럿 있다는 소리도 들었지만 관심이 없었다. 그런데 선주가 물어온 체류 연장의 해결책이 외인부대였다.

"어디에서 알아보지?"

"설마 그것까지 내게 다 알아봐달라는 건 아니겠지? 알아보는 건 네가 해."

그날 이후 선주의 외출은 부쩍 잦았고, 홀로 아파트에 남겨진 나는 속도가 느려터진 인터넷으로 외인부대를 검색하느라 남은 날들을 보냈다.

외인부대에 입대하면 한동안 통화가 어려울 것 같아 기태의 휴대폰으로 전화를 걸었다. 기태는 외삼촌이 보스의 운전기사를 찾았다고 했다. 경찰도 운전기사를 주목하고 있으니 조만간 진범이 밝혀질 거라고 했다. 체류 연장을 위해 외인부대에 잠시 몸을 담고 있는 것도 좋은 방법일 것 같다며 기태는 나의 결정에 힘을 실어주었다.

그러나 누가 알았겠는가. 외인부대가 잠시 몸을 담는 곳이 아니라 내 인생의 기나긴 시간을 보내야 할 곳이라는 것을.

2.

높은 담장과 외인부대 마크가 양쪽으로 붙은 아치형의 견고한 철문, 그 뒤로 굳게 닫힌 또 하나의 육중한 나무문.

나는 파리 인근에 있는 폴드노종으로 왔다. 소수 정예의 엘리트 전투 집단이며 세계 최강의 부대를 모토로 하는 외인부대 모병소 앞에 섰다.

내 기분을 어떤 말로도 표현할 길이 없었다. 인간의 감정을 표현하기에 세상의 단어는 부족했다.

뇌가 마비되어버렸으며, 숨통은 바늘귀만큼 수축되고 심장은 한도 끝도 없이 팽창되는 느낌, 그런 것이 있다면 말이다. 나의 무죄와 결백을 주장하면서도 저승사자 앞에 서서 조마조마한 심정으로 최후의 심판을 기다리는 기분이라면 조금은 닮은 표현이 될까.

내 인생의 막다른 골목일지, 아니면 새로운 인생의 출발점일지, 그것은 저 문들 안으로 들어가 봐야 알 수 있었다.

난데없이 고등학교 다닐 때 추석특집으로 텔레비전에서 보았던 빠삐용 영화의 한 장면이 떠올랐다. 빠삐용은 감옥에 갇혀 꿈을 꾸었다. 저승사자인지 재판관들인지는 잘 모르겠다. 그들 앞에 서서 자신은 살인을 하지 않았으므로 무죄임을 강력하게 주장하지만, 그들은 빠삐용에게 유죄를 선고했다. 빨간색 법복의 사나이가 말했다. 너의 인생을 허비한 것이 그 죄라고, 인간이 저지를 수 있는 최악의 죄라고, 그 죗값은 죽음이라고 하던 대사. 그 대사는 내 가슴에서 지워지지 않았다.

나는 내 인생을 허비한 적이 없었던가, 지금은 내 인생을 허비하고 있지는 않은가, 답을 구할 수 없었다. 그 답은 통과해야 할 두 문 너머에 있을 것 같았다. 저 속으로 들어가면 나의 인생이 완전히 탈바꿈을 하게 될지도 몰랐다.

문들 너머에는 어떤 세상이 있을까. 호기심과 두려움이 한 덩어리로 똘똘 뭉쳐서 내 안을 빠르게 굴러다녔다. 좀처럼 멈추지 않을 것 같았다. 한 사람의 마음속에 순서를 무시하고 온갖 감정이 동시에 공존하다니.

파리의 토요일과 달리 모병소 주변은 적막강산이었다. 선주는 기꺼이 나와 동행해주었다. 그녀가 큰 배낭을 맡아주기로 했기 때문에 나는 작은 배낭에 기본적인 소지품만 챙겨 나왔다. 어차피 입대를 하면 다 필요 없는 것이 될 테니까.

철문 왼쪽 담벼락 높은 곳에 쇠창살이 쳐진 창문이 보였다. 그

창문이 드르륵 소리를 내며 열리더니 두 눈이 나타났다. 나를 내려다보는 저승사자의 두 눈과 마주치자 무수한 가시가 눈두덩을 찌르고 온몸에 비늘이 일어섰다. 나는 그의 눈빛에 압도당했다. 버티고 서 있던 두 다리에 힘을 주었다. 얼마나 힘을 주었던지 그대로 땅속으로 파묻혀버릴 것 같았다.

나는 크게 심호흡을 했다.

두 눈은 나에게 영어로 질문을 했고, 나는 외인부대에 입대하고 싶다고 떠듬떠듬 대답했다. 두 눈은 다시 질문을 했는데, 여권은 소지하고 있는지, 무기류는 없는지 물었다. 나는 여권은 있고 무기는 없다고 대답했다.

선주는 첫 휴가를 받으면 그녀의 아파트를 찾아오라는 말과 가벼운 입맞춤을 남기고 왔던 길을 향해 몸을 돌렸다. 그러고는 단 한 번도 돌아보지 않고 사라져갔다.

철문이 열렸다.

철문과 나무문 사이에 방이 하나 있었다. 문을 열어준 보초병은 말쑥한 제복에 케피 블랑이라는 군모를 쓰고 있었다. 그는 나를 두 문 사이에 있는 방으로 데려다주고는 무작정 기다리게 만들었다. 약 두 시간이 흘렀다. 그 시간은 천사만감을 일으키기에 충분한 시간으로 처음과 끝이 보이지 않을 만큼 길었다. 방에는 접이식 의자가 열 개가량 정렬되어 있었고 입구 근처에는 포스터가 세워져 있었다. 거기에 쓰여 있는 글은 내가 아는 불어였다.

'CHANGE TA VIE' (너의 인생을 바꿔라.)

모든 종류의 기다림에는 어떤 형태로든 끝이 있게 마련이어서 결국 나는 육중한 나무문 안으로 들어갔다. 나처럼 입대를 하려고 들어온 지원자들이 똑같은 운동복을 입고 연병장 한쪽에서 쉬고 있는 모습이 눈에 들어왔다. 그러자 지금까지와는 또 다른 느낌이 일어났다.

미지의 세계로 들어가는 경외감이라고 해야 할지, 흥분과 설렘, 기대로 채워진 신선함이라고 해야 할지, 딱히 뭐라고 꼬집어 말하기는 어려웠다. 어쨌든 온갖 감정들 사이사이를 헤매는 기분과 몸에 전해지는 긴장감이 싫지 않았다. 다행스럽게도 문을 통과하기 전에 느꼈던 불안은 어디론가 사라지고 없었다.

외인부대에 대한 그릇된 인식이 있다면 그것은 세계 각국의 범죄자들을 위한 도피처라고 생각하는 부분이다. 그러나 그런 사람은 발을 들여놓을 수가 없는 곳이 외인부대다. 철저한 신분 조회로 그런 자들을 색출해낸다. 범죄자라는 것이 발각되면 프랑스 경찰로 넘겨지기도 한다.

나는 혹시라도 위조여권이 들통날까 두려웠다. 운 좋게도 나와 동갑내기인 진짜 박희준은 국내에서 법적으로 문제없이 살아가는, 여권을 잃어버렸다는 것도 모르는 단순한 여권 분실자일 뿐이었다. 외인부대원은 가명을 사용할 수 있었다. 본명을 쓰는 사람도 많지만 가명을 명부에 올리는 경우도 허다했다.

외인부대 지원자들 중에는 가방끈 짧고 돈도 백도 없이 위태로운 현실에 이리저리 치여 살아온 사람이 있는가 하면, 대학 졸업장을 가졌으면서도 모험심에 불타서 지원한 인간도 있었다. 따분한 일상이 버거워 새로운 환경을 찾아오는 경우도 가끔 있고, 프랑스 시민권을 얻기 위해 오는 사람들도 많았다. 경제 수준이 프랑스에 비해 상대적으로 매우 낮은 동유럽이나 남미, 아프리카 출신의 지원자들은 돈을 벌기 위해 이곳으로 모여들었다. 내 경우는 대부분의 이유에 골고루 해당되었다. 체류를 위한 서류가 필요했고, 돈도 벌어야 할 처지였으며, 급조되긴 했으나 모험심 비슷한 것도 있었으니 말이다.

내무반은 2층에 있고, 같은 층에 화장실과 샤워실이 갖춰져 있었다. 한 방에는 2층 침대 열한 개가 새 주인을 기다렸다. 같은 방을 쓰는 스물두 명의 다국적 지원자들은 그들의 모국어 대신 영어를 사용했다. 그들 사이에는 완벽한 영어가 필요치 않았다. 단어와 몸동작만으로도 의사소통이 가능했다. 최종 합격까지 넘어야 할 산은 남았지만 지원자들은 서로가 엇비슷한 처지여서인지 은근히 동료애를 느꼈다.

40명을 웃도는 지원자 중에서 서너 명이 되돌아가고 나머지는 각종 검사 및 기본적인 체력테스트 등을 거쳐 외인부대 본부가 있는 오바뉴를 향해 한날 마르세유행 새벽 기차의 출발을 기다렸다. 약 보름의 시간이 지났고, 나도 그 무리에 섞여서 운명을 바꾸러 기차에 올라탔다.

오바뉴에서의 테스트들은 훨씬 까다롭고 진행 속도도 느렸으며 그곳에 체류한 시간도 한 달 이상이 걸렸다. 심사를 하는 게 슈타포들의 눈매는 하나같이 날카로웠다. 신원조회를 시작으로 아이큐테스트, 체력테스트, 메디컬테스트를 거쳐 중위와의 인터뷰까지 지루한 테스트의 연속이었다.

파리 모병소와는 달리 오바뉴 본부에서는 80퍼센트 이상의 탈락자가 나왔다.

나는 가명을 쓰기로 했다. 박기수가 나의 세 번째 이름이 되었다. 김기수를 시작으로 박희준을 거쳐 박기수라는 이름으로 갈아탔으니 참 기구한 운명이 아닐 수 없었다. 성은 어쩔 수 없었지만 이름이라도 되찾았으니 그나마 다행이었다.

나는 테스트를 거뜬히 통과했고, 일정 인원이 차자 내가 속한 팀은 훈련소가 있는 카스텔노다리로 이동했다. 납작한 파리와는 달리 카스텔노다리 주변은 산들이 많았다. 드문드문 있는 농가를 지나 마구간을 거쳐 해바라기와 옥수수밭들이 넓게 펼쳐진 구릉을 올라가다 보면 훈련소 이정표를 만나게 된다. 훈련소는 그 이정표를 따라 왼편으로 난 긴 오솔길 끝에 있었다.

훈련소의 상관들은 첫날부터 군기가 바짝 들도록 훈련병들을 혹독하게 단련시켰다. 최고의 전투 요원을 양성하기 위해 만들어진 곳이 외인부대 훈련소였다. 세계 어디에 내놓아도 손색없는 최강의 부대라는 자부심을 키워내는 곳인 만큼 정신무장 교육도 철저히 행해졌다. 한국 군대에서 고강도 훈련을 받았던 남자라면 훈련소 생활이 못 견딜 정도는 아니었다. 그러나 선주의 아파트에서 불어책을 뒤적거려 봤다고는 해도 불어는 넘기 어려운 벽이었다.

외인부대는 프랑스 육군에 소속되어 있지만 자체적인 명령 전달이 가능한 부대이기도 하다. 외인부대의 구성원들은 명예로써 프랑스에 충성을 다한다는 복무수칙 1항에 근거하여 모집되었다. 그러나 세계 각국에서 모인 사나이들은 프랑스를 위해서가 아니라 외인부대를 위해 싸우고 죽을 각오를 한다는 비장함으로 정신무장이 되어 있다. 그들이 외인부대를 선택한 동기는 제각각이지만 일단 군대에 발을 들여놓는 순간 그들은 세계 최강의 외인부대원이라는 자부심을 갖게 된다.

여러 분쟁지역에 투입될 때 최전방에 서는 것이 바로 외인부대원들인 만큼 그들의 용맹과 전술, 그리고 전우애는 타의 추종을 불허한다 해도 과언이 아닐 것이다. 외인부대원들에게 조국은 외인부대 그 자체인 것이다.

사랑니 네 개를 몽땅 다 뽑았다. 그것은 의무적으로 해야 하는 발치였다. 충치를 사전에 예방하는 것은 좋지만 무지막지하게 뽑히고 나니 엄청나게 아팠고 얼굴이 퉁퉁 부었다.

카스텔노다리에서의 훈련 기간은 4개월이었고 각 1개월씩 나눠 총 4단계의 훈련 과정을 거쳐야 했다. 머리에 입력해야 할 군가들과 복무수칙들은 왜 그리도 많은지. 불어의 뜻도 모르면서 무조건 외우고 또 외웠다. 잠꼬대로 복무수칙을 중얼거리는 훈련병들이 있을 정도였다.

외인부대 소유의 농장에서 실시하는 불어 교육과 기본 교육을 받았다. 거기에서도 약 10퍼센트의 탈락자가 생겼다. 한 달간의 교육이 끝나면 훈련소로 귀환하는 50킬로미터의 행군이 이어졌고, 1단계 훈련이 끝나면 외인부대의 상징인 케피 블랑 수여식이 거행되었다. 아직 외인부대원으로 인정받은 것은 아니었지만 하나의 관문을 통과했다는 뿌듯함이랄까, 일종의 자부심이 생겼다. 또한 함께 한 동료들 사이에 유대감이 피어났다.

이후 강도 높은 전술훈련과 산악전 훈련이 기다리고 있었다. 매일 이어지는 구보와 주 단위로 실시하는 행군은 점점 더 거리가 늘어났다. 계절이 겨울에서 봄으로 자리바꿈을 하는 때여서 많이 힘들지는 않았다. 한여름에 훈련소에 입소를 했더라면 아마도 엄청난 고행이 되었을 것이다. 완전군장으로 10킬로미터의 행군을 하고 나면 발에는 온통 물집이 잡혔다. 호락호락한 교관은 한 사람도 없었다. 교관은 대부분이 하사관들이었다. 그들은 늦은 밤에도 우리에게 일곱 가지 복무수칙을 복창하게 만들었고 군가를 부르게 했으며 어떤 날은 두 시간의 수면만 허락했다. 숙소가 있었지만 대부분의 밤을 밖에서 지새웠다. 그들은 우리를 편안히 재워줄 마음이 없었다. 모병소나 오바뉴 본부와는 비교가 안 되게 식사 배급도 형편없었다.

연병장 한쪽 끝에 높다랗게 자란 나무들이 담장 역할을 했다. 그 너머에는 하사관 이상의 계급을 가진 상급자들이 식사를 할 수 있는 공간이 있었다. 저녁 늦게까지 구보를 하고 돌아온 훈련병들은 주린 배를 채우기 위해 식당 앞에서 긴 줄을 서곤 했다. 그럴 때 간간이 나무담장 너머에서 숯불에 굽는 고기나 소시지 등의 바비큐 냄새가 훈련병들에게는 지독한 행군보다 더 악랄한 고문이었다.

어느 날 저녁 식사를 마치고 가진 잠깐의 휴식시간이었다.

"어이 박, 넌 자대배치를 어디로 받고 싶어?"

중국인 훈련병 하나가 나에게 물었다. 부대에서는 주로 성을 이름처럼 불렀다. 처음에 나는 박이 누군가 했는데, 그것이 나라 는 것을 알아채고는 뜨끔했었다.

"아직은 모르겠어."

"넌 불어 빼고는 성적이 아주 좋잖아. 십 등 안에 들면 자대 선 택의 우선권을 준대."

"그래? 그렇다면 어디가 좋을까? 넌 생각해둔 연대가 있어?"

"난 제이외인공수연대엘 가고 싶어."

"왜?"

"거기가 월급이 좀 센 걸로 알고 있어. 게다가 미션을 자주 나 가니까 위험수당을 많이 받잖아."

"얼마나 받지?"

"잘은 모르겠어. 그래도 세 배 정도는 된다는 것 같아."

"세 배나?"

"정확한 건 아니지만 두 배는 분명히 넘어."

"넌 오 년 계약이 끝나면 뭐 할 거야?"

"난 돈을 모을 거야. 이다음에 식당을 차릴 거니까. 그래서 프랑스 체류증이나 시민권이 필요해."

중국인 훈련병은 나름대로 야무진 꿈을 가지고 있었다. 그는 나보다 나았다. 바람 따라 떨어진 낙엽처럼 굴러오지는 않았으니까.

다양한 국적의 사람들과 동료애를 느끼며 생활하는 가운데 달아난 줄만 알았던 모험심과 호기심이 되살아났다. 강도 높은 교육과 훈련을 받는 동안 외인부대의 뜨거운 피가 내 몸속으로 수혈되었다.

어차피 누명이 벗겨진다 해도 한국으로 돌아가면 일자리를 찾기가 쉽지 않을 것이고, 이제 그곳에는 엄마도 없었다. 고국에서 장래를 계획하며 살기에는 너무 멀리 왔다는 생각이 들었다. 군대 생활에는 사회에서 느끼지 못하는 매력이 있었다. 나는 점점 그 매력에 빠져들었다. 어쩌면 체질에 맞는다는 표현이 정확한지도 몰랐다. 4개월의 훈련소 생활을 마치면 자대배치를 받을 것이고, 잘 하면 제2외인공수연대에 들어갈 수도 있었다. 5년 기본 계약으로 군 생활을 마칠 때쯤이면 사회로 나가 소규모의 자영업을 시작할 최소한의 자본금은 손에 쥘 수도 있을 것 같았다. 기회라는 녀석이 아무리 미꾸라지 같아도 단숨에 때려잡으면 되는 거였다.

살아오면서 딱히 신념이라고 내세울 만한 것을 가졌던 적은 없었다. 그냥 그때그때의 삶을 살았고, 앞으로도 그렇게 살 생각이었다. 다만 주어진 삶에 최선을 다하고 남에게 피해를 주지 않겠다는 마음가짐은 있었으니 그것도 신념에 속하는 것이라 믿었다. 그러나 그것은 너무도 허술한 신념일 뿐이었다. 계획이 없는 신념은 쓸모가 없었다.

파리의 모병소와 오바뉴 본부에서는 전화 사용이 금지되었지만 카스텔노다리 훈련소의 식당에는 전화기가 여러 대 있었다. 먼저 선주의 휴대폰으로 전화를 걸었다. 며칠째 전원이 꺼져 있었다. 몇 달 만에 기태의 휴대폰 번호를 눌렀다. 동생의 격앙된 목소리가 8천 킬로미터가 넘는 거리를 단숨에 날아왔다. 그 전화 한 통으로 나는 선택의 기로에 놓이고 말았다.

"형, 왜 이렇게 연락이 늦었어, 얼마나 전화 오기를 기다렸는지 알아?"

"무슨 일 있었어?"

"형, 이제 한국으로 돌아와도 돼. 범인이 잡혔어. 벌써 한 달 전이라고."

"누가 보스를 죽였지?"

"아들이야. 정확하게는 아들의 사주를 받은 부하 자식이 보스를 죽였어."

순간 머리가 띵했다. 온몸이 감전된 느낌이었다. 운전기사는 퇴근했던 내가 다시 보스의 사무실을 다녀가는 걸 목격했다고 형사에게 진술했다. 그 진술을 바탕으로 나는 빼도 박도 못하고 용의자 선상의 제일 위에 이름을 올리고 말았다. 그러자 외삼촌은 범인으로 지목된 나를 도피시킨 뒤에 사라진 운전기사의 행방을 쫓았다. 그는 나를 위해 의족을 한 다리로 전국을 누비고 다녔던 것이다.

마침내 외삼촌은 돈을 물 쓰듯 낭비하는 운전기사를 찾아냈다. 돈의 출처가 보스의 아들일 거라 확신했던 외삼촌은 운전기사가 돈이 떨어지면 반드시 보스의 아들을 찾아갈 것이라 판단했다. 그사이 외삼촌은 나 때문에 뻔질나게 드나들던 경찰서의 강력계 형사와 호형호제하는 사이가 되었다. 기태는 그 형사의 형이 옛날에 파독 광부였었다는 사실이 그들을 돈독하게 만들어주었다는 이야기도 전했다.

외삼촌의 예상대로 운전기사는 보스의 아들에게서 입막음용으로 받은 돈을 흥청망청 쓰다가 돈이 떨어지자 보스의 아들을 찾아갔다. 보스의 아들은 운전기사에게 다시 거액을 안겨주었다. 그리고 덤으로 그의 똘마니와 함께. 그 똘마니에게 특별지시가 내려졌다는 걸 돈에 눈먼 운전기사는 알지 못했다. 운전기사는 너무도 멍청했다. 저를 낳은 아비까지 죽일 수 있는 인간이 제까짓 것쯤이야 문제도 안 된다는 걸 몰랐으니 말이다.

술에 취해 돌아가던 운전기사는 똘마니에게 멱살이 잡혀 어두운 폐차장으로 끌려가 곤죽이 되도록 얻어터지고 돈까지 빼앗겼다. 똘마니는 거기서 멈출 생각이 없었다. 그는 바지춤에서 보스를 살해하는 데 사용했던 무시무시한 잭나이프를 꺼냈다. 찰칵, 칼이 펼쳐지는 순간 운전기사를 그림자처럼 미행해오던 형사가 몸을 날렸다. 어느 정도 거리를 둔 외삼촌은 경찰 지원을 기다리면서 자신도 여차하면 의족을 무기 삼아 덤벼들 기세로 몸을 숨기고 있었다.

죽음 직전까지 갔던 운전기사는 응급실로 실려 가자마자 붓고 피멍 들고 찢어진 몸을 달달 떨면서 묻기도 전에 자기가 본 것과 보스의 아들과의 거래를 전부 형사에게 고백했다. 자기는 김기수가 퇴근했다가 다시 사무실을 다녀간 것을 목격한 적도 없고, 평소와는 달리 멀찌감치 차를 대놓은 보스의 아들과 그의 똘마니가 사무실로 올라가는 것을 봤다. 그리고 그는 서둘러 가까운 식당으로 저녁을 먹으러 갔었다. 잠시 후 돌아와 보니 보스의 아들이 자기를 기다리고 있었고, 회장님은 아직 일이 끝나지 않았으니 차를 두고 먼저 퇴근하라고 했다. 물론 회장님의 지시라는 말과 함께. 그 뒤는 너무도 뻔한 스토리였다. 말을 맞추고, 돈이 오가고 위협을 느끼고 등등. 수많은 영화에서 써먹는 시나리오가 현실에도 똑같이 일어났다.

외삼촌의 말이 옳았다. 세상에는 억울하게 매장당하는 사람이 숱했고, 그들의 원통함에 귀를 기울여주는 사람은 턱없이 모자랐다.

대한민국은 문민정부가 들어선 이래로 다시 그 맥을 이어 변호사 출신의 노무현이 대통령에 당선되었다. 나는 그 소식을 간단히 전해 듣고 동생과의 전화를 끝냈다.

오래 고민하지 않았다. 나는 카스텔노다리 훈련소를 나가기 전에 한 번 더 기태의 전화번호를 누를 것이고, 살인범 누명을 벗게 되어 천만다행이지만 귀국하기보다는 외인부대원으로서의 삶을 살아보겠노라고 말할 생각이었다.

4개월간의 모든 훈련이 끝나고 마지막 피날레만 남았다. 완전 군장을 하고 150킬로미터 이상 사흘에 걸쳐 실시된 행군을 끝으로 진정한 외인부대원이 되었다. 지금까지 우리 기수 중에서는 모두 여덟 명의 중도 탈락자가 나왔다. 나는 좋은 성적을 받았다.

오바뉴 본부로 돌아가서 자대배치를 받았다. 나의 바람대로 외인부대 중의 외인부대라 불리는 제2외인공수연대가 나의 보금자리로 지정되었다. 내가 선택한 길이었다. 중국인 훈련병은 자신의 바람과는 달리 오바뉴 본부에서 복무하게 되어 상심이 이만저만이 아니었다.

나는 부푼 기대를 안고 코르시카섬으로 떠날 만반의 준비를 끝냈다.

3.

　칼비의 바다는 맑디맑은 샘물에 에메랄드와 사파이어를 곱게
갈아서 쏟아부은 것 같았다.
　하늘이 바다를 닮은 것일까, 바다가 하늘을 흉내 내는 것일까.
하늘과 바다가 서로의 거울이 되어 한가지로 고운 빛깔을 연출
해냈다. 세상의 모든 푸른빛이 거기에 있었다. 칼비의 바다를 처
음 만나는 순간, 그 신비한 푸름이 내 눈을 통해 들어와 영혼까
지 말끔히 씻어주는 느낌이었다.
　제2외인공수연대는 프랑스 남단의 섬, 지중해에서 네 번째로
큰 섬인 코르시카의 서북쪽에 위치한 칼비에 있다. 코르시카는
프랑스보다 이탈리아가 훨씬 더 가깝고, 덩굴에 매달린 포도송
이처럼 생긴 섬이다. 섬의 모양에 걸맞게 코르시카 산 와인은 햄
과 치즈, 무화과, 밤 등과 더불어 특산품이다. 꼭지와 몸통을 잇
는 곳에 주도인 바스티아가 있고, 대각선을 이루는 남서쪽에는

나폴레옹이 태어난 또 다른 주도인 아작시오가 있다.

연대 앞으로 펼쳐진 천혜의 바다는 외인부대원들의 훈련장이
기도 했다. 코르시카섬에 주둔하고 있는 대원은 총 1,080여 명
이었다. 칼비에는 카스텔노다리에서 받은 훈련보다 더 강도 높
은 훈련이 나를 기다렸다. 나를 기다리고 있는 것은 고된 훈련만
이 아니었다. 거기에는 구릿빛으로 검게 탄 한국인 선배들도 여
럿 있었다. 반가웠다.

제2외인공수연대 부대원들의 배지는 다른 연대와 구분되게
대검과 날개가 새겨져 있었다. 그 배지가 달린 그린베레를 쓰자
한국에서 검은 베레를 썼던 특전사 시절이 떠올랐다. 훈련 과정
에 있어서 많은 부분이 그 시절과 크게 다르지 않았다.

기본 공수훈련을 받았다. 주간 네 번, 야간 두 번으로 도합 여
섯 번을 하강해야 했다. 이미 특전사 시절에 공수훈련을 경험했
지만 오랜만에 다시 하는 고공낙하는 나를 충분히 긴장시켰다.
뇌가 아니라 몸과 근육들이 기억하고 있던 긴장감이었다.

트랑잘이라는 수송기를 탔다. 48명의 대원은 특수 헬멧과 고
글을 착용하고 50킬로그램이 넘는 무거운 장비를 앞뒤로 맨 채
자신의 차례를 기다렸다. 대원들은 극도로 긴장한 모습을 애써
숨기려고 농담을 하거나 객기를 부렸지만, 감추려고 해도 그들
의 얼굴에 그대로 드러났다. 거울을 보지 않아도 나 역시 그들과
마찬가지라는 것을 알았다.

약 4백 미터 상공에서 아래를 보지 않고 정면을 응시한 채 수

송기 밖으로 뛰어내리는 순간, 나는 이루 말로 다 할 수 없는 짜릿함을 느꼈다. 대원들은 자신의 순서가 되면 망설임 없이 창공으로 몸을 날렸다. 낙하산이 펼쳐지기까지의 3초, 그 시간을 뭐라고 표현할 수가 없다. 온몸의 근육이 쫄깃해지고, 심장이 철렁 내려앉을 것 같은 두려움과 짜릿함은 곧이어 희열로 바뀌었다. 허공으로 몸을 내지르는 순간 모두가 하나같이 목젖이 떨어져라 소리를 질렀다. 그러나 소리는 이내 공기가 되어 흩어져버렸고 창공에서 줄느런히 내려오는 낙하산들이 장관을 이루었다. 야간의 강하훈련은 더욱 볼만했다. 대원들은 군화에 작은 램프를 달았다. 앞쪽에는 붉은빛을, 뒤로는 흰 불빛을 매달고 하강하는 모습은 반딧불이를 연상시키는 빛의 군무였다.

무엇보다 착지가 중요했다. 안전수칙을 잊지는 않았지만 종종 골절을 입는 대원들이 나타났다. 예상 못했던 거친 바람이 불어올 때가 있었는데 그럴 때는 발목이나 무릎의 골절은 다반사였다. 또는 엉덩이뼈를 다쳐 한동안 침상에 엎드려 있어야 하는 경우도 왕왕 생겼다. 특히 일 년에 두 번 야간에 실시하는 강하훈련은 부상의 위험이 더욱 컸다.

대신 바다로 하강하면 부상 위험이 거의 없었다. 그래서인지 몸을 사리는 고참병들 중에는 일부러 바다 쪽으로 낙하하는 경우도 있었다. 낙하 후 육지까지 헤엄쳐가야 하는 엄청난 수고가 뒤따르지만 말이다. 대신 신병들은 마중 나온 보트에 올라타고 해변까지 되돌아갔다.

나는 제4전투중대의 소속이 되었다. 그곳은 폭파와 저격이 주 임무였다. 사격에서 최고의 성적을 받은 나는 스나이프를 특기로 부여받았다. 4중대는 부대 안쪽 중간쯤에 있었고, 의무실과 체육관, 그리고 헬스클럽, 수영장들이 가까워서 좋았다. 무엇보다 마음에 들었던 것은 내무반이었다. 파리의 폴드노종이나 본부인 오바뉴에서 테스트를 받을 때, 그리고 카스텔노다리에서 훈련을 받을 때와는 달리 네 개의 침대에 네 명의 부대원이 한 내무반을 사용했다. 그나마 개인적인 생활이 조금은 보장되는 셈이었다.

그러나 매일 이어지는 고된 훈련과 14킬로미터의 구보는 죽을 맛이었다. 그보다 더 힘든 것이 있었다. 그것은 여름과 겨울에 실시되는 산악 훈련이었다. 대원들은 해발 2천 미터가 넘는 G20 트레킹 코스를 약 일주일 동안 행군했다. 코르시카에는 가파르고 험준한 산들이 많았다. 특히 여름은 더욱 고역이었다. 거기를 철모까지 쓰고 오를 때는 아름다운 코르시카의 절경 따위가 눈에 들어올 리 없었다. 단지 헉헉대면서 올라가는 앞 대원의 군화만 눈에 들어왔다. 그러는 동안 최강의 부대에 걸맞게 체력이 쌓여갔고, 몸은 단단한 근육질로 변해갔다.

오후 다섯 시, 산악 작전을 주 임무로 하는 제2전투중대의 캠프에서 휴식을 취할 때에야 비로소 주변의 경관이 조금은 눈에 들어왔지만, 지친 몸은 어서 잠자리에 들기를 원했다. 그래도 가끔 본부에서 공수해온 푸짐한 고기로 바비큐 파티를 열 때면 대원들은 배를 든든하게 채우고 군가를 불러가며 늦은 시간까지 마음껏 즐겼다.

칼비에는 각 중대별로 한국인들이 몇 명씩 있었다. 나이를 떠나서 나에게는 모두가 선배였다. 비교적 늦은 나이에 외인부대원이 된 나와 달리 그들은 고국에서 제대를 한 뒤 20대 중반의 나이에 풍운을 타고 프랑스로 날아와 외인부대에 지원한 경우가 허다했다. 특전사나 해병대 출신이 압도적으로 많았다. 5년 계약 만기를 앞둔 대원이 있는가 하면 10년을 채웠거나 그 이상 복무 중인 대원도 있었다.

한국인 중에는 나보다 일 년 앞서 들어온 탈북자 출신이 한 명 있었다. 그의 이름은 김준. 본명인지 가명인지는 아무도 몰랐다. 그는 좀처럼 입을 열지 않았고, 한국인뿐만 아니라 외국에서 날아든 대원들과도 어울리지 않았다. 동료들은 그를 '지퍼'라 불렀다.

선배들과 얼굴을 익힐 무렵, 내전으로 몸살을 앓고 있는 코트디부아르로 미션을 수행하기 위하여 부대원들 다수가 프랑스 여권을 지급받고 떠났다. 그들에게는 위험수당이 지급되고 몇 개월 후 미션 임무가 끝나면 긴 휴가도 얻는다.

일정 기간이 지나자 주말에는 외출이 가능해졌다. 부대에서는 할 일이 많지 않았다. 늘 틀어주는 비디오를 보거나 개인적으로 불어를 공부한다든지 체력단련을 위해 운동을 하는 것이 고작이었다.

제3중대인 수륙작전 팀에 별명이 '괴물'로 통하는 한국인 선배가 있었다. 함 선배는 벌써 10년 차가 넘는 최고참이었다. 그는 한국인들뿐 아니라 외국 출신 대원들에게까지 인기가 좋았고, 부대원들 중에는 그를 존경하는 사람도 많았다.

장기복무 기간 동안 그는 사고 한 번 친 적이 없었으며 체력과 정신력 모두 타의 추종을 불허할 정도로 강인했다. 자기 관리가 뛰어난 사람이었다. 불어까지 빨리 배운 함 선배는 어눌한 우리들의 대변인 역할을 도맡으며 맏형의 역할을 톡톡히 해주었다. 그는 보통 3년은 지나야 달 수 있는 병장 계급을 입대 2년이 못 되어 달았으니 타고난 군인임에 분명했다.

함 선배는 지루한 시간과 싸우고 있던 한국인 후배들을 데리고 해안으로 갔다. 해상 훈련소 옆으로 민물과 바다가 만나는 갈대숲이 있었다. 작살을 들고 물속으로 잠수해 들어간 함 선배는 잠시 후 통통하게 살이 오른 장어를 잡아 왔다. 그는 불을 피워 재를 만들고, 그 재 속에 잡아 온 장어를 넣고 문질러 장어의 껍질에 붙은 이물들을 제거하고 깨끗이 씻었다. 그러고는 준비해 온 냄비에 갖은양념을 넣어 장어탕을 끓였다.

"함 선배님, 마늘은 어디서 났습니까?"

"중국 가게 가면 다 있지. 없는 것 빼고 다 있어. 고춧가루 비슷한 것도 있고. 마늘 먹는 유럽 사람들이 생각보다 많더라고."

"선배님은 요리를 잘하시나 봅니다."

"요리를 따로 배울 거 있나? 먹고 싶으면 다 하게 되어 있지.

어쩌다가 한국 음식이 억수로 땡길 때가 있거든. 그럼 별수 없잖아. 직접 해 먹어야지."

갈대숲을 휘감는 장어탕의 냄새가 우리의 코를 자극했고, 한국 음식에 주렸던 배는 구수하면서도 칼칼한 장어탕으로 호사를 누렸다.

"다음번엔 내가 숭어회에다가 숭어 매운탕을 끓여줄게. 바닷물이 워낙 깨끗해서 생선들이 엄청 싱싱해. 맛이 끝내줄 거다."

한국의 남쪽 바닷가 출신인 함 선배는 정녕 우리들의 맏형임에 틀림없었다. 그의 기이한 행동에 많은 외국 출신 대원들은 혀를 내두르곤 했다. 물론 한국인들 사이에서도 그의 행동은 그저 신기할 따름이었다.

이런 일이 있었다. 함 선배는 다친 무릎이 부어오르자 벌을 잡아서는 자신의 아픈 무릎에 벌의 침을 꽂았다. 말하자면 벌침 요법이었다. 그 모습을 본 외국 출신들의 반응은 '저 인간 미쳤군.'에서 시작하여 '병가를 내려고 별 지랄을 다 한다.' 등등으로 혀를 찼다. 그러다가 말짱한 무릎으로 걸어가는 함 선배를 보고는 고개를 끄덕이며 '역시 함이야.'로 바뀌었다.

또 어떤 날은 놀기 좋아하는 선배들을 따라 택시를 대절해서 시내 구경을 나갔다. 칼비에는 신호등이 없었다. 5년 이하의 대원들은 차를 살 수 없었기 때문에 부대 앞에 있는 택시를 이용하거나 부대에서 운영하는 버스를 타고 시내로 나갔다. 걸어서 왕래할 수 있는 거리는 아니었다.

부대의 하강 착지 장소에서 그리 멀지 않은 곳에 출입이 금지된 '아카풀코'라는 디스코텍이 있었다. 그래도 부대원들은 몰래 갔다. 헌병에게 들키지 않으면 아무 문제도 없었고, 헌병과 어느 정도 친분이 있으면 그 정도는 눈감아주었다. 아카풀코에는 외인부대 남자들에게 호감을 가진 프랑스 아가씨들의 출입도 잦았다.

휴가철에는 정열의 나라 스페인이나 이탈리아에서 뜨거운 여자들이 넘어왔다. 바스티아에서 칼비까지는 오래된 관광용 기차가 다녔다. 기차가 싫다면 차를 이용하면 된다. 바스티아에서 칼비로 넘어오는 도로는 심한 꼬부랑길이어서 운전 실력을 뽐내고 싶다든지, 스릴을 즐기고 싶다면 30분 정도는 아무것도 아닐 테니까.

하루에 두 번 다니는 관광 기차에서는 풍만함을 자랑하고 싶어 안달 난 유럽 각지의 아가씨들이 내렸다. 그녀들은 아슬아슬한 수영복 차림으로 해변을 누비고 다니며 그냥 둬도 뜨거운 사나이들의 가슴에 불을 지펴댔다. 그녀들과 부대원들 사이에 하룻밤의 짧고 농염한 사랑이 공공연히 불붙었다 사그라지는 것이 다반사였다. 결혼도 가능하지만 그것은 5년 이상의 복무자에게만 허용되었다.

여자를 사이에 두고 치졸하게 다투는 경우가 생기는가 하면, 정신없이 놀다가 귀대 시간을 넘겨 벌을 받기도 했다. 여자에게서 전염병을 옮아오는 부대원이 있기 때문에 부대에서는 주기적으로 피검사를 했다. 자칫 성병이나 에이즈에 감염될 수도 있었으니까.

부대원들 사이에 가끔 주먹다짐이 있었지만 그것은 크게 문제 삼지 않았다. 그러나 외부인, 특히 민간인들과 마찰이 생기면 그것은 위법으로 벌을 받았다. 정도에 따라 전출을 가거나 군법에 회부되고 군복을 벗어야 하는 경우도 있었다.

비교적 가벼운 처벌로는 일주일을 영창에 간히거나 그보다 길면 열흘 또는 보름이었다. 조금 더 경중을 따져 한 달 동안 영창 신세를 지기도 했다. 그래 봤자 티가 나도록 낡은 옛 군복을 입고 화장실 청소를 하거나 여러 가지 잡일을 했다. 그리고 대원들의 집합 바로 전에 연병장을 뛰게 하여 창피를 준다는 정도의 그다지 무겁지 않은 체벌이었다. 부대원들은 그들의 은어로 영창을 '똘'이라고 했다.

부대에는 나를 갈구는 러시아 출신의 병장이 있었다. 그의 이름은 알렉시였지만 선배들은 그를 '보드카'라고 불렀다. 그는 이등병인 나와 마주치면 '신덕'(중국 오리)이라고 놀렸다. 특히 동유럽 출신의 백인 대원 중에는 동양인을 비하하여 중국 오리라고 부르는 인간들이 있었다. 그랬다가 조용한 곳으로 끌려가서 대한민국 출신 사나이들로부터 주먹맛을 본 뒤에야 입을 다물었다. 대부분의 한국인 대원들은 태권도는 기본이고 검도, 합기도, 유도를 비롯하여 특공무술의 유단자들이 많았다. 선배 하나는 차력사였던 이력까지 지니고 있었으니 감히 분수도 모르고 깔보려 들었다가는 코뼈가 비뚤어질 수도 있었다.

나는 러시아인 병장 알렉시에게 한국인이라고 매번 정정해 주었지만, 그는 막무가내로 나를 신덕이라 불렀고 마늘 냄새가 역겹다며 저리 가라는 손짓을 하곤 했다.

어느 주말, 선배들을 따라 나간 아카풀코에서 나는 알렉시와 맞닥뜨렸다. 그는 동구권 출신 대원 몇몇과 어울려 술을 마시러 왔다.

"어이, 신덕. 너도 술 마실 줄 아냐?"

디스코텍에서까지 알렉시는 이죽거리며 나에게 또 시비를 걸어왔다.

"어이, 보드카. 넌 너무 오리고기를 좋아하는 것 같다. 시내에 맛 더럽게 없는 중국 식당에나 가보지 그래? 거긴 진짜 신덕이 많으니까."

"난 저 신덕한테 물었으니까, 넌 입 다물고 조용히 술이나 처마셔."

"야, 보드카. 넌 여기 술이 네 입에는 물 같을 텐데 돈 아깝게 뭐 하러 왔냐? 그냥 부대에서 네 포르노 잡지나 보면서 딸딸이나 칠 것이지."

나를 대신하여 한국인 선배 하나가 계속해서 대꾸를 해주었다. 나는 분위기가 점점 살벌해져 가는 것을 느꼈다. 아니나 다를까 일촉즉발의 긴장감이 술집 안을 가득 채웠다.

"뭐? 너 지금 나한테 시비 거는 거야?"

눈에 핏발을 세운 알렉시가 선배의 멱살을 잡았다.

"인마, 시비는 네가 먼저 걸었잖아."

그 뒷일은 말해서 뭣하랴.

한두 번 오가던 주먹들이 어느새 서로의 몸을 부둥켜안고 엉겨들었다. 결과는 단죄가 기다리고 있었다. 손님으로 와 있던 술꾼들은 처음에는 신나게 구경하다가 싸움판이 커지자 하나둘 자리를 떴다. 개중에 하나가 부대에 신고를 했다. 전화를 받고 출동한 헌병들에게 우리 무리들은 붉으락푸르락 열을 식히지 못한 채 끌려갔다.

선배들은 나를 감싸주었다. 그 덕에 나만 빼고 모두 일주일이나 열흘을 영창에서 지내야 했다. 그중에서 영창 한 달의 징계를 먹은 사람이 있었는데, 바로 알렉시였다. 아카풀코의 아수라장에서 부대에 신고한 술꾼은 러시아인이 먼저 시비와 싸움을 걸었고, 기물 파손이 제일 많았다는 증언을 했기 때문이다.

알렉시는 그동안 크고 작은 문제를 일으켜 영창을 많이 살았고, 이번에는 그 죄를 중히 물어 병장에서 상병으로 강등되는 불행을 자초했다.

나는 선배들에게 큰 빚을 지고 말았다. 고맙고, 말할 수 없이 미안했다. 대한민국 건아들의 의리와 단결심은 멀고 먼 타국의 부대에서까지 빛을 잃지 않았음에 마음이 숙연해졌다.

4.

나는 외인부대에 입대한 뒤 처음으로 미션에 참가했다.

내가 발령받아 간 곳은 영어로는 아이보리코스트라 부르는 서아프리카의 코트디부아르였고, 앞서 다녀온 선배들의 뒤를 이어 그곳으로 날아갔다. 경력으로 따지면 미션을 꽤 빠르게 나간 편이었다. 불어 공부를 열심히 한 덕분이었다. 나는 외인부대원으로 지내는 동안만큼은 함 선배를 닮고 싶었다. 시간이 날 때마다 불어를 익혔고, 각종 훈련에서도 몸을 사린 적이 없었다. 덕분에 좋은 평가를 받았다. 미션에 참가하게 되었으니 나도 4개월간의 위험수당을 받을 수 있었다. 미션을 수행하고 오면 휴가를 얻을 것이고, 약 보름의 휴가를 파리에서 선주와 보낼 생각을 하니 벌써부터 가슴이 설레었다.

내 고정관념 속의 아프리카는 더위와 불모지가 태반이고, 맹수들이 우글거리는 초원이나 밀림 그리고 가난뿐이었다. 그러나 코트디부아르는 프랑스령으로 있던 시절부터 경제발전이 빨랐던 나라답게 아프리카에서는 비교적 형편이 좋은 나라였다. 그곳은 프랑스어를 공용어로 사용하는 프랑코포니 국가였다. 또한 다양한 농업이 발달되어 있었다. 특히 카카오는 세계 최대 생산지이며 목재를 수출할 정도로 울창한 숲을 가졌고 각종 공업이 성행하는 나라였다. '상아의 해안'이 나의 고정관념을 한 방에 날려버렸다.

내가 미션을 나갔을 때는 2년 가까이 내전으로 혼란을 겪은 나라치고는 제법 평정을 되찾아서인지 위험지역이라는 느낌이 들지 않았다. 하루의 대부분을 부대에서 대기하거나 아홉 명의 팀 대원들과 정찰을 나가는 것이 고작이었다.

한 소대에는 세 개의 전투분대가 있고, 각 전투분대는 두 개의 팀으로 구성되었다. 우리 팀에 폭파 전문인 김준도 포함되었다. '지퍼'로 통하는 김준은 명령에만 답할 뿐 일절 말이 없었으므로 다른 동료들도 그에게 말 걸기를 포기한 것 같았다. 그는 영어뿐 아니라 중국어에 불어도 잘하는 편이었는데 스스로 왕따를 자처하는 것 같아 안타까웠다.

김준은 책 읽기를 즐겼다. 휴식시간이면 언제나 책을 읽었고, 간혹 눈여겨보면 페이지가 잘 넘어가지 않는 때도 있었다. 나는 그와의 거리를 좁히기 위해 여러 차례 말을 걸어보려고 시도했지만 매번 건성으로 짧게 대답하거나 아예 눈을 책에 박아둔 채 묵묵부답일 때가 더 많았다. 나는 바윗덩어리 앞에서 혼자 주절대는 것 같아 무안했던 때가 한두 번이 아니었다.

"너, 나한테 할 말 있냐?"

하루는 휴식시간에 김준 앞에서 말도 못 걸고 하릴없이 왔다 갔다 하고 있는데, 그가 먼저 입을 열었다. 기대하지도 않았던 질문이 굴러오자 오히려 내가 당황했다.

"뭐 그냥…… 이봐 지퍼, 같은 팀에 있는 동안이라도 사이좋게 지내면 좋잖아."

"그럼 말해봐. 무슨 얘길 하고 싶은데?"

"딱히 뭘 얘기하고 싶다기보다는, 뭐 이것저것."

"내가 탈북자라는 거 알지?"

"이봐 지퍼, 출신이 중요한 건 아니잖아?"

"날 자꾸 지퍼라고 부르지 마라."

"알았어. 앞으로 이름을 부를게."

"서발턴이라고 들어봤나?"

여하튼 김준은 까다로운 녀석임에 틀림없었다. 나는 괜히 그 앞에서 알짱거렸다가 쩔쩔매는 꼴이 되고 말았다.

"씨발턴, 아니 써발턴이라고 했나? 그게 뭔데? 욕 같은 거야?"

내가 그렇게 묻자 김준은 피식 웃었다. 나도 따라 멋쩍게 웃었다.

"지금 내가 읽고 있는 책이 서발턴에 대한 건데, 좀 난해한 편이야."

나는 그가 읽고 있는 책의 표지를 슬쩍 훔쳐봤다. 영어로 된

책이어서 제목이 쉽게 눈에 들어오지 않았다. 녀석, 저렇게 어렵고 두꺼운 책을 읽다니.

"그래서 페이지가 잘 안 넘어가는 거였군."

"그것까지 알고 있었어? 나한테 관심이 꽤 많구나."

"뭐…… 관심 좀 가지면 안 돼?"

나는 속내가 들킨 것 같아 멋쩍었다.

"그건 네 자유고."

"근데 씨발턴인지 서발턴인지 그게 무슨 뜻이야?"

잠시 뜸을 들이던 김준은 목소리에 박아뒀던 심을 뽑아냈는지 제법 부드럽게 말문을 열었다.

"서발턴이라는 게 무슨 뜻이냐면 말이야, 사회적으로 하대를 받는 사람들, 이주민이나 가난에 찌들어 사는 하층민들을 일컫는 말이야. 그러니까 있으나 마나 한 그림자 같은 존재들, 뭐 그런 뜻으로 해석될 수 있겠지. 이를테면 나 같은 사람이 소위 서발턴인 거지."

"그래? 그렇다면 이 세상에는 서발턴이 아주 많군."

나는 내가 태어나기 전에 광주 대단지로 이주해갔던 사람들에 대한 이야기를 아버지와 외삼촌을 통해 숱하게 들어왔다. 그렇다면 그 사람들도 전부 서발턴이었다.

"그렇다고도 볼 수 있지. 소수의 권력에 의해 좌지우지되는 사람들이 천지에 널렸으니까. 이 나라만 봐도 그래."

김준은 나보다 한 살 아래였다. 그러나 그의 머릿속은 나보다 열 배, 아니 그 이상의 지식으로 가득 차 있었다. 김준은 열세 살 나이에 북한을 탈출하여 3년 동안 연변 일대를 꽃제비로 전전하다가 대한민국까지 흘러들어온 청소년 탈북자였었다. 배운 것도 가진 것도 일가친척도 없는 그에게 대한민국은 따뜻한 나라가 아니었다.

그는 시간제 일자리를 전전하면서 다양한 분야의 책을 닥치는 대로 읽었다. 나중에는 독학으로 검정고시를 거쳐 대학까지 들어갔지만, 그의 세상은 여전히 북풍한설 한복판에 있었다.

김준은 색안경을 끼고 탈북자를 바라보는 사람들의 시선이 미웠다. 바람직하게 살아가지 못하는 몇몇 조선족과 같은 취급을 받는 것이 억울했다. 그는 탈북자들이 살아가는 방식도 마음에 들지 않았다. 열심히 살아가려고 노력하는 사람들도 많지만, 탈북자들 중에는 정부의 입맛을 맞추려고 열심히 노력하는 사람도 많았다. 김준은 그 꼴이 보기 싫었다. 그는 대한민국을 떠나기로 결심했고, 최종적으로 선택한 곳이 프랑스의 외인부대였다.

한번 터지기 시작한 물꼬는 둑을 무너뜨렸다. 둑 너머로 흘러 넘친 물의 양은 엄청났다. 나는 김준에게서 애정이 결여된 자의 고독을 보았고, 지식에 굶주린 자의 분노를 읽었다.

우리는 그날 이후 단짝이 되었다. 동료 대원들은 눈을 찡긋거리며 나에게 엄지손가락을 들어 보였다.

파리에 도착했다.

4개월의 미션을 마치고 휴가를 얻자마자 코르시카에서 파리 오를리공항으로 단숨에 날아왔다. 선주에게 깜짝 이벤트를 할 양으로 연락 없이 온 게 큰 실수였다. 그녀의 아파트 앞에서 저녁을 굶어가며 거의 여섯 시간을 죽치고 앉아 하염없이 기다려야 했으니 말이다. 김준에게서 얻은 얇고 읽기 쉬운 책이 있었기에 망정이지 시간을 죽이는 일은 절대 쉬운 일이 아니었다.

밤 11시가 넘어서 돌아온 선주의 머리카락에서는 담배 냄새가, 입에서는 술 냄새가 났다. 그러면서 대뜸 한다는 소리가 이랬다.

"왜 여기 있어?"

"휴가 받았거든."

"그렇기로서니 이렇게 불쑥 찾아오면 돼?"

"휴대폰으로 전화했더니 전원이 꺼져 있더라고."

"배터리가 나갔어. 그렇다고 여기서 기다리면 어떻게 해?"

선주는 말은 그렇게 하면서도 열쇠를 돌려 문을 열고는 나를 먼저 안으로 들여보내 주었다.

"부대 생활은 할 만해?"

"그럭저럭 괜찮아."

일 년 넘게 만나지 못했는데, 할 말이 별로 없었다. 당연했다. 선주와 나에게는 공통점이 없었으니 서로의 안부를 묻는 것 외에는 화제로 삼을 만한 것이 없었다. 선주는 나에게 부대 생활은 할 만하냐고 건성으로 물었을 뿐, 내가 군대 생활을 어떻게 했는지, 어떤 훈련을 받았는지, 미션은 어디로 나갔다 왔는지, 물어보지 않았다.

오랜만에 그녀를 안았다. 그런데 선주는 피곤하다며 내게서 몸을 뺐다. 잠시 안아본 선주는 내 몸이 기억하고 있는 여자가 아니었다. 그녀의 몸은 지쳐 있었고 그녀가 늘 사용하는 향수 냄새 뒤로 희미하게 다른 향수 냄새가 묻어 있었다. 그것은 남자들이 선호하는 냄새였다.

선주에게 내가 아닌 다른 남자가 있다는 것을 나의 직감이 알려왔다. 그럼에도 불구하고 나는 나의 직감을 외면했다.

"희준, 언제 돌아갈 거야?"

"어…… 오래는 못 있어. 일주일짜리 휴가거든."

이제 막 온 사람에게 돌아갈 날짜를 묻는 것이 못내 서운했으나 나는 싱글거리며 휴가를 반 토막 내는 거짓말까지 했다.

"그럼 여기서 지내다 가. 나도 시간을 낼게."

"고마워."

"고맙긴. 겨우 일주일인데 뭐."

"참, 내 이름 바꿨어. 외인부대에서는 가명이 허용되거든. 그래서 이름은 본명을 쓰게 됐어. 뭐, 형식적인 거지만."

"되게 까다롭네. 그럼 기수라고 불러주면 돼? 기수 맞지?"

"응, 기수라고 불러줘. 난 선주가 희준이라고 부를 때마다 그 이름이 낯설었어."

선주가 나의 본명을 기억하고 있었다니, 아까의 직감은 진짜

몹쓸 의심이었다.

다음 날부터는 모든 것이 예전처럼 순조롭게 돌아갔다. 선주는 몇 번의 짧은 외출을 제외하고 대부분의 시간을 나와 함께했다. 나는 그녀가 잠깐 나간 사이에 청소기를 돌리고 빨래를 정리했으며, 꽃을 사다가 모양이 긴 맥주잔에 꽂았고 함 선배가 해준 요리들을 실습했다. 우리는 저녁을 먹은 뒤 산책을 나갔다가 알딸딸한 술기운을 몸에 감고 돌아왔다. 그리고는 누가 먼저랄 것도 없이 서로의 몸을 탐했다.

"난 우리나라 사람들의 양은냄비 근성이 싫어."

"무슨 일 있었어?"

"대통령을 뽑았으면 일할 수 있도록 좀 도와주고 진득하게 기다려주질 않아. 뽑은 지 얼마 됐다고 벌써 잘 하네 못하네 하면서 평가질이나 하고 말야."

"난 무슨 소린지 모르겠어. 부대에 있으면 한국 소식은 깜깜무소식이라서."

"잘하면 당연한 거고, 못한다 싶으면 있는 것 없는 것 다 들춰내서 피가 마르도록 달달 볶잖아. 난 정치하는 사람들에게 환멸을 느껴. 이중인격자들이 너무 많아."

나는 선주가 정치에도 관심을 가지고 있는 줄 몰랐다. 하긴 그것만 몰랐던 것도 아니다. 따지고 보면 나는 선주에 대하여 아는 것이 전무했다. 그렇다고 묻고 싶지는 않았다. 그녀의 과거를 물어본들 말해줄 사람도 아니었다. 지금까지 그녀는 자신이 하고 싶은 말만 했고, 묻고 싶은 것만 물었다. 어떤 때는 나를 없는 사람 취급했지만, 거기에 큰 불만은 없었다. 그녀의 성격일 것이고, 성격은 버릇을 만들었을 테니까.

땀을 흘린 뒤 체온이 내려가자 한기가 스멀스멀 올라왔다. 우리는 바닥에 떨어진 이불을 주워 목까지 끌어올렸다.

"한 가지 알려줄까?"

"뭔데?"

"우리 아버지도 이중인격자야. 국회의원이었거든. 그것도 세 번이나 해 먹었고. 재산도 꽤 불렸지 아마? 그 덕에 나도 이렇게 사는 거지만."

나는 가만히 듣기만 했다. 뭐라고 대꾸할 말도 없었고 또 쓸데없는 맞장구로 선주의 심기를 건드리고 싶지도 않았다. 왠지 그녀는 잘 벼린 칼날 같았다.

시간을 엿가락처럼 늘릴 수 있다면 얼마나 좋을까. 거짓말한 것을 후회했다. 이미 엎질러진 물이 되고 말았으니 약속대로 일주일을 채우고 선주의 아파트를 떠나야 했다.

"약속이 있어서 공항까지 배웅은 못해."

"괜찮아 혼자 갈 수 있어. 그동안 고마웠어."

"다음에는 오기 전에 꼭 연락해. 그게 예의야."

"알았어, 미안해. 다음엔 꼭 전화 먼저 하고 올게."

돌아가는 비행기표를 해약하고 마르세유로 가기 위해 리옹역에서 TGV를 탔다. 교통비는 얼마 들지 않았다. 군인들에게는 70

퍼센트라는 엄청난 할인이 적용되었다. 남은 휴가를 여행으로 보낼까 생각하다가 포기했다. 겨울이 시작된 마르세유의 뼈까지 시리게 만드는 살벌한 바람에 질려 일찌감치 저렴한 호텔을 찾아들었다. 다음 날 나는 페리를 타고 코르시카로 돌아갔다. 그러고도 일주일의 휴가가 남아 있었다.

2004년 초, 나는 프랑스 여권을 소지하고 기아나로 날아갔다. 기아나는 외인부대원들이 로테이션으로 약 4개월에서 6개월 정도 필히 다녀가는 곳이었다.

기아나라는 나라 이름도 생소했지만 어디에 붙어 있는 나라인지도 몰랐다가 대한민국 위성인 우리별 1호와 2호를 쏘아 올린 곳임을 선배가 가르쳐주었다. 그러고 보니 아주 오래전, 뉴스에서 들었던 기억이 났다.

제3외인보병연대는 기아나의 쿠루에 있는 프랑스 우주센터를 보호하는 것이 주된 임무였고, 훈련은 정글에서 이루어졌다.

기아나에는 네 개의 중대가 편성되어 있고 연대 총인원은 675명이었다. 장기 복무 대원은 모두 480명 정도로 약 70퍼센트를 차지했고, 나머지는 단기 미션을 수행하러 온 대원들이었다.

제3외인보병연대를 우리는 외인정글연대라고 불렀다. 그들은 정글을 뜻하는 '셀바'(Selva)를 구호로 외쳤다. 나는 정글이라는 단어만 들어도 낯선 긴장감에 근육이 팽창되는 걸 느꼈다.

기아나에 도착하고 보름이 채 못되어 나는 아이티로 날아갔다. 정글 패트롤에 참가할 준비를 하던 가운데 난데없이 참전명령이 떨어졌다.

최빈국에 속하는 아이티는 그동안 끊임없는 정치적 갈등과 쿠데타로 내분을 겪다가 급기야 부정선거가 원인이 되어 무장한 반정부군의 공격을 받았다. 프랑스 정부뿐만 아니라 대기업과도 결탁한 아이티의 정치인이나 경제인의 부패는 심각했다. 국민은 빵 한 조각을 위해 싸우는데 독재가 횡행하는 정국은 패권을 잡기 위한 아귀다툼에만 열을 올렸다.

UN은 내전이 발발한 아이티에 미군을 주력으로 한 다국적 임시군의 투입을 결정했다. 기아나에 주둔한 프랑스 제3외인보병연대 2중대는 전 대원이 참전하라는 명령을 받았다. 프랑스 의회의 동의가 없어도 분쟁 지역에 급파할 수 있는 것이 바로 외인부대였다.

명령이 하달된 날은 주말이었다. 한가한 주말을 보내다가 비상이 걸리자 전 대원은 자체적으로 장비를 수습하느라 일주일이 걸렸고, 모두가 출전 준비에 정신이 없었다. 우리의 작전명은 '오페라시옹 까르베'(Opération Carbet)였다. 까르베는 열대 가옥의 이름이다. 기아나에서 아이티 공항까지는 비행기로 세 시간 거리였다.

우리 중대는 전방에 배치되었다. 아이티에 투입된 프랑스 정규군인 제9해병연대는 후방에서 임무를 수행했다. 분쟁 지역에 파병된 외인부대는 대부분 최전방을 사수했고, 후속으로 배치되는 프랑스 정규군은 주로 후방을 맡았다.

첫 달은 아이티 수도의 공항에서 중대 전원이 함께 지냈다. 샤워 시설은 고사하고 화장실도 없는 열악한 환경이었다. 활주로 옆에서 용변을 해결하고 군대 식량으로 끼니를 때우며 불편하기 그지없는 생활을 견뎌낼 수밖에 없었다. 공항 근무를 하는 동안은 순찰과 수도 정찰이 주 임무였다.

나는 수도 정찰을 나갈 때마다 가난에 찌든 나라의 구석구석에서 가슴 아픈 장면을 목격했다. 앙상한 갈빗대를 고스란히 드러낸 새까만 아이들은 모두 굶주림에 퀭한 눈을 하고서 군인들에게 손을 내밀었다. 그들은 먹을 것이 없어 밀가루에 진흙을 섞어 빵을 구워 먹었다.

호주머니에 넣어온 얼마 안 되는 군대 식량을 가장 나이가 어려 보이는 아이에게 줄라치면 어디에 숨었다가 나왔는지 새까만 아이들이 파리 떼처럼 몰려들었다. 그러고는 어린아이의 것을 빼앗아 저들끼리 서로 먹으려고 싸웠다. 그 모습을 본 뒤로 다시는 음식을 가져가지 않았다. 나의 주제넘은 동정심은 개나 물어가라고 욕했다. 그들에게 개인의 동정심 따위는 쓰레기보다 못했다.

고국에 있을 때 본 한국전쟁을 다룬 영화가 생각났다. 우리나라도 극빈의 시절이 있었고, 내가 보고 있는 아이티와 크게 다르지 않았다. 권력을 휘두르는 극소수의 지배자는 세상 어느 곳에나 있었다. 기득권의 육중한 덩치에 짓눌려 찍소리 못하고 몸을 납작하게 엎드려야 하는 빈민은 어디에나 있었다. 김준의 말처럼 그들 모두는 서발턴이었다.

부대가 주둔해 있는 공항 근처로 돈을 벌려는 여자들이 몰려왔다. 소녀티를 벗지도 못한, 팔 것이라고는 깡마른 몸밖에 없는 10대의 여자아이들이 태반이었다.

경찰과 군인이 있어도 치안은 최악의 상태였다. 날마다 널브러져 있는 시체를 보았다. 먹을 것을 훔치다가 살인이 나는 경우도 많았지만, 저들끼리 편을 갈라 죽고 죽임을 당했다.

조금씩 보급물자가 도착하자 형편이 나아졌다. 음식이 좋아진 것보다 가끔 샤워를 할 수 있게 되었다는 것이 무엇보다 반가웠다.

보급과 정비가 안정되자 장거리 임무로 전환되었다. 우리 부대원과 미군이 공동으로 움직였다. 식량과 복구를 위한 자재 등의 UN 보급물자를 목적지까지 경호하는 것이 주 임무였다.

우리 소대는 학교나 교회로 나눠져 군장을 풀었다. 중대에서 생활할 때보다 소대 단위의 생활이 훨씬 나았다. 민간인과 접촉할 수 있다는 것은 큰 장점이었다. 전투식량에 질렸던 우리들은 그들에게서 야채나 고기, 그리고 맥주를 샀다. 저녁마다 각 나라의 음식들이 등장했다. 가끔은 시가를 구해서 피우는 대원들도 있었다. 쿠바가 가까워서인지 시가가 무척 저렴했고 미국에서 밀수로 건너온 물건들을 입맛대로 골랐다. 샤워라고 해봤자 생수를 몸에 끼얹는 정도에 불과했지만 덥고 건조한 날씨에 그 정도도 호강이 아닐 수 없었다.

내가 속한 소대는 세 개의 분대로 나눠졌고, 각 분대별로 장갑차가 배정되었다. 1분대는 정찰 임무를 맡았고 2분대는 초소 근무를 했으며 3분대는 휴식시간도 없는 비상 대기조였다.

날이 갈수록 몸도 마음도 지쳐갔다. 매일같이 30도가 넘는 더위에 방탄조끼까지 입어야 했다. 탄약을 장전한 3.5킬로그램의 개인 화기인 파마스(FAMAS) 자동소총에 무거운 군장으로 총무장을 하고서 임무를 수행하는 것은 엄청난 고역이 아닐 수 없었다. 몸은 물을 잔뜩 머금은 스펀지처럼 천근만근 무거웠다. 임무가 끝나면 모기장을 친 이동식 군용 침대에서 꿈도 없는 잠에 빠져들었다. 잠도 겹겹이 쌓인 피로를 걷어내기에 턱없이 모자랐다.

지속되는 더위와 누적된 피로 탓이었을까, 안전수칙을 간과한 대원 하나가 병기 사고로 숨졌고 그의 유해는 프랑스 본국으로 이송되었다. 지칠 대로 지친 대원 모두는 본대로 복귀하기를 원했다. 외인부대의 최대 명절에 해당하는 '카메룬 데이'를 그곳에서 맞았다. 그러나 축제는 고사하고 난장판이 되고 말았다. 발단의 원인은 잘 모르겠지만, 우리 중대원들끼리 집단으로 패싸움을 벌였고, 모두가 제정신이 아닌 것 같았다. 그놈의 술이 원수였다.

브라질 군대가 교체로 들어와서 임무를 분담하자 조금씩 여유가 생겨났고, 나는 4개월의 임무를 마치고 다시 아이티의 수도로 돌아왔다. 다행스러웠던 것은 단 한 번의 총격전이 없었다는 거였다. 그러나 미션에 대한 성취감은 어디에서도 찾아볼 수 없었다.

5.

세 시간의 비행으로 아이티에서 기아나로 복귀했다.

아이티에 참전했던 모두가 훈장을 하나씩 달았다. 지금까지 두 번의 미션을 수행한 나에게 두 개의 훈장이 생겼다.

정글 훈련에 앞서 우리는 다양한 교육을 받았다. 수신호에서부터 각양각색의 도구 사용법과 매듭은 어떻게 묶는지, 야영할 때 해먹을 달고 텐트를 치는 방법뿐만 아니라 통발을 사용하는 것과 물고기를 잡기 위한 덫은 어떻게 만드는지 등등을 배웠다. 게다가 정글에서는 어떤 열매는 먹을 수 있고 어떤 것은 절대 만지지도 말라는 것까지 세세한 사항들을 머리에 입력했다. 발자국으로 짐승의 종류를 구별해내는 감식법도 배웠다. 하지만 실전에서 얼마나 효율적으로 사용될지는 의문이었다. 살아오면서 터득한 생존법이 있다면, 그것은 닥치면 다 하게 되어 있다는 것이다.

고된 정글 훈련이 시작되었다. 헬기에 대원들을 싣고 가서는 굶주린 악어 떼가 공격해올지도 모르는 아마존강의 지류에 우리들을 풀어 놓았다. 뗏목을 만들어 거기에 매달려 강을 이동했고, 뻑뻑한 진흙탕의 늪을 통과하는 훈련은 기본이었다. 그나마 카누를 타고 물살이 센 강을 이동하는 것은 누워서 식은 죽 먹기였다.

나는 30일간 시행되는 정글 패트롤에 참가했다. 대원들은 2주 분량의 식량과 물품을 가지고 출발했다. 소대 단위로 실시된 정글 훈련은 말 그대로 지옥훈련이었다. 60킬로그램이 훨씬 넘는 군장에는 약 40센티미터에서 50센티미터 길이의 정글도가 포함되어 있었다. 정글도를 '쿠쿱'(Coup-Coup)이라 불렀고 크기는 각자의 선택 사항이었다. 군장 속에는 매일 복용해야 하는 말라리아 예방약에서부터 통신 장비에 폭약뿐 아니라 옷가지와 잠자리 일체가 들어 있었다.

우리 소대는 셋으로 나눠졌고, 1분대는 길을 만드는 역할을 하면서 나아갔다. 정글 패트롤에 경험이 있는 병장이 앞장을 서고 분대장은 GPS를 보면서 진군 방향을 지시했다. 1분대가 만든 길을 따라 2분대가 그 뒤를 잇고, 1분대와 2분대는 주기적으로 교대를 하면서 전진했다. 뒤를 잇는 분대는 굵고 하얀 명주실을 풀어가면서 이동하는데, 그 방법은 원시적이지만 한 시간의 차이를 두고 이동하는 군의관과 무거운 짐을 맡은 3분대가 따라가기에는 가장 정확한 길 안내 방법으로 이용되었다.

정글도의 용도는 다양했다. 늘어진 넝쿨을 자르고 어지럽게 자라난 덤불을 헤쳐 길을 내는 데에 쓰였으며, 무기가 될 때도 있었고 삽의 구실도 했다. 정글에서 용변을 보기 위한 일회용 화장실을 급조하는 데에는 이만한 도구도 없었다.

"어이, 너. 안전수칙을 잊었나? 아니면 정글도 사용하는 법을 못 배웠나?"

다가온 사람은 소대장이었다. 나는 대답도 못하고 몸을 꼿꼿이 세운 채 바짝 긴장했다.

"칼 줘."

나는 정글도를 소대장에게 건네주면서 혹시라도 무시무시한 체벌을 받지 않을까 솔직히 겁이 났다.

"칼끝에 달린 이 고리를 액세서리라고 생각하나?"

"아닙니다."

"그럼 무슨 용도로 달려 있다고 생각하나?"

"정글도를 놓치지 않기 위해섭니다."

"이렇게 손목에 꼭 끼워서 사용하는 거다. 땀과 습기 때문에 칼자루가 얼마나 미끄러운지는 잘 알겠지? 이걸 놓치는 순간 네 발목이 날아갈 수도 있고, 칼날이 동료 대원의 목을 향할 수도 있다. 굉장히 중요한 거니까 잊지 마라."

"네, 명심하겠습니다."

소대장은 정글도에 달려 있는 드라공(Dragon, 고리 모양의 끈)을 자신의 손목에 걸더니 칼로 휙, 하고 공기를 갈랐다.

내가 참가한 정글 패트롤의 소대장은 특무상사의 계급을 단 한국인이었다. 부대에 있을 때 그의 군복에 달려 있던 명찰에서

'김'이라는 성을 얼핏 봤던 기억이 났다. 그러나 훈련을 나갈 때나 정복을 입고 외출할 때는 모든 연대의 부대원들은 명찰을 달지 않았다. 소대장의 눈을 똑바로 본 적은 없었지만 내 정글도를 휘두를 때 곁눈질로 본 그의 눈은 매의 그것처럼 날카로웠다.

정글의 밤은 일찍 찾아왔다. 해는 늦게 뜨고 엄청 빨리 졌다. 낮이라고 해서 밝은 빛을 기대할 수는 없었다. 울창한 밀림에서 하늘을 구경하기란 결코 흔한 일이 아니었다. 시도 때도 없이 장대비가 퍼붓는가 하면 비가 그쳐도 높은 습도와 기온으로 대원들이 길을 내면서 전진하는 데에는 한계가 있었다.

하루 평균 10킬로미터에서 15킬로미터를 이동했다. 무거운 군장과 날씨 때문만이 아니라 곳곳에 숨어 있는 맹수나 독사 그리고 독을 품은 해충들의 습격에 대비하면서 전진해야 하므로 엄청난 체력이 소모되었다. 아침 8시에 시작된 행군은 40분 이동하고 15분간 휴식하는 방식으로 오후 3시까지 진행되었다. 오후 4시까지는 숙영지를 찾아야 하기 때문이다.

어둡기 전에 물이 있는 곳을 찾는 것도 매우 중요한 일이었다. 몸을 씻기 위해서도 물은 필요했지만, 이동 중에 필요한 식수를 보급받는 것이 무엇보다 중요했다. 식수는 흐르는 물에 정화제를 사용하여 저장했다. 정글 패트롤을 수행 중일 때는 비누를 사용하지 않고 흐르는 계곡에 몸을 씻었으며, 옷은 물에 담가 땀을 빼는 정도로 헹궈서 입었다. 비누와 면도기는 자칫 피부병의 원인이 되기 때문에 사용이 금지되었다.

정글도의 용도는 무궁무진했다. 야영 숙소를 만들기 위해서도 정글도는 필수품이었다. 먼저 지름이 20센티미터 이상 되는 나무를 찾아야 했다. 그래야 해먹을 양쪽에 매달았을 때 그 무게를 견딜 수 있기 때문이다. 벌레를 없애기 위하여 바닥에 난 잡초를 깨끗이 제거하는 것도 중요했다. 무는 벌레보다 살 속을 파고들어 기생하는 벌레는 더 끔찍했다. 해먹을 설치하고 나서 가로세로 각각 3미터 정도 넓이의 군용 방수 비닐로 지붕을 만들고 모기장을 치면 하룻밤을 보낼 숙영지가 30분 만에 완성되었다. 나는 발 못지않게 손도 빠른 편이었다. 내가 발견한 장소에서 텐트를 완성하기까지 약 20분이면 충분했다. 우리 팀 중에서 내가 제일 빨랐다. 그런 뿌듯함도 잠시, 나의 자만심은 바로 깨졌다.

"어이, 아직 다 완성된 게 아니다. 이거 땅에 꽂아둬라."

소대장이 튼튼한 나뭇가지 두 개를 나에게 건네주었다. 받아든 나뭇가지를 멀뚱히 보고 있자 소대장은 혀를 찼다. 그러고는 내 손에서 나뭇가지 하나를 냅다 뺏더니 땅에 꽂았다.

"내일 아침부터 기분 잡치게 젖은 군화를 그대로 신고 갈 건가?"

머리에 번쩍 불이 들어왔다. 나뭇가지를 땅에 꽂아 신발을 거꾸로 걸어놓으면 그런대로 물기가 빠진다는 것에 생각이 미쳤다. 소대장은 알게 모르게 나를 챙겨주었다. 나는 얼른 손에 쥐고 있던 나머지 나뭇가지를 땅에 꽂았다. 그리고 촛대로 쓸 나무 막대도 땅에 꽂았다.

"초나 램프는 머리 가까이에 두지 마라. 모기한테 흉하게 뜯기고 싶으면 상관없다만, 여기 모기는 그냥 모기가 아니다. 말라리아 예방약을 왜 매일 먹어야 하는지 경험해서 알게 되는 것보다 정글미션이 끝날 때까지 모르는 게 낫다."

"네, 알겠습니다."

소대장은 내가 매달아 놓은 해먹의 나무들을 점검했다.

"아무리 굵은 나무라고 해도 간혹 썩은 나무가 있으니 해먹을 설치하기 전에 잘 확인하는 것이 중요하다. 자다가 나무가 쓰러져 봉변을 당한 대원들도 있었으니까."

"네 실수 없이 잘 하겠습니다."

"그럼 됐다. 이제 아브리푸를 만들고 장비 점검을 한 후 식사를 한다."

아브리푸(l'abrie feu)는 이동할 때마다 새 숙영지에 만드는 보호용 장작불을 의미했다. 특히 재규어 같은 맹수들의 공격을 방지하기 위해 밤새 불을 피워두고 보초를 섰다.

저녁 식사 때 소대장은 커피에 럼을 섞어서 만든 카페 타스(Café-Tas)라는 술을 한 잔씩 돌렸다. 술은 마시되, 술맛을 잘 구분하지 못하는 나에게도 카페 타스의 맛은 기가 막히게 좋았다.

우리의 소대장은 술과 담배를 즐겼고, 기아나 정글에서 잔뼈가 굵어진 사람이었다. 그의 손바닥에는 거북이 등껍질처럼 단단한 굳은살이 박여 있었다. 다른 연대에서 기아나로 로테이션을 왔다가 두 번 다시 정글 훈련은 받고 싶지 않다는 대원들이 대다수인데 반해 소대장은 자원까지 해가며 정글연대에서 복무했다. 그 기간을 모두 합치면 5년이 넘었다. 말라리아에 걸려 생사를 오락가락한 적도 있었다고 했다. 정글에 미치지 않고서야 누가 감히 이런 곳에 제 발로 걸어 들어오겠나 싶었다.

식사를 마치면 자유 시간이었다. 자유 시간이지만 이미 어두워진 정글에서 할 수 있는 일은 거의 없었다. 대원들은 희미한 불빛에 의지하여 자신들의 군장에 넣어온 야한 잡지를 뒤적이거나 가족 또는 연인에게 편지를 쓰려고 종이와 펜을 들었지만 노곤해진 몸은 단 한 줄의 인사도 쓰지 못하고 잠에 빠져들었다.

아침에 제일 괴로운 것은 젖은 옷을 입을 때였다. 새 숙영지에 도착할 때까지 젖은 옷에 새로 배어든 땀과 습도 높은 정글의 더위를 온몸에 휘감고 행군한다는 것은 대단한 인내심을 요구했다.

중대를 출발할 때 가지고 온 2주 분량의 식량으로는 부족한 단백질을 보충할 필요가 있었다. 우리들은 종종 사냥을 하고 낚시를 했다.

사냥용 총을 사용할 수 있는 사람은 분대장이었다. 운이 좋으면 멧돼지를 잡아 바비큐를 해 먹었다. 더러 악어나 크기가 작은 아나콘다를 잡았다. 정글원숭이를 먹기도 하지만, 나는 그것만큼은 영 비위에 거슬려서 먹을 수가 없었다. 그런 날은 내 군장에 비상용으로 넣어온 중국 라면을 끓였다. 기아나에도 중국 식품점들이 있어서 우리나라 사람의 입에 맞는 다양한 먹을거리를 구하는 것은 그리 어렵지 않았다.

내 입에는 물고기가 제일 나았다. 대원들은 먹다 남은 동물들의 살점 일부를 낚싯줄에 매달아 강으로 던졌다. 종종 피라냐가 잡히기도 했는데, 날카로운 이빨로 악어까지 뜯어 먹는 놈치고는 그다지 몸집이 크지 않았다. 피라냐는 의외로 맛이 좋은 물고기였다. 나는 낚시에 재미를 들여갔다.

2주 분량의 식량이 떨어질 때쯤이면 헬기로 식량 보급을 받았다. 헬기로 온 것은 식량만이 아니라 연대장까지 실려 왔다. 그는 고기와 술을 가지고 와서 소대 전원에게 푸짐한 식사를 제공해주었다. 또한 연대에서는 가족이나 친구, 연인들이 보내온 편지나 소포들을 헬기로 실어다 주었다.

정글 패트롤은 체력소모가 엄청난 최악의 극기훈련이었지만, 대원들 간의 단결력과 끈끈한 유대감을 높이는 데 큰 몫을 했다. 무사히 훈련을 마치고 연대로 복귀했을 때의 안도감과 뿌듯함은 이루 말로 표현할 수 없었다.

한 달 이상 걸리는 정글 패트롤에 참가했던 대원들 대부분은 몸무게가 5킬로그램이 훨씬 넘게 빠졌다. 몸에는 살을 파고 다니면서 구멍을 뚫어놓은 해충들 때문에 담뱃불에 지진 듯한 흉한 자국들이 남았어도 우리들의 자부심은 살이 쪘고, 흉터 자국은 훈장보다 영예로웠다. 우리는 세계 최강의 정글전 대원들로 거듭난 것이다.

로테이션이 끝나갈 무렵 소대장이 나를 불렀다. 그는 지금까지 명령을 내리고 나의 실수를 바로 잡아줄 때에도 불어로 말했다. 그러나 이날만큼은 한국말을 했다.

"어이, 박기수. 넌 외인부대를 용병이라고 생각하나?"

나는 소대장의 뜬금없는 질문에 말을 못하고 머뭇거리다가 솔직히 답했다.

"생각해본 적이 없습니다."

"명심해라, 외인부대는 용병이 아니다. 용병은 돈을 위해 고용된 일시적인 싸움꾼이다. 계약 기간이 끝나면 그것으로 끝이다. 돈을 더 주는 고용주가 있다면 전 주인에게도 총을 겨눌 수 있는 것이 용병이다. 물론 우리들도 계약 기간이라는 게 있고 용병처럼 돈을 받지만, 그것은 직업군인이기 때문이다. 외인부대에는 돈을 목적으로 들어온 사람도 있다. 그러나 자네도 알다시피 외인부대의 월급은 일반인들이 생각하는 것처럼 많지가 않아. 목숨을 담보로 돈을 받는 것은 외인부대와 용병의 차이는 없다. 그러나 외인부대는 엄연히 프랑스 군대의 일부다."

"잘 알고 있습니다."

"프랑스 군대의 일부지만 외인부대원은 프랑스가 아니라 외인부대를 위해 목숨을 바친다. 자, 이제 너의 조국이 어디인지 말해봐라."

"레지오 파트리아 노스트라.(LEGIO PATRIA NOSTRA)"

'외인부대는 우리의 고향이다.' 그것은 기아나에 주둔하는 제3외인보병연대 마크에 새겨진 문구이기도 하지만, 전 외인부대원의 신앙이었다.

"나도 외인공수연대 출신이다. 칼비로 돌아가거든 함 선배께 안부 전해라. 자기 관리가 철저하고 배울 것이 많은 분이시다."

"네, 소대장님."

"가서 빨리 병장을 달도록 해라. 사회로 나가 딱히 할 일이 없다면 외인부대에 말뚝을 박는 것도 나쁘지는 않을 거다. 하사관 이상이 되면 지내기도 훨씬 나아지니까 잘 생각해서 결정하도록."

"네, 명심하겠습니다."

소대장은 담배를 입에 물더니 지포라이터로 불을 붙였다.

"보아하니 담배를 안 피우는 것 같더군."

"네, 피우지 않습니다."

"그래, 몸에 해로운 거는 될수록 안 하는 것이 좋지."

말은 그렇게 했지만, 소대장은 담배를 늘 물고 있는 골초였다.

"이거 받아. 자네에게 특별히 주는 선물이다."

소대장은 불을 붙이고 난 지포라이터를 내게 내밀었다.

"정글 훈련을 무사히 마친 기념으로 주는 거다. 어차피 사용할 일이야 없겠지만, 잘 간직해라."

알파벳으로 소대장의 이니셜이 새겨진 지포라이터 뒷면에는 세 가지의 불어 문구가 새겨져 있었다.

1. 만약 네가 모른다면, 나는 너를 가르칠 것이다.

2. 만약 네가 할 수 없다면, 나는 너를 도울 것이다.

3. 만약 네가 원하지 않는다면, 나는 너에게 강제할 것이다.

6.

나는 기아나에서의 로테이션을 끝내고 칼비로 복귀한 후, 휴가를 받았다.

선주에게 전화를 걸었다. 그녀는 이틀 후에 한국에 다니러 간다고 했고, 있을 곳이 없으면 그녀의 아파트에서 지내도 좋다는 말을 남기고 전화를 끊었다.

아쉽게도 나는 선주의 열쇠를 건네받자마자 그녀와 작별했다. 고작 몇 시간의 만남을 위해 칼비에서 파리까지 날아온 셈이다. 나는 선주를 공항까지 배웅하고 싶었지만 그녀는 말도 못 꺼내게 했다.

나와 선주는 밝은 대낮에 함께 돌아다닌 적이 거의 없었다. 땅거미가 질 무렵 우리는 부랑아처럼 파리의 골목들을 누비고 다녔었다. 그러고는 밤이 이슥해진 뒤에야 흐느적거리며 돌아오곤 했다. 한국 음식이 먹고 싶어 한국 식당에 가자고 해도 그녀는 일언지하에 거절했었다. 옷이며 머리카락이며 몸에 냄새가 배는 것이 싫다는 이유를 들었지만, 나는 알고 있었다. 파리에서 살아가는 한인들에게 나의 존재를 들키고 싶어 하지 않는다는 것을. 알지만, 따져 물을 수는 없었다. 왜냐하면, 인정하긴 싫지만, 나도 나의 열등감 또는 자격지심을 들키고 싶지 않아서였다. 그녀의 세계에 내가 들어갈 수 있는 공간은 한정적이었다.

한 공간에서 숨 쉬고 사랑을 나눈다 해도 그녀와 나 사이에는 좁힐 수 없는 거리가 있었다. 그녀는 내 인생에 중요한 등장인물이었지만 나는 그녀의 인생에 단역이거나 어쩌면 엑스트라에 불과한지도 몰랐다. 선주에게 우수리 같은 존재라고 해도 나는 그녀의 곁에서 오래 머물고 싶었다. 나는 그것을 사랑이라 믿었다. 사람이 제각각이듯 사랑도 제각각이니까. 행복은 내 것이 아닌 걸 가질 때가 아니라, 내가 가진 것을 소중히 여길 때 얻는 값진 감정이라 하는데, 내가 가진 것은 과연 무엇일까.

휴가를 이렇게 보낼 줄은 전혀 예상하지 못했다. 멋진 휴가를 고대하며 꿈에 부풀어 있었더랬다. 나는 선주와의 여행을 계획했고, 그 여행을 위해 저축한 돈을 쓰고 싶었다. 날아간 계획은 다음을 기약할 수밖에 없었다. 썰렁한 아파트에서 뒹굴다가 관광객처럼 싸돌아다녔고 한국 식당에서 땀을 뻘뻘 흘리며 매운 음식을 먹었다. 나의 시간은 한 다발로 꽁꽁 묶어놓은 마른 꽃 같았다. 언제라도 부서져 버릴 수 있는 유기물. 부서지는 순간 더 이상 꽃이 아니라 먼지가 되어버릴 쓸모없는 잔해.

물거품이 되고 만 휴가를 반납하고 싶은 마음이 굴뚝같았다. 차라리 잠시라도 한국을 다녀왔더라면 얼마나 좋았을까. 그러나 그렇게 할 수는 없었다. 프랑스 밖으로 미션을 나갈 때 받는 프랑스 여권은 본대로 되돌아오는 즉시 반납해야 한다. 위조여권으로 한국에 들어갔다 나오는 것은 위험했다. 그렇다고 당당하게 새 여권을 만들어 나온다면 외인부대로는 돌아갈 수 없을 터.

다시는 그러지 않겠노라 다짐했지만, 파리에 머무는 동안 나는 어머니의 집 근처를 여러 날 배회했다. 아쉽게도, 아니 어쩌면 천만다행으로 어머니를 보지 못했다. 한편으로는 돌아가신 엄마께 죄스러운 마음이 들었다. 하늘에서 섭섭한 얼굴로 나를 내려다보고 있을 것만 같았다.

오랜만에 동생에게 전화를 걸었더니 희소식이 전해졌다.

기태는 그사이 행정고시를 패스하고 공무원이 되었다. 아버지는 아파트 경비원으로 일하다가 외삼촌이 있는 해남으로 내려가셨다. 오랫동안 고흥에서 친구의 과수원 일을 배우고 도왔던 외삼촌은 마침내 해남에 땅을 사서 유자나무를 심었고, 아버지를 불러들였다.

엄마가 살아계셨다면 얼마나 좋아하셨을까. 유자를 따면서 콧노래로 동백 아가씨를 불렀을 텐데. 모과차 대신 유자차를 겨울 내내 끓였을 텐데.

시간은 퍼내면 퍼낸 만큼 다시 채워지는 우물 같더니, 어느새 휴가로 받은 시간이 바닥을 드러냈다. 나는 기아나에서 잡은 악어의 뱃가죽으로 작은 동전지갑을, 멧돼지의 어금니로는 열쇠고리를 만들었었다. 선주에게 주려고 가져왔던 선물을 그녀의 침대 옆 화장대 위에 올려놓았다. 대청소를 끝내고 그녀의 아파트 현관문을 잠근 뒤, 열쇠를 우편함 속에 넣었다.

칼비의 바다는 한결같이 푸르고 맑은 얼굴로 휴가를 무의미하게 써버린 나를 반겨주었다. 나를 못마땅하게 여기는 러시아 출신의 알렉시는 그사이 다시 병장을 달았다. 기아나의 정글부대에 있던 소대장의 충고대로 나는 카스텔노다리에서 병장으로 진급하기 위해 두 달간의 교육을 받고 계급을 올렸다.

다시금 구보와 행군을 했고, 트랑잘에서 뛰어내려 낙하산을 펼쳤다. 한 번은 하강훈련을 하던 중 무릎을 다쳤지만 나는 함 선배의 벌침은 마다했다. 아무래도 현대의술에 의존하고 싶었다.

한국인 부대원들과 어울려 물고기를 잡아 매운탕을 끓여 먹었고, 문어를 잡아다가 오징어처럼 말려서 안주로 먹었다. 주말에는 시내로 나가 곤죽이 되도록 술을 마신 선배나 동료를 둘러업고 부대까지 돌아오기도 했다. 가끔 부대 밖에서 알렉시를 만날 때도 있지만 오히려 그가 나를 피했다. 그와 나는 같은 계급이었다. 그에게서 다시는 계급이 강등되는 불상사를 겪지 않겠다는 의지가 보였다. 병장이 되고 보니 역시 졸병일 때와는 천지 차이로 모든 면에서 좋았다.

김준이 부대로 돌아왔다.

그는 미션을 다녀온 뒤 휴가를 얻어도 섬을 떠나지 않았다. 그렇다고 부대에 남아 있는 것도 아니었다. 주도인 바스티아나 아작시오에 저렴한 호텔을 잡고 거기서 지냈다. 어디서 구했는지 책을 쌓아놓고 읽어댔다.

그와 나의 인연은 좀 특별났다. 나는 그의 유일한 이야기 상대였지만, 전투훈련을 받을 때는 더없는 경쟁자가 되었다. 그러면서도 이해가 되지 않는 부분이 있었는데, 그는 외인부대에 말뚝을 박고 싶다고 말하면서도 계급에는 별 관심을 보이지 않았다. 나보다 한 해를 먼저 입대했지만 나보다 겨우 석 달 앞서 병장 계급을 달았다.

나와 김준은 코트디부아르에서의 첫 대화 이후 부대에서 만날 기회가 적었다. 서로 미션을 나가는 기간이 달랐기 때문이었다. 나는 주말에 맥주와 말린 문어를 가지고 김준이 투숙하고 있는 호텔을 찾아갔다. 오랜만에 만난 김준은 변한 게 없어 보였다. 그의 손에는 표지가 낡은 책이 들려 있었다.

"무슨 책이야?"

"연애소설."

"뭐? 연애소설? 네가?"

"나는 연애소설 읽으면 안 되냐?"

"정말 의왼데?"

김준은 히죽 웃더니 읽고 있던 책을 내 눈앞으로 바짝 내밀었다. 연애소설이 아니라 조선왕조실록이었다. 그는 책 읽기가 싫

을 때 읽는 책이 조선왕조실록이라고 했다. 역시 김준은 궤변의
달인다웠다.

"준, 넌 왜 병장을 그렇게 늦게 달았어? 실력도 최곤데 말야."

"실력은 네가 더 좋아."

"아냐, 네가 한 수 위라는 거, 내가 인정한다. 근데 부대에 말
뚝 박을 거라면 빨리 진급해서 하사관이 되면 좋잖아."

"외인부대에서 십 년 이십 년, 아니 그 이상을 있어도 어디까
지 올라갈 수 있다고 생각해? 기껏해야 장교지. 육군사관학교를
나온 새파랗게 젊은 프랑스 장교들과 늙수그레한 외인부대 장교
가 동급이라…… 징그럽잖아. 계급에 연연하기도 싫고, 월급이
좀 오르기야 하겠지만 그것도 큰 매력은 못돼. 난 미션 나가는
게 더 좋아. 그게 통장 잔고를 확실하게 올려주니까."

외인부대에는 정년퇴직을 앞둔 50대 후반의 나이임에도 불구
하고 하사관이 못되어 만년병장에 머물러 있는 사람도 있었다.
공을 세워서 진급을 하는 경우도 있긴 하지만, 보통은 카스텔노
다리에 가서 진급을 위한 테스트를 거치고 3,4개월의 훈련을 받
아야 계급을 올릴 수 있었다. 불어를 얼마나 잘하는가도 중요했
다. 한국인들은 훈련 성적이 좋은 편이나 언어가 큰 걸림돌이 되
어 진급이 늦는 경우가 태반이었다. 15년 이상을 복무하고도 하
사나 중사 계급에 머물다 제대하는 사람도 있고, 빠르면 상사까
지 올라가는 사람도 있었다. 그러므로 공도 세우고 빠른 진급 단
계를 착실히 밟았다 해도 소위가 되기까지는 길고 험한 산을 넘

어야 가능했다.

"그래도 나중을 생각해야지."

남의 일 같지 않았다. 나처럼 5년 계약으로 끝낼 사람이 아니라면 어느 정도 장래를 계획하면서 살아야 마땅하다고 생각했다. 그 점에 있어서는 나도 아직 어중이떠중이지만 말이다.

"나중에 힘 빠지면 은퇴자 휴양소에서 지내면 되고."

"거기서 포도 농사 짓게?"

"그러지 뭐."

"그럼 포도주는 공짜로 실컷 마시겠다."

"에이, 다른 얘기나 하자. 참, 파리 유학생과의 연애는 어떻게 돼가고 있냐?"

"묻지 마, 비참해."

"비참하다고? 그럼 묻지 말아야지. 자 자, 맥주나 마시자. 안주가 끝내주네."

"어이, 준. 넌 왜 여자 안 사귀냐?"

"여자가 많아도 걱정, 없어도 걱정. 걱정덩어리는 딱 싫다. 됐냐?"

김준은 정말이지 알다가도 모를 인간이었다. 특히 뜬금없이 생뚱맞은 질문을 해댈 때는 더더욱 그랬다.

"이봐 기수, 케네디와 링컨의 공통점이 뭐게?"

"글쎄…… 둘 다 대통령이었다. 그리고 암살당했다. 맞지?"

"맞아. 그것도 둘 다 머리에 총을 맞고 죽었지. 그런데 그것 말고도 많아. 두 사람의 초상화가 동전에 그려져 있고, 두 대통령을 암살한 범인들은 재판을 받기도 전에 의문사를 당했다는 점도 공통점이야. 게다가 백악관에 있는 동안 자식을 잃었다는 것도 똑같아. 두 사람이 각각 하원의원에 당선된 때가 딱 백 년 차이가 나는데, 대통령에 당선된 때도 딱 백 년의 차이가 나지. 심지어는 두 대통령의 후계자 이름이 존슨이야. 둘 다 존슨 대통령이었다는 거, 신기하지 않아?"

"그걸 다 조사했어?"

"아니, 조사한 걸 읽었어."

"근데 이야기가 갑자기 왜 삼천포로 빠졌어?"

"재밌잖아."

김준은 탈레반과 싸우러 아프가니스탄으로 파병되었고, 나는 중앙아프리카 북부에 위치한 차드로 미션을 나갔다.

이 나라도 아프리카의 많은 나라들처럼 프랑스어를 공용어로 사용하는 프랑코포니 회원국이었지만, 전에 다녀간 코트디부아르와는 판이하게 다른 나라였다. 검은 대륙이라는 수식어에 걸맞게 모든 것이 검었다. 사람들의 피부색만이 아니라 그들의 삶도 검었다. 온통 불모지인 사막과 바위산이 나라의 대부분을 차지한 까닭에 경작할 땅이 없었고, 죽음은 곳곳에 산재해 있었다.

내 눈을 믿을 수가 없었다. 나에게 종교는 없지만 신은 있을지도 모른다고 늘 생각해왔다. 내가 서 있는 검은 땅덩어리 어디에도 신은 없었다. 최소한 신은 공평한 조물주여야 했다. 그러나 인간이 인간답게 살아갈 수 없는 척박한 땅에는 신도 머물지 않는 것 같았다.

어디서부터 잘못된 것일까. 누구에게 책임을 물어야 하는가.

가난한 아프리카의 여러 나라 중에서도 차드는 최빈국에 속했다. 엎친 데 덮친 격으로 중요한 수원지의 역할을 하는 아프리카에서 두 번째로 큰 차드호수가 지구온난화 때문에 그 크기가 급속도로 줄어들고 있었다. 선진국들이나 개발도상국들의 무분별한 산업화와 생태계 파괴는 갈수록 심각해져서 지구온난화를 가속화시켰다. 국토의 사막화 현상도 심각했다. 물 부족과 극심한 기근으로 고통받는 주민들을 차마 눈 뜨고 볼 수가 없었다.

그들은 가난에서 벗어나고 싶어도 태어난 나라를 떠나지 않고서는 불가능했다. 간신히 태어난 나라 밖으로 갔다고 해서 거지 꼴을 면하기도 어려웠다.

차드는 한동안 프랑스의 식민지였다가 독립한 뒤로 종교적 갈등과 영토 분쟁, 정치적 혼란 등으로 끊임없이 내전을 겪어왔다. 그런 까닭에 제2외인공수연대가 항시 주둔하고 있었다. 프랑스는 차드의 내전을 종식시키기 위해서만 군대를 보내지는 않았다. 거기에는 면화와 가스, 그리고 석유가 있었다. 프랑스가 가져갈 이익이 없다면 그렇게 장기적으로 군대를 주둔시킬 이유가 없었을 것이다.

프랑스 공군의 전투기를 보호하기 위해 군인 500명이 배정되었다. 나는 차드의 수도에서 근무하다가 정찰 임무를 맡고 변두리로 나갔다. 날이 저물면 우리 팀은 민가 근처에서 텐트를 치고 야영했다가 다음 날 아침 일찍 땅을 파서 쓰레기를 매몰한 뒤 군장을 챙겨 다른 지역으로 이동했다. 정찰을 돌고 부대로 되돌아 갈 때는 앞서 지나갔던 민가를 다시 거쳐 갔다.

구덩이를 파고 먹다 남은 군용 음식을 파묻었던 자리가 휑하니 파헤쳐져 있었다. 구제품으로 얻어 입은 누더기 셔츠에 맨발인 아이들이 남아 있는 쓰레기를 서로 차지하려고 아귀다툼했다. 우리가 다가가자 아이들은 부리나케 달아났고, 우리가 버렸던 쓰레기는 민가의 헐벗은 주민들이 싹쓸이해갔다. 우리가 지나간 곳마다 상황은 똑같았다.

세상은 처음부터 불공평했다.

들에 피고 지는 꽃들도 아름답고 날아가는 철새도 어여쁘다 말하는데, 한낱 돌도 갈고 닦이면 가치와 아름다움을 얻는데, 지구에서 최악의 조건을 가진 땅덩어리에, 그것도 모자라 쥐어짜려야 짤 것도 없는 가난 속에 태어난 저들에게 가치란 무엇이며 아름다움이란 무엇일까.

나는 밀려드는 슬픔에 화가 났다. 한번 돋아난 화가 좀처럼 가라앉지 않고 점점 뿔처럼 뾰족해져 갔다. 무엇에든 분풀이를 하고 싶었다. 때마침 자청하여 뿔에 받히고 싶어 하는 녀석이 나타나 주었다.

"에이 더러운 침팬지들."

브라질 출신의 대원이 침을 뱉으며 하는 말에 나는 정색을 하고 물었다.

"누가 더러운 침팬지야?"

브라질 출신은 고갯짓으로 떨어져 있는 민가를 가리켰다.

"함부로 말하지 마. 그들도 사람이야."

"왜 그렇게 민감하게 굴어? 침팬지보고 침팬지라고 하는데. 다들 그렇게 말하잖아."

"함부로 말하지 말랬지?"

"웃기는군. 난 더럽고 냄새나는 침팬지가 역겨워."

순간 브라질 출신은 목을 뒤로 꺾으면서 휘청거렸다. 그는 무방비 상태로 있다가 내가 내지른 주먹에 턱주가리를 정통으로 얻어맞은 거였다. 우리 둘은 장전된 총을 내려놓고 나뒹굴었다. 놀란 팀 대원들은 나와 브라질 출신을 뜯어말리느라 정신이 없었다. 두려움 반, 호기심 반의 새까만 눈들이 민가에 숨어서 우리를 구경했다.

나와 브라질 출신은 대원들에게 양쪽 팔이 압박당한 채 씩씩대면서 노려봤다. 팔이 약간 헐거워지자 나는 브라질 출신에게 마지막 일격을 돌려차기로 마무리하면서 한마디 쏘아붙였다.

"이 새끼야, 네 몸에서 나는 암내가 더 역겨워."

영창을 각오했지만 징계를 당하지는 않았다. 장교는 훈계 정도로 나의 행동을 무마해주었다. 지금까지의 내 근무성적에 대한 배려였다.

수도 방위근무는 편안했다. 종종 대원들은 철조망이 쳐진 개구멍을 통해 부대 밖으로 기어나갔다. 인근에 있는 디스코텍이 목적지였다. 거기서 실컷 놀다가 돌아올 때 혹시라도 발각이 되면 친분이 있는 당직 보초는 못 본 척 눈감아 주지만, 만약에 보초가 바뀌기라도 해서 들키게 되면 처벌이 뒤따를 수도 있었다. 보초가 철조망을 넘어오는 대원을 사살한다 해도 그것은 임무 수행에 해당되었다.

아무리 부대의 규율이 엄하다 해도 대원들은 눈치껏 알아서 놀고 마셨다. 나는 부대 내에서 착실하고 내성적인 편으로 알려져 있었던 것 같다. 정찰 임무 때 벌어진 불상사가 한 바퀴 돌아 내 귀에는 '박기수를 조심해라. 얌전한 놈이 화를 내면 호랑이로 변한다.'가 되어 돌아왔다.

7.

나는 미션을 끝내고 칼비의 본대로 귀환했다.

"계약 기간이 끝나면 사회로 나갈 건가, 아니면 복무 연장을 할 건가?"

소대장에게 불려가서 받은 질문이었다.

5년의 기본 계약 기간이 끝나기 전에 부대원들에게는 선택의 기회를 주었다. 6개월 단위로 군 생활을 연장할 수 있었기 때문에 아직 특별한 계획을 세워놓지 못한 나는 복무 연장을 신청했다. 장기복무를 할 생각은 없었지만 아직은 사회로 나갈 자신도 없었다. 그렇다고 내 나라로 돌아가는 것은 시기상조라 여겼다. 선주가 파리에 있었다. 그녀와의 헤어짐을 생각해본 적이 없었다.

나의 고민이 시작되었다. 어리석게도 제대한 뒤 무슨 일을 하며, 어떻게 살아갈 것인지 신중하게 생각하지 못했고, 미루기만 했었다. 불어나는 통장의 숫자는 든든한 보증수표가 되어줄 거라 여겼다. 시간은 늘 넉넉하게 기다려주는 센스가 있다고 믿은 건 나의 착각이었다. 시간이 흐르는 대로 몸을 맡겼고, 매 시간 최선을 다해 사는 것이 장땡이라 생각했다. 장담하건대 나태했던 적은 없었다. 어느덧 5년의 시간은 과거형이 되어버렸다.

내가 차드에서 돌아오자마자 함 선배는 15년의 장기복무를 마치고 제대했다. 그는 대한민국 출신의 외인부대원으로서 연금 혜택을 받는 사람이 되었다.

"어이, 기수. 잘 있거라, 이 몸은 떠난다. 널 보고 있으면 꼭 나를 보는 것 같다. 여기에 언제까지 남아 있을지는 모르겠다만, 있는 동안에는 열심히 해서 얼른 하사관을 달도록 해라. 이왕이면 월급도 올려야지, 안 그래?"

"네, 선배님."

"기분이 참 묘하네. 이 년 전부터 제대를 결심하고 있었는데 막상 나가려니까 왜 이렇게 착잡한지 모르겠다."

"프랑스에서 사실 겁니까?"

"아니, 난 돌아간다. 시골집에 노모가 계셔. 가서 농사지을 거다."

"한국으로 돌아가면 꼭 찾아뵙겠습니다."

"그래, 꼭 와라."

함 선배가 떠나기 전에 장어를 잡아 칼칼하고 구수한 장어탕을 내 손으로 직접 끓여주고 싶었는데, 그러질 못했다. 제대 준비가 바빠진 함 선배는 오바뉴 본부로 서둘러 가야 했다.

5년의 기본 계약 기간을 끝내고 제대한 대원들에게는 영주권에 해당하는 10년짜리 프랑스 장기체류증이 주어졌다. 8년 이상 복무하면 시민권을 얻고 프랑스 국적을 취득할 수 있었다. 그러나 15년을 복무하고 연금 수혜자가 된 함 선배는 프랑스 국적을 포기했다.

프랑스 외인부대의 연금제도는 합리적이었다. 15년 이상 장기 복무를 하고 제대한 대원에게는 나이에 상관없이 연금을 지급한다. 그들이 사회에서 일자리를 찾아 돈을 벌거나 태어난 본국으로 돌아가더라도 연금은 매달 지급된다. 사회로의 복귀가 어렵거나 부상을 당한 노병, 그리고 돌아갈 곳이 없는 은퇴자에게는 마지막까지 살아갈 수 있는 안식처를 제공했다.

오바뉴 본부에서 가까운 푸이로비에에 외인부대 은퇴촌이 있다. 은퇴한 노병들은 그곳에서 포도밭을 관리했다. 외인부대로 공급되는 포도주를 만들기 위해서였다.

훈련병의 딱지를 막 뗀 신병이었을 때 나와 동료 대원들은 푸이로비에를 방문한 적이 있었다. 그때, 우리들을 바라보던 노병들의 주름진 얼굴에는 아직도 시들지 않은 자부심이 그득했다. 그들은 소리를 내서 말하지는 않았지만 내 귀에는 들렸다. '노병은 죽지 않는다. 다만 사라질 뿐이다.'라고.

"인생을 치열하게 살았기 때문에 후회 같은 것은 없다. 그 대가로 지금의 안락과 행복을 얻었으니까."

한 노병이 말했다.

안락이 곧 행복은 아니겠지만, 내 눈에는 노병이 한 말처럼 그곳에서 보내는 여생이 지루할 만큼 편안해 보였던 것은 사실이다.

외인부대 마크가 새겨진 와인을 마실 때면 포도가 농염하게 익어가던 밭과 노병들의 주름진 미소가 떠올랐다. 사람은 늙어도 행복은 늙지 않는 법이다.

함 선배가 떠난 자리가 허전했다. 든 자리는 몰라도 난 자리는 표가 난다고 하더니, 실제로 그랬다. 공연히 마음이 싱숭생숭하여 일이 손에 잡히지 않았다. 다시금 막막함이 밀려들었다.

제대를 하게 된다면 나는 무슨 일을 할 것이며 어떻게 살아갈 것인가. 흔히들 인생은 연극이라고 말한다. 그러나 연극에 있는 리허설이 인생에는 없다. 심각하게 고민해볼 일이었다.

장기 휴가를 받았다.

한 달을 어떻게 다 소화해낼지가 문제였지만, 일단 선주를 만나면 그녀와의 여행을 실행에 옮길 생각이었다. 그 전에 그녀에게 줄 선물을 사고 싶었다. 여러 날을 고민한 끝에 바스티아 시내에서 제법 값나가는 목걸이를 샀다. 칼비의 바다를 연상시키는 푸른색 작은 보석이 박힌 목걸이는 마른 몸의 선주에게 잘 어울릴 것 같았다.

선주에게 여러 번 전화를 걸었으나 응답이 없었다. 사흘을 파리 근교에 있는 민박집에서 지내다가 혹시나 싶어서 꽃다발을 사가지고 선주의 아파트로 찾아갔다. 초인종을 누르자 선주가 현관문을 열었다. 반가워할 사이도 없이 나는 그녀의 표정에 당혹스러웠다. 생판 처음 보는 사람을 대할 때의 표정이었다.

나는 선주를 따라 안으로 들어갔다.

"미안해. 전화 먼저 하고 오려고 했는데, 며칠째 계속 연락이 안 돼서 이렇게 찾아왔어. 많이 바빴나 보지?"

"일부러 안 받은 거야."

일부러라니. 꽤나 충격적인 말이었다. 그녀는 나를 집 안으로 들어오게는 해줬지만 소파에 앉힐 마음은 없었던지 선 채로 말했다. 나는 어색하게 들고 있던 꽃다발을 현관 근처에 있는 테이블 위에 내려놓으며 애써 무덤덤한 척 물었다.

"왜? 무슨 일 있어?"

"지난번에 한국 나갔다가 이혼하고 들어왔어."

이혼이라…… 그렇다면 나는 여태껏 유부녀와 사랑을 나누었고, 불륜을 저질렀다는 건가. 갑자기 머릿속이 하얘졌다.

"왜 그래? 너무 놀라니까 내가 이상한 사람 같잖아."

그녀에게는 이혼도 나의 충격도 전혀 대수로운 일이 아닌 것 같았다. 나를 살짝 흘겨보며 웃는 선주의 얼굴을 보자 화가 나기 시작했다. 나에게 거짓말한 것은 없다 해도 숨겨서는 안 되는 일이었다. 아니다. 그녀는 숨기지도 않았다. 단지 말하지 않았을 뿐이다. 그렇더라도 화가 났다.

"진작 말했어야 하는 거 아냐?"

"내가 왜?"

"그게 최소한의 예의니까."

"예의? 네가 날 사랑한다고 해서 내가 거기에 보답해줘야 하는 건 아니잖아."

"그럼 지금까지 우리 사이는 뭐였는데?"

"우리? 누가 우리야? 착각하지 마. 네가 날 어떻게 생각하는지 관심 없어. 난 너랑 잠시 놀았던 것뿐이야. 그리고 이제 지겨워졌고. 무슨 말이 더 필요해?"

나는 무슨 말을 하려다가 그대로 입을 다물었다. 선주의 말대로 무슨 말이 필요한지 몰랐다.

"그래, 난 결혼했었고 딸도 하나 있어. 그게 뭐가 어때서? 내가 너에게 그런 걸 알릴 의무는 없잖아. 바람피웠다고 치자, 그게 그렇게 나쁜가?"

그녀에게 딸도 있단다. 기가 찼다.

"윤리적으로 비난받을 짓이었다고는 생각 안 해?"

"하, 윤리? 웃기지 마. 누가 날 비난할 수 있지? 난 윤리든 도덕이든 그딴 거 관심 없어. 남자들은 오입질하고 다녀도 괜찮고, 여자는 안 된다는 거야?"

이건 아니었다. 어처구니가 없었다.

내가 선주를 처음 만난 날부터 6년이란 시간이 흘렀지만, 실제로 그녀와 함께 보낸 시간을 다 합쳐도 겨우 두 달 남짓에 불과했다. 우리 사이에는 공통분모가 없었다. 겉도는 물과 기름 같았지만 내성적인 나와 자유분방한 그녀의 차이점 때문이라고 믿고 싶었다. 서로가 살아온 환경이나 교육, 성격 등은 극복할 수 있는 문제라고 믿고 싶었다. 그런 것보다 서로의 마음이 중요한 거라고 생각했다. 그러나 동상이몽이었다. 나는 그녀를 사랑한 다고 믿었고, 그녀는 나를 지나가는 남자들 중의 하나로 여겼던 것이다.

나는 서로의 이질성과 호기심을 사랑으로 착각했던 것은 아닐까. 언어조차 거추장스럽게 여겨졌던 사랑은 무모함이었던가. 타국에서 만난 한국인이라는 딱 하나의 공통점에 내가 너무 큰 무게를 실었던 것일까. '우리'가 빠졌던 그녀와 나였다. '우리 산책 나갈까' '우리 밥 먹을까' '우리 뭐 할까' '우리 사랑할까' 내가 뻔질나게 써먹은 '우리'를 선주는 단 한 번도 입 밖으로 뱉은 적이 없었다. 그녀에게는 언제나 '나'와 '너'뿐이었다.

"내가 그렇게 시시하고 하찮은 인간으로 보였어?"

나의 목소리가 이빨 사이로 쪼개져 나왔다. 어금니가 깨어질 것 같았다.

"비약하지 마. 그냥 우연히 만났잖아. 그리고 서로 원하는 것을 나눴으면 됐지, 안 그래?"

"난 네 몸이나 탐하는 쓰레기가 아니야."

거기서 끝내고 선주의 아파트를 나왔어야 했다. 그러나 나는 말을 끝냄과 동시에 그녀의 뺨을 사정없이 때리고 말았다. 못난 놈이 되고 말았다. 바닥으로 넘어졌던 선주는 몸을 일으켜 세우더니 바로 나의 뺨에 복수를 가했다. 몸피가 작은 여자에게서 나오는 손힘이라고는 믿을 수 없을 만큼 강력했다. 나는 비통했고,

그녀는 씩씩대며 억울해했다.

선주의 왼쪽 뺨에 나의 손자국이 선명하게 나 있었다. 내 뺨도 크게 다를 것 같지 않았다.

"이 말은 안 하려고 했는데, 해줄 테니 잘 들어. 너랑 섹스하는 동안 지겨워 죽는 줄 알았어. 네 물건이 얼마나 시원찮은지 알고는 있니?"

"더러운 년."

"주제 파악이나 해."

"내 짐 어딨어?"

선주는 작은방에 처박아두었던 내 배낭을 마치 더러운 쓰레기 봉투인 양 들고 나와서는 바닥으로 툭 던졌다. 그러고는 책장 서랍을 열고 악어 뱃가죽 동전 지갑과 멧돼지의 어금니로 만든 열쇠고리를 꺼내 내동댕이쳤다.

"쓰레기로 버리려 했는데 마침 잘됐네. 얼른 가지고 꺼져."

배낭을 들려고 몸을 숙이는 순간 그녀가 나를 밀쳤다. 나는 하마터면 앞으로 엎어질 뻔했다. 참자, 참자, 그리고 또 참자, 다시 이를 악물고 나 자신을 달랬다.

선주는 현관 근처 테이블 위에 부끄럽게 놓아둔 꽃다발도 내 발아래로 던졌다. 그 순간 참으려 했던 마음은 순식간에 사라지고 걷잡을 수 없는 분노가 나를 덮쳐왔다. 이렇게까지 사람을 비참하게 만들 수 있는 여자라는 것을 몰랐던 내가 저주스러웠다. 아나콘다의 뱃속에나 들어가라고 나를 저주했다.

그랬는데, 신기하게도 내 입에서 웃음이 나왔다. 살다 보면 이런 일도 일어나는 거였다.

배낭의 끈을 쥐고 몸을 일으키면서 꽃다발을 냅다 걷어찼다. 형형색색의 잔잔한 꽃잎들과 초록 잎사귀들이 폭죽처럼 터지더니 춤을 추면서 사방으로 흩어져 내렸다. 돌아서서 선주의 얼굴을 보며 한참을 미친놈처럼 웃었다. 그리고 나서 그녀의 새파랗게 질린 얼굴에 침을 뱉었다.

나는 화가 나면 호랑이가 되기도 했지만, 언제부턴가 하이에나가 될 수도 있었다. 사람은 좀처럼 변하지 않는다지만, 세월과 환경이 합심하면 그따위 말은 통하지 않았다.

현관문이 열리더니 양복 차림의 중년 흑인 남자가 불쑥 나타났다. 그는 실내를 감도는 살얼음 같은 분위기에 주눅 들어 안으로 들어오지 못하고 현관에 엉거주춤 서 있었다.

선주는 얼굴의 침을 닦지도 않은 채 흑인 남자에게로 쪼르르 달려가서 고목 같은 까만 목에 딱정벌레처럼 매달렸다. 그리고는 남자의 까만 입술에 제 입술을 마구 비벼댔다. 흑인 남자는 나를 의식해서인지 선주를 떼어 내려 했지만 손힘뿐만 아니라 팔 힘까지 센 그녀를 뜯어내지 못했다. 본의 아니게 흑인 남자의 얼굴에 내 침을 묻히고 말았다.

그녀 앞에서 나의 최후는 비루했다. 그러나 그녀의 아파트를 나오는 내내 나는 웃었다.

여자는 세상 어디에도 없는 아담을 찾는 이브다. 그리고 남자는 세상에 하나뿐인 이브를 찾는 아담이다.

어설픈 나의 사랑이 욕망의 다른 모습이었을까. 욕망이라는 이름의 전차에는 브레이크 페달이 없다. 돌진만 있을 뿐이다. 더 기가 막힌 것은, 핸들도 없다는 거다. 결국 절벽을 눈앞에 두고 그것을 깨닫는다. 욕망이라는 이름의 전차를 탄 자의 말로는 추락이다.

목적을 잃어버린 길고 긴 휴가는 참으로 난감했다.

파리에는 거리며 지하철역 내부 이동 통로며 다리든 어디든 노숙자와 거지가 많았다. 선주의 아파트를 나온 나는 단 하루도 더 파리에 머물고 싶지 않았다. 무작정 북역으로 향하던 지하철역에서 처음으로 마주친 걸인은 낡아빠진 차도르를 걸치고 검은 히잡을 쓴 여인이었다. 그녀 옆에는 꾀죄죄한 어린 딸이 있었다. 선주에게 주려고 샀던 목걸이를 구걸하는 여인의 어린 딸 목에 걸어주었다. 목걸이를 걸어줄 때 나를 쳐다보던 어린 딸의 겁먹은 커다란 눈망울이 한동안 내 머리를 떠나지 않았다.

실연, 그것은 치명적인 상처였다. 내가 아는 모든 저주의 욕을 다 쏟아내도 사그라지지 않는 아픔이었다.

불현듯 나를 낳은 어머니가 보고 싶었다. 그러나 다시는 어머니 집 근처에 얼씬거리지 말자던 결심을 허물어뜨릴 수는 없었다.

허파에 바람 든 놈처럼 기차를 갈아타가며 프랑스 낯선 도시들을 싸돌아다녔다. 망각의 방법을 찾는답시고 즐기지도 않는 술을 마셔댔다. 그런데 술이라는 녀석은 마실수록 고통을 끄집어내는 고약한 취미를 가졌다. 내가 술을 마신 것이 아니라 술이 나를 마셨다. 싸구려 호텔로 돌아가는 내 몸은 늘어난 젤리처럼 흐느적거렸다. 누구라도 시비를 걸어오면 흠씬 패줄 거라고 별렀지만 술주정뱅이를 상대해줄 사람은 다행스럽게도 만나지 못했다.

누군가를 흠씬 패주고 싶다는 것은 거짓말이다. 나는 선주를 죽이고 싶었다. 스프링이 닳은 침대에 누워 총으로 그녀의 불두덩을 쏘아버리는 꿈을 꾸었고, 하루에도 몇 번씩이나 악어의 배를 가르듯 정글도로 그녀를 그어대는 상상을 했다.

어떤 이별이라도 쉬운 것은 없다. 사랑이 쉽지 않듯이. 사랑에 정성을 쏟았다면 이별에도 정성을 다해야 한다고 생각했었다. 시작도 제대로 못해보고 끝나버린 참담한 사랑. 그 사랑 앞에서 나는 부나방이었다. 언젠가는 불이 꺼질 거라는 것을 모르고, 내가 타버릴 거라는 것도 모르고 달려드는 집착. 그 열기 앞에서 나는 속수무책이었다. 악몽으로 재현될까 두려운, 나를 쥐어뜯어 버리고 싶을 만큼 허망한 자책. 짜내지 못한 고름은 붉은 상처 속에 갇혀 그대로 비릿하게 굳어갔다. 사랑이 묘약인 줄 알았다가 마시고 보니 독약이었다.

우연을 필연으로 오해했을 때 얻게 되는 곤혹스러움이라니. 우연은 함정을 숨기고 있다. 필연이라 믿게 만드는 짓궂은 장난을 걸어온다. 거친 유리를 갈아 풀을 먹인 연줄이 살을 파고드는 고통쯤이야 달게 받아들여야 한다고 속살거린다.

나의 상처가 의외로 깊었고 아팠다. 영원히 지워지지 않을 것 같은 보기 흉한 돌기로 남았다. 내게 또 남은 것이 있다면 외인부대였고, 나는 그 속으로 숨어들었다.

나는 여러 미션에 참가했고, 단기 로테이션이 아닌 2년의 복무를 신청하여 살벌한 정글의 생존 훈련이 기다리고 있는 기아나로 날아갔다. 그곳에서의 극기훈련은 상념에 빠질 시간을 주지 않았다. 예전에 만났던 소대장은 프랑스 본국으로 발령받아 떠나고 없었다. 기아나에서의 생활은 마음의 안정을 찾는 데 큰 도움이 되었다. 정글에 피어오르는 새벽안개는 모든 사물의 명도를 지워버렸다. 나의 고통도 서서히 무채색으로 변하면서 몸피를 줄여나갔다. 큰놈을 열면 그보다 작은놈이, 또 그 속에는 더 작은놈이, 마지막에는 새끼손가락의 한 마디만큼 작은놈이 숨어있는 마트료시카 인형처럼.

물고기를 잡으려고 낚싯대를 강물에 던져놓고 기다리는 시간, 모든 것이 정지된 그 시간의 고요를 잊을 수 없다. 고요함 속에 내가 있었다. 바깥세상은 한시도 쉬지 않고 어지럽게 돌아가고 있겠지만 나는 태풍의 눈 속 같은 정글의 중심에 있었다. 어느샌가 나의 흉터를 외면하지 않고 가만히 내려다볼 수 있게 되었다.

나는 다시 칼비의 원대로 돌아왔다. 이후, 카스텔노다리에서 4개월 동안 하사관 교육을 받은 뒤 하얀색 케피 블랑에서 검정

색 모자인 케피 느와르로 바꿨다. 급료도 올랐다. 프랑스 여자를 소개받아 잠깐의 교제도 해봤지만 그녀와 나 사이를 가로막는 이질감은 공백으로 점점 커져만 갈 뿐 메울 수가 없었다. 그 어떤 여자와의 만남도 마찬가지였다.

부대 밖에 있는 하사관 숙소로 옮긴 뒤, 텔레비전도 사고 노트북도 샀으며 요리책도 샀다.

주말에는 김준을 불러다가 내가 만든 한국 요리로 배를 채웠고, 맥주를 홀짝이며 다운로드 받아둔 영화를 보았다. 시간은 나를 노려보기만 할 뿐 잔소리 없이 흘러가 주었고, 2012년도 저물어갔다.

"기수, 우리가 한솥밥을 먹은 게 벌써 구 년이 지났어. 근데 너의 첫 미션 때 코트디부아르를 함께 간 뒤로는 같이 미션을 나간 적이 한 번도 없어."

"그랬나?"

생각해보니 그랬다.

"넌 원래 오 년만 복무하기로 했잖아. 근데 점점 길어지고 있군."

"그러게나 말이다. 이러다가 너처럼 말뚝 박는다는 거 아닌지 모르겠다."

"안 될 것도 없지. 사회 나가서 딱히 뭘 하겠다는 목표가 없다면 섣부르게 나가서 치이는 것보다야 차라리 자신이 제일 잘하는 걸 하는 게 낫다고 생각해."

제일 잘하는 거라…… 내가 제일 잘하는 것이 무엇일까. 군인도 하나의 직업이다. 수직 관계의 군대 생활에 익숙해졌지만 매너리즘에 빠지지는 않았다. 하사관 계급도 달았다. 통장의 잔고는 늘어갔고, 욕심만 부리지 않는다면 내가 원하는 것을 손에 넣을 수도 있었다. 그렇지만 뭔가가 부족하다는 느낌을 지울 수는 없었다.

"조금 더 생각해봐야지 뭐."

"기수, 너의 신조가 뭐야?"

"신조? 신념 같은 거?"

"신념이라고 해도 좋고, 인생관이라고 해도 상관없겠지."

외삼촌이 강조하던 신념을 김준의 입을 통해서 또 만났다.

"글쎄, 딱히 거창하게 생각한 적은 없었어. 그냥 나에게 어떤 일이 주어지든 최선을 다한다, 라고 생각하면서 살았지. 지금까지는 그랬어. 앞으로 어떻게 변할지는 모르지만."

"생각 하나의 차이로 인생 전체가 바뀔 수 있어. 내가 본 너는 너의 신념대로 살고 있다는 게 느껴져. 그런데 네가 소극적이라는 생각도 들었어. 어떤 일이 주어지는 것을 기다리는 것보다는 어떤 일을 찾는 것도 생각해봐."

"그래, 좋은 충고로 생각하마. 그럼 너의 신조는 뭐냐?"

"빅터 프랭클이 그랬지. 당신이 삶으로부터 무엇을 기대할 수 있는지 묻지 말고, 삶이 당신으로부터 무엇을 기대하고 있는지 물어보라. 맞아, 삶의 주체는 나 자신이야. 그게 내 신조지."

김준은 다양한 지식과 실력을 골고루 겸비한 팔방미인이 분명했다. 내가 보기에 그는 못하는 것도 모르는 것도 없었다. 아까운 녀석이었다. 좋은 환경에서 태어나고 자랐다면 틀림없이 선택된 삶을 멋지게 살 수 있었을 녀석이었다. 북한에서 태어나 그곳을 도망하여 중국 땅에서 꽃제비로 살다가 대한민국까지 흘러들어간 인생. 그 인생은 지연이며 학연, 인맥은 고사하고 피붙이 하나 없는 곳에서 멸시를 받는 것이 분하고 서러워 프랑스까지 날아왔다. 그리고 마침내 외인부대를 모국으로 삼았다.

개천에서 용이 나던 시절은 이미 오래전에 끝나 있었다.

8.

미션을 수행하라는 임무가 떨어졌다.

공교롭게도 김준과 내가 오랫동안 미션에 같이 나간 적이 없다고 말한 얼마 뒤, 그와 나는 아프리카의 가봉으로 함께 나가게 되었다. 칼비를 떠나기 전에 미션 참가 대원들은 말라리아를 비롯한 각종 예방접종을 마치고 군장을 챙겼다.

가봉에 도착하고 얼마 지나지 않아 우리는 말리로 가라는 파병 명령을 받았다. 차드에서 프랑스 공군의 미라주 전투기를 지키던 외인부대에도 파병 명령이 떨어졌다.

제2외인공수연대와 제1외인공병연대, 제2외인공병연대에서 아프리카로 파견되어온 외인부대원들은 세 대의 트랑잘 수송기와 프로펠러 네 개가 달린 헤리큘에 각자의 군장을 챙겨 탑승했다. 나와 김준을 포함한 공수연대 대원들은 알카에다와 연계된 이슬람 반군을 소탕하는 작전명 '오페라시옹 세르발'(Opréation

Serval)에 투입되어 낙하산을 타고 지상으로 하강했다.

말리는 프랑스로부터 독립한 뒤 종교와 영토의 갈등으로 끊임없이 크고 작은 분쟁에 시달리고 있었다. 결국 내전이 발발하자 2013년 1월 11일, 국가비상사태가 선포되고 말리 정부는 프랑스 정부에 지원을 요청했다.

나는 9년 전에 아이티 내전에 참전했고, 그때는 총격전 한 번 없이 미션을 끝냈던 기억이 났다. 그러나 두 번째로 참전하게 된 말리 내전은 상황이 달랐다. 상대는 잔혹하기로 소문난 이슬람 무장 세력이었다.

김준은 이미 아프가니스탄에서 이슬람 무장 세력들을 경험한 전력이 있고, 알카에다의 공격성에 대해 잘 알고 있었다. 그에 의하면, 이슬람 테러리스트들은 대부분이 남성 우월에 푹 절어 있는 인간, 절대적 광신자들에 사이코패스적이며 극단적 폭력 성향을 가진 사람들이 대부분이라고 했다.

그들의 극악무도한 잔인성은 세상에 익히 알려진 그대로였다. 그들은 결사 항쟁으로 정신 무장이 되었고, 일본의 가미카제와 마찬가지로 폭탄과 함께 언제 어디에서든 몸을 던질 각오가 되어 있었다. 목적을 위해서는 수단과 방법을 가릴 필요가 없었다. 폭탄테러와 함께 산산조각이 난 몸은 순교자가 되어 알라의 품으로 돌아간다고 선전했다. 그들에 의해 무고하게 죽어간 사람들의 목숨은 결코 개의치 않았다.

나와 김준은 각각 다른 팀에 배정되어 장갑차를 타고 전장으로 나갔다. 우리 군은 이슬람 무장 세력들의 아지트를 속속들이 격퇴시켜가면서 그들의 주요 점령지였던 가오와 팀북투까지 탈환했다.

반군 세력의 최후 근거지였던 카달의 탈환을 목전에 두었을 때 예기치 못한 사건이 터지고 말았다. 우리 측 정보로 반군 세력들의 아지트를 공격한 뒤 나는 앞장서서 소탕 확인을 나갔다. 운이 나빴던 것일까, 아니면 방심했던 탓일까. 나는 달아나는 무장반군의 수류탄 공격을 받고 작은 단층 콘크리트 건물에 갇히는 신세가 되었다. 무너진 콘크리트 더미가 입구를 차단시켰기 때문이다.

내 이마를 타고 피가 흘러내렸다. 갇힌 건물 안에는 한 사람이 더 있었다. 낡은 군복을 입은 까만 소년이었다. 막힌 입구의 작은 틈으로 희미하게 빛이 들어왔다. 우리는 3미터의 거리를 두고 각자의 총을 껴안은 채 서로를 탐색했다. 실제는 짧은 시간이었으나 팽팽한 긴장감이 시간의 길이를 잡아당겨 놓았다.

소년은 구 소련제 칼리시니코프 소총인 AK-47을 가지고 있었지만 언제 그랬는지 총구가 휘어져 더 이상 총의 역할을 할 수 없었고, 나에게는 철모가 날아가고 없었지만 성능 좋은 7.1킬로그램짜리 자동소총과 권총이 있었다.

방금 전까지만 해도 나와 소년은 적이었다. 그러나 지금은 둘 다 무너진 건물에 갇혀 오도 가도 못하는 신세였고, 무기만 따지면 내가 우위였으나 부상을 당한 나보다 소년의 상태가 훨씬 나았다. 머리가 욱신거렸다. 이마 위에서 시작된 피가 흘러 오른쪽 시야를 흐렸고 입 안으로 들어온 피 맛은 고약했다.

소년은 자신의 쓸모없어진 총을 바닥에 내려놓았다. 그러고는 낡아빠진 군복 상의를 벗고 그 안에 입고 있던 더 낡아빠진 셔츠를 벗더니 나에게 던져주었다. 나는 총을 내려놓고 땀내로 찌든 소년의 셔츠로 얼굴을 닦은 뒤 머리를 더듬어 부상 부위를 눌렀다.

"너, 몇 살이야?"

말리는 불어를 사용하는 나라였다. 소년은 나를 물끄러미 바라만 볼 뿐 대답을 하지 않았다.

"미안, 이 셔츠는 못 입게 됐구나. 혹시 기회가 된다면 새 걸로 하나 사줄게."

나의 말은 무의미했다. 소년은 말없이 무릎걸음으로 다가와 내 손에서 자신의 셔츠를 뺏더니 상처 난 내 머리를 동여매 주었다.

"고마워."

"열다섯 살이야."

"열다섯? 아직 어리구나."

"어리지 않아. 난 군인이야."

소년은 발끈하여 나를 노려보았다.

"열다섯 살이면 학교에 다닐 나이잖아. 너, 학교에 가고 싶지 않아?"

소년은 다시 입을 다물었다.

"하긴, 전쟁이 났으니 학교도 문 닫았겠지."

머리가 쑤셔왔다. 아무래도 부상이 큰 것 같았다.

"너, 프랑스 사람이야?"

소년이 물었다. 이번에는 내가 입을 다물었다. 뭐라고 대답해야 할지 얼른 떠오르지 않았다.

"난 프랑스 군인이지만…… 한국인이야."

나의 대답은 옹색했다.

"한국? 그럼 동양인이잖아. 그런데 왜 우리와 싸워?"

소년은 난해한 질문만 했다.

"난 알라를 위해 싸우고, 우리 땅을 가지기 위해 싸워. 그리고 우리 가족을 지키려고 싸워. 하지만 넌 한국인이면서 왜 프랑스를 위해 싸워?"

전쟁은 상대방에게서 빼앗을 것이 있을 때 일어나는 이기적인 행위에 지나지 않는다. 평화를 위한 전쟁이란 언어도단일 뿐이다. 전쟁은 거대한 재앙이며 공인된 살인 행위와 다름없다. 평화는 그렇게 얻어서는 안 된다.

나는 점점 궁지로 몰렸다. 프랑스를 위해 싸우고 외인부대를 위해 싸우며 나 자신을 위해 싸운다는 말을 차마 할 수가 없었다. 나는 군인이었고 명령에 따른 것뿐이었다.

밖에서 우리 팀의 소리가 들려왔다.

소년은 바짝 긴장한 채 자신의 총을 들었다가 이미 망가져 있다는 것을 깨닫고는 다시 내려놓았다. 그러고는 주변에 산재해 있는 콘크리트 조각들을 주워 일어섰다. 나도 그를 따라 일어나려 했지만 현기증 때문에 다시 주저앉고 말았다.

봉쇄된 입구의 돌들이 치워지더니 빛이 쏟아져 들어왔고, 그 뒤를 따라 부대원 셋이 들어왔다. 그중에는 러시아 출신 알렉시도 있었다. 한때는 원수 같은 인간이었더라도 전쟁터에서는 전우였다. 그는 나를 일으켜 세우고는 자신의 뒤로 빠지게 했다.

"팔 올려."

알렉시가 총부리를 소년에게 겨누며 명령하자 소년은 두려움이 가득한 눈으로 알렉시 뒤에 서 있는 나를 쳐다보았다. 나는 시키는 대로 하라는 뜻으로 고개만 끄덕여주었다.

알렉시가 총부리로 웃통을 벗은 소년의 배를 쿡 찔렀다. 그 순간 소년은 뒤로 물러서면서 양손에 들고 있던 날카로운 콘크리트 조각들을 알렉시에게 던졌다. 그러나 몸이 잽싼 알렉시는 소년의 돌발적인 행동을 읽기라도 한 듯 얼른 몸을 피했고, 무방비 상태로 알렉시의 뒤에 서 있던 나는 이마로 날아든 콘크리트 조각을 피하지 못했다.

모든 일이 순식간에 일어났다.

마치 내 몸이 우주의 블랙홀로 빨려 들어가듯 세상이 빙글빙글 돌면서 암전 상태가 되었다. 나는 무너져 내렸다. 그 순간 고막을 찢을 듯한 총소리가 두 번 들렸다. 그리고 소년의 몸도 무너져 내렸다. 내가 마지막으로 본 것은 입에서 피가 흐르는 까만 소년의 눈이었다. 그 소년의 눈은 내 눈을 향하고 있었다.

나는 열흘 만에 의식을 되찾았다. 병원이었다. 그사이 머리 수술까지 끝나 있었다. 그런데 내가 왜 거기에 있는지는 도무지 알 수가 없었다. 내가 왜 병원 침상에 누워 있고, 머리에는 왜 붕대가 감겨 있는지도 알 수 없었다.

의사와 간호사들은 내가 알지 못하는 언어를 사용했고, 나를 향해 손짓까지 곁들여 떠들어댔다. 미칠 것 같았다. 아니면 내가 진짜로 미쳤는지도 몰랐다.

낯선 남자가 내 앞에 얼굴을 내밀었다. 짧게 깎은 머리와 구릿빛 피부는 군인을 연상시켰다.

"기수, 날 기억하겠어? 나, 김준이야. 부대에서 네 본명이 희준이라고 가르쳐줬는데, 맞지? 박희준 맞지?"

김준이라니, 나는 모르는 사람이고 들어본 적 없는 이름이었다. 그리고 박희준은 누구며, 부대는 또 뭐란 말인가. 왜 하나 같이 나에게 이상한 소리들만 하는 것일까. 그래도 김준이라는 남자가 한국말을 한다는 것이 적이 안심이 되었다.

"내 이름은 김기숩니다. 근데 박희준이 나라고? 그리고 당신이 날 안다고?"

김준이라고 자기를 소개한 남자는 난감함 표정을 지은 채 벌어진 입을 다물지 못했다. 김준이라는 남자는 마른세수를 두어 번 하더니 말을 이었다.

"박희준, 넌 외인부대 제이외인공수연대 소속이야. 나도 같은 부대에 있고, 우린 동료이자 친구야. 넌 말리 내전에 참전했다가 부상을 당했어. 그 부상으로 머리를 다쳤고. 의사 말로는 네가 뇌를 좀 다쳤다고 하더군. 전문용어라 잘 이해는 안 됐지만, 내가 인터넷으로 검색해봤어. 전두엽에서 측두엽으로 연결되는 회로의 일부가 손상되었기 때문에 감정 조절에 일시적인 문제가 생길 수 있고, 언어기억장애와 단기기억상실의 증세를 보이는 거래. 말 그대로 증세일 뿐이야. 일종의 해리성 기억장애인 거지. 기억 재생에 문제가 약간 생긴 것뿐이라고. 저절로 좋아지는 경우도 많다고 하니까 시간이 좀 필요하겠지만, 서서히 기억을 되살릴 수 있을 거야. 그러니 너무 비관적인 생각은 안 했으면 좋겠어."

나는 더 비관적이게 되었다. 앞에 있는 남자도 그렇고, 또 그가 하는 말도 전혀 이해되지 않았다. 말 많고 알아들을 수도 없는 전문용어들만 주절대며 잘난 척하는 녀석에게 짜증이 났다.

"야, 난 김기수라고 했잖아. 박희준이 아니고. 그리고 난 군인이 아니라 경호원이라고."

나는 병실 밖까지 쩡쩡 울리도록 소리치며 말했다.

"알았어. 진정해. 김기수라고 부를게."

"혼자 있고 싶으니까 나가."

울화통이 터졌다. 팔뚝에 꽂혀 있는 주삿바늘을 뽑아 링거병째 내동댕이치고 싶었고, 머리를 감싸고 있는 붕대도 풀어헤치고 싶었지만, 머릿속이 쥐어짜듯이 아파서 비명을 질러댔다. 서둘러 들어온 간호사가 다른 쪽 팔뚝에 주사를 놓았고, 그 주사약으로 인해 나는 서서히 깊이를 알 수 없는 잠 속으로 빠져들었다.

"거참 희한하네. 본명은 기억 못하면서 기수라는 가명은 기억하다니……"

김준이라는 남자는 슬픈 표정과 혼잣말을 남기고 병실을 나갔다.

그로부터 일주일 뒤, 나는 마르세유에 있는 종합병원에서 파리 5구에 있는 국군병원인 발 드 그라스(Val-de-Grâce)로 이송되었고, 일인용 병실에 눕혀졌다.

나는 난폭했다. 아니, 난폭해지고 싶었다. 입에 맞지도 않는 프랑스 음식이 성에 차지 않아 테이블을 엎어버리거나 고함을 지르고 그것도 모자라서 병실의 기물을 파손했다. 게다가 공연히 다른 환자를 밀치고 지나가기도 했다. 그래 놓고는 내가 하는 짓이 또 마음에 안 들어 더 화를 냈다. 차라리 미치고 싶었다.

그렇게 또 일주일을 보낸 뒤, MRI를 찍고 내 병실로 돌아왔더니 나이가 지긋해 보이는 동양인 간호사가 나를 기다리고 있었다.

"안녕하세요? 나는 마담 르네라고 합니다."

그 간호사는 자신을 마담 르네라고 소개하면서 한국말을 했다. 차분하고 부드러운 목소리였다. 나는 예의상 고개만 숙여 인사했다.

"늦게 와서 미안해요. 다른 군 병원에서 근무하고 있는데 여기서 한국말을 하는 간호사가 필요하다더군요. 서류 처리가 늦어지는 바람에 이제야 오게 됐네요."

"근데, 왜 마담 르네죠?"

나는 퉁명스럽게 물었다.

"남편 성이 르네랍니다. 앞으로 박희준 씨는 나를 간호사라고 부르지 말고 마담 르네라고 불러도 좋고, 우리나라식으로 르네 아줌마라고 불러도 좋아요."

그녀의 입술에 물려있는 미소가 낯설지 않았다.

"좋아요 그렇게 부르죠. 대신 저를 박희준이라고 부르지 말고 기수라고 불러주세요. 김기수."

9.

마담 르네는 자상한 수간호사였다.

그녀는 정년퇴직을 앞두고 있었기에 나의 특별 간호를 충분히 거절할 수 있었지만, 일신의 편안함을 마다하고 와주었다. 그녀의 수고에 아랑곳없이 나는 내 기억의 상실된 부분을 찾기 위해 발악을 멈추지 않았다. 그럴 때마다 마담 르네는 우는 자식을 어르듯 달래주었고, 내 화를 가라앉히려고 갖은 노력을 기울였다. 그것을 내가 모를 리 있겠는가.

"기수 씨, 내가 아는 사람 중에도 기수라는 이름이 있답니다. 그러고 보니 어디서 본 적 있는 얼굴 같기도 하고요."

"그럴 리가요."

말은 그렇게 했지만, 나 역시 마담 르네의 얼굴이 생판 낯설지는 않았다. 하긴 처음 만나는 사람인데도 어디선가 본 듯한 느낌이 들 때가 있으니까.

"그렇겠죠?"

"이런 식으로 언제까지 병원에 있어야 합니까? 전 멀쩡하거든요. 그냥 한국으로 보내주면 안 된답니까?"

나의 심통은 좀처럼 가시지 않았다. 나의 난폭한 행동과 치미는 화를 참지 못해 함부로 뱉어내는 말에도 마담 르네의 입가에서는 미소가 떠나지 않았다. 그녀의 입 모양이 원래 그런 것이 아닌가, 의심스러울 정도였다.

"다는 아니지만, 기수 씨 마음이 어떨지 이해할 수 있어요. 하지만 기억이 영영 사라지고 없는 게 아니에요. 부상을 당하는 바람에 약간의 문제가 생겨서 기억이 잠시 숨어버린 거랍니다. 반드시 돌아올 거니까 조바심 내지 말고 조금만 더 노력하자고요."

"내가 어떻게 노력을 할 수 있단 말입니까?"

"지금 신경정신과 치료를 받고 있잖아요. 기수 씨가 그 치료에 적극적으로 임하겠다는 의지가 중요해요. 순간적인 고통으로 치료를 거부하는 것은 옳지 않다고 생각해요."

"의사와 인터뷰할 때마다 자꾸 화나는 걸 참을 수가 없습니다."

"나도 통역을 하면서 가끔은 답답하다는 느낌이 들어요. 특히 최면요법은 나에게도 익숙지 않아서 힘들더군요. 그러니 기수 씨가 불쾌해하는 것도 당연한 일이에요. 그러나 그것도 다 치료의 한 과정이랍니다. 그 과정을 빨리 거쳐야 기수 씨의 기억들이 제자리를 찾을 수 있어요."

"너무 막연해요."

"너무 막연하죠. 하지만 마음에 든 병도 그렇고 몸에 든 병도 마찬가지랍니다. 어떤 병을 고치고 이겨내려면 그만큼 시간이 걸려요."

"알았습니다. 이제부터는 화를 참도록 해볼게요."

"고마워요. 빨리 회복될 테니 나를 믿어요."

마담 르네는 내가 진짜로 빨리 회복되리라 믿는 것 같았다. 정작 나는 아닌데.

"밖에 봄꽃이 많이 펴서 참 아름다워요. 우리 산책할까요?"

나는 복잡한 머릿속을 털어내고 싶었고 답답한 병실에서 벗어나고 싶었다. 그렇다고 나가고 싶은 마음도 없었지만 왠지 그녀의 제의를 거절할 수 없었다.

유월이 왔다. 내가 병원에 입원한 지도 벌써 석 달이 지났다.

끊어져 버린 기억은 시차를 무시하고 들쭉날쭉 돌아오기 시작했다.

나는 악몽에 시달리다가 가위에 눌려 잠에서 깨어났다. 꿈에서 낯선 여자와 싸웠다. 그녀의 손톱이 한없이 자라더니 나를 할퀴기 시작했고 급기야는 그 손톱이 내 살을 파고 들어와 심장에 꽂혔다. 환자복이 땀에 흠뻑 젖어 있었다. 아침이 되면 옷을 갈아입어야겠다고 생각하면서 다시 눈을 감는데, 까만 소년의 모습이 망막 안쪽으로 불쑥 들어왔다. 본 듯한 얼굴인데, 기억은 오도 가도 못하고 거기에서 멈췄다.

정신과 의사의 최면요법과 상담 그리고 약물치료가 서서히 효과를 나타내는 것 같았다.

그랬다. 나는 까만 소년을 알고 있었다. 우리는 길지 않은 대화도 했었지. 어디서 왜, 무슨 이야기가 오고 갔는지는 생각나지 않았다. 오래된 흑백 무성영화를 보는 느낌이었다. 화면 속에서 소년이 나를 쳐다보고 있었다. 그런데 왜 소년의 입에서 피가 흐르는 걸까. 소년만 피를 흘리는 것이 아니었다. 이유는 모르겠지만, 내 이마에서도 피가 흘러내렸던 기억이 났다.

어쩌면 그 소년과 눈이 마주친 순간부터 나의 기억들이 머리 깊숙이 들어가 숨바꼭질한 것이리라. 내 기억의 얼마만큼이 잠적해버렸는지는 알 수 없었다. 얼추 10년 안팎의 시간이 숨어버린 것 같았다.

영상만이 아니라 이따금 소리도 재생되었다. 정글이 보이면서 새소리가 들렸고, 어떤 때는 총소리가 들렸다. 동남아시아 어디쯤의 밤거리가 뱉어내는 소음이 머리를 어지럽히기도 했다.

'누구세요?' '누굴 찾으세요?'

여인의 목소리가 잔잔한 메아리처럼 머릿속에 울렸다.

나는 또 하나의 기억을 발견했다. 나에게 돈을 줬던 보스가 살해당했던 모습이 생생하게 떠올랐다. 그도 눈을 뜬 채 나를 보고 있었다. 그러나 그것은 끊어져 버린 기억의 맨 안쪽에 있었다. 퍼즐 조각이 턱없이 모자랐다.

마담 르네가 왔다.

그녀는 일주일에 나흘은 내가 입원한 병원으로 왔고, 오전 아홉 시면 어김없이 병실 문을 노크했다.

"잘 잤어요? 아침 식사는 어땠어요?"

그녀가 병실에 들어와서 제일 먼저 던지는 두 가지 질문도 변함이 없었다.

"거의 매일 악몽을 꾸는 바람에 잠은 잘 못 잤고, 김치찌개가 생각나서 아침은 절반만 먹었습니다."

"이런, 고생이 말이 아니네요. 악몽을 꾸느라 땀을 많이 흘렸나 봐요. 환자복이 후줄근해졌어요. 좀 있다가 새 옷으로 바꿔줄게요."

"말씀 낮추시라니까요."

"왜 자꾸 낮추라고 그래요? 난 이렇게 말하니까 훨씬 더 친근감이 가서 좋은걸요. 그리고 난 기수 씨를 담당하고 있는 간호사잖아요. 예의를 갖춰 말하는 건 직업상의 도리라고 생각해요."

"그래도 제가 듣기가 좀 불편해서 그러죠."

"한국적인 습관이라 그래요. 습관을 바꾸면 불편할 것 하나 없답니다. 우리가 만난 지 석 달이 지났는데 아직도 불편하다면 안 되죠."

마담 르네는 눈을 찡긋거렸고, 말투는 영락없는 유치원 선생님이었다.

언제부턴가 나는 마담 르네에게 종종 아이처럼 투정을 부렸다. 그녀는 세탁하여 반듯하게 개켜진 환자복을 가져다주었고,

신선한 풀 냄새가 나는 환자복으로 갈아입고 나니 간밤의 악몽으로 껄끄럽던 기분은 씻은 듯 사라졌다.

우리는 산책을 나갔다. 병원의 정원은 웬만한 공원보다 넓어서 좋았다. 빛 좋은 날에는 여러 병동의 환자와 그 가족들, 심지어는 직원들까지 나와서 잔디에 앉아 해바라기를 했다.

강렬한 햇빛이 내 눈을 찔렀다. 현기증이 일어남과 동시에 다른 영상이 내 앞에 펼쳐졌다. 수류탄이 터지면서 내 몸 위로 콘크리트가 쏟아져 내렸고, 나는 얼른 피하다가 넘어졌다. 그런 뒤 희미한 빛 속에 홀로 갇힌 내가 보였다. 혼자라고 생각했는데 거기에는 전날 밤에 본 까만 소년이 나를 쳐다보고 있었다. 그 소년의 얼굴을 다른 얼굴이 지워버렸다. 푸른색 작은 보석이 달린 목걸이를 한 앳된 아랍계 소녀의 얼굴이었다. 소녀의 겁먹은 눈망울이 컸다.

"기수 씨, 왜 그래요? 어지러워요?"

정신을 차리고 보니 나는 잔디밭에 무릎과 양손을 짚고 엎드려 있었다. 내 곁에는 무릎을 꿇고 앉아 한 손을 내 등에 얹은 채 걱정스러운 얼굴로 쳐다보는 마담 르네가 있었다.

"네, 조금."

"그럼 안으로 들어갈까요?"

"기억들이 되살아나고 있어요."

"정말이에요?"

"조금씩 기억이 납니다. 그런데 뒤죽박죽으로 엉켜 있어요."

"어떤 기억이 났어요?"

나는 마담 르네에게 방금 기억해낸 것들을 들려주었다.

"우리 여기 앉아서 조금 쉬어요."

마담 르네의 말이 끝나자마자 나는 몸을 돌려 잔디 위에 주저앉았다. 그 순간 또 하나의 영상이 아지랑이 속에 갇힌 듯 아른아른 나타났다. 긴 골목길 안쪽으로 아기자기하고 예쁜 집들이 있었고, 아담한 체구의 여인이 어느 집을 향해 걸어가는 뒷모습이 보였다. 나는 눈을 감았다. 그러자 조금 전의 영상들은 흩어지고 손에 토트백을 꽉 움켜쥔 여자의 손이 보였다. 그런데 갑자기 온몸이 후끈한 열기로 뜨거워졌다. 속이 울렁거렸다. 무슨 일이 있었던 걸까. 내가 나쁜 짓이라도 했던 걸까.

기억들이 일제히 도망가버렸다. 긴 침묵이 흘렀다. 아뿔싸, 마담 르네가 곁에 있다는 것을 깨닫고 미안한 마음이 들었다. 그녀는 자리에서 일어나는 나를 부축해주었다.

"기수 씨, 괜찮다면 잠깐 걸을까요?"

잠깐이라……. 나는 혼란스러웠다. 잠깐이라는 것은 얼마의 시간일까. 단정 짓기 어려운 단위다. 잠깐이라는 시간은 경우에 따라서 10년을 훌쩍 넘길 수도 있었다.

털어낸 콩깍지 속에 숨어있던 콩이 하나하나 발견되듯 내 기억도 하나씩 톡톡 튀어나왔다. 어떤 때는 기억들이 아찔한 꼭대기에서 좁은 나선형 계단을 내려오는 것 같았다. 또한 맨 아래에서도 기억들이 힘겹게 한 계단씩 올라오는 게 보였다.

나는 기다렸다. 머지않아 떨어져 있던 두 기억이 한 지점에서 만나게 될 날을.

김준이 문병을 왔다.

나는 그를 기억해냈고, 그의 방문이 말할 수 없이 반가웠다. 마담 르네도 김준을 반겼다.

"다시 와줘서 고마워요."

김준은 마담 르네가 내미는 손을 맞잡고 고개 숙여 인사했다.

"천만에요. 오히려 제가 감사합니다. 이 친구가 저를 기억 못 할 때는 진짜 애먹었는데, 이제 좀 좋아진 것 같습니다."

"그래요. 많이 좋아졌어요. 머지않아 기억을 다 회복할 거예요."

"마담 르네 덕분입니다."

내 진심이 하는 말이었다.

그녀는 내 옆에서 지극정성으로 간호했다. 그러지 않았더라면 나는 뇌 속의 뒤틀린 회로와 단절된 공백 때문에 진짜로 미쳐서 발광하다가 정신병동 중환자실로 옮겨져 침대에 묶이는 신세가 되었을지도 몰랐다.

"자, 이제 두 사람이 나눌 이야기가 많을 테니까 나는 나가 있을게요."

"네, 수고하셨습니다."

"참, 지난번에 김준 씨가 기수 씨 배낭을 가지고 와서 내게 맡겼어요. 말한다는 걸 깜빡했네요. 미안해요. 나중에 퇴원할 때

가져다줄게요. 그게 낫겠죠?"

"배낭을요? 음…… 그래 주시면 저야 고맙죠."

마담 르네는 미소로 답하고는 병실을 나갔다.

부상과 수술, 장기간의 입원을 거치면서 나의 소속부대는 칼비에서 폴드노종으로 옮겨졌다. 고맙게도 김준은 내 숙소를 정리해주었다. 결국 나에게 남은 것은 처음 한국을 떠나올 때 가져왔던 배낭이 전부였다.

배낭 속에는 있어도 그만, 없어도 그만인 옷가지 나부랭이와 외삼촌이 선물로 준 파커 만년필과 나를 낳은 어머니의 편지들이 있었다. 그것들은 나의 기억을 빨리 끄집어내 줄 단서는 못되었다. 그렇지만 기억을 잃어버려도 만년필과 편지들만은 절대 잃어버리고 싶지 않았기에 마담 르네라면 안전하게 맡아줄 것 같아 안심이 되었다.

"기억을 되찾으면 부대에 계속 남을 거야?"

김준이 내 의중을 물었지만 그 부분은 생각해보지 않았다.

"모르겠어. 부대에서 지냈던 일들 하며 미션 나갔던 것들은 대부분 기억나. 근데 내가 이 멀고 먼 프랑스까지 어떻게 왔는지 떠오르질 않아. 외인부대에 입대하려고 온 것 같지는 않은데."

"무리하게 생각하지 마. 어느 날 불쑥 떠오를 수도 있잖아. 지금까지처럼 말야."

"맞아. 생각하려고 할수록 골이 빠개질 것같이 아파."

"살아가야 할 이유를 아는 사람은 어떠한 상태에서도 견뎌낼 수 있다."

"멋진 말인데?"

"내 말이 아니고 니체가 한 말이야."

"그래 너 잘났다. 자식, 공부 많이 한 티는 꼭 낸단 말야."

"어쭈, 말하는 걸 보니 뭔가 수상한데? 푹 쉬려고 농땡이 치는 거 아냐?"

"야, 꾀병도 꾀병 나름이지. 기억상실이 통할 것 같으냐?"

얼마만의 유쾌함인가. 나도 김준도 잘 하지 않던 농담을 주고 받으며 우리는 한참을 시시덕거렸다.

신기하게도 숨어버렸던 기억들은 때도 장소도 가리지 않고 두서없이 되살아났다. 더러는 꿈을 빌려 모습을 드러냈다. 지난번 악몽에서 본 여자가 다름 아닌 선주였다는 것까지 기억해냈다.

외인부대에 입대하러 파리 근교 폴드노종의 큰 철문 앞에 섰던 기억까지 선명해졌다. 나를 취조하던 형사들이 떠올랐고 태국에서 밤거리를 배회하던 기억도 뚜렷했다. 비록 파편이 된 기억들은 앞뒤 순서 없이 툭툭 불거졌지만, 퍼즐판을 채워가듯 연결 고리들이 단단해져 갔다.

나는 퇴원을 하면 제대하기로 마음먹었다. 내가 태어난 나라로 돌아가서 가족들과 합심하여 다시 집안을 일으켜 세우고 싶었다.

그런 결심을 하고 며칠이 지나지 않아 나는 엄마가 돌아가셨다는 기태의 전화를 기억해냈다. 그 기억을 펼쳐놓은 채 한잠도 못 자고 가슴을 쥐어뜯었다. 심장에 무수한 실금이 생겨서 금방이라도 찢어지고 쪼개질 듯 아팠다.

나의 완전한 기억 속에는 나의 가족과 외삼촌이 있었다. 그들이 보고 싶었다. 그러나 어디에도 없는 엄마는 영원히 내 기억 속에 집을 지었다.

"우리 엄마가 생각나네요."

"그래요? 어떤 분이세요?"

"돌아가셨습니다. 내가 한국을 떠나고 난 뒤에 돌아가셔서 그만……"

나는 울컥 목이 메어 말을 이을 수가 없었다.

"오, 이런. 많이 힘들었겠군요."

마담 르네의 목소리도 잠겨들었다.

"그 소식을 듣고 바로 한국으로 가지 못했던 게 늘 후회가 돼요."

"기수 씨 어머니는 분명 좋은 곳으로 가셨을 거예요. 어머니가 지금 기수 씨에게 힘을 주고 있다고 생각하세요. 분명 그럴 거예요."

"고맙습니다. 하지만 난 좋은 아들은 아니었어요. 늘 받기만 했지 드린 게 없거든요."

"아니에요. 어머니는 분명히 행복하셨을 거예요. 세상 엄마들은 다 그래요. 주는 것이 가장 행복하다는 걸 알거든요."

"그렇다면 우리 엄마는 진짜로 행복하셨을까요? 아낌없이 늘 주셨거든요."

"당연하죠. 엄마들은 더 주고 싶을 뿐이에요. 주는 걸 받아주

는 자식이 곁에 있는 것만으로도 행복하니까요. 자식이 이가 아
프면 엄마는 자신의 성한 이라도 뽑아서 주고 싶답니다."

"그렇지만 세상에는 부모가 자식을 학대하거나 잔인하게 죽이
는 사건들이 종종 일어나잖습니까. 그런 걸 보면 자식을 낳았다
고 해서 모성애나 부성애가 저절로 생기는 것 같지는 않더군요.
반대로 불효막심한 자식들도 많긴 하지만요."

"삶에 미숙하고 이기적인 부모도 있을 테고, 상실감이나 박탈
감을 자식에게 전가하는 부모도 있으니까요."

"내리사랑은 있어도 치사랑은 없다는 말이 있던데, 그 말이 반
드시 옳다고는 생각지 않습니다."

"그건 그래요. 세상에는 자식에게 받으려고만 하는 부모도 있
고, 부모 것을 뺏으려고만 하는 자식도 있을 테지요. 옛날에 나
는 파독 간호사였답니다. 힘들게 일하고 잠을 줄여가면서 공부
하던 시절이 있었어요. 번 돈 거의 전부를 한국에 있는 부모님께
보냈죠. 한 해 두 해가 지나니까 부모님은 받는 것에 익숙해지더
군요. 그러다 보니 나는 주기만 하는 사람이고 부모님과 동생들
은 받는 사람으로 고정돼 버렸어요. 가족이니까, 혈육이니까 하
는 정 때문에 내 실속을 차릴 수가 없었어요. 독일에서 간호사로
오랫동안 일했지만 나는 빈털터리였어요. 식구들이 말만 하면
돈을 만들어내는 화수분 같은 존재에 지나지 않는다는 느낌이
들어 슬플 때도 있었답니다. 뿌듯하기도 했지만 책임감이 참 무
겁게 느껴졌었죠. 가난한 부모와 동생들을 위해 집안의 장녀가

가장 노릇을 하던 시절이었고, 나만 그랬던 건 아니었어요."

마담 르네가 이토록 길게 말한 것은 처음이었다.

"많이 힘드셨을 것 같군요."

"오, 이런. 미안해요. 내가 주책없게 별 이야기를 다 했네요."

"자녀분은 있으시죠?"

"네…… 둘이 있어요. 원래는 셋이었는데……"

마담 르네는 좀 전과 달리 말을 아꼈다. 그녀가 한숨을 뱉어냈다. 넉 달이 지날 동안 그녀가 한숨을 지은 건 처음이었다. 내가 화를 내고 악담을 퍼붓고 의자를 내동댕이치고 식탁 위의 음식들을 뒤엎어버려도 얼굴 한 번 찡그린 적 없었던 그녀의 한숨에 나는 적이 놀랐다.

그녀에게는 잃어버린 자식이 하나 있는 것 같았다. 주고 싶어도 줄 수 있는 자식이 곁에 없다는 것은 그녀에게 크나큰 상실이자 상심일 터. 괜한 질문을 던져 미안했다.

나와 마담 르네는 잠시 말을 멈추고 각자의 아픔을 되새기면서 쓸쓸한 미소로 서로를 위로했다. 그 순간, 기적 같은 일이 일어났다. 마담 르네의 얼굴이 또 다른 얼굴과 겹쳐졌다. 분명히 본 적이 있는 얼굴, 길모퉁이 뒤에 숨어서 훔쳐만 봤던 얼굴, 다가가고 싶었던 얼굴.

아, 그녀였다. 나를 낳은 어머니, 이숙희. 마담 르네는 이숙희였다. 나의 어머니였다.

이런 것을 하늘이 준 기회라고 말할 수 있을까.

먼발치에서라도 숨어서 보고 싶었던 사람이, 바로 내 옆에서 미소로 나를 어루만져주는 사람이 어머니였다니.

기회가 분명하다면, 그 기회를 어떻게 잡아야 할지는 알지 못했다. 그냥 어머니를 바라보는 것 외에는 내가 할 수 있는 것이 없었다. 함께 하는 시간을 최대한 길게 늘이고 싶을 뿐이었다.

나는 어머니를 계속해서 마담 르네라 부르기로 했다. 어떤 일이 있어도 어머니에게 고통을 주는 일만큼은 없어야 했다. 마음을 들키지 않으려고 태연한 척을 했지만, 쉽지 않았다. 그러나 마담 르네를 마주하고 있으면 나는 저절로 배우가 되었다.

그녀의 이야기에 귀를 기울였다. 어린 시절 이야기며 고향에 대해서, 독일과 프랑스에서의 삶에 대해서. 그녀가 살아온 인생 전부를 알고 싶었지만 나에게 주어진 시간은 유한했다.

"사흘 뒤에 퇴원한다고 하네요."

"전 아직 다 기억해내지 못했는데 왜 벌써 퇴원시키겠다는 거죠?"

마담 르네는 나를 살짝 흘겨보다가 내 손등을 살짝 때렸다.

"기수 씨, 의사들은 다 알고 있어요. 기수 씨가 더 이상 기억해 낼 게 없다는 걸요. 이미 한 달 전에 판명 났어요. 근데 기수 씨가 자꾸 우기니까 더 두고 본 거라고요. 말하자면 꾀병이라는 게 들통났답니다."

"꾀병이 아닙니다. 진짜 기억이 안 나는 게 있단 말이에요."

"그게 뭔데요?"

"십 년 전 태국에서 프랑스로 올 때 어떤 항공기를 타고 왔는지 기억이 안 나요."

당연히 기억하고 있었지만, 나는 거짓말을 했다.

마담 르네는 입을 가리고 웃었다.

"십 년 전이라…… 항공사 이름이며 기종 정도는 보통사람들도 기억 못하는 경우가 많아요. 살아가면서 그 정도는 잊고 살아도 전혀 문제가 없지 않을까요? 이제 기수 씨 머리는 말짱하답니다."

나의 기억은 한 달 전부터 제자리를 찾아 흐트러짐 없이 잘 맞춰져 있었다. 그러나 마담 르네와 헤어지고 싶지 않아서 계속 거짓말을 해댔지만 의사들에게는 통하지 않았다. 나는 국군병원에 입원한 지 반년을 넘기고 퇴원 수속을 할 수밖에 없었다.

봄날, 마담 르네와 나는 꽃이 만발한 병원의 뜰을 거닐었고, 여름날에는 둘이서 커다란 마로니에 나무에 기대앉아 김준에게서 얻은 가벼운 책들을 나눠가며 읽었다. 날씨가 더울 때는 병원 부지에 있는 아름다운 바로크풍의 노트르담 성당으로 햇볕을 피해 들어갔다. 거기서 나는 어머니와 함께 하는 시간을 늘려달라고 기도했다. 그리고 이제, 기나긴 바캉스의 계절이 끝나고 나뭇잎이 단풍 준비로 바빠진 9월이 왔다.

나는 마담 르네와 작별 인사를 했다.

내 몸의 일부처럼 여겨졌던 환자복을 벗고 김준이 사다 놓고

간 사복으로 갈아입었더니 꽤나 어색했다.

"이건 내 전화번호예요. 언제라도 전화 주세요."

마담 르네는 수첩에서 작은 메모지 한 장을 뜯어내더니 그녀의 휴대폰 번호를 적어 나에게 내밀었다. 나는 두 손으로 그 메모지를 받아 들어 재킷 안주머니에 넣었다. 내 휴대폰은 배터리가 방전되었기 때문에 그녀의 전화번호를 입력해 넣을 수 없었다. 부대로 가면 제일 먼저 배터리를 충전할 생각이었다.

"그동안 신세 많이 졌습니다. 정말 감사합니다. 바쁘실 텐데 제가 전화 드리면 폐가 되지 않을까요?"

"천만에요. 나도 다음 달이면 정년퇴직을 해요. 남아도는 시간을 어떻게 써야 할지가 큰 고민인걸요. 내 마지막 환자가 기수 씨여서 정말 좋았어요."

"저도 마담 르네께서 간호해주셔서 정말 좋았습니다."

"파리 근처에 있는 부대에서 근무하게 되었다니 다행이에요."

"네, 자리를 잡으면 연락드리겠습니다."

퇴원하면 바로 제대하고 고국으로 직행하겠다던 나의 계획은 마담 르네를 기억해낸 순간 지체 없이 부대에 남는다는 결심으로 환승했다.

나는 마담 르네가 맡아두었던 배낭을 건네받고 한 번 더 고개를 숙였다. 손을 흔들어주는 그녀를 뒤로하고 병원을 나왔다. 의외로 담담했고, 힘이 불끈 났다. 재킷 안주머니에 있는 메모지 한 장의 힘이 대단했다.

병원 근처에서 RER B선을 타고 샤틀레에 내려 폴드노종의 부대로 가기 위해 RER A선으로 갈아탔다. 출입문 입구 곁에 있는 간이의자를 펼쳐 앉은 뒤, 배낭을 열고 꺼낸 다이어리 맨 앞에 마담 르네의 전화번호가 적힌 종이를 끼워 넣었다. 그런 다음 배낭 맨 밑으로 손을 넣어 알루미늄으로 된 초콜릿 상자를 찾았다. 내 손에 상자가 잡혀 나왔고 뚜껑을 열어 어머니의 편지들을 확인했다.

혹시, 마담 르네가 편지들을 보지는 않았을까. 그랬다면 내가 그녀의 아들이라는 것을 알았을 텐데. 아닐 거다. 그동안 마담 르네의 얼굴이며 행동에서 어떤 흔적도 발견할 수 없었다. 순식간에 온갖 상상이 보글보글 끓어올랐다.

어머니가 당신의 손으로 써 내려갔던 편지들을 봐주었길 바라는 마음과 봐서는 안 된다는 마음이 갈피를 못 잡고 뒤숭숭했다.

전에 김준이 나의 배낭을 마담 르네에게 맡겼다고 했을 때는 어머니를 기억해내지 못했기 때문에 아무러면 어떠랴 싶었다. 그랬다가 기억이 돌아온 뒤에는 배낭 따위는 까마득히 잊어버리고 있었다.

기억이라는 것을 얼마나 믿고 살아야 할지 모르겠다.

10.

폴드노종에서 하는 일은 따분했다.

내가 맡은 임무는 외인부대를 찾아 들어온 세계 각국의 지원자들을 상대하는 일이었고, 그들이 거쳐야 할 각종 테스트 중에서 체력 테스트를 심사하는 일이었다.

내가 지원했던 때와 달라진 점이 있었다. 외인부대 모병소에는 불어를 몰라도, 영어 실력이 짧아도 한국인을 위한 한글로 번역된 개인정보 인정서가 있었다.

또 달라진 것이 있다면, 내가 외인부대에 입대하던 때와 달리 한국인 지원자가 가물에 콩 나듯 뜸했다. 지금까지 한국인 탈영자 수만 거의 600명에 달한다는 통계가 믿어지지 않았다. IMF로 경제적 타격을 받던 한국 남성들이 대거로 몰려왔다가 혹독한 훈련을 견뎌내지 못했거나, 소문과는 달리 많지 않은 월급에 실망하여 탈영한 경우가 많았다. 그들은 외인부대가 세계 최강의 부대원을 만드는 곳이라는 걸 대수롭지 않게 생각했나 보다.

근무가 끝나면 부대 안에 있는 클럽 뽀뽀뜨(Popote)에서 맥주를 한잔 하거나 잡담을 들으며 시간을 보냈다. 다람쥐 쳇바퀴 같은 생활이었다. 서서히 무료함이 몰려왔고, 정체된 느낌이 싫증 나기 시작했다. 고된 훈련을 하고 미션을 나가던 시절이 그리웠다.

오래전 기아나에서 만났던 한국인 소대장을 뽀뽀뜨에서 우연히 만났다. 그는 민간인 복장으로 위스키를 마시고 있었다. 나는 그를 보자마자 자동으로 경례를 올렸다.

"아서라, 난 이제 군인이 아니니까."

그는 일 년 전에 제대했고 연금을 받는 은퇴자가 되었다. 그의 눈에서 예전에 내가 보았던 매는 날아가고 없었다.

"부상 소식은 들었어. 여기는 지낼 만한가?"

"솔직히 말씀드리면, 아닙니다."

"그렇겠지. 여긴 자네 같은 사람에게는 어울리는 장소가 아니지. 난 민간인이 된 지가 일 년이 지났는데 여전히 군대 생활이 그립다."

"그럼 다시 복귀하셔도 되지 않습니까?"

외인부대는 제대한 사람에게 제대한 날로부터 3년 이내에 현역으로 복귀할 수 있는 기회를 줬다. 복귀하면 제대할 당시의 계급과 급료가 그대로 유지되었다. 외인부대에 몸담았던 대원들을 위한 최대한의 배려이며 합리적인 제도가 아닐 수 없었다. 사회에 적응을 못했다든지, 구직이 어렵다든지 등등, 드물긴 해도 다양한 이유를 들어 다시 현역으로 돌아가는 경우가 있었다.

"다시 돌아갈 생각은 없다. 사회로 나왔으니 새로운 인생에 도전해야지."

"어떻게 지내십니까? 파리에 사십니까?"

"응, 제대하고 지금까지 놀고먹는다. 연금에다가 실업자 수당까지 받고 있으니 한량이 따로 없더라."

"그래도 언젠가는 일을 해야 하지 않겠습니까?"

"그동안 버는 족족 쓰기만 했거든. 모아둔 돈이 없다 보니 완전 개털이다."

나는 일전에 외인부대 출신 선배들과 식당에서 저녁을 먹다가 흘려들은 이야기가 생각났다. 소대장에 대한 것이었다. 외인부대에서 20년 정도 짬밥을 먹으면 프랑스 대도시에서 아파트 한 채 정도는 살 돈을 저축할 수 있다고 한다. 그것도 외인부대 중의 외인부대라는 제2외인공수연대 출신이라면 더더욱 그랬다. 하지만 소대장은 저축은 고사하고 빚만 안은 채 제대했다고 선배들은 혀를 찼다. 그 이유야 본인만이 알겠지만, 낭비벽이 있어 돈을 모을 체질이 못된다는 것에서부터 한국에 있는 부모 형제들에게 뜯겨서 돈을 못 모았다는 얘기까지 나왔다.

누군가를 안다고 할 때, 그 앎의 정도를 수치화해서 그래프로 그려보고 싶었다. 나는 기아나의 소대장이 말수가 적고 냉정하지만 한편으로는 꽤 따뜻한 심성을 가진 사람이라 여겼다. 술과 담배와 정글을 사랑했던 사람이라 기억하고 있었다. 그것 말고는 아는 게 없었다.

만약 앎의 정도를 막대그래프로 그린다면, 내가 아는 사람들은 모두 평균치 훨씬 아래에 머물 것 같다. 내 인간관계의 빈약함을 인정한다. 내가 보고 싶은 만큼만 보고 내가 알고 싶은 만큼만 알았다는 것을 인정한다.

나는 화제를 돌려 기아나의 소대장에게 제대를 생각하고 있다고 말했다. 그는 내가 한국으로 돌아가지 않고 프랑스에 남고자 한다면 직업 선택에 각별히 주의하라고 충고했다. 길게 내다보는 안목이 필요하다는 말을 할 때에는 그의 처지를 생각하는 것 같았다. 사회는 그에게 자리를 쉽게 허용하지 않았고, 먹고살기 위해서는 자존심 따위는 착착 접어서 서랍 맨 아래에 쑤셔 넣어야 한다고 했다.

그는 머지않아 아프리카 가봉으로 떠난다는 말도 했다. 거기서 제법 많은 계약금을 받고 용병으로 일하기로 했단다. 외인부대는 용병이 아니라고 말했던 소대장이 이제 용병이 되어 다시금 아프리카 검은 대륙으로 날아간다고 생각하니 마음이 착잡했다.

"생각했던 것보다 사회는 더 냉엄하더군. 군대가 수직 관계라면 사회는 수직과 수평으로 짜인 그물이라고 생각하면 돼. 이 나라도 실업자가 많다 보니 프랑스 사회 속으로 파고들기가 결코 쉽지 않아. 그러다 보니 잘돼야 식당 주인이고 아니면 관광업에 얹혀서 살아가는 거지."

나는 속으로 뜨끔했다. 제대를 하면 관광 쪽의 일을 해볼 생각이었다.

"관광 쪽은 전망이 없습니까?"

"전망? 돈이야 벌지. 여기가 프랑스잖아. 그런데 그다지 추천해줄 일은 못된다."

"무슨 문제라도 있습니까?"

"아깐 그냥 놀고먹는다고 말했지만, 나도 그쪽 일을 조금 해봤어. 인간성 버리기 딱 좋다. 돈의 노예가 되는 거지. 가능하면 다른 일을 찾아보라고 충고하고 싶다만, 나도 실패한 인간이라……"

기아나의 소대장과 나는 몇 마디를 더 주고받았고, 그는 나에게 제대는 언제든지 할 수 있으니 신중하게 판단하고 결정하라는 말을 남긴 뒤 자리를 떠났다.

기아나의 소대장은 목숨을 담보로 20년이라는 긴 세월을, 펄펄 끓던 젊음을 외인부대에 바쳤던 남자였다. 뒤돌아가는 그의 어깨가 쓸쓸해 보였다. 나는 호주머니에 든 지포라이터만 만지작거렸다. 오래전 그가 나에게 선물한 그 지포라이터였다. 담배를 피우진 않지만 항상 몸에 지니고 다녔다.

나와 마담 르네는 한 달에 한 번꼴로 만났다. 더 자주 보고 싶었지만 그녀에게는 가족이 있고 그들과 함께 해야 할 생활이 있었다. 또한 정년퇴직을 하고 혼자서 가꿔 나가야 할 지극히 개인적인 일도 있을 것이었다. 가끔씩 잠깐이라도 어머니를 만날 수 있는 기회는 내 인생에 덤으로 주어진 행운이었다.

나와 마담 르네는 카페에서 만나 차를 마시면서 안부를 묻고 서로가 하고 있는 일에 귀를 기울였다. 마담 르네는 최근에 뜨개질을 시작했고 거기에 푹 빠졌다고 했다. 나는 일상의 반복에 지쳐간다고 투정을 부렸다. 곧 제대를 할 거라고도 말했다. 제대를 하면 외인부대 출신 선배 밑에서 관광업을 배워볼 생각이라는 말도 했다.

곧 돌아올 4월 30일은 외인부대의 최대 명절인 카메룬 데이였다. 나는 마담 르네를 초대했고, 그녀는 흔쾌히 승낙했다.

카메룬 데이를 맞아 폴드노종의 부대 안은 부대원들과 그들의 가족, 친구, 연인들로 만원이었다. 일 년마다 돌아오는 이 축제는 민간인들에게도 개방되었다. 연병장 건물 뒤편에 있는 마당 안쪽에는 텐트를 줄느런히 쳐놓고 다양한 음식들을 팔았다. 다양한 술들도 넘쳐났다. 나의 파트너는 마담 르네였다. 그녀는 파리에 오래 살았고, 남편은 프랑스 육군 중령으로 예편했으나 부대에는 처음 발을 들여놓았다며 모든 것을 신기해했다.

한쪽에는 외인부대 출신의 한국인 선배들이 모여서 잡담을 나누고 있었다. 나는 그들에게 마담 르네를 소개했다.

"소개를 받기 전에는 두 사람 얼굴이 닮아서 이 친구의 어머니인 줄 알았어요."

개중에 장난기 많은 선배 하나가 농담처럼 던진 말에 내 가슴이 철렁했다.

"기수 씨와 내가 닮았다고요?"

마담 르네의 차분한 눈빛에 갑자기 생기가 도는 듯했고, 목소리도 한 옥타브 높아졌다.

"네 닮았어요. 특히 눈이 많이 닮았어요. 두 사람 다 속눈썹도 길고요."

마담 르네는 내 눈을 지그시 쳐다보았다.

"그렇군요. 병원에서 같이 보낸 시간도 꽤 길었는데…… 내가 그걸 왜 몰랐을까요?"

나는 마담 르네의 눈길을 피했다. 왠지 발가벗겨지는 기분이 들었다.

"어라, 이 친구 얼굴이 빨개졌어."

선배 후배 할 것 없이 시선들이 나에게로 꽂혔다.

"아이참 왜들 이러십니까? 그건 그렇고, 마담 르네, 혹시 어디 불편하신 거 아닙니까?"

표정 관리가 서툰 나는 화제를 돌리려고 분위기에 어울리지도 않는 질문을 했다. 그 결과 내게 향한 시선들을 마담 르네에게로 돌리는 데 성공했다.

분위기에 어울리지 않는 질문이긴 했으나 최근에 마담 르네의 안색이 창백해진 것은 사실이었다. 이날따라 그녀의 얼굴이 더 핼쑥해 보였다. 화사한 컬러의 립스틱을 발랐지만 입술도 까칠했다.

"전혀요. 요즘 늦게까지 뜨개질을 하느라 좀 피곤해서 그래요. 생각보다 어렵더군요. 아니면 내가 손재주가 없는 건지도 모르고요."

"절대 무리하지 마십시오. 병원에서 근무하셨으니 잘 아시잖아요. 건강이 제일 중요하다는 거."

"알았어요. 걱정해주는 사람이 있으니 기분이 좋군요. 난 외인부대라고 해서 험악한 남자들이 많은 건 아닐까 생각했었는데, 전혀 그렇지가 않네요."

마담 르네도 화제를 돌렸다. "너무 잘못 보셨습니다. 여기 전부 다 험악한 인간들이에요."

넉살 좋은 선배의 말에 모여 있던 사람들 모두가 웃었다.

"여기 우리들 대부분이 한국에서는 별 볼일 없는 인간들일지도 모릅니다. 개중에 잘났다 하는 놈도 있지만, 그래 봤자 한국에선 겨우 중간 정도죠. 저의 경우만 해도 사는 게 팍팍하고 기를 써도 오르지 못할 나무가 숲을 이루었으니 못 살겠다고 도망쳐온 거고요. 그래도 지금은 각자의 처지에 맞게 그럭저럭 살고는 있습니다."

우리 중에서 제일 나이가 많은 선배가 말했다.

"가장 중요한 것은 현재를 어떻게 사느냐 아닐까요? 내 눈에는 모두 예뻐 보이는걸요."

마담 르네의 말이 떨어지기가 무섭게 선배들은 앞다투어 한마디씩 보탰다.

"잘 보셨어요. 여기 있는 사람들 다 단순 무식하지만 또 다 순진무구합니다. 저만 빼고."

"이 친구는 너무 순진해서 간이고 쓸개고 할 것 없이 몽땅 다 빼주는 사람이죠."

"내가 뭘 어쨌다고 그러십니까?"

"마담 르네, 주변에 괜찮은 아가씨 없습니까? 애 딸린 이혼녀라도 좋습니다. 이 친구가 아직까지 노총각이거든요."

"어머 그래요? 인물도 시원스럽게 생겼고 성격도 좋을 것 같은데 어쩌다가 아직 짝을 못 만났을까? 내가 한번 알아봐야겠네요."

"간이고 쓸개고 다 빼주는 바람에 껍질밖에 없다는 것은 꼭 명심하시고 사람을 소개시켜 주셔야 합니다."

"장가를 가라는 거야, 말라는 거야?"

"어머, 그러고 보니 기수 씨도 싱글이었네. 내가 중매쟁이로 직업을 바꿔야겠어요."

선배들이 실없이 농을 쳐가며 대화를 이어 가자 마담 르네도 자연스럽게 맞장구를 쳤다.

파리에서 보금자리를 튼 외인부대 출신들은 서로가 선배 아니면 후배였다. 그 기준은 몇 년에 외인부대에 입대했는가, 언제 제대했는가, 몇 년을 복무했느냐는 중요하지 않았다. 우리들은 나이로 그 경계를 정했다.

마침내 나는 외인부대 생활에 종지부를 찍었다. 10년이 훌쩍 넘은 세월이었다. 그 대가로 와인색 커버의 프랑스여권과 프랑스 시민권자임을 증명하는 신분증을 얻었다.

마담 르네가 나를 점심 식사에 초대했다.

카메룬 데이에 초대해준 답례라고 했다. 우연히도 마담 르네의 집을 찾은 날은 내 생일이었다.

토요일이라 마담 르네의 가족들은 모두 집에 있었다. 그들은 친절했고 내가 불편해하지 않도록 신경을 써주었다. 그러나 그들의 배려에도 불구하고 그 가족에게서 나 홀로 겉도는 느낌이 들었다. 나의 쓸데없는 자격지심이었다.

마담 르네의 남편인 아르노는 과묵한 인상과는 달리 자상해 보였다. 슬쩍슬쩍 주방을 오가며 그의 아내를 도왔고, 거실 창틀 위에 늘어놓은 크고 작은 화분에 심어진 화초와 꽃들에게 일일이 말을 걸면서 분무기로 세심하게 물을 뿌렸다.

"이 녀석들은 내 말을 아주 잘 들어. 착한 녀석들이지."

"아빠, 그건 우리 들으라고 하는 소리죠?"

중학교에서 수학을 가르치는 딸은 몸동작이 많은 편이며 싹싹했다. 잘생긴 아들은 호기심이 많았고, 은행원이었다. 그 둘은 모두 독신이며 부모로부터 독립해서 따로 살았다.

"결혼해서 손자 손녀를 안겨주지 않는다고 늘 잔소리를 해요."

은행원 아들은 나에게 눈을 찡긋해 보이며 말했다.

마담 르네는 나를 위하여 한국 요리를 준비했다. 차려져 나오는 음식들이 깔끔했다. 잡채와 전유어, 약간 싱겁게 담근 김치에 불고기까지. 딸이 제 어머니를 도와 음식들을 보기 좋게 식탁에 올려놓았다.

맨 나중에 나온 것은 미역국이었다. 미역국이라니……. 울컥, 진하고 무거운 액체가 눈가로 솟아올랐다. 아릿한 감정이 엉겨 붙어 목울대를 자극했고, 코끝이 찡했다. 그것들이 밖으로 나오지 못하게 꾹꾹 누르느라 애를 먹었다.

10년이 넘도록 생일을 잊고 지냈다. 가족들의 생일날이면 어김없이 끓여주었던 엄마의 미역국이 그리웠다. 다시는 먹을 수 없는 엄마의 미역국 대신 이제 나를 낳은 어머니가 처음으로 끓여주는 미역국을 받았다.

"난 외인부대에 대해서 들어는 봤지만, 거기에 대한 상식이 전혀 없어요. 되게 궁금한데 좀 들려줄래요?"

은행원 아들은 묵직해지려는 분위기를 걷어냈다. 그들에게 폐를 끼쳐서는 안 되겠기에 나도 얼른 감정 수습에 들어갔다.

"특별한 게 없는데……"

"나도 듣고 싶어요. 외인부대가 어떤 곳이에요? 기아나에도 갔었다면서요?"

마담 르네의 딸까지 합세하여 질문 공세를 시작했다.

"얘들아, 천천히 물어봐. 얘기하다가 국이 다 식어버리겠어. 한국 음식은 따뜻할 때 먹어야 맛이 살아 있거든."

마담 르네가 제동을 걸었다.

"음식 문화라는 게 있잖아. 프랑스 요리는 대화하면서 먹어도 되지만, 한국 음식은 말을 아끼면서 먹는 거란다. 너희들 엄마에 의하면, 한국에서는 밥상머리에서 말을 하면 상놈 소리를 들었대."

"옛날에는 그랬는데, 요즘은 많이 바뀌었습니다. 서구화가 많이 된 까닭인 것 같습니다."

아르노의 말에 나도 한마디 거들었다.

"프랑스 사람은 미역을 안 먹어요. 나도 처음에는 너무 이상해서 못 먹었는데, 엄마가 식구들 생일이면 꼭 미역국을 끓여주거든요. 하도 몸에 좋다고 우기는 바람에 먹기 시작했죠. 근데 먹다 보니 괜찮더라고요."

그렇게 말한 은행원 아들은 젓가락으로 능숙하게 미역을 건져 먹었다.

나는 르네 집안에 초대받은 날이 우연히도 내 생일이고, 미역국까지 먹을 줄은 꿈에도 몰랐다는 말은 하지 않았다.

우리는 간간이 대화를 양념 삼아 내가 선물한 와인을 곁들여 밥을 먹었다. 너무도 그리웠던 따스함이었다. 나를 낳은 어머니는 그녀가 만든 온기 속에서 행복해 보였다. 그러나 그녀의 몸이 점점 야위어가는 것을 나는 놓치지 않았다.

식사가 끝나고 티타임까지 마치자 마담 르네의 딸과 아들은 각자의 볼일을 찾아 집을 떠났다. 나는 기아나에서 지내던 시절에 대해 궁금증이 많은 아르노에게 붙잡혀 더 머물 수밖에 없었다. 주방 정리를 끝낸 마담 르네는 거실로 나와 우리들의 대화에 조용히 귀를 기울일 뿐 끼어들지 않았다. 피로의 기색이 역력했다. 나는 그녀를 쉬게 해주고 싶어 거짓말을 했다.

"죄송합니다. 제가 오후에 약속이 좀 있어서 인제 그만 일어서야 할 것 같습니다."

"아, 이런 미안하게 됐네."

"아닙니다. 저도 즐거워서 시간 가는 줄 몰랐습니다."

"자네 얘기가 참 흥미로웠어. 다음에 놀러 와서 더 들려주게."

"네, 그렇게 하겠습니다."

"기수 씨, 오늘 이렇게 와줘서 정말, 정말 고마웠어요."

내가 감사해야 마땅한 것을 반대로 마담 르네가 고맙다고 말하다니.

"오늘 진짜 잘 먹었고 즐거웠습니다. 근데 저 때문에 수고가 너무 많으셨던 것 같아요."

"천만에요. 오늘 오랜만에 한국 음식을 준비했는데, 다행히 기수 씨가 잘 먹고 즐거웠다니 기분이 아주 좋은걸요."

"앞으로 자주 놀러 오게."

나는 손을 내민 아르노와 악수했다. 그러고는 고개 숙여 감사하다는 말을 남긴 뒤 동화 속에나 있을 법한 마담 르네의 집을 나왔다. 나도 그들에게 포함되고 싶었다.

11.

나는 부대 근처에 작은 아파트를 얻었다.

파리 중심지에서 멀어질수록 집값이 싼 이유도 있었지만, 파리 시내에 살고 싶은 마음이 전혀 없었다. 공기가 나쁜 것을 떠나 일단 사람이 너무 많았다. 파리는 더 이상 프랑스적인 도시가 아니었다. 관광객은 시도 때도 없이 있었지만, 몇 년 새 엄청난 속도로 늘어난 중국인 관광객들로 웬만한 곳은 콩나물시루 같았다. 거기에 비례하여 한국인 관광객도 늘었다. 심지어 아프리카와 아랍권역에서 건너온 사람들까지 기하급수적으로 늘어나는 바람에 국제도시라기보다는 인종시장이라는 표현이 더 어울렸다. 언어들은 소음이 되었다.

오래된 도심은 도로를 더 이상 확장할 수 없는 데 반해 차량은 넘쳐났고 심각한 주차난으로 몸살을 앓았다. 그것도 모자라 모터사이클 부대들이 거리를 점령하고 다녔다. 게다가 미세먼지의 농도가 날로 증가하는 바람에 목이 칼칼하고 매캐했다. 파리는 러시아워가 없는 도시였다. 항상 러시아워니까.

파리라는 무대에서 펼쳐지는 연극은 희극이었다. 모두가 주연이었으므로 조연도 엑스트라도 없는 무대였다. 그 무대에 나 홀로 단역배우였다.

나는 합법적으로 픽업과 가이드 영업을 할 수 있는 자격증을 취득했다. 공항 픽업과 가이드 일은 생각보다 수월치 않았다. 관광객의 수만큼 다양한 성격의 사람들을 대하다 보니 다양한 문제들이 불거져 나왔다.

턱 옆에 있는 큰 점 때문에 점박이라는 별명을 가진 외인부대 출신 선배가 관광업을 하고 있었다. 나는 그의 차량 중 한 대를 이용했다. 정식 직원으로서가 아닌 계약직 형식으로 일을 했고, 일에 비해 보수는 많지 않았다.

점박이 선배는 외인부대 출신의 한국인들 사이에서 뒷말이 좋지 않았다. 그는 외인부대 출신이면서 자신의 입신양명을 위해 한인외인부대협회에 발을 끊었고, 한인협회로 들어가 거기서 작은 감투를 하나 얻었다. 그러거나 말거나 그의 행동을 탓할 수는 없었다. 세상을 약게 사는 것도 하나의 처세술이니까. 문제는 한인 체육대회나 한가위축제 등에 필요한 자재들을 공수받기 위해서만 한인외인부대 출신들에게 연락해 힘을 빌렸고, 한인협회로부터 그 공은 혼자 챙겼다. 큰돈 안 들이고 폴드노종 부대의 물품을 몰래 빼내서 사용하는 대가는 담배 한두 보루와 저렴한 위스키 두세

병이면 충분했다. 그런 사정들을 생각하면 나도 점박이 선배와는 적당한 거리를 두고 싶었지만, 일단 일을 배워야 했다.

픽업과 가이드를 하는 사람들은 대부분 자기 차를 이용한다. 그러나 합법적으로 일하는 사람은 극소수다. 현지에서 합법적으로 허가를 받아 사이트를 만들고 광고를 내건 크고 작은 여행업체도 심심찮게 불법 영업과 탈세를 일삼았다. 허가증도 자격증도 없는 사람들까지 고용하여 일을 주니 세금을 제대로 낼 리 없었다.

한국에서 여행사를 통해 오지 않는 이상, 개인 관광으로 온 사람들 대다수가 현지에서 픽업비와 투어비를 지불한다. 그리고 그 비용은 거의가 다 현금 거래로 이루어진다. 그러니 탈세의 온실이 되는 건 당연했다.

게다가 개인들은 한국의 포털사이트에 카페를 개설해놓고는 90퍼센트 이상이 여행업등록은 고사하고 사업자등록도 통신판매업도 신고하지 않은 채 영업을 한다. 그들은 여행객에게 현금으로 예약금을 받고, 현지에서 픽업이나 투어를 하는 사람의 카카오톡과 같은 인스턴트 메신저로 연결해준다. 여행객이 영수증을 요구하면 한국이든 프랑스에서든 신고조차 하지 않을 엉터리 세금계산서를 발행해주는 친절까지 베푼다. 사기성이 짙지만 일반인들은 그 사실을 모른다. 카페 운영자들은 여행자와 현지 픽업이나 투어를 연결해주고 수수료를 받아 챙기는 브로커일 뿐이다. 음지에서 성행하는 불법 영업행위가 갈수록 늘어나고 있다.

그런 카페가 5만 개가 넘는다고 한다. 포털사이트는 그런 불법 상거래를 형식적으로는 금지하고 있지만, 그들에게 돌아오는 거대한 이익을 위해 눈감아주는 것이 아닐까 싶다.

다른 사람의 VTC자격증(Voiture de transport aver chauffeur − 개인운송면허자격증)을 빌려 카페의 공지사항에 떡하니 올려놓고는 그것이 마치 프랑스에 정식 등록하여 합법적으로 영업할 수 있는 여행사인 것처럼 속인다. 불어로 된 자격증을 읽을 수 있는 사람이 한국에는 결코 많지 않을 것이기에 그까짓 눈속임은 아주 쉽다. 그들이 한국의 연휴 시즌이나 명절 그리고 한여름 관광 성수기일 때 벌어들이는 돈이 엄청나지만, 그 어디에도 세금 한 푼 내지 않고 그들만의 특권을 누리며 살아간다.

내가 하는 일은 아주 단순했다. 정해진 스케줄대로만 하면 되었다. 단순 육체노동에 가까워서 두뇌를 쓸 필요가 별로 없었다. 국내에서 개인용무로 왔거나 신혼여행 온 커플 또는 소규모의 여행객들을 목적지까지 데려다주면 된다. 경우에 따라서는 그들을 인솔하여 쇼핑이나 관광 가이드를 해준다.

업무차 회사 경비로 출장을 와서는 정해진 픽업비를 깎아달라는 사람도 있지만, 그것은 차라리 애교에 속했다. 반면에 영수증을 부풀려줄 것을 노골적으로 요구하는 것은 이해하기 어려웠다.

픽업만 하는 경우도 있지만, 픽업과 가이드를 같이 하면 돈벌이는 괜찮은 편이었다. 나는 점박이 선배에게서 떨어져 나왔다.

일에 대한 대가가 만족스럽지 않았다. 모두가 먹고 살기 바쁘다 보니 자기 주머니부터 챙기는 것은 당연하다지만, 나는 선배의 셈속이 마음에 들지 않았다. 저축한 돈을 헐어 깨끗한 중고 승합차 한 대를 구입했다.

차를 구입한 뒤로 일이 제법 들어왔다. 샌드위치로 아침 겸 점심 끼니를 간단하게 해결했다. 공항으로 호텔로 관광지로, 차바퀴가 닳는 만큼 지갑이 두꺼워지는 속도가 빨라졌다. 돈은 벌지만 그 일에 점점 회의를 느끼기 시작했다. 지나친 요구를 주문하는 고객이 의외로 많았고, 가이드라는 직업을 하위 업종이라고 생각하는 사람이 많았다. 자존심을 뭉개버리지 않는다면 하기 어려운 일이었다. 고객이라는 이름으로 왕의 대접을 받고 싶어 하는 사람들에게 서서히 지쳐갔다.

늦은 밤 숙소로 돌아오면 인터넷으로 한국 야구와 한국 뉴스를 보는 것이 나의 일상이 되어갔다. 그런데 나라 안 사정은 한시도 조용한 날이 없었다. 훼손된 자연은 병들어가고, 정치판은 변함없이 진흙탕이며, 협잡꾼들은 여전히 건재하고, 일부 몰상식한 인간들 때문에 서민들이 피멍 들어간다는 뉴스투성이였다.

웬 살인 사건도 그렇게 많이 일어나는 것일까. '묻지 마 살인'이라니, 가당치도 않은 살벌한 일들이 너무 자주 일어났다. 내가 떠나온 10여 년의 세월 동안 많은 신생어가 탄생했고, '갑질'이라는 새로운 단어가 귀에 거슬렸다. 프랑스까지 와서 갑질하는 고객이 생각났기 때문이었다.

관광객이 늘어갈수록 공항 픽업을 아르바이트로 하는 유학생까지 부지기수로 늘어났다. 자격증 없이 픽업하는 건 엄연한 불법임에도 그들은 경찰의 눈을 잘도 피해 다녔다. 비행기 시간만 잘 맞추면 하루에 네다섯 건씩 픽업하는 경우도 있었다. 그럴 때면 돈이 귀하게 느껴지지 않는다. 바로바로 현금을 손에 넣을 수 있으니 매력적인 일이긴 하다. 그들은 명품 옷을 입고, 소지품도 명품이다. 어떤 치들은 마약도 기호품으로 사용한다. 사는 동네도 부촌이어야 직성이 풀린다. 쉽게 번 돈 쉽게 나간다는 말이 있다. 그래서일까, 분명 돈은 버는데 항상 얇은 주머니에 손을 찔러 넣은 채 구부정한 등을 보이는 사람이 허다했다. 인천공항을 출발한 비행기가 파리 샤를 드골 공항에 도착하는 시간대가 되면 고객의 이름이 적힌 종이나 태블릿PC를 들고 공항 로비를 서성이는 한국인들이 점점 많아져 갔다.

프랑스로 공부하러 왔다가 뜻대로 공부는 안 되고 한국으로 돌아가자니 낯이 안 서고, 이러지도 저러지도 못한 채 어영부영 파리에 남아 있는 유학생들은 불법 아르바이트를 전전했다. 그러니 공부는 더더욱 뒷전으로 밀려나고, 나중에는 체류증을 연장할 명분마저 잃은 채 불법체류자 신세로 전락한 사람들도 있었다.

불법 아르바이트를 유학생만 하는 것은 아니었다. 생계를 위해서라고 한다면 할 말은 없다. 그러나 그 누구도 당당하게 '나는 픽업으로, 가이드로 먹고 산다'고 말하는 이는 극소수다. 앞으로 내미는 명함 쪼가리에 화가거나 작가거나 무슨 단체 또는 어디 협회원이라고 찍혀 있지만, 한번 가이드는 영원한 가이드라는 말이 그의 숨겨진 꼬리표에 따라 붙었다. 본업보다 부업에 더 많은 시간을 할애했으니 그런 소문을 달고 다니는 것은 자업자득이었다. 아이러니하게도 그들 중 상당수가 불법적으로 돈 벌고 합법적으로 프랑스의 사회보장제도를 이용했다. 그것을 두고 영리하다고 해야 할지 비양심적이라고 해야 할지 모르겠다. 분명한 것은 착실히 세금 내는 사람이 종종 어리석은 사람으로 취급받는다는 것이다.

파리에는 한인 민박집이 200곳이 넘지만, 정식 허가를 받고 영업하는 집은 10퍼센트도 안 된다. 허가도 없이 영업하다가 당국에 발각된 민박집 주인이 추방당했다는 소문도 나돌았다.

심지어 개인운송면허자격증 학원의 원장이자 시험 감독관을 돈으로 매수해서 시험지와 답안지를 사전에 유출하여 부정 합격한 경우도 있었다. 그것은 엄연한 범죄였다. 어딜 가도 양심을 쓰레기통에 쑤셔 넣은 인간은 잡초처럼 존재했다. 그러고는 남들이 법을 무시하면 침을 튀겨가며 욕을 해댄다. 마치 자기네들은 깨끗한 양. 나를 비롯하여 관광 일을 하는 외인부대 선후배들 중에는 넉 달을 학원비 내가며 공부해서 자격증 시험을 봤다. 떨어지면 다시 재수 삼수를 해서 자격증을 따냈다.

나는 요행을 바라고 돈으로 검은 거래를 하는 치들에게 화가 치밀었지만, 그런 인간을 찾아내서 고소하기도 난감했다. 한국인들이 암암리에 저지르는 불법과 범죄를 내 입으로 까발리기는 싫었다. 국제적인 망신이 될 테니까. 로마에 가면 로마의 법을 따라야 하는 것이 정석이거늘, 남의 나라에서 법을 무시하다가 법망에 걸려서 대한민국의 수치가 될까 염려스러웠다.

파리의 택시들은 시시때때로 불법 픽업 차량과 고객 운송서비스를 하는 다국적 업체에 맞서 파업을 해댔다. 타이어를 불태우고 도로를 점령하여 시위를 해대는 통에 시민들만 속수무책으로 피해를 당했다.

나는 조금씩 지쳐갔고, 시간이 갈수록 관광 쪽 일에 환멸을 느꼈다.

대한민국 한 광역시에서 시의원이라는 사람 넷이 왔다. 나의 고객이 된 시의원들을 데리고 사흘 동안 파리를 누볐다. 그들은 나랏돈으로 출장을 나왔다고 했지만 내가 보기에는 관광 그 이상도 이하도 아니었다.

그에 앞서 광역시의 한 구청에서도 공무원 여섯 명이 출장을 나왔던 적이 있었다. 라데팡스 신도시를 조사하고 탐구하는 것이 출장 취지라고 했지만, 그들은 라데팡스 지역을 다녀갔다는 증거가 필요했기에 사진 몇 컷을 찍으려고 잠시 차를 세우게 한 뒤 몇 걸음 디딘 것이 전부였다. 말하자면 그들은 인터넷으로 검색하면 충분히 알 수 있는 정보를 구태여 열두 시간이나 걸리는 파리까지 힘들여 날아온 것이고, 그러고는 한 시간도 안 되는 해

외 출장 용무를 끝마쳤다. 남는 시간을 낭비할 수 없었던지, 신나게 쇼핑을 하고 베르사유궁전에 루브르박물관에 파리 시내 투어까지 여유롭게 했다. 피곤하다고 차이나타운의 마사지 숍에서 몸도 풀었다. 저녁에는 샹젤리제에서 샴페인을 마시며 리도쇼를 관람했다. 구청 직원들은 국민들의 세금으로 아주 거나한 출장을 즐겼다. 그들이 낸 팁도 국고 주머니에서 나온 게 분명해 보였다. 거기에다 엉터리 영수증까지 발행하게 했다.

국민이 낸 세금을 거리낌없이 써대는 사람들에게 배신감이 느껴졌다. 그들에게서 돈을 받는 나도 한심스러웠다. 어쨌든 그들이 내게 주는 돈도 혈세에서 나왔을 테니까. 그들이 원하는 부풀려진 영수증을 만들어 주었으니 나 또한 파렴치한 인간이었다.

국회의원이며 광역단체 의원들이며 하다못해 시청 구청 직원들까지 출장이라는 명목으로 국민들의 피 같은 돈을 눈 먼 돈이라고 착각하지 않기를 바랐다.

늦은 시간까지 시의원들 수발드는 일은 고역이었다. 대신 시간외수당을 받는 것에 위로 삼아 나는 연출된 미소를 띤 채 차문을 열어주었다. 시의원들의 저녁 식사는 항상 술판이 벌어졌고, 저녁 식사가 끝나면 어둑한 피갈 일대나 바스티유의 유흥가로 눈요기를 찾아다녔다. 스트립쇼를 구경하고 섹스 숍에서는 장난삼아 난잡한 기구를 샀다.

시의원들을 데리고 갔던 피갈의 한 술집에서 나는 보지 말아야 할 것을 보고 말았다. 선주였다. 약 6년의 시간이 흘렀지 싶다. 그사이 선주는 약간 살집이 붙었지만 나는 옆모습만으로도 단박에 그녀임을 알아봤다. 그러나 그녀는 나를 알아보지 못했다. 어쩌면 알면서도 외면했는지 모른다. 그렇다 한들 무슨 상관인가. 그녀와 나는 오래전에 끝난 사이인 것을.

선주는 이미 만취 상태에 가깝도록 곤드레만드레였고, 그녀 곁에는 프랑스 남자가 찰거머리처럼 붙어 있었다. 그 둘은 굳이 묻지 않아도 예사 관계가 아니라는 것은 누가 봐도 알 터였다.

예전에 가졌던 분노 따위는 나에게 남아 있지 않았다. 섣부른 판단을 해서는 안 되겠지만, 남성 편력으로 스스로를 망가뜨리고 있는 선주를 보니 안타까웠다. 안타까움 외에는 그 어떤 감정도 일어나지 않았다. 좋은 조건들이란 허울에 지나지 않았다. 그런 조건들을 가지고 싶어도 가지지 못하는 사람들이 세상에는 넘쳐났다. 발버둥 쳐도 제 앉을 자리를 찾지 못하는 사람이 너무도 많았다. 김준이 말하던 서발턴이었다.

"저년 꼬라지가 딱 한국 여자 같아 보이네."

"이런 곳까지 와서 저 지랄을 하니……"

"말이 좋아 유학이지 공부는 무슨 공부. 한국으론 돌아가기 싫고, 남자 하나 물어서 아예 눌러앉고 싶은 거지 뭐."

"저 프랑스 놈이 재수가 좋구만. 유학 온 골 빈 년들 중엔 자기 돈 써가면서 몸까지 준다더니 허, 딱 보니 그 케이스야."

"외국에서 실컷 놀다가 한국 가서는 요조숙녀인 척한다니까."

시의원들은 남의 시선 따위에 아랑곳없는 선주와 노골적으로 애정 표현을 하는 프랑스 남자를 향해 거친 말을 쏟아내며 혀를 찼다. 시의원들에게 그럴 자격이 있는지 모르겠다. 나는 시의원들이 마실 술을 주문해 주고는 밖으로 나왔다. 칙칙한 어둠이 내린 밤거리에는, 파리 어디에서나 비슷하지만, 이날 따라 지린내가 심하게 풍겼다.

꽉 막힌 도로가 주는 스트레스는 이루 말할 수 없는 데다 곡예를 부리듯 진로를 방해하며 다니는 모터사이클들 때문에 머리에 쥐가 났다. 한술 더 떠 까다로운 관광객을 태우고 다니는 가이드 일은 참으로 죽을 맛이었다. 하루에도 수십 번 때려치우고 싶었다.

다음 날이면 시의원들은 한국으로 돌아간다. 저들은 오늘을 어떻게 기억할까. 저마다 가지고 있는 얄팍한 기억의 편린들을 모아보면 그 기억들이 서로 맞물리지 못해 새로운 스토리가 탄생할 것 같다. 각각 제 것으로 가지고 있는 경험의 기억들. 무수히 굴절당하는 기억들. 그것들을 올이 촘촘한 체로 걸러내고 싶다.

주차해둔 차에 앉아 시의원들을 기다리는 동안, 나는 설핏 떠오른 기억 하나를 박박 지워댔다. 선주에게 그 어떤 감정도 남아 있지 않은 것 같았는데, 마음 한구석이 아릿했다. 꼭 찾아내야 할 기억이 있는가 하면, 반드시 삭제해야 할 기억도 있다.

외인부대 선배의 줄기찬 권유로 한인회 모임에 갔다.

한인회 회장 선거가 있는 날이라 선배에게 끌려가다시피 참석했다. 프랑스에서 생활하려면 한인들과의 친분을 쌓아두는 것도 나쁠 게 없겠다는 생각에 내키지는 않지만 선배를 따라갔고, 딱히 꼬집어 말할 수 없는 이물감이 들었다. 나는 한인회를 몰랐고 여태껏 관심이 없었다.

선거장은 내 정신을 쏙 빼놓을 만큼 많은 사람들로 북적였다. 나는 후보자들의 정치적 성격이 강한 공약들에 귀를 기울여봤지만, 인상적인 공약은 없었다. 공약은 공약일 뿐이었다. 하긴 어린 학생들도 반장이 되려고 우리 반을 위해 무엇 무엇을 하겠다고 공약을 한다. 인간이 모여 사는 세상에는 질서를 유지하기 위해 정치적이지 않은 일이 없음을 새삼 실감했다. 그날은 어수선한 분위기에 기가 죽어 차려진 도시락과 와인을 마시고 돌아온 기억밖에 남지 않았다.

"내 생각이긴 하지만, 한인회가 보기보다 비리가 많은가 봐. 이번 한인회 선거도 투명하게 치러지지 않았다 하더라고. 회원들의 회비를 대신 내주고 회장에 당선되었다는 말을 들었거든. 게다가 대사관 직원들의 골프 접대에 회식비 대납에 이런저런 물밑작업도 꽤나 했다더군."

회장 선거가 끝나고 며칠 뒤, 선거에 떨어진 후보자를 만나고 온 선배의 말이었다. 떨어진 사람의 말이니 전적으로 다 믿을 수는 없는 노릇이지만, 또 한편으로는 충분히 있을 수 있는 일이겠다 싶었다.

"그래요? 그까짓 자리가 뭐 그리 좋다고."

"그 자리가 한인을 위해 봉사하는 자리라 해도, 자리가 주는 이권이 꽤 될걸?"

"그러니까 미국의 한인회도 진흙탕이라는 소리를 듣는 거겠죠."

"한인회만 어디 그런가, 대사관도 똑같아. 자국민 보호보다는 지들 밥그릇 챙기기에 바쁘지. 나랏돈을 지들 개인 돈처럼 써재끼는 인간들이 어디 한둘이겠어? 다 까발려져야 하는데."

"내부고발자가 보호를 받기보다는 오히려 징계당하는 경우가 더 많잖아요. 그러니 알아도 쉬쉬하는 거 아니겠습니까."

"하여간에 세상이 너무 각박해. 무서운 세상이야. 그중에서도 사람들 입이 제일 무서운 것 같더라고."

"남 말 하기 좋아하는 사람은 가급적 멀리하고 볼 일입니다."

"이건 뭐 만나는 사람마다 자기가 제일 옳고 잘났다고 생각하는 사람밖에 없으니, 어렵다 어려워. 이젠 사람도 골라가면서 만나야겠어. 우리 와이프는 내가 사람 보는 눈이 없다고 늘 잔소리야."

"뭐 하나 쉬운 게 없습니다. 행동은 물론이고 말도 가려서 해야겠다는 생각이 요즘에 와서 부쩍 들더라고요."

"그럼, 파리가 얼마나 좁은 곳인데. 그러니 한인사회는 말할 필요도 없지. 그래서인지 참 말들이 많더군. 그저께 내가 어디서 말한 게 오늘 내 귀로 다시 돌아온다고 보면 돼. 근데 내가 한 말이 그대로 돌아오면 되는데, 이건 뭐 차 떼고 포 떼고 희한한 군더더기가 잔뜩 붙어서 돌아오더라고. 게다가 한국 사람들은 어디를 가도 모였다 하면 편 가르기부터 하는 것 같아."

"편 가르기도 잘하지만, 똘똘 뭉치는 것도 잘하잖아요."

선배는 똥 밟은 얼굴을 하고는 맥주를 단숨에 마셔버렸다. 그러고는 지난해 가을에 대사관을 방문했던 이야기를 들려주었다.

그날이 한글날이었다고 했다. 그는 한국전쟁 참전용사였으며 외인부대 출신들을 위해 많은 힘을 보태준 프랑스인 노병을 모시고 대사관 모임에 참석했다. 모임의 성격으로 봐서 참전용사들을 치하하는 자리라는 것은 알았지만, 그날은 세종대왕이 훈민정음을 창제하여 반포한 것을 기념하는 한글날이었으므로 무엇보다 우선으로 다룰 거라 생각했단다. 그러나 모임을 주최한 대사관 측의 누구 한 사람도 한글에 대한 언급이 없었다. 가벼운 축사도 없이 간단한 인사가 오가고, 이어서 먹고 마시는 파티의 성격으로 흘러갔다. 선배는 그날 입에 넣은 카나페가 무척 쓴맛이었고, 몇 잔 마신 와인이 속을 후벼 파는 바람에 신트림만 해댔단다. 그의 이야기를 듣는 내 입속에도 잔가시가 돋는 것 같았다.

"내가 여기 사람들이 하는 우스갯소리를 하나 해줄게. 유대인 장사꾼들과 한국인 장사꾼들이 상권을 놓고 싸운다고 하자. 누가 이길 것 같나?"

선배는 새로 주문한 맥주를 한 모금 마시고는 뜬금없는 질문을 했다.

"글쎄요…… 우리가 이기지 않을까요?"

"그럴 것 같지? 천만에. 어떤 상권이 하나 있다고 쳐. 거기에 유대인들이 들어가면 기존의 상권은 다 죽어. 유대인들이 몰살을 시키거든. 유대인들이 뭉치면 아무도 그들을 넘볼 수가 없지.

그런데 유대인들이 장사하는 곳에 한국인들이 단합해서 들어가면 유대인들은 전부 도망가 버려. 상술이 뛰어나서가 아니라, 한국인들은 처음에는 저희들끼리 똘똘 뭉쳐서 일을 아주 잘 해나가지. 그러다가 얼마 지나지 않아 서로 물어뜯고 못 죽여 안달하는 바람에 주변 상권까지 다 죽여 버리거든. 그래서 일찌감치 유대인들은 자리를 비켜주는 거라고. 한국인들이 다 죽어 나가면 그때 다시 차지하려고."

선배는 우스갯소리라고 했지만 나에게는 섬뜩하고 뾰족한 유리 조각이 박힌 소리로 들렸다.

"탈무드의 효과가 대단한가 봅니다."

"세계 어디고 경제를 쥐락펴락하는 것은 유대인이라고 볼 수 있지."

"한국에서 파리로 관광 오면 너나 할 것 없이 전부가 여기 유명 약국 가서 화장품을 사는데, 그 사장도 유대인이라고 하더군요."

"한국인들이 봉이지. 약국을 먹여 살려주고 있으니까. 그 사장은 한국인들 덕분에 별장을 몇 개씩이나 사들였다고 하더라고."

한국의 여행사들은 파리의 관광코스에 약국 쇼핑이라는 프로그램까지 넣어서 여행 상품으로 팔았다. 여행사는 약국으로부터 로비 자금을 받고, 파리의 유명 약국은 관광객들을 데려다주는 가이드들 덕분에 돈을 긁어모았다. 반면에 여행객들은 충동구매를 하느라 지갑이 얇아졌다.

여행사는 상품을 팔면서 로비 자금까지 받고, 약국 사장은 떼

돈을 벌고, 가이드들은 고객을 제공한 대가로 약국의 판매 수익 중 일부를 수수료로 챙기고, 이보다 더 좋은 상부상조는 없을 것이다.

"선배, 이건 제 느낌입니다만, 한인사회에서는 외인부대 출신들을 그다지 달갑게 여기지 않는 것 같던데, 제가 잘못 본 겁니까?"

"바로 봤어. 지금은 그런대로 우리를 인정해주는 눈치지만, 어디까지나 필요에 의해서지. 예전에는 아예 쓰레기 취급을 했거든. 얼마 전까지도 우리를 자기들 눈높이 아래로 봤으니까."

"왜요?"

"프랑스의 한인들은 다른 나라 한인들의 경우와 성격이 좀 다르잖아. 먹고 살자고 오는 경우는 드물지. 이민 제도가 엄청 까다롭기도 하고. 여긴 유학을 왔다가 그대로 정착한 사람들이 많거든. 파독 광부나 간호사로 서독에 왔다가 프랑스로 넘어온 사람도 일부 있고, 박통 시절에 정치 망명자로 온 사람도 좀 있고 그래. 그 사람들은 외인부대에 대한 정보가 거의 없으면서도 외인부대라고 하면 가방끈 짧고, 거칠고 위험한 인간들의 집합소라고 생각하는 사람들이 많아. 뭐, 아주 옛날에는 범죄자들이 외인부대에 들어간 적도 있었다지만, 말 그대로 옛날 옛적 일이지."

"그건 좀 억울하네요."

"억울하지만 이게 현실이야. 하지만 내가 보기에 저들끼리는 단합이 잘 안 되더라고. 뭔가 엉성해 보이고 말야. 알게 모르게 알력다툼도 심하지. 우리야 일심동체 아니냐. 단합에 있어서만큼 둘째가라면 서러운 사람들이라고. 한인체육대회나 한가위축제 같은 데서 우리 외인부대 가족들이 똘똘 뭉쳐 노는 걸 본 뒤로는 슬슬 우리들한테 접근하더군. 머릿수가 필요하다든지 허드렛일 할 사람이 필요하거나 힘쓸 일에는 꼭 불러.”

“이용 가치가 있다고 느낀 거겠죠.”

“맘대로 하라고 그래. 오라고 손짓하면 하던 일도 팽개치고 가야지. 가서 우리는 이렇게 몸 안 사리고 일한다는 걸 보여줘야지. 내 장담하건대, 언젠가는 외인부대 출신 중에서 한인회 회장이 나올 거다. 한인회 회원이 백 명 정도고, 외인부대 협회원은 서른 명 정도야. 그 가족들까지 합치면 배 이상으로 불어나지. 우리도 덩치가 꽤 커. 게다가 대다수의 한인들은 체류증을 갱신해가며 살잖아. 정작 시민권자는 거의 없거든. 그러니 입김이 아무래도 좀 약하다는 생각이 들어.”

“다음에는 선배님이 출마하십시오. 제 한 표는 이미 드렸습니다.”

“마 됐고, 나는 그런 데 관심 없다. 먹고 살기도 바쁜데 한인회 회장은 무슨…… 그것보다 너, 실업수당은 받고 있나?”

“실업수당요?”

“못 받는 사람이 바보야. 이 나라는 삼 년까지 실업수당을 받을 수 있잖아. 넌 십 년이나 외인부대에 있었으니까 그 정도는 나랏돈 받을 자격이 있지. 그건 권리야. 프랑스 사람들도 다 그렇게 받아먹는다고. 그러니 쪽팔린다 생각 말고 네 몫은 꼭 챙겨라.”

“지금 일하고 있는데, 그게 가능합니까?”

"그럼, 요령껏 해야지. 받을 건 한 푼도 빠짐없이 받도록 해."

나는 개인사업자등록을 신청해서 픽업과 가이드를 하고 있고, 조금 누락시키는 것도 있긴 하지만, 비교적 착실한 납세자였다. 요령을 부리고 싶지는 않았다.

"그건 그렇고, 다다음 주에 외인부대 가족들 야유회가 있으니까 꼭 와라."

다다음 주가 지나서 나는 파리 근교의 제법 큰 공원 부지 안으로 차를 몰았다. 외인부대협회의 야유회에 참석하기 위해서였다. 마담 르네와 같이 가고 싶었지만, 중요한 가족 행사가 있다고 하여 그녀에게 말도 못 꺼내고 안부만 묻는 통화만 했다.

이날 모인 외인부대 출신들과 그 아내들, 아이들까지 합치니 마흔 명이 넘었다. 남자들은 한쪽에서 숯불을 피우고 바비큐 준비를 하는가 하면 일식 요리사 자격증을 가진 선배는 그가 사 가지고 온 싱싱한 연어로 회를 떴다. 아이들은 저들끼리 모여 뛰어다녔다. 여자들은 잔디밭에 널따란 자리를 깔고 앉아 생활의 지혜들을 수다라는 형식으로 나눠 가졌다. 나도 저들처럼 가족을 이루고 살아야 하지 않을까, 그런 생각이 잠시 떠올랐다가 가라앉았다. 결혼이라는 것, 진지하게 고민해볼 일이었다.

야유회에 모인 외인부대 가족들 일부는 시민권자들이었고 또 일부는 체류증으로 살아가고 있었다. 그들 중 불어에 능숙한 사람은 많지 않았다. 대부분이 한국에서 날아와 바로 외인부대로 들어갔고, 거기에서 군대식 불어를 배웠다. 어느 정도 유창하다 해도 고급 불어를 구사하기에는 실력이 달렸다.

잘사는 사람도 못사는 사람도 없이 다들 고만고만하게 살았다. 아이들은 우리말과 불어를 섞어서 떠들었다. 저 아이들은 자라서 어떤 삶을 살아갈지 궁금했다. 나는 고기를 구우면서 이들의 화기애애한 모습을 보고 있자니 마음이 짠했다. 두 나라에 속했으면서도 두 나라 밖에 있는 사람들이란 생각 때문이었다. 나도 예외가 아니었다.

'누가 나의 국적을 물으면 이렇게 대답할 거다. 나는 대한민국 사람이라고.'

일전에 폴드노종의 뽀뽀뜨에서 만났던 기아나의 소대장이 자리를 떠날 때 나에게 남긴 말이다. 그 말이 내 머릿속에서 지워지지 않고 맴돌았다. 그는 지금 가봉에서 용병으로 살아가고 있을까. 그렇다면, 거기에서도 프랑스 여권을 품에 넣은 채 대한민국 사람이라고 말할까.

프랑스 신분증과 여권을 가지고 있으면서 대한민국 사람이라고 말하는 사람들. 외인부대를 제대한 선배들은 모두가 한결같은 대답을 했다. 자신은 대한민국 사람이라고.

나도 그랬다. 프랑스 시민권은 우리들의 삶과 생계를 지탱하기 위한 무임승차권에 지나지 않았다. 내가 갈아입은 프랑스 국적은 나의 근본까지 바꿔주는 요술 망토가 아니었다.

야유회에 모인 외인부대 출신 선후배의 태반이 낯선 얼굴이었다. 그중에 두세 차례 인사를 나눈 적이 있는 동갑내기 K가 있었다.

그의 지난 세월도 만만찮게 파란만장했다. 6년 전, 외인부대를 제대한 그는 민박집에 머물면서 사회로 발을 내딛기 위해 희망찬 계획을 세우고 있었다. 그랬던 혈기는 좀도둑 하나로 꺾여버렸다. 민박집을 돌며 도둑질을 일삼던 녀석은 다름 아닌 한국인이었다. 의협심으로 똘똘 뭉친 K는 도둑을 잡았지만 같은 동포를 경찰에 넘기지는 못했다. 상황을 봐서 도둑을 대사관으로 넘겼어야 했지만 당시 그런 일을 어떻게 처리해야 할지를 그는 알지 못했다. 발버둥 치며 도망가려는 도둑에게 가한 주먹질과 감금이 문제가 될 줄도 몰랐다. 그것이 불행의 단초였다.

K에게서 풀려난 도둑은 병원에 드러누워 버렸다. 그는 경찰에게 자신의 도둑질은 숨긴 채 K에게 맞고 감금된 사실만 진술했다. 그러고는 자기가 선임한 변호사에게 사건을 맡긴 뒤 감쪽같이 사라졌다. 구속된 K는 프랑스 법 앞에 무력했다. 사라진 증인의 말과 병원의 진단서만 증거로 채택되었다. 국선변호사도 그를 도울 수 없었고, 한인회도 적극적으로 구명운동에 나서주지 않았다. 외로운 싸움의 결과는 패배였다. 피해자가 한국으로 도망가고 없는 상황에서 피해자가 남긴 증언과 진단서로 그는 유죄를 선고받고 감옥에서 약 일 년의 시간을 보냈다.

그 이야기를 듣는 내가 억울했다. 더부룩한 속을 달래려 콜라인 줄 알고 벌컥 마셨던 것이 간장이었을 때의 기분. 왈칵 뱉어내고 입 안을 헹궈내도 남아 있는 쓰디쓴 짠맛. 한 사람의 불행이며 상처라고 치부하기엔, 지나간 과거라고 돌려세우기엔 너무도 분통이 터졌다.

반면에 K는 그 상처 위에 돌을 쌓아 올렸다. 직장을 얻었고, 한국인 아내를 얻었고, 아이들이 생겨났다. 그는 돌탑을 쌓아가고 있었다. 생활력 강한 아내와 천진난만한 두 꼬맹이는 K에게 강한 원동력이 되었다. 그렇게 가정을 일구고 열심히 살아가는 그의 모습이 따뜻해 보였다.

여름 막바지의 태양은 남은 힘을 짜내 이글거리며 눈에 보이는 것들 전부를 달궜지만, 무성한 마로니에 나무 그늘 아래에 앉아 있으니 여기가 천국이지 싶었다.

김준이 휴가를 얻자 나를 찾아왔다.

"살 만하냐?"

"죽지 못해 산다."

"그럼 바꿔야지. 외인부대 들어가기 전에 제일 먼저 보는 포스터 생각 안 나? 네 인생을 바꿔라."

"생각 중이야. 관광 쪽 일은 도무지 내 적성에 안 맞아. 저축한 돈이 좀 있으니까 자그마한 분식집을 차려볼까도 싶어."

"그래, 아닌 일을 오래 잡고 있어봤자 시간 낭비고 성질만 버려. 메뉴만 좋으면 분식집도 나쁠 건 없지."

"참, 얼마 전에 진급했다는 소식 들었어. 축하해. 난 네가 계급에는 관심이 없는 줄 알았는데."

"나도 나이를 먹나 봐. 올라갈 수 있는 데까지는 가봐야지."

김준은 계급을 한 단계 더 올렸다. 그가 자신의 소신대로 살아가는 모습이 보기 좋았다. 외인부대에 제대로 말뚝을 박고 살겠다는 의지가 보였다.

"준, 넌 앞으로 프랑스인으로 살아가겠지?"

"갑자기 그런 건 왜 물어?"

"전에 소대장이 말하더군. 프랑스 국적을 가지고는 있지만, 자기는 대한민국 사람이라고. 왠지 그 말이 머리에서 안 지워지네."

내가 곤란한 질문을 한 걸까. 김준의 대답을 듣기까지 시간이 제법 걸렸다.

"나도 가끔 그런 생각을 했었어. 난 누구인가, 나는 지금 어디로 가고 있는가, 그런 생각을 했었지. 그리고 지금 결론을 내릴 때가 된 것 같아. 누가 나에게 너의 국적이 어디냐고 물으면, 난 무국적자라고 대답할 거야."

"무국적자?"

"지금까지 나는 세 개의 국적을 가져봤어. 북한, 남한, 그리고 프랑스. 내가 살아가는 동안 어떤 변수가 생길지 아무도 몰라. 또 다른 국적을 갖게 될지도. 국적이 뭐가 중요해? 나는 그냥 나일뿐이야. 손에 든 패스포트는 그냥 종이일 뿐이고. 나를 증명할 수 있는 것은 나의 존재뿐이야. 국적은 한 개인의 정체성을 규정해주는 데 별 상관이 없는 거라고 생각해. 국적은 선택 사항이야."

"지금 한국에는 외국 노동자나 다문화 가정이 엄청나게 늘었다는데, 외국인이었던 그들이 대한민국 국적을 취득해도 애국심은 자신들이 태어난 나라로 향하겠지?"

"밖에서 사는 대한민국 사람들도 그런데, 대한민국에서 사는 외국인들도 당연한 거 아닌가?"

나는 고개만 끄덕였다. 그러자 김준이 다시 말을 이었다.

"케네디가 그랬지. 국가가 여러분을 위해 무엇을 할 수 있는지를 묻지 말고, 여러분이 국가를 위해 무엇을 할 것인지를 먼저 물으라고. 웃기는 소리야. 애국을 강제하겠다는 말에 지나지 않아. 애국심은 국민들 가슴에서 자연스럽게 우러나야 하는 거라고. 국가가 국민을 위해 믿음을 줘야지, 믿음도 주지 않으면서 강요하는 건 순서가 틀린 거야. 개인의 존엄 따위는 깡그리 무시한 채 민주주의를 가장한 파쇼와 다를 게 없잖아."

나는 대꾸할 말을 찾지 못했다. 김준의 이야기를 듣노라니 내 머리에 떠오른 것은 오래전 정부와 사회의 부조리에 대한 불만을 술에 타 마시던 외삼촌이었다.

무국적자라니…… 국적은 선택 사항이라니…….

생각해보면, 프랑스 국적을 취득했지만 대한민국 사람이라고 말하던 기아나의 소대장도 어쩌면 자신을 무국적자라고 말하고 싶었는지 모른다. 외인부대를 제대하고 프랑스에서 살아가는 선배며 후배들, 거기에 나까지 포함하여 모두가 무국적자라는 생각이 들었다. 나를 낳은 어머니, 마담 르네까지도.

안식처를 떠나 세상 도처에 떠돌고 있는 사람들. 이런저런 증명서라는 종이 쪼가리로는 결코 보여줄 수도, 보이지도 않는 것. 존재 그 자체가 유일한 증명인 사람들. 어떤 의미에서는 우리 모두가 무국적자라고 말할 수 있지 않을까.

김준이 내 아파트에서 휴가를 보내고 칼비로 돌아간 뒤, 나는 오랫동안 우울했다.

일전에 선배가 들려준 이야기가 생각났다. 한국인 외인부대 J의 사연이었다. 그는 한국전쟁 당시 북한에서 남하하여 대한민국 국민방위군에 입대했고, UN의 일원으로 참전한 프랑스 대대에 배속되었다. J는 전쟁이 끝나자 북한의 가족에게로 돌아갈 수 없었다. 그렇다고 피붙이 하나 없는 남한에서 살아갈 일도 막막했다. 그는 프랑스 장교의 제안으로 한창 전쟁 중이던 베트남으로 옮겨갔으나 외국인의 신분으로 프랑스 정규군에 들어갈 수 없었다. 대신 그곳에 파병 나온 외인부대에 입대했다. 치열한 전투 끝에 프랑스는 베트남에서 고배를 마셨다. 이후 그는 알제리 독립군을 소탕하라는 명령을 받고 북아프리카로 날아갔다.

J는 군복무 공로를 인정받아 프랑스 훈장을 받고 국적을 얻었다. 그러나 기쁨도 잠시, 알제리에서 기다리고 있는 것은 탈영이라는 불명예였다. J에 대한 이야기는 여기에서부터 둘로 엇갈렸다.

한쪽에서는 그가 알제리 독립군과 내통했다는 누명을 쓰고 탈영했다가 체포된 것으로 전해진다. 다른 한쪽에서는 드골 대통령이 알제리에서 외인부대를 철수하려 하자 거기에 반기를 든 쿠데타에 가담했다가 탈영했다고 말한다. J만이 알 일이다. 약 2년의 도주 끝에 체포된 그는 군사재판에 넘겨졌고 훈장과 국적은 박탈당했다.

일 년여의 징역살이를 끝내고 풀려난 J는 오갈 데 없는 신세가 되었다. 그의 체류허가증에는 국적이 북한으로 기재되었지만 북으로는 갈 수 없었다. 그렇다고 한국전쟁 당시 남하했으나 전쟁 중에 신분증을 만들 수 없었던 그에게 대한민국 국적을 얻을 기회는 주어지지 않았다.

자유인의 몸이 되었지만 그는 무국적자였다.

이후 J는 50년이 넘는 세월을 프랑스에서 지독한 고독과 싸우며 살아왔다.

개인의 삶은 역사와 무관할 수 없다. 국적 역시 마찬가지다. 그러나 역사와 국적이 한 개인의 정체성에 끼치는 영향력은 얼마나 되는지, 개인의 삶에 얼마만큼 개입하는지, 나는 거기에 대한 답을 찾지 못했다.

나는 공항 픽업과 가이드 일에서 손을 뗐다. 정부가 운영하는 구직자센터에 실업수당을 신청하고 천천히 가게 자리를 물색했다. 조급증을 낼 필요가 없었다.

세상은 철철 넘치는 정보와 무수한 선택을 내 앞에 펼쳐 보였다. 그 난감함 앞에서 나는 옴짝달싹 못할 때도 많지만, 곤란한 세상은 순식간에 편안한 세상으로 탈바꿈하는 재주를 부렸다. 나는 그 변화의 혜택을 톡톡히 누렸다. 화장실에 앉아서도 태블릿PC로 야구 중계를 볼 수 있었고, 동생과는 가끔 공짜 메신저를 이용해서 문자를 주고받거나 통화를 했다. 아버지와는 아주 가끔 국제전화를 통해 목소리를 들었다.

일상의 안락함이 엿가락처럼 늘어날 즈음 기태에게서 걸려온 다급한 전화가 나의 신새벽 단잠을 깨웠다.

"형, 오늘 아침에 아버지가 쓰러지셨어. 뇌졸중이래. 여기 병원이야."

"뭐라고? 지금 어떤 상태신데?"

가슴이 쿵 내려앉았고, 잠은 십 리 밖으로 달아났다.

"나도 아침에 외삼촌 연락받고 막 내려왔어. 의식이 조금 돌아오긴 했는데, 말도 못하시고 또 사람을 못 알아봐."

"심각한 거야?"

"아직 뭐라고 단정 짓기는 어렵지만, 연세가 있어서 어떨지 모르겠대."

"알았어, 내가 들어갈게."

나는 이것저것 따질 것 없이 바로 결정을 내렸다. 내 삶에만 치우쳐 아버지가 살아온 햇수를 깡그리 잊고 있었다. 한번 다녀가야지 하면서도 바쁘다는 이유로 미루기만 했다. 나를 친자식보다 더 살갑게 키워주신 아버지다. 한편으로는 피 한 방울 섞이지 않은 고모부다. 하지만 나에게는 누가 뭐래도 언제까지나 아버지일 뿐이다. 무심한 인간에게는 이런 식으로 몽둥이를 들어 정신을 차리게 만드는 것이 신의 방식인가 보다.

모든 일에는 때가 있다더니, 내 인생에 또다시 분기점이 찾아왔다. 삶에 점철되어 있는 타이밍을 놓치면 미련으로 남는다. 그리고 어떤 타이밍은 반드시 후회로 남는다는 것을 나는 알고 있다. 프랑스 국적과 파리라는 정들지 않는 도시를 내려놓기로 결심했다.

단지 나를 낳은 어머니, 마담 르네를 한동안 볼 수 없다는 것은 묵직한 돌이 되어 마음을 지질렀다. 그 한동안이 얼마의 길이인지를 가늠할 수 없다는 것은 크나큰 비극이었다. 그러나 그녀에게는 가족이 있다. 든든한 버팀목이 되어줄 남편과 상냥하고 반듯하게 자란 자식들이 있었다. 그 가족에게 나는 손님에 지나지 않았다.

12.

내 나라를 떠나온 뒤, 많은 일들이 일어나고 소멸해가는 과정에서 어떤 것은 기억으로 저장되고, 어떤 것은 잊혀졌다.

여자를 만났고, 외인부대에 몸담았고, 남의 나라 전쟁터에 참전했다가 부상을 당했고, 병원 신세도 오래 졌다. 칼비에서 파리로 근무지를 옮겼고, 10여 년 복무했던 외인부대를 떠났다. 픽업이다 가이드다 하면서 일회용 만남을 위해 정신없이 바쁘게 돌아다녔다. 분식집을 해보겠다며 발이 닳도록 시장조사랍시고 여기저기 문을 두드려도 봤다. 어떤 시간들은 내던져버리고 싶었고, 어떤 시간들은 즐겼다. 나에게는 언제라도 달려가서 만날 수 있는 마담 르네가 있었기 때문이다.

그랬는데, 이제는 그마저도 내려놓아야 했다. 나는 마담 르네를 찾아가서 나의 귀국을 알렸다. 그녀의 짧은 침묵이 내게는 억겁의 시간처럼 길게 느껴졌다.

"빨리 회복되셔야 할 텐데, 걱정이 많겠어요."

"위험 고비는 넘겼다고 합니다. 동생과 외삼촌이 백방으로 노력하고 있으니 좋아지실 거예요."

"당연히 그래야지요. 재활치료도 받고 해야죠."

"아버지 상태가 좋아지면, 다시 파리로 올지 모릅니다."

"내 생각에 여기보다는 아무래도 한국이 살기 좋을 거예요. 거기엔 가족도 있고, 또 더 늦기 전에 새 가족을 만들어야죠. 난 기수 씨가 좋은 사람 만나서 잘 살았으면 좋겠어요."

미소에도 여러 종류가 있다. 이날 마담 르네의 미소는 쓸쓸했다. 우리의 대화는 점점 줄어들었다. 나와 마담 르네는 가까운 시일에 다시 만날 것을 기약하며 서둘러 자리를 뜰 수밖에 없었다.

별로 없겠거니 했는데 의외로 정리할 것이 많았다. 단출하게 살자 했건만 알게 모르게 자질구레한 것들을 늘려놓고 말았다. 서둘러 나눠주고 버리고 했더니 아파트는 내가 집을 얻으러 왔을 때와 똑같이 텅 빈 공간이 되었다.

선배와 후배들이 한자리에 모였다. 그들과 나는 외인부대 출신이 운영하는 식당에서 조촐하게 귀국 축하와 더불어 석별의 정을 나눴다. 아울러 내 아버지의 쾌유를 빌며 소주잔을 부딪쳤다. 식당을 나올 때 그들은 한 사람씩 돌아가며 나를 얼싸안았다. 그들의 훈훈한 속마음이 느껴지자 눈시울이 뜨거웠고 여러 번 입술을 깨물었다.

나는 마담 르네에게 몇 차례 전화를 했지만 그녀는 남편과 함께 병원에 가는 일이 잦아 만남이 쉽게 이루어지지 않았다. 애가 탔다.

매일같이 기태를 통해 아버지의 상태를 확인했다. 아버지는 식구들을 알아보긴 하지만 여전히 실어증과 반신마비로 자리보전 중이었다.

공항에서의 이별만은 피하고 싶었다.

여름이 끝나가고 있었지만, 이날따라 날씨는 초겨울 흉내를 냈다. 공항 로비는 유난히 많은 인파로 북적댔다. 나는 비행기 티켓을 받고 짐은 수화물로 보낸 뒤 약속한 카운터 입구에서 목을 빼고 마담 르네를 기다렸다.

인파와 여행 가방들을 요리조리 피해가며 큰 쇼핑백을 들고 저만치에서 종종걸음으로 다가오는 마담 르네를 발견했다. 나 역시 사람들과 여행 가방을 피해 연방 실례합니다, 미안합니다, 해가며 그녀에게로 뛰다시피 다가갔다.

"늦어서 미안해요. 많이 기다렸죠?"

"아뇨, 오히려 제가 죄송합니다. 몸도 편찮으신 것 같은데 여기까지 나오시게 해서."

"괜찮아요. 오지 말라고 했지만 내가 오겠다고 우겼잖아요. 그리고 꼭 전해줄 것도 있고요."

마담 르네가 내민 쇼핑백을 받았다.

"이게 뭡니까?"

"카디건이에요. 손재주가 별로 없고 또 눈대중으로 뜬 거라 몸에 맞을지 모르겠네요. 그래도 나의 첫 작품이랍니다."

나는 쇼핑백에 담겨 있는 것을 꺼냈다. 꽈배기 무늬를 넣어 손수 뜬 자주색 카디건이었다. 카디건 안쪽 뒷목 부분에는 기성복에나 있을 법한 상표가 붙어 있고, 거기에는 곱게 수를 놓은 이름이 새겨져 있었다. '이숙희'라고.

그걸 본 순간, 목구멍에 주먹만 한 정체불명의 덩어리가 걸려서 좀처럼 내려가지도 올라오지도 못했다.

"내 한국 이름이에요. 뭔가 허전한 것 같아 붙여봤어요. 어쨌든 내가 생산한 제품 일 호니까 애교로 봐줘요."

마담 르네의 창백한 볼이 희미하게 붉어졌다. 나는 입고 있던 얇은 재킷을 벗어서 배낭에 쑤셔 넣고 마담 르네가 뜬 카디건을 몸에 걸쳤다.

"완전 제 사이즌데요. 정말 감사합니다. 제가 감히 이런 걸 받아도 될지 모르겠습니다."

"당연히 받을 자격이 있지요. 간호사로 사십오 년을 살았어요. 기수 씨는 나의 마지막 환자이자 함께 보낸 시간이 가장 길었던 환자였고, 또 ……"

마담 르네의 말이 끊어졌다. 먹먹한 침묵이 흐른 뒤, 그녀는 먼지도 묻지 않은 카디건을 살짝 털어주며 다시 말을 이었다.

"카디건이 몸에 맞아서 다행이에요. 우리, 그동안 정이 많이 들었었나 봐요."

나는 그녀의 눈에 작은 이슬이 맺히는 것을 놓치지 않았다.

"네, 저도…… 아, 그리고 이거……"

나는 배낭에서 색동무늬 포장지로 곱게 싼 꾸러미를 꺼내 마담 르네에게 내밀었다.

"이게 뭔가요?"

"제가 외인부대에서 받은 훈장들입니다."

그녀의 눈이 동그래졌다.

"그리고 또…… 오래전에 우리 외삼촌이 준 만년필도 같이 넣었어요. 제가 아끼는 거거든요. 아직 쓸 만합니다. 선물을 살까 생각했었는데, 왠지 선물이라는 건 가장 아끼고 좋아하던 걸로 해야 할 것 같더라고요."

나는 그렇게 말해놓고 실없이 웃었다. 아무래도 연기가 서툴렀나 보다. 굳어버린 마담 르네의 입은 좀처럼 풀리지 않았다.

"받아주십시오. 제가 드릴 수 있는 게 이것밖에 없더군요."

"이 귀한 걸…… 나한테 주면 어떡해요?"

꺼져가는 목소리로 마담 르네는 내가 내민 꾸러미를 선뜻 받지 못하고 망설였다. 나는 그녀의 손을 낚아채듯 잡아당겨 선물을 떠넘겼다. 내 손이 너무 뜨거운 걸까, 아니면 그녀의 손이 차가운 걸까. 알록달록한 꾸러미를 들고 있는 마담 르네의 두 손에 내 손을 포개 잡았다. 그대로 시간이 멈춰주면 얼마나 좋을까.

"오래오래 건강하셔야 합니다."

"그래야지요. 아, 이러다 비행기 놓치겠어요. 얼른 들어가세요. 사람들이 많아서 출국심사도 오래 걸릴 것 같은데."

"그동안 여러 가지로 신세 많이 졌습니다. 저에게 베풀어 주신 거, 잊지 않을 겁니다."

"영영 안 볼 사람처럼 말하네요."

"한국 도착하면 연락드리겠습니다."

"돌아가면 그곳 생활에 다시 적응하느라 시간이 걸릴지도 몰라요. 부담 갖지 말고 나한테는 나중에 간단히 안부만 전해줘도 돼요."

"부디 건강하시고, 조심해서 들어가십시오. 그럼 이만……"

나는 오래 잡고 있던 마담 르네의 손을 놓고 목이 잠기지 않도록 몇 번 헛기침을 했다. 그러고는 사람들이 쳐다보거나 말거나 바닥에 넙죽 엎드려 나를 낳은 어머니에게 큰절을 올렸다. 입이 있어도 차마 하지 못하는 말, 그 말을 가슴으로 외쳤다.

'어머니, 다시 올게요. 그때까지 꼭 건강하시고 행복하십시오.'

내 가슴에서 외친 소리는 메아리가 되어 혈관을 타고 돌아다녔다. 온몸이 후끈거렸다. 입고 있는 카디건 때문이거나, 용암처럼 뜨거워진 내 몸속의 피 때문일 것이다.

놀란 눈을 하고 나를 내려다보던 마담 르네는 이내 고개를 크게 끄덕였다. 그러고는 나를 일으켜 세워 어서 출국장으로 들어가라며 내 등을 떠밀었다.

"잠깐, 우리 프랑스식으로 인사 한번 할까요?"

마담 르네가 나를 돌려세웠고, 우리는 프랑스식으로 작별의 인사를 나누었다. 가벼운 포옹과 함께 세 번을 번갈아 서로의 양 볼이 맞닿았다. 인사가 끝나자마자 나는 한 번 더 마담 르네를 안았다. 힘껏 안고 싶었지만 그녀의 몸이 바스라질 것 같아 팔에 힘을 줄 수 없었다.

세상 모든 이별이 다 힘들겠지만, 두 번 다시 경험하고 싶지 않은 이별이었다. 나는 사람들에 떠밀려 출국 심사대를 향해 빨려 들어갔다. 마지막으로 몸을 돌려 마담 르네에게 손을 흔들었다.

한 손으로 선물 꾸러미를 가슴에 안고 다른 한 손을 흔들어주는 마담 르네의 눈시울이 붉었다. 그녀는 소리를 내지 않고 입 모양으로만 말했지만, 내 귀에는 들렸다.

'내 아들 기수야, 잘 가라. 건강하게 행복하게 잘 살아야 한다.'

나는 인천공항에 도착하자마자 마중 나온 기태의 차에 얹혀 곧바로 해남으로 내려갔다. 엄청나게 긴 여정이었다.

기태에게서 행정고시를 패스한 공무원의 풍모가 느껴졌다. 그에게는 약혼만 하고 결혼을 미뤄둔 연인이 있었다. 형을 제쳐두고 결혼하지 않겠다는 동생의 고집을 끈기 있게 기다려주는 고마운 여자라 했다. 나는 동생과 그의 약혼녀에게 미안하고 부끄러웠다. 말은 안 했지만 기태의 차를 타고 해남으로 내려가는 동안, 나는 그의 고집을 반드시 꺾고 말겠다고 결심했다.

아버지는 병원에서 외삼촌과 함께 살던 집으로 옮겨와 누워 있었다. 나는 마디가 굵고 주름진 아버지의 손을 덥석 잡았다.

아버지는 나를 보자 눈물부터 흘렸다. 실어증에 걸렸던 아버지의 비뚤어진 입에서 희미한 소리가 뒤틀려 나왔다. 뒤틀리고 쪼개졌어도 나는 아버지가 내 이름을 부르는 소리를 들었다.

아버지의 몸을 부축해 앉혀드리고 큰절을 올렸다. 그리고 외삼촌에게도 절을 올리려고 했더니 그는 손사래를 치며 나의 절을 물리쳤다. 그답지 않게 나에게 군대식으로 경례를 하라고 주문했다. 멋쩍지만 그의 요구대로 군대식 거수경례를 붙여 귀국신고식을 마쳤다.

외삼촌은 과수원 한쪽 양지바른 곳에 봉분을 세우지 않고 상돌과 비석으로 엄마의 묘지를 만들어 두었다.

엄마를 이렇게 만나다니. 나는 엄마 대신에 비석을 끌어안고 오열했다. 상돌을 들어내고 땅속으로 들어가고 싶었다. 엄마는 무거운 돌 아래 한 줌의 뼛가루가 되어 누웠어도 내가 돌아오기를 얼마나 기다렸을까. 과수원에서 머릿수건을 쓰고 동백 아가씨를 목청껏 부르며 유자를 따고 있어야 할 엄마였다.

'엄마, 못난 아들 돌아왔습니다. 용서하세요. 엄마, 너무 보고 싶어요.' 그 말이라도 하고 싶었는데, 오열은 나의 말을 삼켜버렸다.

엄마를 향해 남겨진 것은 그리움과 후회, 그리고 또 후회뿐이었다. 후회란 녀석은 몹시 잔인하고 고약한 놈이었다.

나는 아버지의 수족이 되고, 외삼촌의 든든한 동업자가 되려고 했다. 아버지는 마비가 오지 않은 반쪽 몸으로 땅을 딛으려 사투를 벌였고, 기필코 병을 이겨내겠다는 의지를 보였다.

나는 외삼촌의 두 의족을 최신형으로 바꿔주었다.

"기수야, 네가 타국에서 외롭게 살며 고생해서 번 돈인데, 내가 이런 선물을 받아도 좋을지 모르겠다만, 어쨌든 고맙다."

"고생은 무슨…… 이 정도밖에 못해드려서 죄송할 뿐이죠. 외삼촌이 아니었으면 저는 누명을 못 벗고 영영 범죄자로 낙인이 찍혔을 거예요."

"세상에는 억울한 사람들이 너무 많아. 누구라도 그래서는 안 되지."

"제가 큰 빚을 졌어요."

"빚 같은 소리 하고 있네. 자, 이거나 받아라."

외삼촌은 내 앞으로 묵직한 봉투를 툭 던졌다. 봉투를 열어 내용물을 꺼내놓고 보니 등기권리증이 여러 묶음으로 나왔다. 여러 차례에 걸쳐 조금씩 땅을 산 증거들이었다. 등기권리증에는 내 이름이 박혀 있었다.

"그건 내가 주는 선물이다. 기태 것은 따로 있으니 걱정 말고."

나는 꿀 먹은 벙어리가 되었다.

"그냥 받아두고 아무 말 하지 마라. 대신 이담에 나의 노후는 네가 책임져야 한다. 알겠냐?"

외삼촌은 장난기 가득한 웃음을 지으며 내 어깨를 탁탁 쳤다. 나에게는 무척 낯선 모습이었다. 외삼촌이 그렇게 말하지 않아도 나는 그의 남은 인생을 업고 갈 생각이었다. 나를 낳은 아버지도 많이 늙었다는 사실에 가슴이 시렸다. 세월은 모두를 바꿔 놓기에 충분히 흘러 있었다.

외삼촌은 신문을 보지 않았다. 텔레비전의 뉴스도 잘 보지 않았다. 그가 귀를 기울이는 것은 뉴스가 끝나갈 무렵에 나오는 일기예보였다. 과수원 일이 녹록지 않아서도 그렇다지만 일부러 세상 돌아가는 소식을 외면하는 듯했다.

어느 하루, 나는 외삼촌에게 신문을 구독하는 것이 어떻겠느냐고 넌지시 물었다.

"요즘 신문 보는 사람이 얼마 된다고. 세상 돌아가는 소식이 알고 싶으면 인터넷으로 봐라. 그게 더 빨라."

"그럼 외삼촌도 인터넷으로 뉴스를 봅니까?"

"울화통이 터져서 안 봐. 정치꾼들이며 싸가지 없는 공무원들 꼴 보기 싫어서 아예 관심 끊었다. 시대가 바뀌면 나아질 줄 알았는데 갈수록 점입가경이야. 대한민국 국민이 아마도 세계에서 제일 스트레스 많이 받는 국민이 아닐까 싶다. 난 농사만 짓기로 했어. 농사꾼에게는 날씨가 제일 중요하고. 그건 그렇고, 네가 입고 있는 그 카디건이나 나한테 넘겨라. 자주색은 내가 제일 좋아하는 색깔인데. 너한테는 그 색이 안 어울린다."

지금껏 외삼촌이 제일 좋아하는 색이 자주색인지는 몰랐었다. 어머니는 나를 통해 외삼촌에게 이 카디건이 전해지기를 바란 것은 아니었을까.

"안 됩니다. 이것만은 절대 못 줍니다. 눈독 들이지 마세요."

"치사한 놈. 그래, 줘도 안 입는다."

나란 놈은 아직 웅숭깊은 어머니의 마음을 헤아릴 용량이 못 된다. 카디건에 꽂힌 외삼촌의 시선을 돌리려고 나는 그에게 내가 프랑스에서 살아온 이야기보따리를 풀어헤쳤다. 나를 낳은 어머니를 만났다는 것만 빼고.

시간은 제 기능을 상실한 채 켜켜이 쌓여갔다. 마흔 살을 넘긴 사람에게 시간은 40마일로 달려가는 요물이었다. 겨우 두 계절을 보냈을 뿐인데 나의 몸은 곰팡이가 피고 근육은 녹슬어갔다. 외삼촌을 도와 과수원에 정을 붙여보려 했지만 마음이 붙지 않았다.

그렇다고 도시로 나가 새로운 일자리를 찾는 것도 쉬울 리 없었다. 특별한 기술은 고사하고 학연과 지연을 죄다 들춰봐도 좁쌀 한 톨 나오지 않는 인간이 한국 사회에 발을 담그고 할 일들이란 너무도 뻔했다. 10여 년의 세월을 밖에서 살다 왔기에 그간 저축한 돈을 헐어 장사를 하는 것 역시 섣부른 짓이었다.

칼비에서 지냈던 시절이 그리웠다. 꿈에서는 기아나의 정글을 쏘다녔다. 정들지 않는 도시라고 혀를 내둘렀지만, 그랬던 파리까지 눈에 아른거렸다. 그 모든 것보다 엄마가 그리운 만큼, 나를 낳은 어머니가 그리웠다.

나는 프랑스로 메일을 보냈다. 국제전화를 하고 싶었지만, 왠지 어머니의 목소리를 들으면 내 마음을 들켜버릴 것 같아서 이메일을 보냈다. 어리석게도.

아버지의 병세가 많이 호전되었다고, 과수원 농사에 잘 적응하고 있다고, 하루하루가 희망적이며 즐겁다고 써서 보냈다. 나의 메일에 어머니의 짧은 답장이 왔다. 잘 지내고 있다고, 화초에 꽃이 피었다고, 종일 남편과 보내는 시간이 가끔은 지루하다고.

내 메일에 어머니의 답장이 뜸해졌다. 용기를 내서 어머니의 휴대폰 번호를 서너 번 눌렀지만 전원이 꺼져 있었다. 걱정으로 속이 탔으나 내가 달리 할 수 있는 게 없었다.

나는 약지 못했고 속내를 숨기는 것도 많이 서툰 인간이다. 하루가 다르게 마음이 야위어갔다. 그런 나를 외삼촌이 모를 리 없었다.

"이제 네 이름, 김기수로 된 여권을 만들어야지."

"여권을 만들라니요?"

"프랑스 여권으로 계속 살 거냐?"

"그건 아니지만……"

"나가서 바람 좀 쐬고 와."

"바람을 쐬라니요?"

"이렇게 귀가 꽉 막혔다니까. 중국이든 동남아든 아니면 호주든 마음 닿는 대로 나갔다 오란 소리야."

내 가방 속에는 프랑스 여권이 들어 있다. 그 여권으로 지구를 몇 바퀴 돈다고 해도 아무 문제는 없다.

나는 난생처음 내 본명으로 된 대한민국 여권을 만들었다. 바람을 쐬기 위해 만든 것은 아니다. 내 마음속에 일어난 감정들의 소요는 그깟 바람으로 잠잠해지지 않는다는 것을 안다. 그 여권의 첫 쓰임이 어디가 될지는 미지수였다.

시간을 마주 볼 엄두가 나지 않았다. 그러자니 몸을 혹사시켜 녹초가 되는 수밖에 없었다. 엄마의 비석 둘레로 잡초가 자랄 새도 없이 솎아내다 보니 땅이 꺼질 태세였다.

유자나무 여러 주를 사다가 심으려고 직접 삽을 들고 아직 냉기가 남아 있는 딱딱한 땅을 팠다. 입김이 부옇게 피어오르도록 파고 또 파고. 잡념을 떨쳐내기 위해 마치 두더지처럼 과수원을 파헤치고 다녔다. 그러면 마음을 묶어둘 수 있을 거라 생각했다. 내가 심는 유자나무처럼 한 구덩이에 묻혀 뿌리를 내리고 몸통을 키워가면서 열매를 맺자 했다. 그러나 땅을 파고 다니는 만큼 마음의 구멍도 깊고 커져만 갔다. 오래전 한국을 떠날 때 몸에 각질로 붙어버린 역마살 때문일까. 한 곳에 뿌리를 내리기가 이렇게 어려운 줄 몰랐다.

몸부림을 치는 사이에 계절은 또 어김없이 바뀌었다. 봄은 빛줄기를 타고 내려왔다가 아지랑이를 타고 올라갈 모양이었다. 사방팔방에서 기지개를 켠 봄은 화사한 생명을 출산하느라 새살스럽게 굴었다.

기태는 고집을 꺾고 오랫동안 곁을 지켜준 약혼녀와 백년가약을 맺기로 했다. 아버지와 외삼촌은 순서대로 가는 것이 좋다고 입버릇처럼 말했지만, 내가 하는 꼬락서니로 봐서 후손 보기가 쉽지 않을 것 같으니 기대를 하지 말자고 뜻을 모았다. 그 결과 동생은 서둘러 예식장을 잡고 청첩장을 뿌렸다.

희소식을 접하고 얼마 뒤, 프랑스에서 소포 상자 하나가 날아왔다. 발송인은 마담 르네가 아닌 그녀의 남편, 아르노 르네였다.

그 상자 속에서 나온 것은 생명의 소멸이었다.

나는 또 하나의 전환점을 만났다.

한 사람의 인생에는 몇 구비의 전환점이 있을까.

나의 아들 기수에게

사랑한다.

살아오는 동안 가장 하고 싶은 말이었단다. 그 말을 못한 게 끝끝내 가슴을 짓누르는구나.

기회는 늘 있었지만, 나는 내 아들이 내 곁에 있다는 사실에만 만족하며 어리석게도 언젠가 사라져버릴 기회라는 걸 깨닫지 못했어. 이렇게 가슴 아픈 후회는 내 아둔함에 대한 벌이라고 생각해. 난 너무도 소중한 기회를 허비해버렸으니까.

맡아두었던 기수의 배낭을 씻어주려고 열었다가 발견한 편지들. 내가 보낸 편지들을 보는 순간 얼마나 놀랐는지 모를 거야. 놀란 가슴에 배낭을 씻어주지 못하고 그대로 닫아버렸구나.

우리가 맨 처음 만난 날, 박희준이라는 환자명 대신, 김기수라고 불러달라 했을 때, 혹시 내 아들이 아닐까, 내 아들이라면 얼마나 좋을까, 그런 생각도 했었어.

그런데 진짜 내 아들이었다니…….

나는 행복했단다.

꿈에서도 감히 바랄 수 없었던 만남이라 생각했는데, 운명이 우연이라는 이름으로 가장하여 내 아들을 나에게 보내주었잖니. 그것도 아주 가까이에서 거의 매일 볼 수 있는 행운을 가져다주었어. 살아생전에 단 한 번이었지만, 내 손으로 미역국을 끓이고 내 아들의 생일상을 차릴 수 있게 해준 신에게 감사를 드렸어. 세상에 이보다 더 값진 선물은 없을 거야.

그리고 나는 불행했단다.

내 아들이 내가 자기를 낳은 엄마라는 사실을 알고 있었으니까. 내색하지 못하는 그 마음을 알고 있었으니까.

나는 기억 하나를 찾아냈단다. 언젠가 내가 사는 동네를 서성이던 청년이 있었지. 내가 사는 집 앞에서, 내 앞에서 입을 꾹 다물고 있던 청년이, 고개를 못 들고 서 있던 청년이 바로 너였다는 것을 말이다.

미안하다. 나의 이기심이 너를 멍들게 만들었구나. 안아줬어야 했는데, 내가 엄마라고 말했어야 했는데, 그러질 못했어.

내 아들아, 못난 어미를 용서해다오.

공항에서 마지막으로 본 기수의 모습이 지금도 눈에 선하구나. 얼마나 대견했는지 몰라.

너를 떠나보내고 남편에게 고백했단다. 남편은 너그럽게 이해해주었고, 오히려 일찍 말해주지 않았다고 나를 꾸짖었어. 자기가 알았더라면 우리 두 사람을 그렇게 헤어지도록 내버려두진 않았을 거라고, 남편은 지금도 안타까워해.

기수가 나에게 선물한 훈장들을 모두 응접실 벽에 장식해두었고, 네게서 받은 만년필로 지금 이 편지를 쓰고 있어.

어떤 인연은 결코 쉽게 끊어지지 않는다는 것을 느꼈어. 신은 무의미한 장난을 치지 않는단다.

장동호 씨는 만년필을 고를 때 상상도 하지 못했을 거야. 그 만년필이 지금 내 손에서 내 아들에게 보내는 편지를 쓰게 될 줄은.

나는 소중한 것을 모두 가졌구나.

나의 아들 기수야, 이제 내게 남은 날이 얼마 되지 않구나.

너를 한 번만 더 보게 해달라는 기도를 올릴 수가 없어. 나는 신에게 기도했거든. 남아 있는 목숨의 절반을 거두어가도 좋으니 내 아들과 함께 하는 날을 늘려달라고. 신은 약속을 잘 지켜주셨어. 그러니 욕심을 내서는 안 된단다.

나는 머지않아 떠나겠지. 어쩌면 나에게 내일이라는 시간이 없을지도 몰라. 미련 둘 것이 많지 않다는 게 얼마나 다행인지 모르겠구나. 그러면서도 쓸데없이 신에게 농담을 걸어본단다.

저승 갈 때 딱 하나만 가지고 가면 안 될까요? 그렇게 묻고 싶어.

신이 무엇을 가지고 갈 거냐고 물으면, 나는 내 아들이 남겨준 추억을 가져갈 거라고 말하고 싶구나. 공항에서 내 손을 잡아주고 나를 안아주던 너의 따스한 온기를 고스란히 기억하고 있단다. 세상에서 가장 따뜻했던 마음을 어떻게 잊을 수 있겠니.

한국에서 과수원 농사를 지으며 너의 가족과 열심히 살아가고 있을 네 모습을 상상하는 것은 크나큰 즐거움이란다.

언젠가 나의 아들이 참한 여자를 아내로 맞을 것이고, 또 소중한 생명이 잉태되겠지. 그 모두를 볼 수 있다면 얼마나 좋을까.

하지만 나의 행운은 여기까지이고, 그것만으로도 충분했어.

나에게 허락된 시간이 넉넉지 않아 미리 말해야겠구나.

축하한다. 네가 갖게 될 모든 기쁨을!

나는 내 주변 모두로부터 사랑을 풍족하게 받은 복 많은 사람이었어. 감사를 다 하지 못한 게 마음에 걸릴 뿐, 인생을 크게 잘못 살지는 않았겠지?

속 깊은 내 아들, 내가 더 이상 말을 하지 않아도 나를 고스란히 알아줄 내 아들.

난 네가 행복하게 살 거라 믿어. 그 믿음이 나를 편안하게 보내줄 것 같아.

나의 아들 기수야.

온 마음 다하여 사랑한다.

참으로 고맙구나.

2015년 3월 중간에

엄마가

무 국 적 자

2021년 9월 8일 1판 1쇄 발행
2024년 7월 25일 1판 2쇄 발행

지 은 이 구소은
발 행 인 유재옥

이   사 조병권
출판본부장 박광운
편 집 1 팀 박광운
편 집 2 팀 정영길 조찬희 박치우 정지원
편 집 3 팀 오준영 이소의 권진영
디자인랩팀 김보라
라이츠사업팀 김정미 맹미영 이윤서
디지털사업팀 박상섭 김지연 윤희진
영업마케팅팀 최원석 박수진 이다은
물 류 팀 허석용 백철기
경영지원팀 최정연
발 행 처 (주)소미미디어
등   록 제2015-000008호
주   소 서울시 마포구 토정로 222, 502호(신수동, 한국출판콘텐츠센터)
판   매 ㈜소미미디어
제 작 처 코리아피앤피
전   화 편집부 (070)4164-3960 기획실 (02)567-3388
             판매 및 마케팅 (070)8822-2301 Fax (02)322-7665

ISBN 979-11-384-0291-0 (03810)